서정시학 비평선 042

# 헤테로토피아의 밤

김정현

서정시학

**김정현**
1979년 대전 출생. 전남 여수에서 성장.
광운대학교 국어국문학과 졸업. 서울대학교 국어국문학과 석사 및 박사 학위 취득.
2018년『동아일보』로 등단.
공저『한국 근대시의 사상』,『2023년 제24회 젊은평론가상 수상작품집』.
2024년 한국문화예술위원회(아르코) 문학창작산실 발간지원기금 수혜.
현 부산가톨릭대학교 인성교양학부 조교수.

서정시학 비평선 042
헤테로토피아의 밤

2024년 12월 24일 1판 1쇄 발행

지 은 이 · 김정현
펴 낸 이 · 최단아
편집교정 · 정우진
펴 낸 곳 · 도서출판 서정시학
주　　소 · 서울시 서초구 서초중앙로 18 504호 (서초쌍용플래티넘)
전　　화 · 02-928-7016
팩　　스 · 02-922-7017
이 메 일 · lyricpoetics@gmail.com
출판등록 · 209-91-66271

ISBN 979-11-92580-51-7 93810

계좌번호 · 국민은행 070101-04-072847 최단아(서정시학)
값 25,000원

* 이 도서는 2024년 한국문화예술위원회 아르코문학창작기금(문학 창작산실) 사업에 선정되어 발간되었습니다.
* 잘못된 책은 바꾸어 드립니다.

# 헤테로토피아의 밤

서문

# 그러니 지금 무엇을 하고 있는가

어두운 밤. 적막하고 고요한 연구실에 앉아 글을 쓰고 있다. 첫 평론집의 원고를 묶는다라는 문장을 쓰게 되는 시기가 언제일지 구체적으로 생각해 보지는 않았는데 결국 이때가 오게 되었다. 약간의 운 덕분에 등단이란 제도를 통과하고 책을 내게 된 지금, 묶인 원고들을 바라보니 이런저런 생각들이 떠오른다. 문학평론가로서 첫 평론집을 내는 입장이니 만큼 무언가 거창한 포부나 대단한 말들을 쓰는 게 당연하겠지만 불쑥 이런 의문이 고개를 들었다. 나의 글은 도대체 어떠한 의미가 있는가. 이 책은 과연 무슨 가치가 있을 수 있을까. 요컨대 무덤과도 같은 글쓰기의 허망함을 어찌해야 하는가라는 문제.

이 말은 단순히 사멸해가는 (인)문학을 다시 활성화시켜야 한다는 그런 대의명분과는 무관하다. 세상에 영원한 것은 없듯이 문학도 생겨나고 성장하며 또한 소멸의 시기를 겪을 따름이다. 책의 몇몇 부분들에서 말했지만 문학을 하는 우리는 분명 사라져가고 있다. 문학이 사라진다 한들 딱히 정상적인 세상이 변하거나 아쉬워하진 않을 것이다. 하지만 사라져가는 이 판에서 몇몇의 삐딱한 인간들이 무엇을 즐겁게 하고 있는가를 다루어 보는 일은 무가치하진 않겠다는 생각 역시 고개를 들었다. 허망해도 된다. 단 즐겁게 허망해야 한다.

그러한 마음가짐으로 책에 실린 글들을 썼다. 이는 언젠가 김소월이 김억에게 '우리는 쓸데없이 비인 하늘을 향해 노래하는데 지나지 않는다'고 탄식했던 마음과 다르지 않을 것 같다. 어차피 우리는 사라져가며 이탈하고 있는 자들이 아닌가. 그렇다면 내가 원하는 대로 언어의 심연을 탐색하며 글을 쓰는 행위에 그나마 작은 의미라도 있지 않을까. 한 평론가와 작은 잡지 편집위원 일을 함께 하면서 우리의 일이 언젠가는 지금 시대에 대한 기록이 될 것이라며 키득거렸던 때가 생각난다. 그렇다면 이 책은 우리'들'에 대한 작은 존재 증명일 것이다.

딱히 거창하고 화려한 말들로 서문을 채우고 싶은 생각은 별로 들지 않는다. 자신이 생각하는 문학이란 무엇인지 또는 좋은 문학이란 어떠해야 하는지에 대한 나름의 말들은 이미 충분히 많이 있기에. 글을 통해 스스로 입증하지 못한다면 글 자체가 별반 의미를 가질 수는 없을 것이다. 구체적인 설명보다는 내가 스스로 형성해온 문학이라 할 만한 것들이 책의 글을 '통해서' 부디 읽는 이에게 전달되기를 바랄 뿐이다. 다만 책의 대상 텍스트들이 왜 대부분 2010년대에 발표된 시들인가에 대해서는 말해두어야 할 것 같다. 등단 이후로부터 대략 4년 사이에 쓴 글들 중에서 일부를 모아둔 이 평론집은 2010년대의 낯설고 독특하며 그로테스크한 젊은 시인들의 시적 흐름들을 의미화하기 위해 쓰여졌다.

책의 글들에서 종종 언급되는 것이지만 2000년대의 미래파 그리고 2010년대의 포스트-미래파의 존재는 소위 난해함과 추상성으로 평가되었다. 그에 대한 긍정과 부정의 판단은 차지하더라도 중요하게 인식해야 하는 지점은 2000년대 이후 우리가 무언가 다른 시에 직면했다는 사실일 것이다. 더 이상 통상적이고 일반적인 시의 개념이 통용되기 어렵다는 진실. 그렇다면 지금 우리의 낯선 시란 무엇인가. 그들의 복잡하고도 기묘한 언어들에 어떠한 의미와 가치가 있는가를 오히려 물어야 한다. 요컨대 그들은 왜 추상적이고 난해한 그리하여 지성적일 언어의 미로를 필사적으로 구축하고 있는가. 이 평론집은 그에 대한 나름대로의 대답이라 해도 무방하다.

성공한 것인지는 알 수 없지만 나는 이 문제를 언어에 '의해서'가 아닌 언어를 '통해서'라는 알레고리적 표현을 통해 논의해 보려 했다. 언어를 '통해서' 2010년대의 시인들은 또한 허망하지만 즐겁게 자신들만의 세계를 만들어 왔다고 생각한다. 그렇다면 2020년대에도 혹은 그 이후라고 해서 다르겠는가. 모든 '지금'의 시인들은 허망하지만 즐겁도록 자신의 지성적 행위를 지속할 따름이다. 즉 우리는 그저 무의미하고 무가치해 보이지만 고유할 어떤 언어의 놀이를 계속해야 한다. 그 언어들을 해석하고 의미를 부여하며 이면과 잉여들을 존재할 수 있도록 만드는 일. 판이 끝나고 불이 사그라들며 종말의 종소리가 들리는 것 같아도 그저 나는 나의 할 일을 해왔다. 그래서 책의 제목을 '헤테로토피아의 밤'으로 정했다. 벤야민이 카프카에 대해 말했던 '희망 없는 자들에게 주어질 유일한 희망'을 포기하지 않는 기괴하고도 미친 헤테로토피아적 인간들. 하여 이 책은 그 무수히 많은 나'들'을 통해 인식했던 나의 고유한 필연성에 관한 흔적이기도 하다.

이 책은 끊임없는 불안과 고통과 실패의 필연성에 관한 문장들이자 내가 사유했던 무수히 많은 나'들'의 이야기이다. 회색이자 지옥이란 우리의 세계 속에서 단지 스쳐 지나가며 보이지 않는 필연성을 찾아내려는 필사적 행위. 당연한 세계의 이면 속에 잠재되어 있을 무수히 많은 나'들'의 희미한 그림자들을 읽으려 한다는 것. 그렇기에 평론집 각 장의 글들을 발표시기보다는 큰 테마로 묶일 수 있는 흐름으로 분류했다. 각기 구분하여 설명할 수도 있겠지만 이 모든 기록들은 불안과 고통과 실패에 관한 그리고 대안과 위안이란 유토피아가 부재하는 자들에 대한 이야기라는 점만을 덧붙이고 싶다. '우리의 말이 참이라면 불행히도 결코 끝내 이해되지 못하리라는 것 역시도 참이다'라던 니체의 말처럼, 늘 항상 패배하지만 언어는 언제나 지속되리라는 믿음을 결국 버리지 못했다.

첫 평론집을 내면서 감사드려야 하는 많은 분들의 얼굴이 떠오른다. 대학원 시기 신범순 선생님께 시의 내면을 읽는 섬세함과 깊이를 배울 수 있었다. 학부 시절 조영복 선생님은 20대 시절의 나를 책을 읽고 생각할 수 있는 존재로 만들어주셨다. 평론가의 길로 들어설 계기를 마련해주신 신수정 선생님이 안 계셨다면 이 글들은 세상에 나올 수 없었을지도 모른다. 학부와 대학원 시절 가르침을 주신 여러 선생님들과 시를 함께 공부하고 있는 선후배님들 그리고 1동 베란다에서 수다를 떨었던 동학들께도 진심으로 감사하다. 그때에도 그리고 지금에도 문학에 대한 많은 대화들은 진솔한 마음이 없었다면 불가능했을 것이다. 평론집을 낸다는 일 자체가 매우 어려워지는 상황임에도 출간을 허락해 주신 서정시학사의 최동호 선생님과 발간에 대한 재정적 지원을 해준 한국문화예술위원회(아르코)에도 머리 숙여 감사드린다.

사라져가는 이 판에서 만나볼 수 있었던 작가들과 동료 평론가들의 대화 역시 즐거웠던 것 같다. 꼭 문학이란 형태가 아니더라도 소소하고 기묘하며 괴상한 존재들의 웅얼거림이 어떻게든 어떤 방식으로든 이어져 가기를 바란다. 마지막으로 나의 삶을 가능하게 해주신 어머니께 특히 감사하다는 인사를 전하고 싶다. 내 어머니인 유문근 여사님은 세상을 살아가면서 지켜야 하는 올바른 태도에 대해 알려주셨다. 늘 부족하지만 이 책을 통해 어머니께 진 빚을 약간이나마 갚을 수 있었으면 한다. 그리고 누구일지 알 수 없는 독자들이 책의 글들을 통해 조금이라도 즐겁기를 바란다. 불안과 고통과 실패의 필연성을 통해 즐겁게 허망하지 않다면 굳이 문학을 읽을 이유는 없을 테니까.

2024년 겨울

이장혁의 〈사막의 왕〉을 듣고 있는 늦은 밤에

차례

# 0. 프롤로그

# 너는 이제 '미지'[1]의 즐거움일 것이다

— 황인찬, 『희지의 세계』

## 1) 그는 '지금' 어디에

> 잔뜩 쌓인 눈이 소리를 모두 흡수해
> 서 아주 고요하다
> 세상에는 온통 텅 빈 벌집뿐이다
>
> 그런 꿈을 꾼 것 같았다
>
> —「건축」 중에서

우리가 황인찬에 대해 중요하게 물어야 할 것이 무엇이냐고 한다면 그것은 흔히 생각하듯 언어적 특이성 그 자체가 아니다. 물론 김수영 문학상을 수상했던 첫 시집『구관조 씻기기』(민음사, 2012)에 관한 세간의 평에서 논자들이 기본적으로 동의했던 것은 그의 시가 단순하며 반복적인 형태의 독특한 언어적 형식에 기반해 있다는 점이었다.(장이지,「탈정서적인 경향과, '주체'의 문제」,『실천문학』, 2015년 봄호) 이 측면에서 황인찬이 전세대인 미래파의 시인들과 다른 감각을 지녔다는 평가 역시 받은 바 있다. (이찬,「우리 시대 시의 예술적 짜임과 미학적 고원들 II」,『시작』, 2012년 겨울호) 그러나 그가 선배들인 미래파와 무언가 다른 감각을 지녔다고 해서 그를 새롭다고만

---

1) 황인찬 시인은 몇몇 인터뷰에서 밝혔듯이 시집의 원제목은 '미지의 세계'였지만 착오로 '희지의 세계'로 바뀌었던 사정이 있었다. 황인찬 시인은 미지라는 단어가 생각보다 폭이 넓지 않다고 여겨 '희지'라는 제목이 더 마음에 든다고 언급한 바 있으나, 의미전달의 측면을 고려하여 이 글에서는 미지로 표기한다.

평가하는 것은 정확하다고 할 수 없을 것 같다. 즉 명확해 보이는 것 이면에는 항상 알지 못하는 무엇이 놓여있다고 한다면 이 말은 이상하게 들릴까. 황인찬은 그러니까 그는 '무엇'이며 지금 어디에 서 있는가.

현재의 관점에서 판단해 본다면 황병승을 통해 촉발된 2000년대 미래파 논쟁이 남긴 유산이란 결과적으로 시의 '언어', 즉 무엇이 시일 수 있는가에 대한 질문이 가장 중심에 있었다는 사실은 부정하기 어려울 것 같다. 『여장남자 시코쿠』(랜덤하우스코리아, 2005)로부터 시작된 논의들은 시어 혹은 무엇이 시가 될 수 있는가에 대한 근본적인 질문을 통과해야 했다. 파괴적이고 도발적인 언어를 무기로 삼았던 미래파와 전통적인 서정을 변형하려 했던 신서정의 영역까지 2000년대 중후반의 시단은 모두 이 물음에 답해야 했던 셈이다. 완결된 결론을 내리기는 쉽지 않지만 확실한 부분은 이 논쟁을 통해 언어에 대한 '인식'의 전환이 가능해졌다는 점일 것이다. 미래파 시인들에 대한 개별적 평가를 잠시 제쳐둔다면 우리는 분명 그 시점 이후부터 무언가 '다른 시'를 보고 있다는 사실에 '직면'했다. 황인찬을 위시한 2010년대 시단에 등장한 젊은 시인들이 이를 토대로 출발했다는 점 역시도.

그의 언어를 미래파의 전위적 언어와 비교한다면 이는 시어의 표면적이고 기능적인 차원 혹은 선배들과의 유사성이나 차이성에서만 설명될 수 있지 않다. 평가의 차원과는 무관하게 미래파의 전위는 언어의 문법을 파괴하고 인과관계의 사슬을 붕괴시키며 사람들을 '혼란'에 빠트리게 함으로써 그 목적을 달성했다. 그렇다면 무엇이 남아야 하는가. 이는 필연적으로 '언어'의 본질적 차원에서 답을 구해야 할 성질의 것이다. 르네 마그리트의 <이미지의 반역>에 담겨있는 사유처럼 미래파의 전위가 사람들이 자명하게 여기는 시를 무너트리고 붕괴시켰다면. 그러니까 우리들의 세상을 헤테로토피아처럼 무無의 세계로 환원시켜버렸다면. 그 지평 속에서 어떠한 언어들이 새로 탄생하고 있는지를 물어야 한다. 요컨대 우리가 황인찬을 통해 그가 전세대인 미래파가 파괴적이고 부정성을 토대로 한 언어들과 무엇을 공유하고 또한 무엇을 다르게 형성해가고 있는가를 질문해본다면. 이는 다음의 문장으로 귀결될 수 있을 것이다. 『희지의 세계』

(민음사, 2015)를 통해 돌아온 '그'는 누구인가.

이는 황인찬이 구축해놓은 언어들의 '세계'를 통해 그의 언어들이 존재하는 이유와 욕망에 대해 보다 깊숙이 다가서야 한다는 점을 의미한다. 그러기 위해 전제해야 하는 것은 그의 언어가 보여주는 단순성의 세계가 결코 단순하지 않다는 점이다. 사실 언어의 자명함과 정의正義란 그것이 품고 있는 무수히 많은 개별성들과 잠재성을 가리는 얄팍한 가면에 지나지 않았던가. 즉 알고 있음, 자명함, 정의로운 인간. 그래서 명확하다고 확신되는 세계. 그러니까 또 다시 나, 혹은 나의 판단, 나의 올바름. 하나하나 예를 들지 않아도 우리는 무수히 많은 정의로운 말들이 넘쳐나는 것을 매우 자주 그리고 오랫동안 보아왔다. 그런데 이 모든 말들의 토대가 언어라면. 그것이 언어라는 심연의 겨우 일부분에 불과하며 명확히 보이는 것들 이면에 다른 무언가가 존재한다면. 우리는 자명한 언어와 그에 기반한 '나'를 버려야 비로소 미지의 언어를, '희지'의 영역이자 알지 못함의 세계를 맛보게 될 수 있는 것이 아닐까.

미래파는 기존의 시 혹은 '나'를 버리고 언어의 정의와 올바름을 부정하는 방식으로 자신들의 존재방식을 입증했다. 그러나 지금 현재의 시인들이 이와 같을 필요는 없다. 따라서 올바름에 대한 근본적 부정이 미래파와 황인찬을 교차시키는 것이라면. 그는 무엇을 이어받았고 무엇을 달리했는가. 결론을 미리 말해보자. 황인찬은 그의 선배들과 부정을 공유한다. 그러나 그는 파괴하지 않는다. 그는 '목적 없는' 부정성의 세계(이재원, 「'나'라는 이름으로 자라난다는 것」, 『시작』, 2013년 여름호)[2]를 언어를 통해 구축하며 즐긴다. 요컨대 파괴와 부정과는 다른 '즐거운' 것. 이것이 황인찬의 세계가 보여주는 간극이자 변곡점인 것이다. 황인찬의 시는 롤랑 바르트가 『텍스트의 즐거움』에서 말했던 바대로 미지의 언어를 기다리는 행위 그 자체로부터 온다. 따라서 오해하지 말아야 할 것은 그가 보여주는 단순성

2) 이재원은 황인찬의 시를 "문체와 감정의 표현을 최소한으로 실행하고, 나와 타자 혹은 세계와의 거리를 가능할 만큼 늘어나게 둠으로써 감각과 판단을 이루는 서정의 주관을 최소화하는, 일종의 시적 미니멀리즘에 가깝다"(280면)고 평가하면서, 이를 아감벤의 개념인 '-하지 않을 능력'의 잠재성으로 분석한다.

과 반복성의 이면이다. 그곳에는 언어가 사실적 재현의 대상이 되는 것이 아닌, 있는 그대로의 현전으로 사유된 흔적들이 놓여있다. 이 즐거우면서도 또한 엄격한 행위를 명확하게 확인하려면 우리는 그의 시를 통해 "씌여지지 않은 것을 읽"(발터 벤야민, 『일방통행로』)어야 한다.

황인찬의 시가 단순함을 통해 감춰둔 어떤 '의지'를 지니고 있다면 그것의 정체에 대해서 조금 언급해 둘 필요가 있겠다. 거창하게 말해본다면 그것은 언어를 쓰는 자가 자신의 언어 이면에 감추어둔 것. 언어의 사용이 아닌 언어를 통해 꿈꾸고 있는 것. 폐쇄된 감옥의 운명이자 동시에 그로부터 세계를 구원해야만 하는 순수함과 잠재성의 즐거움이라 부를 수 있는 것이다. 즉 그는 "이제 시인처럼 보인다"는 말을 벗어나기 위해 "은유를 쓰지 않는"자(「너는 이제 시인처럼 보인다」)이다. 그러니 물어보자. '그'는 누구인가.

### 2) 반복성의 이면, 즐거움의 자리

> (…) 그래서 이 문장이 가리키는 것은 무엇이냐고 선생님은 대답을 기다리가 죽었다 나는 종이 한 장 들고 집으로 간다 가정은 많이 어렵고 문은 활짝 열린다 여기로 들어오라고
>
> —「연역」 중에서

황인찬은 소리 높여 주장하고 흐트러뜨리거나 파괴하지 않는다. 그러나 그것이 '말'하지 않는 것은 아니다. 여기에는 희미한 형태로 감춰져 있으며 자기 자신과 구분되지 않는 것. 그러니까 자기 자신도 알지 못할 자기 자신. 말하자면 부정성을 통해 드러나는 순수한 잠재성을 즐기며 욕망하는 자의 본질이 놓여있다. 핵심은 이것이다. 그는 그가 되기 위해 수련하지 않는다. 그는 오히려 그를 버린다. 그는 자신이 잘못되어 있음을 알고 잘못됨을 행하는 엄격한 자의식을 지닌 자다. 어떠한 방식으로든 언어

를 조탁하는 것이 기존 시인들의 자명한 임무였다면 황인찬은 그것을 '알지 못함'으로써 보여주는 순수한 언어의 운동을 구현하려 한다. 따라서 주목해야 하는 것은 언어 그 자체가 아닌 언어를 통해 구현되는 '순수한 운동'의 존재론적 영역이다. 우리가 오해하지 말아야 할 것은 하지 않음이란 단순한 하지 않음이 아니며 보다 본질적 차원의 욕망이라는 점이다.

그렇기에 황인찬의 시를 '시적 미니멀리즘'(이재원)과 '세련된 진술의 아크로바크'(장이지), 혹은 '낯설게 하기라는 세계'(김행숙)와 '주체의 무능력을 통한 윤리성의 확보'(이찬)로만 판단하기 어렵다. (물론 위 분석들에도 충분히 유의미한 지점들이 있다.) 어쩌면 이 견해들은 사실상 황인찬의 텍스트에 대해 어느 정도의 오해가 존재한다는 점을 보여주는 지표일지도 모른다. 텍스트에서 드러나는 일견 담백한 느낌. 소위 시적 기교가 잘 보이지 않고 그래서 단순해 보이며 시적 서술의 주체인 나를 부정하는 듯한 무수한 발언들 덕분에라도 더욱 그렇다.[3] 그러나 황인찬이 보여주는 세계. 말하자면 그의 반복성과 부정성이 그의 전부라고 답할 수는 없다.

멍하면 멍 짖어요
내가 좋아하는 나의 작은 새가요

잘못했어요 내가 다 잘못했어요
시에는 개가 새가 나오고 무슨 개고 무슨 새인지 알기가 어렵고
그건 누구 잘못인지 모르지만 다 잘못했어요

풍경이 풍경을 반성하고
곰팡이 곰팡을 반성하고

그렇게 모두 다 잘못했어요

---

3) 예컨대『희지의 세계』의 해설을 쓴 장이지는 이를 "첫 시집에서 이미 '신 없는 세계의 불안'이나 '자기 인식에 대한 회의'와 같은, 신인답지 않게 중후한 세계관을 선보임으로써, 그는 일약 2010년대 가장 중요한 시인으로 발돋움 했다. 그러나 한편으로는 그의 시는 '유사한 프레임의 반복'이나 '점착성 없는 건조한 언어'라는 스타일상 한계를 가지고 있다는 비판도 아울러 받고 있다."(129면)고 정리한다.

그러면 멍 짖어요
내가 좋아하는 나의 삭은 새가요

(…)

내가 잘못했어요 잘할 수도 있는데
안 그랬어요

반성하는 의미에서 멍 짖어요
내가 좋아하는 나의 작은 새가요

새가 시라는 은유는 몰라요 시가 개라는 은유도 몰라요 누군가 시를 쓴다면 그건 그냥 시에요

(…)

잘할 수도 있지만 잘못하기로 했어요
그냥 멍 짖어요

내가 좋아하는 나의 작은 새가요

자꾸 멍하면 좋아요 아주 좋아요

—「멍하면 멍」, 부분[4]

『희지의 세계』 맨 첫 장에 실린 「멍하면 멍」은 이러한 측면에 황인찬의 시가 왜 반복성과 수동성의 태도를 취하는지 혹은 왜 스스로를 부정해야 하며 그 부정의 이면을 통해 무엇을 드러내려 하는지를 보여주는 표지로 검토될 수 있다. 황인찬 특유의 부정적이고 반복적인 진술의 형태를 취한

4) 황인찬, 『희지의 세계』, 민음사, 2015, 13-15면. 이하 『희지의 세계』에서 인용하는 시들은 면수 표기를 생략한다.

다는 점에서도. 주의하여 들여다봐야 하는 핵심은 언어들의 반복이 아니다. 여기에는 반복을 통해 생성될 심층적 '운동'이 있다.

시의 첫 구절부터 이야기되는 것. "멍하면 멍 짖"는 "내가 좋아하는 나의 작은 새"란 「점멸」에 등장하는 '새'처럼 단순히 사실적 재현의 맥락으로 보기는 어렵다. "내가 좋아하는 나의 작은 새"란 표현에서 단도직입적으로 언급되듯 '새'란 시적 자아 그 자체라고 보는 것이 정확할 것이다. 새의 존재는 내가 좋아하고 내가 따르며 말하자면 '되기' 원하는 것으로써 그 의미망을 형성하는 기호이기 때문이다. (「희지의 세계」의 '목양견 미주'와 「오수」의 '개'처럼 그의 텍스트에서 등장하는 개는 새와 유사한 맥락을 지니고 있다.) 주의 깊게 살펴야 하는 지점은 이러한 동물들(새와 개)에 비춰볼 때 텍스트의 표면에 등장하는 나는 실질적으로 나 혹은 그가 아니라는 것이다.

만약 이 시를 올바름의 언어사용을 보여주는 주체인 나와 올바르지 않고 잘못하고 있는 수동성을 지닌 나로서 구분해 본다면. 시적 주체인 새이자 개가 짖으려 하지 않는 세계와 좋아서 '멍'하고 짖는 세계로서 구분해 볼 수 있다면. 시의 전체적 구절을 통해 드러나는 유의미한 사항들에서 주목해야 하는 것은 올바름이 아닌 '좋아함'의 세계일 것이다. 그 즐거움의 언어인 '멍'을 통해 나는 그이자 새이며 개로 존재하며 동시에 올바른 자가 아닌 잘못된 자이자 그 잘못됨을 '사랑'하는 자로서 존속하려 한다. 그는 말한다. "내가 잘못했어요 잘할 수도 있는데/ 안그랬"다고. 우리는 이를 언어의 표층적 차원에서 드러난 단순한 자기부정과 반성으로 이해할 필요는 없겠다. 황인찬은 '안 그런자'이자 잘못을 사랑하며 즐기는 자이기 때문이다.

이 맥락은 황인찬의 시에서 왜 무수히 많은 너 혹은 그녀들이 등장하는지 혹은 그러한 너와 나(혹은 그녀들) 사이의 세계가 무엇 때문에 중요한지를 이해할 수 있게 해준다. 말하자면 황인찬은 새나 개와 같은 동물이 되기를 원하며 그녀가 되기를 꿈꾼다. 들뢰즈식으로 보자면 '되기(becoming)'를 가능케 하는 시적 자아의 이상인 것. 새(이자 개)가 존재하는 세계를 반복되는 부정적 형태로서 욕망한다는 것. 이런 측면에서 판단해 보면 기존의 논의들이 황인찬에 대해 주목했던 부분은 어느 정도 전자의 차원에만 집중되었던 셈이다.

따라서 "멍하면 멍 짖어요/ 내가 좋아하는 나의 작은 새처럼" 그리고 "잘할 수도 있지만 잘못하기로 했어요/ 그냥 멍 짖어요"라는 반복적 언어의 형태들은 단지 단순한 반복과는 차원을 달리한다는 점이 중요하다. 이는 이재원의 지적처럼 아감벤식의 '-하지 않음'이란 형태를 취하는 것이기도 하다. 그러나 중요한 맥락은 이 반복이 단순히 윤리성의 맥락에서만 작동하는 것이 아니라는 점이다. 오히려 이는 '즐거움'의 차원에 속한다. 즉 올바름이 아닌 "자꾸 멍하면 좋아요 아주 좋"은 "내가 좋아하는 나의 작은 새"가 되고자 하는 역설적이며 역동적인 욕망이 언어의 심층 속에 감춰져 있는 것이다. 요컨대 '즐거움'이란 황인찬이 자신이 시를 쓰고자 하는 욕망의 근원이 어디에 있는가를 분명하게 가리킨다. 그는 '순수한' 어린아이의 존재처럼 즐거운 운동을 지속시켜 나가기를 원한다. 이것이 언어의 표면인 '부정성'과 '수동성'에 의해 가려져 있는 그의 본질적 영역이다.

그렇기에 우리는 "시에는 개나 새가 나오고 무슨 개고 무슨 새인지 알기가 어렵고/ 그건 누구 잘못인지 모르지만 다 잘못했어요"라는 표현을 섬세하게 받아들여야 한다. 이는 황인찬이 은밀히 자각하고 있는 것. 미래파가 보여준 엄격하고 파괴적인 부정성의 언어와 자신의 언어와의 근본적 유사성을 발화한다는 점에서 그러하다. 말하자면 "그렇게 모두가 다 잘못했"다는 것은 그의 선배들과 그의 근본적 공통지점이다. 그러나 동시에 그들과 구분되는 자신만의 존재방식이 있다. 그것은 황인찬의 "새가 시라는 은유는 몰라요 시가 개라는 은유도 몰라요/ 누군가 시를 쓴다면 그건 그냥 시에요"라는 것이다. 알지 못하며 모른다는 이 지점. 황인찬은 그의 선배들과 언어에 대한 엄격한 태도를 공유하지만 동시에 그 엄격함 자체를 드러내지 않는 방식으로 그것을 지켜내고 새롭게 의미화하려 한다. 동의하든 동의하지 않든 이러한 맥락에서 황인찬은 자신의 시가 어디에 놓여있으며 어떤 위치를 점하고 있는지를 아는 '영리한 아이'인 셈이다. 그 영리함은 시의 표면적 단순함을 넘어서는 어떤 심층을 형성한다. 이것이 황인찬의 시를 표면적 발화 이상의 것으로 받아들여야 하는 이유이다. 마치 「연역」에서 말했던 '여기로 들어오라고 외치는 활짝 열린 문'처럼 말이다.

### 3) 순진함과 진정성의 차이, 그 냉소적 의지

> 우리 할머니는 아직도 하신다 백 년
> 동안 움직여 온 그 입술로 내게 망할 것
> 이라고 말씀을 자꾸만 하신다
>
> 나는 망하지 않는다 살아서
> 있다
>
> —「종의 기원」 중에서

말했다시피 황인찬은 '영리한 아이'이다. 그의 영리함이자 심층은 살펴본 바대로 언어의 표면적 발화 그 자체로서만 파악되기 어렵다. 즉 그는 끊임없이 아님을 말한다. 이러한 '부정성'의 태도를 지속하면서 드러날 수 있는 순수한 언어를 지향한다는 것. 혹은 언어의 표층적 의미를 있는 그대로 활용하면서도 그것 이상의 잠재적인 운동성을 즐기는 것이 황인찬의 욕망이라면. 그가 구축해 놓은 세계의 세부들을 들여다볼 필요가 있다. 그는 왜 이러한 수동성의 가면으로 자신을 감추면서 드러내는가. 이 문제에 답하기 위해 우선 동물들, 새와 개가 혹은 '그녀'들이 없는 그의 세계로부터.

> 이곳은 네가 아닌 병원 책상이 있고 책상에 누가 누운 흔적이 있고 수백개의 창이 있고 거기서 뛰어내리는 사람이 있는 이곳은 네가 아닌 병원 조용히 움직이는 초침이 있고 망상과 전망을 혼동하는 시인이 있고 점차로 잦아드는 들숨과 날숨이 있는 이곳은 네가 아닌 병원 낮과 무관한 밤이 있고 눈뜨지 않는 육체에 갇힌 영혼이 있고 창밖으로 무수하게 펼쳐진 마지막 잎새가 있는 이곳은 네가 아닌 병원 자주 아픈 사람은 병원에 자주 가고 계속 아픈 사람은 병원에 계속 있고 아프지 않으면 오지도 못하는

이곳은 네가 아닌 병원
아무런 비밀도 없는데 아무것도 알 수 없는 세계다

—「네가 아닌 병원」, 전문

「네가 아닌 병원」이란 황인찬이 지각하는 세상을 형상화한 크로키일 것이다. 이 시는 그가 지닌 세계감이 무엇인지를 말해준다. 「조율」에서 등장하는 "아직 일어나지 않는 일"이자 "그건 일어나지 않는 일"의 세계. 그러니까 "아름다운 숲속을 거닐게 될 거"라는 "이미 있어났던 일"들이 사라져버린 세상을 말이다. 따라서 그녀들이 없는 그의 세계란 어떠한지를 물어야 한다. 왜 순수한 아이는 이토록 황량하며 또한 고통스러울 수밖에 없는가.

시의 제목에서 드러나듯 병원이란 세계에는 내가 되고자 하는 너 혹은 내가 머무르기를 욕망하는 이상적 대상인 너가 부재한다. 시인 자신의 언급처럼 "네가 아닌 병원"인 이곳은 "수백개의 창이 있고 거기서 뛰어내리는 사람이 있는" 곳이며 또한 "망상과 전망을 혼동하는 시인"이 있고 "낮과 무관한 밤"이 있으며 "창밖으로 무수하게 펼쳐진 마지막 잎새"들와 격리되어 있는 곳이다. 마치 "인간으로 있는 것이 자꾸 겸연쩍"(「여름 연습」)어지는 병원의 세계란 멀쩡해 보이지만 사실 모두가 단순히 병들어 있고 미쳐가고 있음을 알지 못하고 있는 그러한 세상이 아닌가. 이렇게 본다면 마치 이성복의 「그날」처럼 "아무런 비밀도 없는데 아무것도 알 수 없는 세계"일 뿐인 것들 속에 있다는 시인의 세계감은 우울과 멜랑콜리적 인식을 기본적으로 내포하고 있는 셈이다.

따라서 "다 압니다/ 모든 게 안 좋아요 언젠간 좋아질 테지만"(「머리와 어깨」)이라고 중얼거리는 냉소적이고 영리한 아이의 마음인 것. 황인찬의 텍스트에서 등장하는 무수히 많은 공포감과 무의미성 혹은 '수동성'이라 통칭되는 그의 언어적 태도란 단순히 세계에 대한 무관심을 드러내는 것만으로 보기 어렵다. 황인찬이 근본적으로 '나'라는 주체에 대해서만 관심을 가지는 (것처럼 보이는) 것. 혹은 그가 판단하지 않고 결정하지 않으며 묘사하지 않으려 하는 언어로 일관하는 것은 단지 단순함을 가장한 세련된 기교의 차원에 속한 것이 아니다. 오히려 그것은 "나의 연인처럼 구는" 진짜가 아닌 자들의 세계 속에서 "말없이 그냥 앉아 있"는 자만이 꿈꿀 수 있는 어둠의 영역이자, "어두운 물은 출렁이는 금속같다 손을 잠그면 다시는 꺼/낼수 없을 것 같"(「실존하는 기쁨」)은 심연을 들여다보기 위한 엄정한 태도와 관련되어 있다. 즉 이 영리한 아이란 균질하고 무의미한 세계들을 '아무것도 아닌 것'으로 바라보는 자의 '냉소'적인 시선을 통해 존재한다. 그렇기에 황인찬의 전언처럼 우리는 그의 언어 속에 감춰져 있는 '순진함과 진정성을 구분'(「너는 이제 시인처럼 보인다」)해야 할 필요가 있다.

> 그는 알아차리는 것이다 수조에서 살아 움직이던 생물들이 온 힘을 다해 헤엄치다 결국 힘을 다해버린 것을
>
> 우리 삶을 구성하는 여러 요소들이
> 서서히 고조되거나 혹은 가라앉으며
>
> 우리에게 약간의 침울함을 느끼게 하고 있다는 것을
>
> 그러다 갑작스레 무언인가의 파열음이 들리게 되고, 그러면 깜짝 놀라게 되고, 둘러보면 아무것도 달리진 게 없더라는 식의
>
> 이야기가
> 이야기가 시작되고,
>
> 이 이야기는 빈 공간을 구성하고 싶어 하고,
> 두 사람이 멍청한 표정으로 서로를 마주보고 있는 채로
>
> 이야기는 순진하게 시작된다
> 거실에서, 항상 거실에서
>
> —「실내악이 죽는 꿈」, 부분

그가 보여주고자 하는 바는 이야기와 묘사 혹은 표층이 아니다. 우리는

순진한 이야기이자 언어의 표층들이 아닌 것. 언어의 심층이자 그의 행위이며 텍스트의 이면 속에 잠재되어 있는 '진정성'의 영역이 무엇인지 파악해야 한다. 황인찬의 시에서 나타나는 수동성이자 부정성이 단순히 텍스트의 표층적 차원에 머무르지 않는다는 점을 고려해 본다면, 그의 말처럼 순진함이 아닌 진정성이란 어떻게 존재할 수 있는가. 혹은 「실내악이 죽는 꿈」은 무엇을 근본적으로 부정하려 하는가.

결과적으로 「실내악이 죽는 꿈」이란 한 편의 시 전부이자 동시에 시를 쓴다는 행위 그 자체라고 말할 수 있다. 황인찬은 자신이 생산하는 혹은 써내는 텍스트의 차원을 부정함으로써 혹은 자명하고 이해되는 시의 세계를 부정함으로써 능동성을 생산하는 행위 자체가 된다. 말하자면 '어디서 들리는 건지 모를 불길한 실내악의 음향', 그럴듯한 말로 포장된 "우리 삶에 갑작스레 틈입해 오는 어떤 불안", '결국 온 힘을 다 헤엄치다 죽어버린 것' 등을 포괄하는 이야기들. 즉 「실내악이 죽는 꿈」이 알려주는 것은 우리가 정상적으로 시라고 '착각'해 왔던 무수한 자명성들이 결국 "순진"한 것이자 "거실"이라는 공간에 머무는 안락한 자들의 세계일 따름이라는 점이 아닐까. 그 순진함을 냉소하는 시선의 존재 자체가 「실내악이 죽는 꿈」이 진정으로 의도하는 바이다. 그렇기에 시인이 말하지 않음으로써 텍스트에 쓰여지지 않은 채 말해지는 영역들은 죽음 그 자체나 단순한 부정성의 맥락으로만 파악될 수 없는 차원에 속하게 된다.

자신의 텍스트를 스스로 부정하는 황인찬이 그 부정성을 순진한 것이 아닌 '진정한 것'으로 만드는 행위란 근본적인 사유의 엄격성이자 언어에 대한 본질적 태도라 칭해져야 할 성질의 것이다. 냉소하는 자의 치열함이 자신의 세계를 구축하며 완성해 가는 언어와 텍스트인 것. '(미지이자 희지인) 알지 못함'의 근간에는 바로 이러한 사유가 놓여있다. 그 사유야말로 그의 시에서 무수히 발생하는 죽음의 근본적 지향점이 아닐까. 따라서 "이 시는 여기까지입니다/ 감사합니다"(「영원한 친구」)라고 말하는 명랑한 말투가 드러내는 것처럼, 그의 감각은 사실 "예술에 대해 자명한 것이 더 이상 없다는 것이 자명해"(『미학이론』)졌다고 선언한 아도르노보다 "몰락하는 자를 사랑"(『짜라투스트라는 이렇게 말했다』)한다고 말하는 니체에 보다 가까운 것이라 보인다. 황인찬의 냉소는 부정성을 지속하는 형식 자체를 예술의 목적으로 삼고자 했던 아도르노와 분명한 거리가 있다. 그는 세상에 대한 냉소를 통해 몰락을 사랑하고 즐기며 세계 자체의 무의미성을 넘어서려 했던 니체적 사유에 보다 밀착되어 있는 것이다.

이 흔적들을 종합해서 검토할 때에야 그가 자신의 언어 속에 감추어 두었던 양상들이 정확한 의미를 드러낼 수 있다. 모든 것을 반대로 말하고 있는 그의 말을 고쳐서 들어보자. 즉 '이 겨울의 길이 지독하게 고독하다는 사실에 자신을 의탁해야 만하는 자'이자 '다리 위에서 몸을 던질 수 있는 자', '그믐 아래 야습을 도모하는 미지를 원하는 자'이자 '내일의 불가능을 믿는 자'. 그리하여 '너의 집을 찾으려 하는 자'(「너는 이제 시인처럼 보인다」)인 지점. 니체가 『짜라투스트라는 이렇게 말했다』를 통해 보여주었던 질문하는 낙타와 세계를 파괴하는 사자가 도달해야 하는 순수한 생성과 창조의 어린아이가 되는 것. 정상적이고 무균질한 세계가 아닌 순수성을 목표로 하는 운동. 단지 이를 위한 즐거운 행위가 그의 가장 깊은 심연이자 '진정성'의 영역이라 불리워질 수 있다. 따라서 우리가 보아야 하는 것은 「종의 기원」에서 언급한 망하지 않고, '살아서 있다'는 말의 본질적 의미이다. 그 의미는 바로 새이자 개이며 인간이 아닌 동물이며 진정한 그여야 하는 '그녀'들의 세계로부터 오고 있기에.

### 4) '그녀'들, 순수하고 따뜻한 세계

> 식탁 위에는 먹다 남은
> 익힌 콩과 말린 고기가 조용히 잠들어 있다
>
> 이것이 희지의 세계다
>
> 희지는 혼자 산다
>
> —「희지의 세계」 중에서

따라서 이 질문은 다음과 같은 문장을 함축한다. 그는 무엇을 원하는가. 황인찬의 욕망이 구축하려 하는 무표정하다면 무표정한 언어들이 스스로의 진술을 알지 못함의 형태로써 구현하고 있을 때. 그때에만 도래하게 될 '그녀'들의 세계. 혹은 '새'이자 '개'들인 동물들의 세계는 어떻게 현전할 수 있는가. 그가 "어느 날 나는 나의 영혼을 견딜 수 없었다"고 말하면서 원하는 것. 그러니까 "나는 나의 아름다운 소설을 보여주고 싶"은 '그 아이가 아닌 개'의 존재(「오수」)를 강렬히 바라는 이유. 그 슬픔과 고통 혹은 『구관조 씻기기』의 「듀얼 타임」에서 언급된 "It's dark, 말한다"고 언급된 어둠과 심연의 세계가 보여주는 근본적 정체를 말이다.

그것을 알기 위해 우리는 황인찬이 깊숙이 침윤되어 있는 심연의 세계를 단지 부정적인 것으로 배제해서는 안 된다. 니체를 빌려 말해보자면 '심연을 들여다보려 하는 자는 심연 속의 괴물이 자신을 바라보고 있다는 사실 또한 알고 있는 자'이기 때문이다. 그는 스스로의 죽음을 포함해서 자신의 세계 속에 무수히 등장하는 죽음 자체 속에서 무엇이 '되기'를 원한다. 심연에 깊숙이 침몰하려는 자가 원하는 세계. 어쩌면 유토피아이자 어쩌면 그의 꿈. 그리고 어쩌면 진정으로 그 자신이어야 하는 것. 그러니까 「희지의 세계」처럼 고요하고 아득한 '그녀'들의 세계는 어떠한가.

> 그 애는 어째서 나를 이 깊은 산속으로 데려왔을까 모든 것이 알 수 없는 일이었지만, 알 수 없는 모든 것이
>
> 나쁘지 않다
>
> 나의 마음은 기묘하게 뒤틀려 가고 있었으나 점차로 모든 것이 명료하였다 아무런 소리가 들리지 않는 이곳에는 우리 두 사람뿐이구나
>
> 그러한 생각에 도달했을 때,
>
> 우리는 나무 아래 완전한 어둠 속에 있었다 그 애의 팔이 내 몸을 감싸 안은 채였다

"너에게 해주고 싶은 말이 있어"
그 애가 말했다

명료하게

미지근한 그 애의 체온이 내게로 전해져 오고 있었다

—「서정」, 부분

그가「인덱스」라는 시를 통해『희지의 세계』맨 마지막에 배치해 두었던 구절. "이제부터 평생 동안 이 죄악감을 견딜 것"라는 말은 단순하게 파악되어서는 안 된다. 거기에는 그가 아닌 그가 되고자 하는 강인한 의지가 스며들어 있기 때문이다. 따라서 그가 되고자 하는 그. 혹은 황인찬의 본질적 욕망이자 죄책감이 '그녀'들이 부재하는 세계에 대한 냉소와 환멸의 감각에 기반해 있다는 점은 중요하다. 그것은 "숨을 쉬면 빛이 흩어지는 곳"이자 "어두운 데로 무엇인가 몰려가는" 영역을 보는 자가 아니라면 가질 수 없는 섬세한 감각을 토대로 한다. 그렇기에 그가 말하지 않으면서 말하고 있는 것. "내 사랑의 미래가 거기에 있고 지금 내가 그것을 보았다는 것"(「인덱스」)은 스스로 '믿는' 자에게 주어질 '그녀'들의 세계에 대한 명료한 선언이지 않을까. 자신을 빛이 아닌 어둠으로 몰려가는 자라고 명확하게 선언하는 자의 목소리가 이와 같다. 그의 죄책감이란 아직 존재하고 있지 않는 미래이자 과거에 이미 존재했었던 차원에 속해있는 것이기도 하지만, 덧없고 무의미한 세상 속에서 도래할 미래와 존속해야 할 과거를 '믿는' 자만의 것이다.

이것이 황인찬의 세계이자 '그녀'들의 세계가 가진 '원천'이다. 즉 "나뭇잎이 이렇/게 섬세하게 무엇인가 잔뜩 돋아나서 징그럽다는 것"을 알아버린 자이자 "팔월의 열기"가 미치지 못하는 "나무의 어둠 아래"(「서정」)를 마주하고 있는 자. '바다를 보며 감탄하는 사람들 속에서 홀로 무엇인가가 부서지는 소리를 듣는'(「유사」) 자. 죽음을 마주하고 그것에 깊숙이 침윤되어 있는 자만이 말할 수 있는 세계 속에서 황인찬은 서 있는 것이다. 마치 "어떤 사람이 나무에 기대 앉아 그의 인생에서 가장 중요/한 생각을 떠올렸다 그는 그것을 누군가에게 말하거나 행/하지 않은 채 가슴속에 묻기로”(「종로이가」) 한 것처럼. 중요한 것은 그가 자신의 비밀을 결코 쉽게 발언하지 않으며 자신의 의지와 그 행위의 실천을 정의롭게 소리 높여 떠들지 않는다는 점이다. 그는 단지 “명료하게” 보여줄 뿐이다. ‘그녀’들의 세계로부터 전해지는 희미한 무언가들. 거대하지도 뜨겁지도 않으며 말하자면 사소하다면 사소한 “미지근한 그 애의 체온”을 말이다.

어린 새가 가지에서 떨어진 것을 올려 주었다 가지 위의 새들이 다 날아갈 것을 알면서도

그러나 이 시는 사랑에 대한 시는 아니다
어둠이나 인간 아니면 아름다움에 대한 것도

어린 새는 조금 혼란스러워 보인다 그러다 곧 날아가겠지 그렇게 생각하는 동안 해가 진다

(…)

이 시는 슬픔에 대한 시는 아니다 저녁의 쓸쓸함이나 새의 날갯짓 아니면 이별 뒤의 감정에 대한 것도

“미안, 늦을 것 같아 어디 따뜻한 데 들어가 있어”
누군가 말하는 것이 들려왔다

갑자기 가로등에 불이 들어왔다
혹시 누가 보고 있나 둘러봐도 아무도 없다

—「새로운 경험」, 부분

(…) 공원의 모두가 은총 아래 있다 나란한 산책로를 따라 걸어가는 노부부도 물 위를 홀로 걷는 고독한 남자도 모두 완전하다 나는 은총 아래 연인을 기다렸다 주말 오후의 빛이 공원을 비춘다 돌이킬 수 없는 평화가 공원에 서려 있다 호수 공원의 주변을걷고 있었다 연인은 물속에서 나올 줄을 모른다

—「지국총」, 부분

그는 언어화한다. "이 시는 사랑에 대한 시는 아니다/ 어둠이나 인간 아니면 아름다움에 대한 것도". 그리고 "슬픔에 대한 시는 아니다 저녁의 쓸쓸함이나/ 새의 날갯짓 아니면 이별 뒤의 감정에 대한 것도". 그 모든 것과 언어의 자명한 의미들에 대한 경험이 아닐 수 있는 것. 그렇다면 시의 제목에서 언급된 '새로운 경험'이자 그가 말하는 세계의 이면이자 본질은 결과적으로 "알 수 없는 모든 것이/ 나쁘지 않다"(「서정」)라고 말하는 행위를 통해 열려질 '가능성'인 셈이다. '알 수 없는' 것이라는 말이 그가 구축하려는 세계의 기본적 행위라는 점을 고려했을 때, 이 말은 분명하게도 '나쁘지 않을' 수 있는 가능성을 거쳐 좋고 즐거운 것이 지닌 잠재성을 활성화하려는 의지를 구현하고 있는 것이 아닐까. (흥미롭게도 그는 시의 제목을 '서정'이라고 붙였다.)

언어의 세계에 함몰되지 않고 그것을 그 자체로서 현전시키려는 행위. 그가 원하는 "미지근한 체온"의 세계는 결코 단순하게 우리에게 오지 않는다. 그 도래함은 "이것이 잘못된 일이라는 것을 알기에 더욱 사랑"(「두희는 알고 있다」)해야 한다는 조건을 가진다. 그렇다면 그가 보여주는 수많은 "혼란"들 속에서 황인찬이 진정으로 원하는 것은 '그녀'들의 세계이자 나에게 부재하는 바로 그 "따뜻함"이 아닐까. 확정과 자명성을 통해 드러나는 것이 아닌 잠재적인 믿음의 영역 속에서만 존재할 수 있는 것. 너무나도 진부하게 느껴질 수 있지만 진부하지 않을 수 있는 것. '인간적'이어야 하는 나이자 무수한 '아니다'의 세계를 통해 겨우 희미하게 보여질 수 있는 '그녀'들의 세계. 혹은 "미안 늦을 거 같아 어디 따뜻한 데 들어가 있어"라는 말이 지닌 온기의 영역들을 말이다.

따라서 그가 두리번거리며 '둘러보고' 찾고자 하는 '그녀'들의 세계란, 명료하게 보이지 않지만 그것을 찾으려 하는 자에게만 갑작스레 (그의 시 속에서 갑작스러움이나 깜짝 놀람의 표현들은 빈번하게 출현한다.) 들려올 '무엇'인 셈이다. 그렇기에 황인찬은 기다린다. "이 작은 물건은 기다리는 것이다 영혼을 얻을 때"(「조물」)를. 그 믿음을 통해 도달할 그의 영혼이란 "모두가 은총아래 있"는 밝은 곳이 아닌 세계를 통해 비로소 현전하게 되는 잠재적인 가능성들이 아닐까. 그가 끊임없이 말하는 죽음과 심연의 세계가 깊숙하게 감추어둔 것. 모두가 "완전하"며 "돌이킬 수 없는 평화"로 가득 찬 세계가 아닌 곳. '그녀'들의 세계가 지닌 것. 불타오르는 거대한 불이 아닌 "미지근한 체온"을 말이다. 「지국총」의 '무덤'을 통해 보여진, 그가 꿈꾸고 있는 '연인(들)이 물속에서 나올 줄을 모르는' 것처럼.

이제 『희지의 세계』를 통해 지금까지 우리가 보아왔던 것을 말해보자. 황인찬의 단순함과 부정성 이면에 감춰져 있으며 냉소의 진정성을 통해서만 도달하게 될 '그녀'에 대해서 말이다. 그가 말하지 않고 혹은 스스로를 부정하면서 그 대신 '그녀'가 말하고 있는 것. 미지이자 희지이며 알지 못함으로써 주어질 수 있는 것이 저 '따뜻함'의 영혼이라면. 언제나 항상 부재하는 '그녀'들의 영역이 그가 꿈꾸는 고요하며 아득한 세계라는 점을 말이다. 그의 텍스트가 무수히 알지 못함의 언어들을 통해 희구하는 '그녀'들의 세계란 결국 '믿음'의 즐거움인 셈이다. 따라서 어느 순간 갑자기 "느닷없이 세상이/망하고 내가" 발견한 저 "아름다운 뿔/나팔/소리"(「반주자」)란 불현듯 도래할 순수성의 영역으로부터 울려 퍼질 것이라는 점은 너무나 분명하지 않은가. 그 노래를 위해 그는 단지 믿음을 말하지 않고 즐기면서 행할 뿐이다.

결국 그가 철저하게 밀어붙이는 하나의 태도란 그를 포함한 모든 사람들에게 이빨을 들이대는 자명함이자 "익숙한 한기"의 세계에 대해서 "문을 열지 않"아야 한다는 것이다. 그것은 역설적으로 세계 전체에 대해 끊임없이 부정적으로 적대적이어야 가능할 믿음인 '그녀'들의 미지이자 '희지'를 전제로 한다. 즉 "내가 하지 말아야 할 것은 해서는 안 되는 것"이란 말을 온전히 실천하는 행위야말로 "내가 되고 싶었던 것은 내가 되고 싶었던 것"의 가능성을 믿고 또한 확인하며 현전시킬 유일한 방법일 수 있다. 알지 못함이란 '희지'의 언어들을 통해서 '그녀'들의 "체온"을 믿는다는 것. 마치 '목양견 미주가 희지의 하얀 배 위에서 머리를 누인'(「희지의 세계」) 모습처럼. "내가 되고 싶었던 것"같은 "뒷산의 돌무덤 아름다운 세계"를 향한 마음이란 아름답지 않음으로써 아름다울 수 있다. 말하자면 자신이 되고자 하는 그이자 '새'와 '개'이자 동물들인 '그녀'들의 세계. 아마 황인찬은 알 것이다. '그녀'들을 위해 무엇을 해야 하는 말이다. 그는 자신이 '희지'를 위해 무엇을 원하고 믿으며 또한 해야 하는 지를 잘 알고 있는 아이니까. 황인찬은 자신만의 비밀을 간직하고 있는 영리하며 또한 착하고 즐거운 아이니까.

내가 되고 싶었던 것은 뒷산의 돌무덤 아름다운 세계가 자꾸 이곳에 있고, 항상 까닭 모를 분노에 시달리던 어린 시절도 다 지나갔다

내가 되고 싶었던 것은 내가 되고 싶었던 것
하지 말아야 할 것은 해서는 안 되는 것

눈을 뜨면 아침이 오고, 익숙한 한기가 발밑을 맴돈다
누군가 문을 두드렸지만 열지 않았다

—「풍속」 중에서

### 5) 결과적으로 남겨질

그리고 모든 것이 완벽하다고 느껴질 때,
너는 무심코 만지는 것이다

평화롭게 잠든 사람의 부드러운 볼을

너는 흠뻑 젖어 있다
너는 돌아오지 않을 것이다

—「비의 나라」 중에서

그는 더욱 나아갈 것이다. 『구관조 씻기기』를 통해 시작되었고 『희지의

세계』에서 도달한 부정성의 깊숙한 이면을 향해서. 말했지만 그는 영리하며 또한 착하고 즐거운 아이니까. 그는 자신의 언어를 통해서 새와 개인 동물들의 세계이며 '그녀들의 희지'를 포기하지 않을 것이다. 그는 부정성과 단순성을 통해 도래할 수 있는 마음이자 그 순수한 잠재적인 언어의 행위를 '즐길' 것이다. 이것이 황인찬이 스스로에게 시인의 이름으로 명명한 것이자 진정으로 쓰기를 원하는 자의 운명이다. 따라서 그에게서 읽어내야 하는 것은 결국 그가 구축하고 있는 세계의 필연성이다. 저 순수한 언어들이 자신을 드러내기 위한 부정성과 냉소의 이면. 말하지 않음으로서 필사적으로 구성하려는 비밀스러운 의지의 즐거운 운동들을 말이다.

결론을 맺자. 2010년대 이후 황인찬이란 시인을 주목해야 할 근본적 이유가 단순함과 부정성의 언어 자체에만 있지 않다는 것을. 그는 분명 그의 선배들이 보여주었던 세계를 이해하고 그들과 부정성을 공유하지만 또한 다른 길을 걷고 있다는 것을. 이런 점에서 황인찬이 그들의 유산을 계승하면서 동시에 자신만의 세계를 구축하고 있다는 것은 뚜렷해 보인다. 그를 통해 듣게 될 말이란 필연성의 언어들이자 '그녀'들의 마음인 셈이니까. 갑작스럽게 들려오게 될 '따뜻함'의 체온처럼 아름다울 수 있는 것. 시인 자신의 말을 빌려보자면 그는 자신의 필연성에 "흠뻑 젖어 있"으며 또한 자명하고 정상적인 이 세계로 "돌아오지 않을 것"이다. 그는 꿈꾸고 있을 뿐이기에. 그 언어의 비밀들 속에서 만질 수 있게 될 "모든 것이 완벽하다고 느껴질", 그래서 우리가 "무심코 만"지게 될 "평화롭게 잠든 사람의 부드러운" 즐거움을 느끼면서.

마지막으로 이 '즐거움'의 세계에 대해 한마디만 더. 어쩌면 범박하다고도 느껴지겠지만 결국 언어란 그릇에 불과하다는 지점을. 우리가 사실 알고 있다고 생각하지만 분명히 알지 못하는 것처럼, 언어를 통해 무엇을 담든 간에 그 속에는 자기 자신이 항상 있게 된다. 그러한 점에서 씁쓸하게도 요근래 몇 년간 문단을 휩쓸었던 무수한 말들 속에서 우리는 무엇을 보고 얻었으며 건져낼 수 있었을까. 이미 우리는 너무나 많은 정의로움을 보아왔다. 올바름이란 나름대로의 가치를 분명히 지니지만 때로는 올바름 그 자체가 문학이란 이름을 얻기는 어렵다. 지극히 주관적이겠지만 문학이란 결국 언어 그 자체에 매달리는 어리석음 그 이상도 그 이하도 아니지 않을까.

황인찬의 시가 보여주듯이 우리에게 '필연적'으로 주어져야 하는 것들이란 정의正義의 문학이 아닌 문학의 정의定議일 따름이다. 오해하지 않았으면 한다. 이 말은 정의定議가 자명하고 확정적인 형식으로 가능하다고 말하는 것이 아니기에. 오히려 중요한 것은 정의正義의 형태로 주어지지 않는, 즉 '결정되지 않은 형태'로 주어져야 할 다양한 잠재적인 정의定議'들' 이다. 그의 텍스트처럼 시인이 된다는 것이자 우리가 누려야 할 '즐거움'이란 항상 미지의 세계 속에 있을 것임으로. 이렇게 본다면 우리는 문학의 정의正義라는 거대함이 아닌 사소하고 고요한 '희지'들을 꿈꾸어야 한다는 점을 미처 깨닫지 못했던 것이 아닐까. 그러니 이제 이 영리하고 영특하고 착한 아이의 말을 빌려 말해보도록 하자. "아무도 없는 교실에 종이 울리고 아무도 학교를 떠나지/ 않고 요새는 정말 애들이 큰일이다"(「역사수업」) 그러니까 똑똑, 아 아, 여기가 즐거우십니까?

> 나는 출석부를 읽는다
> 하얗게 비어 있는 출석부다
>
> 아무도 나쁘지 않은 이름들이고 아무도 불행하지 않은 교실이다 내가 교실을 나가면
>
> 수업이 끝나겠지 나는 교실에 있다
> 교실은 있다
>
> 아무도 없는 교실에 종이 울리고 아무도 학교를 떠나지 않고 요새는 정말 애들이 큰일이다
>
> —「역사 수업」 중에서

# 1. 헤테로토피아적 감각: 오직 언어를 ‘통해서’만이

## 1-1. 문보영의 텍스트-월드에 어서 오시길
— 문보영, 『책기둥』

### 1) 이 '헤테로토피아'의 도서관에

> 벽을 앓는 모든 것은 집이 된다. 벽에 중독된 모든 것은 벽이 된다. 누구나 벽으로 태어나 벽으로 살다가 벽으로 죽듯 벽은 반복되고 벽은 난데없다. "꽃이 펴도 당신을 잊은 적 없습니다." 이런 문장은 위로조로 읽어야 할까 공포조로 읽어야 할까. (…)
>
> —「벽」 중에서

한 권의 책에 쓰여 있는 활자를 읽는다는 것은 어떠한 행위를 말하는 것일까. 무언가를 읽는다는 것은 물리적 차원에서 보면 종이에 인쇄된 글자를 눈을 통해 들여다본다는 행위일 것이다. 텍스트로서 활자는 말하자면 읽혀진다. 그러나 무언가를 읽는 것은 단지 보는 행위 이상의 층위에 속한다. 즉 '읽음'은 결과적으로 시의 객관적 재현 대상을 찾아내려는 행위와는 무관하다. 그것은 텍스트 속에 펼쳐져 있는 시간과 공간을 더 나아가 보자면 활자의 물질성 이면에 구현될 무엇을. 요컨대 한 존재가 언어를 '통해서' 전달하려는 '활활 타오르는 진리내용'(발터 벤야민, 『괴테의 친화력』)을 체험하는 것일 테니까.

아마 독자들은 그녀가 구축해 둔 미궁을 보며 어리둥절해할 것 같다. 일반적 관점에서 보면 『책기둥』의 기묘한 이야기들은 해석이 거의 불가능하며 그렇기에 불쾌하기 때문에. 혹은 이것은 시가 아니라고도 말해질 수 있을 것 같다. 그러나 이것은 시이다. 시란 단지 문자를 배치하고 표현을 다듬는 (소위 문학적이라고생각되는) 기술이 아니며 세계관과 사유로부터 유래하는 것이기에. 하여 시집 속에 펼쳐진 이 무수한 이야기들의 정체에 대해 단도직입적으로 말해본다면. (혹은 그녀의 본질적 이름으로 불리워질 만한) 그것은 '보르헤스'적 도서관 또는 미셸 푸코의 표현대로 '헤테로토피아'[1]로 칭해져야 할 것 같다. 시집 서두에 적어둔 시인의 말을 들여다보자.

> 콘페니우르겐의 임신 기간은
> 사십 년으로
> 지구에서 가장 길다 그런데
> 콘페니우르겐의 평균수명은
> 이십칠 년인 것은
> 하나의 수수께끼다

콘페니우르겐(이라 불리는 어떤 존재)의 임신 기간은 40년이지만 그 존재의 평균수명이 27년이라는 것. 여기서 우선 파악되는 것은 논리적 모순이다. 그녀가 보여주는 "수수께끼"처럼 평균적으로 27년을 사는 존재가 40년 동안 임신한다는 것은 당연하게도 불가능하다. 그러니 콘페니우르겐을 단지 없는 것으로 치부해 버릴 수도 있다. 하지만 장난처럼 보이는 이 말은 단지 '없음'만을 가리키는 것일까. 한번 이렇게 상상해 보자. 혹시라도 만약에 평균수명이 27년인 콘페니우르겐들 중에서 40년 이상을 살아 나가는 어떤 '예외적'인 존재가 있다고 말이다. 그렇다면 그 예외적인 존재만이 오직 무언가를 남길 수 있게 되는 것이 아닐까.

또한 가정해 보자. 위의 경우에서처럼 우리가 언어의 표면적 의미라 할 불가능이나 모순을 일단 배제할 수 있게 된다면. 존재하지 않음을 또렷하게 선고하는 명징한 언어들의 이면에 있으며 언표화되지 않는 상태로 부유하는 잠재적 '흔적'을 인식할 수 있게 된다면. 언어에 '의해서'가 아닌 언어를 '통해서' 전달될 무엇을 인식할 수 있다고 생각해 보자. 그럴 때 비로소 보일 수 있는 것이 있다. 즉 '콘페니우르겐'이란 언어를 '통해서' 드러날

---

1) 미셸 푸코, 『말과 사물』, 이규현 역, 민음사, 2012, 11-12면.

표층의 이면이자 짐작하기 쉽지 않은 저 예외성들의 세계란 도대체 무엇인 것일까. 이를 이해하기 위한 핵심은 『책기둥』 속 이야기들을 객관적이고 논리적인 서사로 파악하는 것에 있지 않다.

푸코가 『말과 사물』의 서문에서 인용했던 보르헤스의 「어떤 중국식 백과사전」처럼 문보영의 시들은 '불편한 웃음'을 불러일으킨다. 푸코는 보르헤스의 분류방식을 보며 터졌던 '웃음'을 통해 사고하고 인식하며 판단하는 행위 자체의 근본성을 되물었다. 의식되지 않고 존속하는 사유방식의 근원이며 재현의 재현인 '에피스테메'의 존재방식을 말이다. 그의 관점을 빌려보자면 문보영에게 궁금해해야 하는 것은 텍스트들의 재현 대상과 원본이 아니다. 왜냐하면 '헤테로토피아'인 그녀는 언어를 '통해서' 놀이하며 우리의 말을, 그러니까 유토피아적인 희망이자 그 의미를 이해할 수 있으리라는 가능성을 제거해 버리기 때문이다.

따라서 문보영의 세계가 언어의 무한한 증식 행위 자체로 존속한다면, 그 텍스트들이 언어의 의미가 아닌 언어의 독자적 사용으로 구축된 놀이의 도서관이라면, 중요한 지점은 그녀의 세계가 가진 본질적이고 근원적인 감정을 있는 그대로 이해하려는 태도를 취하는 것에 있다. 지젝식으로 말해 언어를 소유하는 대타자에게 기대지 않고 자신만의 것으로 '놀이'하고 지배하는 행위(요한 하위징어, 『호모 루덴스』)인 것. 언어가 의미를 말하지 않고 스스로를 다른 무언가로 구축되는 세계로서의 도서관, 그 자체를 성실하게 그리고 (그녀가 김수영 문학상의 수상소감에서 말했던 것처럼) "쓸모없는 것"으로서 만드는 행위가 시인의 출발점이라면, 이 놀이의 근본적인 시작과 끝에는 과연 무엇이 존재하는 것인가란 질문이 우리에게 주어질 수 있을 것이다.

그러니 재현이 존재하지 않는 텍스트의 세계를 '읽기' 위해 먼저 들어야 하는 것은 일차적으로 '공백'일 것이다. 그 '비어있음'은 아마 다음과 같이 번역될 수 있다. 『책기둥』[2]에 실린 텍스트들은 「"____________*"」에서처럼 공백이며 동시에 비어있지 않는 것들이라고. 바로 그 지점을 인식하기

2) 문보영, 『책기둥』, 민음사, 2017. 이하 『책기둥』에서 인용하는 시들은 인용표기와 면수를 생략한다.

위해 우리는 이 '헤테로토피아'의 도서관 속에서 주어진 의미의 길을 내던져버리고 줄달음쳐 도망치거나 혹은 "눈이 멀어" 있어야 한다.

> 통화하는 엄마는
> 냉장고 위에 올라가 코브라처럼 앉아 있는
> 작은 카프카를 나무라지 않았고
> 눈여겨보지도 않았을뿐더러
> 사람이라고 생각하지도 않는 듯 했다
>
> (…)
>
> *멀리서 봤을 때 지구가 마침표라면 얼른*
> *다음 문장을 써라*
> 냉장고 위에 사는 코브라는 아주 고요하며
> 눈이 멀어 있다
>
> —「"____________*"」 중에서

2) '우연'히 지배하는 세계의 신이란

> *우산 대신 세계를 접었네*
> *그게 좋아서 우리는*
> *계속 계속 접네*
>
> —「진짜 눈물을 흘리는 진짜 당근」 중에서

아마 그녀의 도서관에 대한 가장 궁금한 질문은 시인이 만들어둔 텍스트의 놀이이자 이 미궁의 정체가 도대체 무엇이며 어떻게 이해될 수 있는 것인가라는 점일 것이다. 그러나 전술했다시피 이 질문은 그다지 적절하지 않다. 우리가 그녀의 텍스트를 통해 어떤 객관적 재현의 대상을 파악할 수 있으리란 기대는 지극히 가짜 희망적인 유토피아일 것임으로. 그렇기에 시집에서 눈에 띄는 많은 문장들이 '-하지 않는다'라는 유형을 취한다는 사실을 주목해 볼 수 있겠다. 스스로의 말을 빌린다면 그녀의 언어들은 "무의미한 움직임만을 수년간 반복하는, 바위에 깔린 벌레들"인 셈이며 동시에 그 "문장들은 오직 자기 자신에게 집중하느라 까맣게 타들어가고 있다. 주변을 신경 쓸 재간도 없이, 미래를 도모하지도 않고 오직 한 자리에서 홈을 파며, 어쨌든, 바닥에 흔적을 내고, 그것을 위해 몸을 꼴 대로 꼬며 깊어지는 동작만을 반복하고 있"을 뿐이다.

즉 그녀의 텍스트는 깊숙한 아이러니와 불가능 혹은 "그것을 잊기 위해서 더 많은 문을 닫는" 세계 속에서 존재하는 '두개골 속의 작은 벌레의 불편함'(「멀리서 온 책」)이자 멜랑콜리적 감정을 통해 존속한다고 할 수 있을 것이다. 따라서 우리는 그녀의 멜랑콜리적 세계감을 통해서 텍스트 속 몇 가지의 흔적들을 찾아내는 것으로부터 출발해야 한다. 그 대표적 예로서는 아무것도 일어나지 않으며 무의미한 "슬픔에 인색한 계절"의 반복인 '여름'이란 시간이나 "그런 물음은 던지지 않는"(「그녀들」) 쿤데라식 농담형 인물인 앙뚜안, 스트라인스, 지말 등을 들 수 있겠다. 이들의 정체를 파악하기 위해서는 우선 그녀의 텍스트이자 이 보르헤스적 시인의 도서관 전체를 조망하는 관점이 요구된다. 그래서 우리는 무의미한 우연으로 가득 찬 이 세계의 "신"을 먼저 만나야 한다.

> 신은 거대한 오리털 파카를 입고 있다 인간은 오리털 파카에 갇힌 무수한 오리털들, 이라고 시인은 쓴다 이따금 오리털이 삐져나오면 신은 삐져나온 오리털을 무신경하게 뽑아버린다 사람들은 그것을 죽음이라고 말한다 오리털 하나가 뽑혔다 그 사람이 죽었다 오리털 하나가 뽑혔다 그 사람이 세상을 떴다 오리털 하나가 뽑혔다 그 사람의 숨통이 끊겼다 오리털 하나가 뽑혔다 그 사람이 사라졌다
>
> 죽음 이후에는 천국도 지옥도 없으며 천사와 악마도 없고 단지 한가닥의 오리털이 허공에서 미묘하게 흔들리다 바닥에 내려앉는다, 고 시인은 썼다.
>
> —「오리털파카신」, 전문

『책기둥』의 맨 앞에 실린 「오리털파카신」과 「입장모독」이라는 두 편의

시는 그녀의 멜랑콜리적 감각으로 파악되는 세계의 본질적 모습을 "신"의 형상을 통해 제시한다. 이 "신"이 지배하는 세계의 가장 근본적인 구성 원리란 바로 '우연'이다. 시인은 이를 다음과 같이 말한다. "죽음 이후에는 천국도 지옥도 없으며 천사와 악마도 없/고 단지 한 가닥의 오리털이 허공에서 미묘하게 흔들리다 바닥에 내려앉는다"고 말이다.

우리가 문보영이 구축해 놓은 텍스트 속에서 가장 중심을 차지하는 몇 가지의 모티프를 위 시에서 찾아본다면 그것은 "신"과 '오리털과 같은' 우연 그리고 (앙뚜안, 스트라인스, 지말같은) "시인"이라는 3가지 종류의 키워드가 될 것이다. 즉 문보영 월드의 (표면적) 지배자인 "거대한 오리털 파카를 입고 있"는 신은 단지 아무것도 아닌 오리털 파카(물론 여기에서 오리털 파카의 객관적 의미는 전혀 중요하지 않다.)를 입고 아무것도 아닌 것 마냥 "빠져나온 오리털을 무신경하게 뽑아 버린"다. 그저 우연히 '삐져나온 오리털'과 같이 덧없고 무가치한 인간의 목숨은 그렇게 사라진다. 그저 단지 그럴 뿐이다.

삶과 죽음에 있어서 (대부분의 종교가 가진 기능이 그러하듯) 내세를 믿는 것은 사실상 자신의 개별적 삶에 일종의 '연속성'을 부여하려는 무의식적 욕망의 반영에 가깝다. 그것은 삶에 어떤 가치가 존재한다고 믿고 싶어하는 지극히 보편적인 인간의 모습이기도 하다. 라스 폰 트리에 감독의 영화 <멜랑콜리아>의 등장 인물인 클레어처럼 말이다. 하지만 (약간의 스포일러이겠지만) 영화의 결말처럼 그리고 문보영에게도 세계란 깔끔히 사라져 버릴 수 있는 그러한 것에 불과하다.[3] 즉 문보영 월드의 '우연'한 오리털 파카를 입은 신은 단지 무감정하게 행동하며 보편적이고 평범한 인간적 희망을 우연히 그리고 단순히 배반한다. 여기에는 아무것도 없다. 그렇다면 저 신의 우연이 지배하는 세계 속에서 시인은 무엇을 하고 있는가. 시인에게는 "단지 한 가닥의 오리털이 허공에서 미묘하게 흔들리"는 현상만이 존재한다. 그리고 시인은 그것을 보며 "다음 문장을"(「"___________*"」) 쓴다.

3) 이 영화에 해석적 맥락에 대해서는 신형철, 「저스틴, 이것은 당신을 위한 종말입니다」, 『씨네21』, 2012. 7. 18. 참조.

신은 부하들을 시켜, 세계에 입장하는 이들에게 수고비 대신 코스트코 빵을 나눠주었다 사람들이 태어났다 빵을 받지 못한 사람들은 어리둥절했다 우리는 모여 골똘히 생각했다 왜 우리들은 빵을 받지 못한 것일까?

(…)

2) 영국식 담배파이프 모양의 영혼을 소망하는 것으로 신성모독을 했다

(…)

4) 매일매일 신나는 꿈을 꾸었고 그래서 꿈과 현실을 바꿔치기 하고 싶었다

(…)

6) 제대로 된 사람, 이라는 개념을 잘 이해하지 못했다

7) 그래서 학교를 잘 나가지 않았다

8) 세상의 모든 도서관이 불에 탔을 때 구하고 싶은 책이 없었으면 좋겠다고 생각했다

9) 책을 너무 많이 읽었다

10) 그래서 희망을 무서워했다

11) 그래서 미친 개가 자꾸   아왔다

12) 그래서 뛰어, 뛰어, 뛰어다녔다

우리가 빵을 기다리고 있다

—「입장모독」, 부분

텍스트의 마지막 구절인 "우리가 빵을 기다리고 있다"는 표현에서 특히 눈여겨봐야 하는 것은 빵을 기다리는 주체가 우리'는'이 아니라 우리'가'라는 점이다.[4] 사소할 수 있겠지만 굳이 '-가'라는 조사를 붙였다는 것은 시인이 신 그리고 '우연'적인 우리를 관찰하는 시점을 취하는 것이라고 판단이 가능하다. 그 사소함을 통해 드러나는 문보영 월드의 또 다른 (숨은) 지배자인 '시인'은 무엇을 보는가. 왜 이 시의 제목은 신성모독이 아닌 "입장

4) 여기에서 '우리는'이라고 표현되었다면 위에서 언급한 3가지 키워드 중 '시인'이 우리들 속에 포함되는 표현이라고 볼 수 있겠지만 문보영은 그러한 당연한 기대를 배반한다. 이 구절이 문제적일 수 있는 점은 '우리는'이 아니라 '우리가'라는 언급에서처럼 시인이 우리를 마치 별개의 존재로 보고 있다 혹은 관찰하고 있다는 것에 있다.

모독"인가.

우리가 미처 눈치채지 못했던 것. 요컨대 텍스트에 뚜렷하게 언표화되어 있지 않은 형태로 제시되는 문보영 월드의 또 다른 (숨은) 지배자인 시인은 '신이 부하들을 시켜 빵을 나눠주는 행위'이자 이 세계에 "입장하는 이들에게 수고비"로 "코스트코 빵"이 분배되는 광경을 '본다'. '빵을 받지 못해 빵을 기다리기만 하는 우리'와 달리 시인은 스스로를 다음과 같이 말한다. 시인의 정체가 바로 "신성모독"이며, 자신은 "꿈과 현실을 바꿔치기하고", "제대로 된 사람, 이라는 개념을 잘 이해하지 못"하며 "학교를 잘 나가지 않"는 자라고 말이다. 이러한 시인의 존재란 무한히 증식하는 "빵"이란 알레고리로 드러나며 우연히 존재하는 신의 세계로부터 이탈해 있는 예외성 자체의 표상이라 할 것이다. 그녀는 자신만의 멜랑콜리적 예외성을 통해 신이 지배하는 세계를 관찰하고 있는 셈이다.

그렇기에 "세상의 모든 도서관이 불에 탔을 때 구하고 싶은 책이 없"으며 동시에 "책을 너무 많이 읽"어온 시인의 존재란 결과적으로 세계의 본질을 '탐구'하는 자라고 해야 하지 않을까. 그러나 주의해서 읽어야 하는 것은 이 탐구 행위 끝에 도래하는 것이 "희망"은 결코 아니라는 점일 것이다. 오히려 시인은 "희망을 무서워" 한다. '우연'한 신이 내려준 '코스트코 빵'같은 희망이 아닌 차라리 "미친 개가 자꾸 쫓아오"기에 "뛰어, 뛰어, 뛰어다녔다"고 말할 뿐인 자. 희망을 말하는 것이 아니라 단지 뛰어다는 것. 요컨대 관찰하고 탐구하며 그것을 언어의 의미가 아닌 형태를 '통해서' 전달하는 행위. 이러한 행위의 소유자가 바로 '시인'이자 문보영 월드의 진정한 지배자인 셈이다.

따라서 이 시인이 다음의 구절처럼 말하고 있다는 점을 주목할 필요가 있다. 그녀는 자신의 예외성을 단지 "조금 안다고 자신"할 뿐이라는 점을. 문보영은 자신의 멜랑콜리와 허무주의를 통해 우연한 신이 지배하는 세계에 (시의 제목처럼) "입장"하며, 세계 자체를 "모독"하고 탐구한다는 행위를 '조금 약간 자신'할 따름일 뿐이다.

(…) 모자는 말은 이렇게 하고 실제로는 다르게 살아

간다 나를 압니까? 모자가 비명을 지른다 모자가 왼쪽
어깨로 조금 기운다 모자를 조금 안다고 자신한다.

—「모자」 중에서

3) 멜랑콜리적 윤리성, "쓸모 있는" 슬픔은

(…) 피가 흐른다 온몸의 피를 뽑는다면 팔 센티미터
의 못 하나를 얻을 수 있으며 그것은. 그것이 걸어 다니
던 시절 즐겨 쓰던 모자 하나를 걸기에 적당한 크기다

—「못」 중에서

그러니 우리는 그녀의 텍스트들이 펼쳐놓은 미궁에 대해서 당황하지 않아도 된다. 그녀의 수많은 텍스트들에 등장하는 맥락 없어 보이는 이야기들은 일종의 '알레고리'인 셈이니까. 우리가 그곳에서 찾아야 하는 것은 언어에 의한 의미가 아닌 언어를 '통해서' 구현될 하나의 조감도이다. 니체의 표현을 빌린다면 진리란 오직 '피로써만' 쓰여질 수 있는 것일 따름일 뿐이기에. 요컨대 시인은 자신의 정신 그 자체를 "더러운 상처"로 인식하며 "이런 말은 아무도 하지 않고도 저절로 들"린다고 단지 말할 뿐이다. "처음부터 죽어 있"고 "박테리아가 관심을 가질 부분이 없을 정도로 죽어 있"는 "상처"(「못」)를 가진 예외적 인간으로서 말이다.

그녀가 바라보는 세계의 조감도처럼 (마치 이상의 「오감도」같이) "뛰는 c는 뛰는 a와 뛰는 b가 비 맞고 손잡은 꼴로 박제/되"고 "옥상에서 내려다보니 창백한/ 종이가 거품을 물고 있다/ 그것은 다친 데 없이 사망"하는 세계 속에서 "☆은 거의 투신자살하는 새"(「수학의 법칙」)가 된다는 것은 무엇을 의미할까. 앞서 살펴본 도서관적 텍스트의 숨은 (진정한) 지배자이자 '시인'의 예외성은 어떠한 방식으로 증명될 수 있을까. 그녀는 왜 "지구가 달리는 방향과 정반대로 (…) 사람 a는 세상을 까먹기 위해/ 거침없이 달리고 있는" 것일까. 시인은 저 죽음과 예외성이 공존하는 세계를 '통해서' 무엇을 원하는 것일까. "만물은 원소들의 무작위한 결합이며 본질은 없다"(「과

학의 법칙」)고 외치는 우연의 신이 아닌 다른 세계를 그녀는 어떻게 구현할 수 있는가.

한 마리의 파리가 등장하는
어떤 시에 관한 시작 노트를 끄적이던 시인은
노트 모퉁이에
*파리가 살만한 인간적인 삶의 조건,*
이라는 구절을 휘갈긴 뒤 노트를 덮는다 그리고
생각한다
*시 쓰기는 참으로 쓸모 있는 인간의 놀이다*
여름이었으므로 그런 생각이 가능했다

—「파리의 가능한 여름」, 부분

그녀의 언급처럼 세계란 "멍청한/ 바람이 거기에도 불"어오는 곳이며 그 세계 속에서 시인은 "약간 죽은 사람"(「지나가는 개가 먹은 두 귀가 본것」)처럼 존속한다. 즉 완전히 살아있지도 죽어있지도 않는 그러한 안 죽은 자(undead)의 예외성(슬라보예 지젝, 『How to Read 라깡』)인 것. "다림질된 적 없는 구름 하나가 흐르고 있"고 "따뜻하고 바람없는 날"로부터 "도망가자!"(「모기와 함께 쓰는 시」)고 외쳐대는 것. 단지 살아있지도 않는 그러나 완전히 패배하여 죽어있지도 않는 언데드의 윤리가 바로 이와 같다. 그 윤리의 면모를 살피기 위해 우리는 저 '우연한 신'과 동일한 '사내가 책을 탁, 덮는다 방금 누군가 나를 포기'(「정체성」)하기를 끈질기게 추구하는 자가 지닌 "쓸모있음"이란 행위의 정체를 물어야 할 필요가 있다. 그러나 주의 깊게 들어야 하는 그녀의 태도 중 하나는 문보영의 '쓸모없음'으로 "쓸모있음"이란 역설적인 행위이자 안 죽은 자의 윤리란 결코 하나의 고정된 형태로서 주어져 있지 않다는 점에 있을 것이다.

이 미지근한 여름같은 세계 속에서 가능할 어떤 '쓸모있을 생각'이자 인간다운 "인간의 놀이". 그 정체란 바디우가 『조건들』(새물결, 2006)에서 지적했던 "결정 불가능한 곳"에 존재하게 될 '유적 진리의 선취적 형태'와 유사하다고 말해질 수 있겠다. 그러니 문보영의 역설적인 "쓸모있음"의 행위란 무한히 그리고 단지 지속적으로 '빵을 기다리고 있는 보통의 우리'에게는 결코 보여지지 않을 것이다. 그녀의 "쓸모있음"은 인간을 위한 것이 아니기에. 요컨대 비인간非人間이며 예외적인 무언가들. 이것이 바로 그녀의 텍스트 속에 무수한 동물들과 사물들 또는 곤충들과 벌레들이 등장하는 이유이다. 그러한 존재들만이 이 예외적 인간을 이해할 수 있기에.

> 버섯은 왠지
> 폭발을 잘할 것 같아
> 버섯과
> 나는 꿈꾼다
> (…)
> HEARTLESS BASTARDS
> (…)
> 옷 입을 줄 모르는 옷걸이는
> 버섯의 지하세계
> 고속 촬영이 희망을 보여주었다
> 찌그러지는 버섯의 측면
> 버섯이 갓을 쓰고 울었다
> 발생하고 싶다
> 인간의 무성생식은 인간을 구원할까
> 버섯의 갓을 뒤집으면 슬프다
> 일기를 쓰는
> 무성적 존재에게도
> 화장지는 꾸준히 필요할 거야
>
> —「택하는 방식」, 부분

이 안죽은 자의 윤리성은 구체적으로 어떻게 언어를 '통해서' 전달될 수 있을까. 그에 대한 시인의 답은 이러하다. 그녀는 스스로를 "HEARTLESS BASTARDS", 가슴 뛰는 것 없는 냉정한 나쁜 놈이자 왠지 '폭발을 잘할 것 같은 버섯의 꿈'으로 규정한다. 즉 폭탄과도 같은 꿈을 가진 그러나 현실의 무균질하고 반복되는 증식에 대해 쉽사리 승리할 것이라고 결코 장담

하지 않는 그 미묘한 간극에 서 있는 자. 냉정하게 저 우연한 신과 천사들이 터트리는 승리의 팡파르를 관찰하고 그것을 넘어설 "쓸모없음"을 추구하는 자의 목표. 이는 인외人外의 영역이자 신의 지배하에 있는 인간이 아닌 다른 비인간의 세계를 구현해냄으로서만 가능해진다. (그러나 동시에 '이긴다'는 의미를 소유할 필요가 없다는 점이 바로 '책'의 세계이자 도서관적 텍스트를 그녀가 비밀스럽게 구축하는 이유일 것이다.)

그녀의 도서관적 텍스트를 구축하는 근원적 원리라고 할 수 있는 것. 그것에 대한 본질적 감정은 바로 저 멜랑콜리적 우울로부터 도래하는 '슬픔'이라고 칭할 수 있을 것이다. 시인은 말한다. "옷 입을 줄 모르는 옷걸이"들이 비인간의 자화상이기도 한 "버섯"에게 희망을 강요한다고. 그 '강요당한 희망'에 의해 버섯이 단지 '찌그러질' 뿐이라면 차라리 나는 인간이 아닌 버섯이 되겠다고 말이다. 그것이 "버섯의 갓을 쓴" 채 시인이 단지 '울고' 있는 이유라면 이 울음을 우리가 어떻게 이해하는 것이 타당할까.

이를 위해서는 문보영이란 한 시인의 사유. 그러니까 안 죽은 자로서 존속하는 윤리의 흔적들을 들여다보아야 할 것이다. 즉 그녀의 도서관적 텍스트는 바로 버섯과 비인간만이 가진 '폭발적인 꿈'으로부터 출발한다. 아주 놀랍게도 저 예외성의 근원이자 슬픔인 멜랑콜리의 근간에는 "발생하고 싶"어하는 욕망이 놓여있다. 요컨대 비인간이자 사랑이 아닌 것(문보영에게 사랑이란 "창문1과 창문2가 사랑을 해서 가깝지 않"(「복도가 준비한 것」)는 것처럼 무의미할 뿐이다.)의 '결정되어 있지 않는' 형태들이 말이다.

그녀의 말처럼 우리는 인간이 아니어야 한다. 이 말은 비인간적이며 사랑이 아닌 무언가를 상상할 수 있어야 한다는 것을 암묵적으로 언표화하는 것이기도 하다. 예외자들에게 의미를 갖지 못하는 희망에 고문당하기를 거부하는 것. 그리고 자신의 존재를 슬퍼하면서 스스로를 "일기를 쓰는 무성적 존재"로 변화시키는 것. 우연한 신의 존재에게 맞서서 자신의 슬픔과 멜랑콜리를 포기하지 않으며 안 죽은 자가 되려는 그 예외성. 오직 이러한 태도만이 저 "일기를 쓰는 무성적 존재"의 본질적 이름을 얻게 되는 유일한 방편이 될 수 있는 것이다.

그러니 그녀는 단지 믿을 것이다. 이 우연한 신이 지배하는 세계에 속지 않을 것이다. 그녀는 자신의 "일기"로부터 "성별이 없"는 "무성생식"으로 태어났기에. 비인간으로 태어난 그녀는 '홀로' 자신만의 여행을 지속할 것이다. 마치 "창문에 홀로 매달린 이의 이야기"로서. "잘 보이지 않는 것을 50억 배 확대해 보고야 마는 마음은 나쁜 마음"(「뇌와 나」)을 굳건히 먹으면서. 즉 시인은 "피는 바보다. 피는 움켜쥔다. 여기가 마지막이라는 것을"(「뾰루지를 짠다」) 안다. 자신의 글을 피로 썼다고 말했던 니체처럼 그녀 역시 "바보"처럼 끊임없이 마지막을 상상하고 그 안 죽은 자의 윤리일 '피의 글쓰기'를 지속시킬 것이다. 저 "무고한 점의 바보같은 질문"이 "놀랍고 음산한 점이 어떤 공간을 의식"(「△.」)하는 것처럼 말이다.

> 정육각형 건물 좌측에 반듯한 굴뚝이 꽂혀 있는 연구소의 연구원들은 머리부터 발끝까지 하얀 옷을 덮고 있으며 그것과 무관하게 성별이 없다 그들은 숲속의 호수를 그리지 않으며 클래식 기타를 연주하지도 않는다
>
> (…) 존재하는 모든 종류의 사실들은 수준이 동일하며 따라서 사실 추구자인 그들은 평등주의를 꿈꾼다
>
> 사실은 동의와 비동의, 관용과 불신의 차원을 넘어선다 이곳의 연구원들은 진실이나 거짓보다 사실을 선호하며 사실은 기분이 없음으로 위로를 필요로 하지 않는다
>
> (…)
>
> 사실을 모으는 일은 취향의 문제가 아니므로 그들은 혁명을 원한다
>
> —「하얀 공장」 중에서

### 4) 도서관의 책들은 '원한다', 사유와 "혁명"을

책장을 넘기는 것은 관 뚜껑을 여는 행위이며
관 뚜껑을 열 때마다
누워 있는 자의,
세상을 바라보는 관점이 변한다
—「그림자의 두 가지 색」 중에서

이 '슬픔'의 존재방식이 바로 그녀가 언어를 '통해서' 전달하고자 했던 스스로의 예외성이자 안 죽은 자들이 가지는 사유의 근본성일 것이다. 왜냐하면 그녀의 울음은 저 "발생하고 싶다"는 예외성의 근원적 지점으로부터 출발하기 때문에. 즉 무의미한 인간들이자 사물인 평면적 세계 속에서 이질적으로 존재할 한 권의 책. 그 속에 새겨진 본질적 명구. 요컨대 우리와 같은 "난쟁이들은 책을 때리고 책을 향해 /침을 뱉고 욕설을 퍼붓는" 그러한 세계 속에서 "그럴 만도 하다, 고 나는 생각한다. 책은 무례하니까. 책은 사랑을 앗아 가며 어디론가 사람을 치우게 하"는 태도를 끊임없이 지속시키는 것을 말이다.

따라서 그녀의 도서관이 소중히 품고 있는 책의 진리내용이란 결국 "벽만 바라봐서 벽을 약하게 만"들고 "벽에 창문을 뚫고 기어이 바깥을 넘보게 만드"는 어떤 의지라고 해야 할 것이다. 그렇기에 시인은 여전히 그리고 아마 끝까지 "내가 아직 책을 덜 읽었다"고 읊조릴 따름이다. 이 말은 단지 단순한 포기로 받아들여질 필요는 없다. 이 플랫한 세계를 벗어날 잠재적 가능성이 아직 남아있다면. 저 "난쟁이"같은 우리들과 우연한 신이 지배하는 세계를 부정한다면. 우리에게 주어져 있을 책이란 결국 하나의 '의지'이며 동시에 "그녀의 마음은 그녀의 마음속에만 있다"(「빵」)는 언어를 '통해서' 존속할 테니까.

그것은 말하자면 "혁명을 원하"(「하얀 공장」)는 사유 그 자체이기에. 우리는 푸코의 말을 빌려 문보영에게 다음과 같은 말해줄 수 있겠다. 그 말은 이러하다. "나는 당신들이 노리고 있는 그곳에 있지 않다. (…) 내가 누구인지 묻지 말라. 나에게 거기에 그렇게 머물러 있으라고 요구하지도 말라. 이것이 나의 도덕이다. 이것이 내 신분증명서의 원칙이다. 쓴다는 것이 필요할 때, 이것이 우리를 자유롭게 하는 것이다."[5] 이 말처럼 '쓰는' 것만이 (그리고 '읽는' 것 역시도) 언젠가 (불)가능하게 우리를 해방시킬 수 있게 될 뿐이다.

이 (불)가능한 예외성을 도래시킬 사유의 과정이자 현전인 것. 오직 그것만이 그녀에게 시라는 이름을 부여받을 수 있다. 시인이 구축한 텍스트의 진정한 "현실"은 "끊임없이 현실을 조달받아야"(「역사와 전쟁」) 하는 우연한 "관 뚜껑"같을 뿐인 신을 무력화하고 그 세계 속에서 간극으로 부유하는 자의 유일함을 통해 이해될 수 있을 뿐이기에. 그러니 이제 우리는 단지 믿으면 된다. 이 '헤테로토피아'의 도서관에서 '눈멀고' 헤매일 때 비로소 체험하게 될 문보영의 윤리이자 시를 "신뢰할 수 없"기에 신뢰한다는 것을. 오직 안 죽은 자(undead)의 예외성만이 울 수 있다는 "사실"과 그로부터 도래할 알 수 없는 "혁명"을 말이다.

> 초현실주의는 불가능하며
> 현실이 현실을 무력화시키는 것만이 가능하다
>
> 한번 닫힌 관 뚜껑이 다시 열린다면 사람은 세계를 신뢰할 수 없을 것이다
>
> —「프로타주」 중에서

---

5) 미셸 푸코, 『지식의 고고학』, 이정우 역, 민음사, 2000, 40-41면.

# 1-2. 도저한 죽음의 세계와 '발푸르기스의 밤'

— 유계영, 『이런 얘기는 좀 어지러운가』

### 1) 끝까지 들을 것!

> 무슨 냄새가 날까요. 당신의 입속에서. 바람이 옷 속을 파고 들었어요. 불룩한 가슴. 꼬리를 흔들면서 킁킁거렸어요. 냄새 나지 않는 인간이 되고 싶었거든요. 향기를 외면하고 싶었어요. 내가 지워질 때까지 닦았어요. 몸의 경계가 허물어질 때까지.
>
> —「맨드라미」 중에서

지금 현재 젊은 세대들의 낯선 상상력에 대해 어떤 것을 이야기해 볼 수 있을까. 굳이 나눠보자면 소설에 비해서 시는 딱히 하나의 중심적 흐름이나 경향을 논하기가 모호한 지점이 많다. 이는 소설의 언어와 시의 언어가 지니는 어떤 근본적 성향의 차이라면 차이일 수도 있겠다. 소설과 시가 (어쩌면 우리가 예술이라 이름 붙일 수 있는 모든 것들이) 모두 삶의 다양한 형상들 속에 존재할 예외적인 진실을 향해 나아가는 과정들이라 하더라도 그곳에 도달하는 방법은 각각 다를 수밖에 없을 것이다. 어찌되었든 규정은 많은 오류를 내포할 수밖에 없다는 점 또한 사실이다. 그러니 문학의 진실은 현실이란 지평 속에서 그 이면을 어떻게 접근해 가려 하는가의 문제이며 동시에 (머뭇거리며) '말하기'와 '말하지 않기'의 차원에서 드러날 수밖에 없다고 해야 할 것 같다.

분명 포스트-미래파의 시대로 기록될 2010년대의 시단을 바라보며 지금 현재 우리의 젊은 시인들의 공통점을 굳이 꼽아보자면 아마도 이는 '말하지 않기'라고 해야 할 것 같다. 명시적이고 정확한 표현을 피하며 은유적으로 접근하는 것이 시 장르 자체의 본래적 속성이라 할지더라도 말이다. 사실관계로 파악되지 않는 이미지들의 연쇄적 형상들의 양상은 2010년대 젊은 시인들의 중요한 특징으로 지적될 필요가 있다. 즉 그들은 확실히 "내가 지워질 때까지" 자신의 언어를 밀어붙인다는 점에서 공통점을 지닌다.

그 '말하지 않기'의 방식인 것. 이들의 시는 언어에 '의(존)해서'가 아니라 오히려 언어를 '통해서' 전달될 무엇을 찾으려 한다. 그렇기에 그들은 의사소통의 단위인 문장구조를 파괴하고 오직 이미지로 구현되며 이해되지를 않기를 철저하게 실천한다. 그들은 나라는 주체의 정당성을 버리고 언어와 "몸의 경계가 허물어질 때까지" 말하지 않음으로서 비로소 구현될 무엇을 원한다. 우리가 지금 현재 젊은 시인들의 낯선 상상력에 대해 무언가를 인식할 수 있다면 그것은 이 철저함의 층위에서 사유되어야 할 언어와 이미지일 것이다.

요컨대 그들은 자신의 세계관으로 구축된 이미지로 세계를 사유한다. 논리가 아닌 이미지와 감각 그 자체의 운동성. 프란시스 베이컨의 회화를 사유하던 들뢰즈처럼 우리가 그들의 시에서 인식해야 하는 것은 이해하기(혹은 받기) 쉬운 언어들이 아니다. 보다 중요한 것은 그로테스크한 감각과 이미지 그 자체로부터 오게 되는 형언할 수 없고 언표화되지 않는 '힘'일 테다.[1] 날 것의 감각을 통해 스스로를 찌르고 부숴가며 또한 명랑하고 고통스러운 사유의 현전 그 자체가 되기. 그렇게 본다면 지금 우리들의 시는 온갖 기이한 존재들이 튀어나와 난장판의 축제를 벌이는 '발푸르기스의 밤'에 초대된 셈이다.

그러니 그들에게 불통의 딱지를 붙일 이유는 없다. 이들이 전통적인 서

1) 발터 벤야민, 「기술 복제시대의 예술작품」, 『발터 벤야민 선집 2』, 최성만 옮김, 길출판사, 2007, 140면. 이와 비슷하게 벤야민은 당시의 다다이즘처럼 시대에 인증 받지 못하는 예술이 갖는 에너지에 대해서 다음과 같이 말한 바 있다. "따라서 위기의 시기, 특히 이른바 퇴폐기에 생겨나는 예술의 괴상하고 조야한 형식들은 실제로는 그 시기의 가장 풍부한 역사적 에너지의 중심부로부터 나온다. 최근에도 그러한 야만적 에너지로 충만한 예술운동을 볼 수 있는데, 다다이즘이 바로 그것이다."

정이나 세계를 바라보는 따뜻한 주체의 시선을 갖지 않는다고 해서 그들의 시어를 낯설게 생각할 필요도 없다. 언어 그 자체가 하나의 생명체와 같이 변화해 나가는 것이라면 더더욱 그러하다. (지금의 우리는 이미 미래파 이전으로 회귀할 수 없다는 사실을 기억해야 한다.) 그들은 자신들의 방식으로 말하는 이들일 뿐이며 스스로 형성하고 구축된 이미지들을 통해 자신들의 세계를 펼쳐놓을 뿐이다.

즉 확고한 '나'의 시선에서 구축된 세계와 자명하다고 생각해 왔던 언어를 버려가며 자신의 '뜯어진 입술'로 말하는 자들의 말이 지금 우리들의 시이며 젊은 세대들의 상상력인 셈이다. 이는 (한 시인의 재미있는 표현을 빌려 보자면) '개떡같이 말해도 찰떡같이 알아듣기'이며 동시에 명랑한 놀이와 언어의 축제이기도 하다. 그렇기에 오히려 중요한 것은 우리가 그들의 놀이 속에서 감춰져 있는 '마음'을 감각하는 것이 아닐까. 형언할 수 없는 이미지들의 낯선 연쇄 속에서 펼쳐진 그들의 세계를. 그리고 더한 슬픔과 고통을 어떻게든 필사적으로 이해해 보려는 태도로부터 도래할 수 있을 무엇을 말이다.

세계에 대한 고통과 슬픔의 감각이란 점에서 다뤄보고 싶었던 텍스트에 대해 고민했을 때 필자에게 떠올랐던 작품은 유계영 시인의 신작인 『이런 얘기는 좀 어지러운가』였다.[2] 이 시집 속에서 풍겨오는 언어들과 이미지들을 하나의 장면으로 집약해 보자면 아마도 그것은 '진득한 죽음의 냄새'가 가진 풍경들이라고 할 수 있겠다. 그 문장들이 풍기는 냄새는 따듯하고 향기로운 것들과는 무관하며 (시인은 분명 "냄/새나지 않는 인간이 되고 싶었거든요. 향기를 외면하고 싶/었어요"라고 말한다.) 나와 너 그리고 우리를 포함한 세계 그 자체가 가진 깊숙한 악취들로부터 오는 것이라고 해야 할 것이다. 아니 더 정확히 말하면 이 악취들의 영역에 온통 뒤덮인 채 죽지 못해 살아가는 지금이자 명료한 희망이 아닌 것 혹은 '알아들을 수 없는' 말들의 세계 속에서 우리는 있는 것일지도 모른다. 어쩌면 분명히 오지 못할 때에만이 겨우 희미하게 오게 될 언어들의 풍경이 이러하지 않을까.

---

2) 유계영, 『이런 얘기는 좀 어지러운가』, 문학동네, 2019. 이하 시집에서 인용하는 시들은 인용표기와 면수를 생략한다.

하여 우리는 결국 불가능하더라도 (고통은 어떤 점에서는 지극히 개인적인 것이기도 하기에) 텍스트 안에 담겨져 있는 슬픔을 온전히 이해해야만 한다. 그녀의 말처럼 "다만 도저히 발생할 수 없는 지점에서 시작해 기어코 시가 되고야 마는 것이 시라면"[3], 죽여도 죽지 못한 채 '끝까지 살아남아 매매 우는 양'(「잠을 뛰쳐나온 한 마리 양을 대신해」)들의 슬픈 목소리를 들어야만 한다. "천국의 부스러기가 혀끝에 닿기를 기다리는/ 저 아이들에게도 더 이상 할말이 없"(「구충제 먹는 날」)는 도저한 죽음과 세계의 무가치함 속에서 그것들과 싸워 이기는 빛나는 영웅이 아닌 자. 즉 패배하고 실패한 자들이자 입이 없는 자들이며 동시에 '선명하도록' 죽음을 온몸에 둘러쓴 자일 때에만 가능할 이 "울음"들을.

> 얼음에 입술을 대보았을 때. 영영 떨어지지 않으리라곤 생각 못했어요.
> 그림자가 포개질 때, 큰 귀가 축 늘어진 땡큐라는 이름의 옆집 개처럼
> 울음이 컹컹 터지리라곤.
> 입술이 뜯긴 채로 계속 살아있게 될 것이라곤.
>
> —「맨드라미」 중에서

### 2) The World "이즈 브로큰"

> 이상한 일이다
> 죽은 이에게 산 자의 취향대로 고른 티셔츠와
> 스웨터와 점퍼와 코트를 입혀두는 것은
> 이 많은 빨랫감을 가지고 죽는다는 것은
> 저승이 이승보다 춥다는 오류는
>
> —「왼손잡이의 노래」 중에서

---

3) 유계영·허희 인터뷰, 「황량한 세계에서는 황량함을 버티게, 온화한 세계에서는 온화함을 즐기게」, 『현대시학』 2019년 5-6월호, 297-298면.

따라서 우리가 그녀의 시에 접근하기 위해 우선 중요하게 눈여겨봐야 하는 것은 말해지지 않음의 영역이자 언어의 이면을 통해 희미하게 들려오는 무엇일 테다. 즉 한 시의 제목처럼 왜 시인은 필사적으로 '미사일의 탄두에 꽃이나 대일밴드, 혹은 관용, 이해 같은 단어를 적어 쏘아올'리려 애쓰는 것일까. 텍스트를 이해하는 것에 확고한 정답이 있진 않겠지만 문제는 시인 스스로도 자신의 태도를 "벼룩을 입에 문 복잡한 심경으로/그것을 기다"(「맛」)린다고 이해하고 있다는 점일 것이다. 확정할 수 없는 것이자 모호한 것이며 결코 쉽게 말해지지 않으며 오히려 말하지 않기를 통해서 전달되어야만 하는 것을 그녀는 기다리고 있는 셈이다.

이를 좀 더 정리해서 다음처럼 물어볼 수도 있겠다. 시인은 진정으로 '무엇'을 원하는가. 시인에게 세계의 존재란 무엇으로서 인식되는가. 왜 우리는 시인의 말처럼 "시끄럽고 앞뒤가 안 맞"(「불과 아세로라」)아야 하는가. 왜 우리는 "저승보다 이승이 춥다는 오류"를 '이상한' 일로 자각해야 하는 것인가. 그러한 인식 속에서 세계에 내던져진 자신을 자각한다는 것은 도대체 어떠한 형상을 지니고 있다고 말해져야 할까. 시인의 시선이 바라보는 세계는 왜 온통 진득하고 무거운 죽음의 냄새를 가득 풍기고 있을까.

> 새벽은 어제의 팬티를 뒤집어 입었지 성큼
> 냄새가 앞서나갔지
> 어제가 듬뿍 묻어 있는 것을 어쩌지 못하고
>
> 새벽에게 주어진 옷가지가 단 한 벌뿐이었다는 것을 이해한다면 나는 더 이상 나를 낭비하지 않을 텐데
>
> (…)
>
> 나의 대답들 중 몇 가지는 환청에 대꾸한 것이겠지
> 목소리의 안감에 입술을 대고

개미를 꾹꾹 밟아 죽인 발끝에게는 아무 말 못했지

천장에 머리가 닿을 때까지 까무러치는 이마
이불 끝에 삐져나온 발가락
새어나오는 것들은 가느다랄수록 간절하고 아름다워
죽은 가수의 라이브앨범에 녹음된 휘파람과
주전자의 이빨 사이로 피어오르는 수증기처럼

이불을 뒤집어쓴 사람의 입속에서
중얼거림이 불어터지고 있네

새벽 창문의 기도
아침의 빛깔은
누구의 고장난 지퍼에서 새어나오는 것일까
안팎의 무늬가 동일한 팬티를 매일 성실하게 뒤집어 입고 골목을 서성이는 새벽의 습관은
실금처럼 가느다란 골목 끝에 쓰러진 사람을 두고
매번 딴청이다.

—「더 지퍼 이즈 브로큰」, 부분

아마도 유계영 시인의 이번 시집에서 유의미한 의미를 가진 단어를 하나 꼽으라면 '냄새'를 들어야 할 것이다. 시인에게 냄새란 그저 특정한 감각에 그치지 않는다. 이 시집은 냄새로서의 세계를, 텍스트 속에서 그 형태를 고스란히 드러내고 있기 때문이다.

그렇다면 냄새로 드러나는 세계의 존재방식 그 자체를 어떻게 이해해 볼 수 있을까. 이 세계의 모든 방식들이란 그 냄새를 우리에게 지속적으로 침투시키고 끊임없이 스며들며 우리의 '이상함'을 지우려 한다. 이러한 관점에서 보면 시에 등장하는 '매일같이 새벽'이 동일한 냄새의 '팬티'가 지속적으로 반복된다는 점은 유의미하다. 그것은 무언가 다른 것으로 다가오지 않으며 그저 "어제가 듬뿍 묻어있는 것을 어쩌지 못"한 채 반복되는 일상의 존재방식을 인식하게 해주기 때문이다. 시인은 이렇게 말하지

않는가. "새벽에게 주어져 있는 옷가지가 단 한 벌뿐이었다는 것을 이해한다면". 즉 우리가 이 세계 속에 내던져진 형식 그 자체를 이해할 수 있다면. 우리는 그리고 나와 너는 "더 이상 나를 낭비하지 않을" 수 있을 것이라고. 반복의 형식과 일상의 법칙이 냉혹하게 현전하는 것이 바로 '냄새'를 통해 가능해지는 것이다.

"삶의 반대는 죽음이 아니라 살 수 없음"(「반드시 한쪽만 유실되는 장갑에 대하여」)인 것처럼 그저 반복되는 지루하고 비루한 세계 속에서. 그러니까 냄새 없이 존재하기 위해서 시인이 바라보고자 하는 것은 냄새의 세계가 아닌 어떤 환청과 환각들이다. 혹은 이해되지 않으며 찾아지지 않으며 말해지지 않는 것이라 할 무엇. "나의 대답들 중 몇 가지는 환청에 대꾸한 것"이라는 말처럼 시인은 자신의 존재성을 정확하게 이해하고 있다. 그러나 그것은 '무력'한 것에 불과하다. 시는 혹은 문학은 아무것도 하지 못하며 세계를 바꿀 수 있다고 더 이상 믿게 만들지도 못한다. 그것은 "개미를 꼭꼭 밟아 죽인 발끝에게는 아무 말 못"하는 무기력한 것일 뿐이다.

이 무기력함을 앞에 두고서 우리는 어떤 말해지지 않음을 들어야만 하는 것인가. 아마도 이는 "중얼거림"의 형태로 언표화되는 시인의 '마음'일 것이다. "새어나오는 것들은 가느다랄 수록 간절하고 아름다"울 수 있는 것. 우리가 주의 깊게 듣지 않는다면 '죽은 가수의 녹음된 휘파람'과 '주전자에 피어오르는 수증기'처럼 그저 스쳐 지나가 버리는 것. 시인은 바로 그것을 듣고 있다. 시가 거리와 광장에서 아무 말도 하지 못하며 단지 골방에서 아무도 듣지 않는 '이불을 뒤집어 쓴 채 내는 소리'라 할지더라도. 그 속에는 어떤 "중얼거림이 불어터지고 있"다는 기묘한 형상을 말이다. 그것을 보고 듣는 행위가 결국 시인의 언어이자 나와 너와 세계에 대한 근본적인 세계감이라 칭해질 수 있는 것이다.

그러니 문제는 "한 줄도 살아있지 않는 것"(「시」)과 같은 냄새의 세계 속에서 아무도 그리고 아무것도 들을 수 없다는 것이다. "동일한 팬티를 매일 성실하게 뒤집어 입고 골목을 서성이는 새벽의 습관은/ 실금처럼 가느다란 골목 끝에 쓰러진 사람을 두고 매번 딴청"을 피울 것이기에. 세계의 이상한 냄새 없음. 그 말해지지 않는 고통을 보지 않는 자들에 의해 세계는 동일한 방식으로 지탱되고 유지될 것이다. 이를 무가치하다고 '사유'할 수 있는 것. 그렇기에 우리는 "시끄럽고 앞 뒤가 맞지 않"아야만 한다. 우리는 진실로 스스로를 그로테스크한 괴물들이자 빛이 아닌 어둠의 자식들로 여겨야 한다.

> 어디로든 가세요 날개로는 당도할 수 없는 곳
>
> 구구구구 구구구
> 우리는 시끄럽고 앞뒤가 안 맞지
>
> 태양도 책상 아래로 기어들어간 적 있었지 방재 교육 시간이었다
> 재난에도 몇 가지 유형이 있다고 배웠으나 모두 같은 거로 보였다
>
> 피 흘리는 몸은 없었다
> 쓰러지는 마음은 있었다
>
> 열리고 닫히다가 벗겨지고 너덜거리는 미래를 위해
> 불이라는 열매를 심장 속에 찔러넣고 다녔다
>
> —「불과 아세로라」, 부분

"날개로는 당도할 수 없는 곳"에 가야 한다는 불가능한 임무는 그렇기에 냄새로서의 세계를 벗어나기 위해 꼭 필요한 것이기도 하다. 이를 위해 시인은 스스로를 이상한 자이자 "지옥을/ 공간이라고 믿는 사람들과/ 시간이라고 믿는 사람들"(「삼박자」) 사이에 위치한 이질적인 어떤 존재로 인식한다. 즉 시인이 취하려는 태도란 이 세계에 "다시는 돌아오지 않을 준비"(「몰」)를 하는 것이다. 세계란 말하자면 "피 흘리는 몸은 없"는 세계이자 동시에 "쓰러지는 마음"만이 가득한 곳이기에.

그녀의 시 속에서 반복되는 끊임없는 죽음의 이미지란 결과적으로 보면 우리들의 일상이며 늘 항상 '같은 재난'의 형태를 띠고 있는 것이라 해야 할 것이다. 배우고 학습하는 세계의 이면이자 무수히 많은 일들이 벌어지

고 있는 세계는 시인의 사유 속에서 아주 지극히 단순화된다. "재난에도 몇 가지 유형이 있다고 배웠으나 모두 같은 거/로 보"인다는 그 지점. 요컨대 우리에게 미래란, 밝고 희망차고 유의미한 미래 따위는 존재하지 않는다는 그러한 사유 자체.

따라서 시인은 정직하게 선언한다. 자신의 미래란 무엇을 향해 있는가를. 그녀는 다음과 같이 말할 뿐이다. "열리고 닫히다가 벗겨지고 너덜거리는 미래를 위"한다고 말이다. 희망과 전망이 가능한 미래가 아닌 것. 그러한 미래가 아닐 수 있는 것. 손쉽게 도달하고 가치 있다고 믿어지는 그러한 시간이 아닌 것. 즉 우리에게 주어져 있는 미래는 아주 희미하고 작은 가능성이자 '열리고 받히다가 벗겨지고 너덜거리며 존재할 미래'의 영역이어야 하는 것이 아닐까. 시인의 환청과 환상이란 시선들이 마주하는 이미지들은 결국 그러해야만 하는 영역으로부터 오고 있는 셈이다.

하여 시인은 자신의 언어를. 언어에 '의해서'가 아니라 언어를 '통해서' 다음과 같은 말을 전달하려 한다. "불이라는 열매를 심장 속에 찔러넣고 다녔다"고 말이다. 차갑고 냉혹하며 아무도 고통을 느끼지 않는 이곳. 아무것도 변화하지 않는 이 세계를 부정하기 위해 시인은 스스로를 '불의 심장'을 가진 자로 호명한다. 그러나 유의해야 할 지점은 그 불은 세계를 정의롭고 올바르다고 바꿔야 한다는 이데올로기와 무관하다는 점일 테다.[4] 그 불은 오직 자신의 심장 속에서 이질적인 존재로서의 자신의 정체성을 긍정하기 위해서 격렬하게 타오를 것임으로.

요컨대 '믿을 수 없는 자신의 붉은 심장이자 얼굴'로부터 내뱉어지는 '붉은 거품'(「맨드라미」)같은 시인의 내면적 풍경이자 '불'의 광경이 이러하다. 이 세계는 영혼이며 존재의 고통을 보려 하지 않는 정상적이며 또한 이상

---

4) 유계영·허희 인터뷰, 앞의 글, 304-305면. 예컨대 유계영은 이렇게 말한다. "만일 우리가 진실하게 글을 쓰고 있다면, 그 조작된 세계에서조차 우리는 왜소할 수밖에 없을 것입니다. 여전히 우리가 차지하게 될 공간은 외연이 같겠지만, 의미가 달라질 겁니다. 우리가 건축한 세계는, 제대로만 된다면, 혼자인 나에게 간섭하지 않고 더 위축시키거나 부풀리려 하지 않을 겁니다. 그래서 우리의 왜소한 공간은 이제 단순한 공간이 아니라 집이 될 수 있을 겁니다. 그 집은 이제 세계를 견딜 수 있게 해 줄 겁니다. 황량한 세계에서는 그 황량함을 버티게 해 줄 것이고, 온화한 세계에서는 그 온화함을 즐기게 해 주겠지요. 그 집은 유기체처럼 우리가 세계의 얼굴을 바꿀 때마다 유연하게 변화할 겁니다. 여전히 공고한 혼자로서 말이지요."

한 곳일 뿐. 그곳에서 시인은 자신의 내면 속 불을 통해 세계의 무의미성을 "밤새도록 지켜본다". 세계가 외면해 왔던 황량함과 그 껍질의 균열을. 마치 "중국 인형의 벗겨진 동공에서/ 영혼이 줄줄 흐르는 것을" 보는 "아이"처럼 말이다.

아이가 밤새도록 지켜본다
중국 인형의 벗겨진 동공에서
영혼이 줄줄 흐르는 것을
—「몰」 중에서

3) 미로 속에 펼쳐질 '죽음의 공동체'

잠든 부모의 심장에 도끼를 꽂아넣은
흔한 어린애들 이야기
—「적록색맹에게 배운 지혜」 중에서

"미로 속에서 소리치는 사람들이/ 메아리와 함께 희미해지"(「대관람차」)는 세계의 무의미성을 바라보는 자인 시인은 스스로의 존재를 아이의 시선으로 변신시키기를 요구한다. 이 아이의 시선을 갖춘다는 태도를 니체에 기대 말해보자. 그것은 바로 낙타로서 세계에 대해 고민하며 사자가 되어 '해야 한다'고 명령하는 용이자 신과 싸우고 순진무구한 아이로서 창조하기를 원하는 것이기도 하다. 그러한 인식 속에서만 비로소 시인은 "아름다운 것들은 무서운 법"이라는 점을 인식하고 세계로부터 벗어날 가능성을 지닐 수 있다. 이 아이는 "내가 볼 수 없는 것들만 진짜 내 것"이라는 점을 알고 있으며 자신이 '망자들의 세계'에 속해있다는 것을 명확하게 바라보는 시선을 갖춘 자이니까. 그 시선 속에서 세계는 "무한히 반복"되는 무의미한 것이며 동시에 이 '반복'이 끝나야만 하는 지점으로 스스로를 밀어 올리는 시인의 태도는 "무한히 반복"(「탈脫」)되어야 할 것이다.

이러한 점에서 아이이자 시인인 존재는 그저 밝고 명랑한 자로서만 이해되기 어려울 지도 모른다. 오히려 이 존재는 보다 본질적인 차원에서 시지프스의 형벌이란 무게를 감당해야만 하는 자로서 불리워져야 한다. 세계를 자신의 존재로서 맞서 나가는 인식의 무게이자 언어에 의해서가 아닌 언어를 통해서 형상화하려는 것. 이것이 유계영 시인의 근본적 알레고리이다. 그 알레고리를 현전시켜야만 하는 언어의 불가능한 가능성. 분명 그녀는 언어의 한계를 분명히 자각하고 있다. 왜냐하면 '짐승과 사물들의 소리를 받아 적을 모국어는 충분하지 않'(「우리는 친구」)는 점을 누구보다 잘 알고 있기에.

냉동보관이라면
얼마나 더 삽니까
이 사랑스러운 아파트식 병동에서

(…)

맡고 싶지 않아요
당신은 조향사를 찾아가 애원한 적도 있습니다

사람냄새가 매일 밤 담장을 넘어요
참을 수 없는 건
다시 돌아온다는 것
아침이면 내 옆에 곤히 잠들어 있다는 것

냄새를 남기지 않는 냄새를 찾아
극지의 불씨를 들고
인간의 가장자리로 걷습니다

나는 얼마나 오래 살았던지
불태우고 싶은 것을 만날 때까지 걸었고
영원히 쉬지 못했습니다

— 「적록색맹에게 배운 지혜」, 부분

시인의 말처럼 우리는 "이 사랑스러운 아파트식 병동"에서 그저 "냉동보관처럼" 죽어가고 있을 따름이다. 움직이고 있는 육체를 통해 음식을 섭취하고 배설하며 심장이 멈추기 전까지 살아있다고 할지더라도 살아있지 않다는 것. 우리가 우리의 죽음을 스스로 인식할 때 도래할 수 있는 무엇이자 시인이 진심으로 찾으려는 "냄새를 남기지 않는 냄새". 인간이란 존재의 추함과 악취를 넘어서 존재할 또 다른 무엇이란 과연 어떠한 것일 수 있을까. 말하자면 시인이 자신의 심장 속에서 켜져 있는 "극지의 불씨"를 들고 "인간의 가장자리"라는 비-세계를 끊임없이 방황한다는 행위로서 존속되는 것. 그것은 아마도 시인이란 이름의 저주이자 형벌이기도 할 것이다.

말하자면 그녀는 어디에도 없는 것을 찾으려 끊임없이 끝나지 않는 걸음을 지탱해 나간다. 고통스럽고 지난하며 괴로울지더라도. 그 무언가를 찾기 전에 시인에게는 생의 멈춤조차 허락되지 않는다. 동시에 이 태도는 결국 "영원히 쉬지 못했"다는 것. 즉 우리가 찾으려 하는 "냄새를 남기지 않는 냄새"이자 진정한 무엇은 결코 손쉽게 오지 않을 것이라는 점을 넌지시 일러준다. 그러나 그럼에도 아니 그럴 때에만이 올 수 있는 무엇을 시인은 꿈꾼다. 혹은 바라본다.

조부모는 남자들이 먼저 죽었다
살아남은 할머니들은 고모와 이모와 나와 함께
동생을 찾아다녔다 매년 성실하게
겨울이 찾아오는 것에 비하면 동생은
매우 드물게 태어났지만

삐삐 울었다
그럼에도 불구하고 사람이 태어난다는 사실 때문에
발바닥에 밟힌 고무공이 찌그러지면서 발랄한 소리를 냈고

춥다고 말하는 사람이 이만큼 흔한 것에 비하면
이불 속에 내내 같은 덩치의 계절만 웅크리고 있었다
꿈속에서 사라진 동생만을 찾아다녔다.

—「참 재미있었다」, 부분

이를테면 '죽은 자'로 바라보는 세계에 대해 "이런 얘기는 좀 어지러운가/ 이해한다 축축한 악몽을 머리핀처럼 꽂고 잠든 밤"이라고 말해야 하는 자. "죽은 애의 죽음을 끌고 간다 우리는/ 후렴구를 연거푸 반복하면서" 마치 자신의 존재를 온통 둘러싼 죽음을 매달고 힘겹게 한발 한발 걷고 있는 자. 그러니까 "지금처럼 그래왔듯이 죽은 듯이 살아가자/ 산사람처럼 또 만나자"고 말할 수 있는 자가 원하는 것. 세계를 무감각하며 동시에 뜨거운 불로서 바라볼 수 있는 존재를 유일하게 즐겁게 할 수 있는 것. 즉 "내가 나인 것이 치욕스러웠던 날들과 떳떳했던 날들을/ 마구 흘리며/ 달아"(「동창생」)나려는 자가 오직 재미난 눈을 뜨고 바라볼 수 있는 영역. 바로 그 영역이야 말로 시인이 진정으로 원하는 무엇이 될 수 있을 따름이다.

그 무엇은 말하자면 삶이 아닌 영역이자 '냄새'로서의 삶이 짓쳐들어와도 어떻게든 존재하는 '죽음'의 영역을 통해서만이 비로소 인식될 수 가능성을 얻는다. '내가 돌아오지 않는 벽에 드리운 오후'의 시간 속에서 "오늘이 오늘인 것/ 내가 나인 것까지/ 태어난 일과 죽은 일까지 망각하기"(「해는 중천인데 씻지도 않고」)를 유일하게 실천해야 하는 이유가 바로 여기에 있다. 진정한 삶의 영역이자 저 동일하고도 거대한 세계를 '잊는 것'이야 말로 유일하게 "참 재미있었다"고 말해질 수 있는 것이기에. 그 때문에 시인은 "할머니들과 고모와 이모"와 함께 자신의 존재이자 죽음의 영역에 속한 자들인 "동생"을 찾으려 하는 것이다. 그러나 문제는 그들은 '매우 드물게 태어난다'는 점에 있다.

'매우 드물게 태어나는' 동생들이란 '매년 성실하게 찾아오는 겨울'같은 산자의 영역에 속하지 않으며 오히려 죽은 자의 영역에 속한 (그리고 시인과 동류적인) 그로테스크한 존재들일 테다. 시인은 이를 끊임없이 원하며 "찾아다닌다". 그 존재의 울음인 "삑삑 울"면서 '발바닥에 밟힌 고무공이 찌그러지면서 내는 발랄한 소리'를 듣기 위해서. 그 소리는 단지 춥고도 냉혹한 '겨울'로서의 세계에 존재하는 흔한 인간들의 것이 아님으로. 그러니까 타인이 이해할 수 없는 '이불 속에 존재할 계절'의 영역처럼 존속되는 것이자 오직 "꿈"속에서만 존재할 수 있는 무엇. 산 자들에게 보이지 않는 무엇들의 이름 할 수 없는 공동체를 말이다. 시인이 찾고자 하는 저 '냄새 아닌 냄새'의 세계가 가진 본질이 바로 이러한 것이다.

시인은 단지 이 비非-인간의 영역이자 발푸르기스의 밤에 뛰쳐나오는 난장판의 세계이며 그러함으로 존속할 괴물들의 공동체를 기다리고 있을 뿐이다. 그것을 위해 그녀는 현실을 삶을 냄새를 '망각'한다. 스스로를 분열시켜가면서. 즉 "돌을 씹어먹는 다른 사람이 나타날 때까지 해변에 남"아 "혼자 열심히 쪼개지면서""생각을 멈추지 않"(「웃는 돌」)기. 그 생성을 위한 분열. 시인은 스스로의 죽음을 통해 언어와 존재를 형성하려 하고 있다. 이렇게 시인은 말하지 않던가. "나의 묘비문은 나의 생애보다 개성적일 것"이라고, 그 죽음의 세계 속에서만이 "처음으로 모국어를 정확하게 사용할 것이"(「두 마리의 앵무새가 있는 구성」)라고 말이다.

그렇기에 시인은 '찢어진 입술'로서만 오직 말할 것이며 언어에 의해서가 아닌 언어를 '통해서' 자신의 목소리를 감춘 채 들려줄 것이다. 그녀가 원하는 그녀는 "부지불식간에 나타나/ 검은 꽃을 쥐어주고 달아나는 밤"(「실패한 번역」)의 시간 속에 있을 것임으로. 알아들을 수 없는 목소리를 듣기 위해 적지 않으며 쓰는 자. 그 '검은 양들의 울음'을 끝까지 반드시 들으려는 자. 그리고 "뭐라 그러는 지 알 수가 없다"는 실패의 지점을 통해서만 무언가를 인식하려는 비非-인간으로서. 시인은 그 말 없는 자들의 공동체이자 냄새 없는 존재의 증명을 원한다. 요컨대 그녀는 죽음의 영역에서 태어날 동생'들'의 삑삑거리는 소리를 향한 자신의 시선을 단지 그리고 멈추지 않고 있을 뿐이다.

> 나는 볼펜 꼭지를 누르지 않고 받아 적어보았다
> 손바닥 위에는 목장을 벗어난 검은 양들이 울고 있다

뭐라고 그러는지 알 수가 없다

—「잠실」 중에서

### 4) 고통의 도달지점, 들어야만 하는 비非-인간

너는 맛있는 냄새가 나는 쪽으로는 가지 않지 밤나방이 흔드는 팔랑개비를 쫓아 바다까지 가지
그러다 배가 고프면 죽어버린다
파도가 발치에 닿기도 전에 되돌아가던 일처럼
파도가 해변의 무대 매너를 망치려 드는 것처럼

(…)

아직도 너의 외로운 곳에
귀라는 이웃이 망연히 서서
초인종을 누르고 말이 없는지
너는 고개를 흔들어 그것을 확인하는지

(…)
나는 그걸 보고 울기도 하고 마음을 고백하기도 한다

—「개와 나의 위생적인 동거」 중에서

"아무도 응답하지 않았"(「다이얼」)던 세계 속에서 홀로 서 있다는 것은 단지 있다고 말해지기 어렵다. 마치 살아있는 것이 살아있는 것은 아닌 것처럼. 그것은 차라리 시인에게 어딘가에 있을 '숨구멍을 찾아 외로운 안테나를 쫑긋거리'(「치와와」)며 무언가를 찾아내려는 행위에 속한다고 해야 할 것이다. 무가치한 세계의 냄새 속에 이름 불리워질 수 없는 잉여로서. '누군가 내 이름을 부르면 귓속에 잠자코 웅크렸던 수인들이 쏟아져 나오는 것'(「대관람차」)으로서. 말하지 않고 말하며 자신의 존재를 지탱하려는 태도

로서. 시인 역시 그것을 잘 알고 있을 것이다. 이러한 점에서 유계영의 시 속에서 지속적으로 등장하는 '잘 모르겠'으며 '알 수 없다'는 주의 깊게 받아들여져야 할 필요가 있다. 그 언어들은 언어에 의해서가 아닌 언어를 '통해서' 전달될 무언가를 형상화하려 하기에. 결국 현재의 시인들이 펼치고 있는 지금의 상상력은 바로 이 지점을 통해 이해되어야 할 것이다.

'맛있는 냄새가 나는 쪽으로는 가지 않는 개'처럼 자신을 죽은 자들의 공동체이자 비非-인간으로 이해하기. 스스로를 세계로부터 이탈한 괴물로 인식하는 사유의 철저함은 단지 부정과 파괴라는 목적만을 가진 것이 아니다. "경쾌하고 즐거운 자, 그가 가장 위험한 사람"(「미래는 공처럼」)이라는 점을 잘 아는 시인은 단지 이렇게 중얼거릴 뿐이다. "훔쳐보고 싶은 게 아무것도 없는 시" 따윈 쓰지 않으며 "아무것도 훔쳐보고 싶지 않는 사람"(「시」) 따윈 되지 않겠다고. 그러한 태도이자 고집이며 또한 '쓰는 자'로서의 필연적인 운명인 것. 오직 이러한 형태로서만 존속될 무엇. 그녀는 분명 알고 있을 것이다. "수만 마리의 나비가 몰고 온/ 단 한 마리의 나비만이 꽃 위에 앉"(「심야산책」)는 것과 같은 어렵고도 지난한 고통의 길을 '고꾸라지기를 망설이지 않는' 발걸음으로 걸으려는 자의 표정을 말이다.

'살아있음을 잊어버'(「잠을 뛰쳐나온 한 마리 양을 대신해」)리고 스스로를 세계로부터 이탈한 자로 창출해 내며 자신의 존재를 죽음의 영역으로서 긍정하는 태도가 이와 같다. "고독은 자존심이 세며 스스로 눈멀어버리는 것이며 암흑 속에서 다 잘 보이는 부끄러움을 아는 것"처럼 견디는 태도로서만 사유하는 시인은 '내 손바닥 위에 빛나고 있는 몰락'(「신은 웃었다」)의 잔을 망설임 없이 들이킨다. 그러한 자들만이 현전시킬 수 있는 죽음과 고통이자 우울과 멜랑콜리라는 괴물들의 공동체인 '발푸르기스의 밤'. 이것이 유계영을 비롯한 지금의 젊은 세대들이 보여주고 있는 낯선 상상력의 근원이라고 불리워져야 하지 않을까. 그들은 우리가 모두 '몰락'해야만 하며 그로부터 다시 시작해야만 한다는 것을 잘 알고 있다. 그러니 우리가 가져야 할 필요한 신중한 태도란 오직 하나뿐이다. 지금 우리가 가진 지평의 종말과 몰락을 그리고 새로이 탄생하려 하고 있는 무언가를 끝까지 들을 것!

지상에 발이 닿는 순간부터
지상을 거부하는 육체를 거느리며
차라리 휘청인다 고꾸라지기를 망설이지 않는다

(…)

엉덩이를 채찍질하는 무뢰한은 어디에나 있다
저기 아랫동네에 심상치 않은 일이 벌어지고 있지만
하등 중요하지 않다
기린의 눈앞에 펼쳐진 사건은 그런 것이 아니다

—「착한 기린의 눈」 중에서

# 1-3. 단지 더 많이 실패할 수밖에, 그저 누구보다도 더더욱

— 김안, 『아무는 밤』

## 1) 읽는다는 것의 '실패'를

우리는 정직하게 말해도 되겠지만,
종국에는 비겁하게 말을 고르겠지
—「파산된 노래」 중에서

무언가를 '읽는다'는 것은 문학하는 자들의 기본적 습관이자 태도이겠지만 책을 읽는다는 행위는 그저 정보화된 기호들을 일차원적으로 본다라고만 하기는 어려울 것 같다. 언어란 같은 형상에도 불구하고 그 안에 각각의 마음과 생각들이 담겨져 있으며 그 맥락에서 하나의 지점으로만 환원될 수 없기에. 즉 무언가를 읽는다는 것은 한 명의 인간이 지닌 사유와 생각을, 이렇게 말해볼 수 있다면 그 마음을 형상화한 것들을 나의 마음으로써 이해하며 공명하려는 필연적인 노력이라 해야 할 것이다. 만일 그렇다면 '읽는다'는 행위의 성공은 어떻게 이해될 성질의 것일까.

보통 우리는 '읽기'라는 행위가 작가가 기술적으로 잘 숨겨놓은 무언가를 수수께끼를 풀듯 찾아내고 발견할 때 이루어진다고 대부분 생각한다. 물론 독해란 어느 정도 그러한 과정을 거치게 될 수밖에 없긴 하다. 그러나 때로는 잘 정리된 성공적인 읽기가 아닌 형태이자 어떤 필연적인 '실패'를 통해서 이루어질 읽기가 존재한다고 해야 할 때가 있지 않을까. 명시적 의미나 명료한 주장 혹은 확고한 신념 같은 것들을 손쉽게 찾아내며 이해했다고 생각해 버리지 않는 것. 즉 문자의 이면을 들여다보고 뚜렷하게 말해지기 어려운 무언가를 희미하게 느끼게 되는 순간이 도래하게 될 때. 비로소 우리는 '실패한 읽기'의 가능성을 어렴풋이 짐작할 수 있을지 모르겠다.

어쩌면 그것은 '노력하지 않는 실패를 통해 도래할 메시아'(「미움의 제국」)[1]를 기다리는 행위와도 유사할 것이다. 분명 언어의 뒤안길에 있는 무언가를 감각하게 될 때 어떤 '정확해지는 읽기'가 가능해 진다는 말은 모순이다. 그러나 텍스트를 읽는 고정되고 명확한 방법이란 존재하지 않는다면. 명시적이고 뚜렷한 말들이 아닌 희미한 그림자들의 웅성거림을 보게 될 때가 있다면. 언어가 그 이면에 품고 있는 미묘하고 섬세한 감정들이 불쑥 우리에게 들려올 때가 있게 된다면. 성공이 아닌 실패이자 신념과 주장이 아닌 패배이며 그리하여 왜 그 '실패'에 도달할 수밖에 없었는가를 느끼게 될 때가 있다면. 그러한 실패한 읽기가 가능해질 순간이 오게 될 수 있을 것이다.

김안 시인의 새로운 시집인 『아무는 밤』을 읽어나가면서 들었던 생각은 바로 그러했다. 개인적으로 김안 시인이 발표해 왔던 연작시 중 하나인 「파산된 노래」에 대한 짧은 글[2]을 썼던 적이 있던 터라 『아무는 밤』의 출간에 대해 반가운 마음이 들었던 것도 사실이다. 그의 산문과 시를 읽어나가면서 느껴졌던 것은 이 시인은 시와 말을 다루며 쓰는 자이면서 동시에 쓰지 않고 그저 '들으려'하는 자라는 점이었다. 그가 산문에서 시인에겐 말이 아닌 '듣는 귀'가 필요하다고 했던 것처럼 그는 자기 자신을 파괴하고 무너트릴 더 많은 실패를 원한다. 이런 말이 가능하다면 그는 스스로를 완전하게 붕괴시켜 버릴 바로 그 고통으로부터 항상 출발하려 한다.

이 말이 그저 단순히 시인이 가진 언어적 감각의 층위만을 가리키는 것으로 들리지 않았으면 한다. 그의 '비겁'이란 말은 매우 많은 의미를 그 안에 품고 있으니. 그가 필사적으로 고통의 태도를 고수하려는 것은 "우리

1) 김안, 『아무는 밤』, 민음사, 2019, 50-51면. 이하 시집에서 인용되는 시는 표기를 생략한다.

2) 이에 대해서는 『모:든시』, 2019년 봄호에 실린 필자의 「몰락과 폐허, '쓰지 않는 자'의 감각—김안, 〈파산된 노래〉에 관하여」를 참고할 것. 이 글에서 필자는 김안의 「파산된 노래」를 분석하면서, 지젝의 개념을 빌려 김안의 시를 '쓰는자'와 '못쓰는 자' 사이의 제3의 지점인 '쓰지 않는 자'의 윤리로 분석했다.

의 구멍난 가슴은 뻔한 결말의 감옥이 되"(「아방가르드」)지 않기 위한 당연한 전제이기도 하기에. 요컨대 그는 비참하기에 고결한 자이며 동시에 자신을 스스로 믿지 않음으로써만 존재할 '윤리'이자 자신의 처참함을 있는 그대로 보게 될 때 가능할 '형식'을 찾으려는 자일 따름이다.

그는 현명함 같은 것이나 어떤 가치의 등장이라 칭할 수 있는 '성공적' 읽기와 쓰기에 관심이 없다. 단지 그저 이 시인은 자신의 고통을 있는 그대로 바라보며 어리석어지려 한다. 똑똑하지 않으며 어쩌면 '머뭇머뭇' 멍청하고 어리석은 방식으로만 그저 가능한 것. 불가능하겠지만 그럼에도 불구하고 단지 온전해져만 하는 기다림의 방식을 감내하기. 그러니 김안에게 시인의 이름이란 깊은 슬픔과 언어의 말하지 못할 한계를. 영혼의 붕괴와 무너짐을 감당해야만 하는 고통을. 그저 '실패'의 방식으로 견디어 나가는 자에게만 부여될 수 있을 무엇일 따름이다.

> (…) 나는 여전히 변명과 아포리즘을 구분하지 못하고, 늙고 있고, 늙어 망해 가고, 생활로 인한 비겁과 생활로 인한 긍휼 사이에서 머뭇거리고 있는데, 머뭇머뭇, 점점 멍청해지고 있는데,
>
> —「추애비폭秋崖飛瀑」 중에서

### 2) 파산된 노래를 견디게 할 '가차 없는' 윤리란

> 우리의 말은 아무런 괴로움 없는
> 스스로에게만 자명한 선들,
> 선의 역린.
> 그리하여 우리의 말이
> 종국엔 평범하고 고요한 무관심들이라면,
> 무관심의 전체주의라면,
> 이 노래는 어떻게 파산해야 할까,
>
> —「파산된 노래」 중에서

김안 시인의 시에서 지속적으로 반복되는 테마들. 예컨대 반복되는 '파산된 노래', '불가촉천민', '가정의 행복'이란 제목들은 그가 지니는 일종의 인식론적인 태도를 암시하는 것이라 할 수 있겠다. 어떤 인터뷰에서 그는 반복되는 제목에 넘버링을 하지 않는 것을 게으름으로 치부했지만 이는 단지 게으름으로만 평가되기는 어렵다. 오히려 그것은 다양한 말들의 양태를 통해 언어의 한계 너머에 도달해야 하는 '무엇'을 지속적으로 넓게 펼쳐두려는 행위에 가깝다. 그는 끊임없이 자신의 고통을 되비추며 반복한다. 말하자면 그는 이미 붕괴되어 버린 언어로 파산된 노래를 불러야만 하는 '죄'를 자각하고 반복하는 시지프스와도 같은 인간일 따름이다.

나의 입에는 어떤 자격이 있습니까.
이 손에는,
이 눈에는.
바닥없는 이상理想들처럼,
생활 없는 선동들처럼
말할 수 없는 미래만 가득한 시절. 그리하여
말이 말하는 것들과 말이 숨기는 것들과 말로 흩어지는 마음들,
그리고 말해지지 못하는 과거들을 향해 눈감으면서,
모두가 바닥에 등 비비며 태어나 바닥에서 죽듯 죽어
흩어지듯

(…)

말이란 미립자의 총합이, 숨 쉬는 육체란 물질이
결국 사상으로 피칠갑한 마음의 독재에 불과하듯,
우연과 기적과 파문을
철학과 문학을
속물과 욕망으로 만드는 삶-생활 속에서 희망이라니요.

(…)

제각기의 영토에서 졸렬해지는,
서로의 고통을 파먹어야 하는,
피와 밥도 흐르지 않는,
이 자격 없는 희망.
더 이상 무엇도 노래할 수 없는-

—「파산된 노래」, 부분

그는 시집에 수록된 첫 시에부터 분명하게 말한다. 필시 시인은 시와 언어에 목숨을 걸어야 하는데 우리가 목숨을 걸어야 하는 그곳엔 아무런 희망도 없다고 말이다. 언어에 목숨을 거는 것이 시인의 자명한 임무라는 이데올로기는 그에게 설 자리가 없다. 그 대신에 시인이 자기 자신과 그리고 우리에게 내미는 것은 '죄'이다. 우리의 언어가 튀어 나가는 "입에는 어떤 자격이 있습니까"라고 묻는 행위는 김안의 시가 지니는 가장 기본적인 태도가 어떠한지를 보여준다.

언어의 죄이자 우리의 말이 가진 한계인 것. 언어의 겉과 속이 다른 우리의 말들이 가진 무력함과 허무함 혹은 텅 비어있음. 언어의 심연과 고통과도 같은 폭풍이 아닌 아무 일도 일어나지 않는 평면적 표면은 그가 부정하려 하는 언어의 한 측면일 것이다. 즉 아무런 힘도 사유도 고독도 고통도 증오도 분노도 없이 그저 시를 가장한 '성공한 언어들'의 풍경들은 그의 관심사가 될 수 없다. 절대로. 그는 그 무기력한 말들에 대한 거부이자 동시에 스스로에 대한 절대적인 증오로서 자신의 언어가 가진 모순과 불가능성을 지탱하려 한다. 이는 그가 가진 윤리의 출발 지점이 되는 것이기도 하다.

그러한 사유로부터 유래하기에 "제각기에 영토에서 졸렬해"질 '속물과 욕망의 삶과 생활' 속의 언어들에는 그가 말하듯 "희망"이 부재하는 것일 수밖에. 언어의 심연을 보지 못하는 자들과 알지 못하는 자들에게 말이란 그저 "사랑으로 피칠갑한 마음의 독재"의 가면에 불과할 뿐. 그것은 시가 아니라 그저 시라는 가면을 뒤집어쓴 것들일 따름이다. 그 가면을 쓴 자들은 시와 언어의 심연을 위해 존재하지 않는다. 그들은 그저 시와 언어를 자신들의 옳음을 틀리지 않았다는 지고한 확신으로 사용할 뿐이다. 마치 '거짓된 희망'처럼 말이다.

따라서 김안 시인이 가면적 말과 언어 혹은 표면의 세계라고 할 것들을 거부하려는 이유란 뚜렷하다. 그 말들의 부박함과 의지와 욕망 없음. 말을 하면서도 말을 알지 못하는 자들이 가진 치명적 오류. 김안이 '죄'라고 부르는 것은 우선 이를 뜻하는 것으로 이해되어야 한다. 그러나 문제는 김안의 시가 지닌 치명적이고 날카로운 질문의 칼날이 타인을 향해 있지 않다는 점에 있지 않을까. 그는 어떤 점에서 그러한 자들에게 아무런 관심이 없다. 그가 관심이 있는 것은 오직 자기 자신이다. 더 정확히 말한다면 그는 자신의 말이 가지고 있는 '죄'를 그 누구보다도 고통스럽고 직접적으로 체험하려는 태도를 항상 고수하려 한다.

그는 알고 있다. "더 이상 무엇도 노래할 수 없는-" "피와 밥도 흐르지 않는/이 자격 없는 희망"의 언어를 그 스스로 놓지 못하고 있다는 것을. 그는 스스로 지은 죄를 철저하게 자각하고 동시에 그것을 '대속'해야만 하는 자가 되어야만 한다. 즉 "말해지지 못하는 과거들을 향해 눈감으면서,/ 모두가 바닥에 등 비비며 태어나 바닥에서 죽"어가는 언어들을 김안은 놓지 않는다. 그것은 나의 죄이며 내가 책임져야 하는 것이며 온전히 내가 스스로 감내해야만 하는 '고통'이기에.

요컨대 김안의 시가 가진 윤리의 근본성은 바로 이러한 태도로만 이해될 성질의 것이라는 점을 유의해야 한다. 그의 윤리는 정언명령적인 이데올로기적 테제와 무관하다. 구체적 형태와 주장을 버리며 시인은 단지 자신의 세계와 나 자신의 근원적 모순과 죄를 어떻게든 감당하려는 행위로서 자신의 언어를 지탱하려 한다. 그러한 행위의 피흘림이자 죄의 대속이며 우리 모두가 알고 있다고 생각하지만 결코 알지 못해왔던 언어의 심연에 어떻게든 도달하려는 몸부림. 이것이 김안이란 시인이 가진 윤리의 도착점이기도 하다. 이러한 맥락에서 그의 시는 그 과정들에 대한 기록들이며 동시에 파산된 노래들을 부여잡고 어떻게든 더더욱 실패해야만 하는 윤리들의 향연장이기도 하다. 이것이 그의 시가 도달해야 하는 불가능한 실패의 목표 지점이다.

그러니 그러한 언어의 심연이자 실패의 윤리를 통해 도달해야만 하는 (아마 거의 불가능하겠지만) 어떤 지점은 그저 단순하게 우리에게 올 수 없을 것이다. 그것은 자신의 한계와 죄 그리고 언어의 무능력함, 즉 세계를 바꾸는 데에 단 1그램도 소용이 없는 언어의 무기력함을 깨닫고 있는 자에게만 허락된 것일 뿐이기에. 요컨대 무수히 많은 고통과 스스로의 언어가 가진 한계를 철저하게 자각하는 자에게만 허락될 수 있는 윤리를 위해 그는 스스로를 찌른다. 치명적 칼날을 가진 언어를. 자신의 무능력함과 무기력함과 가치 없음을.

> 우리에게 숨어들어 밤새 속삭이던
> 투명한 영혼들도 불가해한
> 이유로 다 팔려 나가고
> 어떻게든 아물기 위해
> 차갑고 희뿌연 유리창에 갇힌 채 비루한 겁을 베끼는 밤이지만
> 어떻게든 아물려는 불가능한 밤이지만
> 아무는 밤이지만
> 그것은 결국 어떻게든 간에 존재하려는 기술
> 빛과 소음으로 되돌아가려는 기술
> (…)
> 우리가 기뻐했던 것은 결국
> 우리의 죄
> 전이되는, 침묵과 무위란 악
> 우리의 기록엔 물음이 없어서 응답도 없고
> 서로가 원하던 기억도 없고
> 읽을 책도 할 수 있는 말도 없는 밤
> 모두가 결백할 뿐이구나
> 창문 아래
> 잠든 가족의 머리맡에 웅크려
> 비겁한 괴물이 되어가는 실증으로 아무는 밤
> 겁에 질린 무능한 밤을
> 살아 낼 말들이 내게 있을까
> 우리가 만든 개새끼들과
> 우리가 지나온 야만과 행복을 담아낼
> 파산된 노래가
>
> —「파산된 노래」, 부분

그의 말처럼 우리에게 세계는 그리고 나는 "무능하여 속죄가 불가능한 밤"(「파산된 노래」)이 무한하게 반복되는 것에 불과하다. 더욱 끔찍한 것은 나의 말 역시 그러한 세계 속에서 그저 '아무는 밤'의 일부로 존재한다는 진실이다. 그 밤의 세계는 끊임없이 증식하고 나의 언어와 육체 속에서도 자라나며 결국 모든 것을 집어삼킨다. 시간은 흐르고 나는 노쇠해갈 것이며 우리의 어리석은 욕망과 투쟁은 그저 '아물어'갈 뿐이기에. 그가 시집의 제목을 "아무는 밤"이라고 붙인 이유에는 그러한 세계에 대한 비극적 예감이 깔려 있지 않을까. 그 모든 것을 평준화시키는 무중력한 세계란 너도 나도 그리고 그 누구도 어쩌면 우리 모두가 피할 수 없을 뿐이므로.

그렇다면 우리 문학하는 자들은 (만일 이렇게 부를 수 있다면) 그저 '밤의 세계'에 속절없이 항복해 버리고 어쩌면 그저 좁은 이 바닥에서 자리를 차지한 소수가 되거나 그 소수들을 부러워하는 삶을 살아야 하는 것일까. 말하자면 '적당히' 시간이 흘러 그저 그렇게 아물어가도 되는 것일까. 그렇지는 않다. 우리는 단지 더더욱 무능해지며 아물지 않아야'만' 한다. 그는 이렇게 묻는다. "비겁한 괴물이 되어가는 실증으로 아무는 밤/ 겁에 질린 무능한 밤을/ 살아낼 말들이 내게 있을까"라고. 무중력하고 무감각한 세계의 평준함과 "무능함"과 "비겁함" 속에서 우리는 도대체 어떠해야 하는 것일까. 그의 말을 빌려 말해보자면 결국 무엇을 하지 않고 할 수 있어야 하는 것일까.

문학의 본원에 대한 질문들에 대한 대답 중 하나는 그 유명한 무용지용無用之用의 설명이 있을 것이다. 무능하기에 쓸모 있다는 것은 문학에 대한 기본적 정의들 중 하나이지만 아마도 그 무능함이란 문제를 필연적으로 체험해 본 사람들은 거의 없을 것 같다. (필자 역시 마찬가지이지만) 대부분은 그 무능함을 경제적 능력인 돈을 버는 것으로 생각할 것이다. 예컨대 문학이란 사회가 규정한 경제적 가치에 환원되지 않기에(무용) 쓸모가 있다(용)는 것이 상식적이다. 그러나 김안은 문학과 시의 무용함을 전혀 다른 방식으로 이해한다. 그의 방식이란 이러하다. 우리의 무용함이란 "전이되는, 침묵과 무위란 악"과 같은 것이라고. 그것은 "서로가 원하던 기억도 없고/ 읽을 책도 할 수 있는 말도 없는 밤"같은 것이라고. 결국 우리의 무용함은 "비겁한 괴물이 되어가는 실증으로 아무는 밤"이 될 수밖에 없다고 말이다.

따라서 그의 '무용'을 통해 체험해야 하는 것은 우리가 문학과 시라는 그저 이름과 장르만으로 남아버린 것에 스스로 만족할 뿐이며, 더 이상 뜨겁지도 혹은 차갑지도 혹은 어떤 마음과 감정을 담지도 않고 있다는 '사실'일 테다. 확고하게 존재한다고 믿어졌던 문학에 아무것도 담겨있지 않다는 '무용함'인 것. 즉 "겁에 질린 무능한 밤"의 세계 속에서 그저 두려워하며 그 속에서 무언가를 "살아 낼 말이 내게" 없다는 것. 우리는 그저 문학이란 이름 속에 '안주하던' "개새끼들"일 뿐이며 우리의 말은 사실 무능한 "야만"과 적당한 만족의 "행복" 밖에 없다는 것. 요컨대 우리 모두는 단지 이미 텅 빈 파산된 노래일 뿐이라는 것을.

그렇기에 김안이 말하려 하는 '파산된 노래'의 근본적 정체란 이러하지 않을까. 스스로를 찌르는 가장 극한의 지점이며 동시에 우리의 '헛됨'을 죽여야 하는 심연의 저 깊은 곳에 위치해 있는 무언가. 그것을 인식할 때에만 비로소 듣게 될 수 있는 어떤 목소리들. 그 죽음과 상처를 껴안으며 감내해야 할 치명적 고통과 피흘림. 여기에서 분명한 것 하나는 이 죄의 목소리를 소유하는 자는 결코 우리가 아니라는 점일 뿐이다. 그 목소리의 주인은 "우리의 바깥에서 우리를 바라보고 있을/ 삶이 없는 생자들"일 테니. 하여 단지 행해야 하는 것은 그저 고통스럽게 들으며 철저하게 언어의 칼끝으로 제 육신에 그 목소리들을 새겨두는 일일 뿐이다. 그 어떤 기쁨도 없이.

> 우리의 말이
> 우리로부터 끝끝내 항거할 때까지,
> 우리의 육체 속에 없던 말들과
> 아직 오지 않은 미래의 어휘들과
> 비참의 부력으로 떠서
> 우리 바깥에서 우리를 바라보고 있을
> 삶이 없는 생자들 속에서.
>
> —「파산된 노래」 중에서

### 3) 원하지 않는 자가 원하는 고통의 '언어'는

> 나는 아직 당신에게 보여줄 것이 많이 남아 있는데
> 우리는 늘 같은 마음으로 죽을 수 없고 사랑할 수 없고 살 수 없어
> 이 둥근 세계는 아주 조금 무너졌을 뿐
> 그 미세한 소리가 음악이라면
> 그것은 무조無調와 우연의 화성
>
> —「무조無調—쇤베르크에게」 중에서

하여 그가 원하는 것은 산자들의 말이 아니며 무용한 것도 아니며 그저 아무런 마음과 감정도 없는 무감각한 언어가 아니다. 김안의 시는 그 무용함의 정체이자 우리의 무능력과 무의미함을 극한까지 밀어붙이는 바로 그 자리로부터 발생하고 있기에. 이런 점에서 그는 오직 그러한 태도로만 자신의 시작을 유지하려는 윤리성을 가진 자인 셈이다.

그렇다면 김안이 보여주는 윤리 앞에서 우리가 마주해야 하는 질문은 무엇일까. 그의 말처럼 "그저 기술과 기법과 아방가르드를 사랑했을 뿐이었는데/ 폭삭, 우리는 귀신처럼 허옇게 눈발이 되어 쏟아져/ 아무도 믿지 않는 구원처럼/ 더 낮고/ 더 깊게 적제되어" 갈 뿐이라는 사실을 자각한 자에게는 언어의 어떠한 심연이 필요할까. 그저 "쓸 뿐 쓰다/ 죽을 뿐/ 영영 죽어 갈 뿐"(「바벨」)인 "아무는 밤"과 싸우기 위해 필요한, 진정한 언어란 무엇이 되어야 하는가. 즉 원하지 않는 자가 원해야만 하는 언어란 요컨대 무엇인가.

슬프게도 이 질문에 답이 명확하게 주어질 수 없다는 점은 분명할 것이다. (동시에 그는 주어진 답을 거부하는 자이기도 하다.) 그러나 우리는 그 불가능성으로부터 시작해야 한다. 그는 그것을 이렇게 말한다. "언젠가 나도 나를 죽인 이 무기를 높이 쳐들고서 내가 죽인 이들의 무덤을 파헤"칠 것이라고. 우리는 결국 "아무도/ 사랑하지 않으니 아무도 죽지 않고 아무도 슬

퍼하지 않게/ 되고, 국가의 건강에 필요한" 자들이 되어갈 뿐이라고. 우리에게는 "귀신 들린 나무에 목매달려 웃고 있는, 사람 없는 미래들이 속삭이는."(「우리들의 무기」) 목소리들은 희미해져 갈 것이라고. 그 희미해져 가는 목소리들에 어떻게든 매달려야 하는 것. 그 목소리를 듣기 위해서 어떻게든 나와 우리를 그리고 문학과 시를 죽여야 한다고 말이다.

그의 말을 하나의 명제처럼 바꿔본다면 이런 표현이 가능할 것이다. 흔히 듣게 되는 도를 얻기 위해 '부처를 만나면 부처를 죽이고, 예수를 만나면 예수를 죽여야 한다'는 그 말. 그러나 실제로 이를 행하려 하는 자는 많지 않다. 즉 그 어떤 이데올로기에도 침윤되지 않는 순수한 윤리를 찾으려는 진정한 행위가 김안을 지탱한다면. 시인이 가진 철저한 부정의 태도가 그저 무감각한 세계이자 '밤의 세계'에 대한 증오로만 이루어진 것이 아니라는 점을 이해해야 한다. 그것은 '희망 없는 자들에게만 주어질 수 있는 유일한 희망'을 찾아야 하는 행위와 동일하기에. 하여 그는 '파산된 우리의 노래'라는 잔해 속에 쌓여있는 "비루한 사랑의 파지破紙들"을 어떻게든 찾아내려 한다. 그 안에 희미하게 존속할 어떤 가능성들을 말이다.

벤야민의 '역사의 천사'가 진보와 세계라는 파국적 잔해들 속에서 죽은 자들을 다시 일으키고 유령들의 목소리를 되찾아주기를 원하는 것처럼. 시인은 문학이란 이름하에 잔해처럼 쌓여 있는 자신의 언어이자 '비루한 사랑의 파지들'을 모아 그 본원의 형상들을 되찾아야만 한다. 그의 숙명은 그러하다. "시선 속으로 들어오는,/ 우리의 이름을 부르는 모든 비극과 비참의 각도"(「가정의 행복」) 속에서. 그렇다면 그의 숨겨진 언어의 진면목은 어떻게 찾아질 수 있을까. 자신을 증오하며 고통을 직면하고 스스로를 붕괴시켜가면서 도달하고자 하는 무엇. 아직 오지 않고 있는 것. 말해지지 않은 형태로 말해지는 것. 원하지 않는 자가 원하는 우리의 말이 아닌 현전하지 않고 있는 다른 말들을.

> 늦은 아침, 술 덜 깬 옛 애인은 늘 슬픔으로
> 몸이 둥글어지곤 했는데, 햇살은 그 둥긂 위에서
> 깨지곤 했는데, 여전히 말하지 못하는

사람들의 이 아침, 말의 형태를 어떻게 만들고 있을까.
말하지 못하는 비극과 말하지 못하는 비겁 사이에서
그 낡던 이데올로기의 우상들은 어디로 사라졌나.
그 이름들이 내 기억 속에서
옛 애인의 몸뚱이를 지우며 걸어갈 때,
그 둥글었던 등에 그어지는 비극과 비겁 사이,
그 날카로운 틈을, 그것을
정의라 부를 수 있다면,
정의는 무슨, 그저 사랑이었다고 부를 수 있다면,
다행한 아침. 안온한 망각의 빛살.
이상하게 아름답고 이상하게 추악한
이 늦은 아침 식탁에서
술 덜 깬 눈으로 멸시와 극지 사이에서
달아오르는 눈으로 바라본 이 몸뚱이야,
헛된 소리만 내는 공장아,
의미 없는 소리라곤 하나도 없던 시절은 끝나고,
어느 사이에 나는 암사슴같은 발도 없이
둥글어질 몸도 없이 우상도 없이,
그렇게 기다랗게 망각하며 망해 가고 있구나,
혀끝을 가르는 깨진 햇살의 노래를.

—「햇살의 노래」, 전문

독재와 혁명도 정치와 사회도 그리고 이데올로기와 인간의 목숨도 시간 앞에서라면 절대적으로 소멸해 가는 것이 존재의 필연적 형식이라면 형식일 것이다. 시인에게 그리고 우리에게 어떤 찬란했다할 순간인 '옛 애인의 둥글어지는 슬픔'같은 시간이란 이제 없다. 그것은 말하자면 지금 '망각'되었다. 그것은 희미한 잉여처럼 혹은 이제는 잘 보이지 않는 유령들처럼 그저 "이데올로기의 우상"들 속에 묻혀 사라져 버렸다. 그것은 더 이상 "여전히 말하지 못하는 사람들"의 말들 속에 존재하지 않는다.

그러니 이 시인에게 부여되어야 하는 언어란 지금 현재에서 찾을 수 없는 것일 수밖에. 마르셀 프루스트를 빗대어 말해본다면 우리에게는 지금

이 아닌 과거이거나 혹은 미래이거나 아직 이해되지 않기에 존재하지 않는 어떤 시간만이 유일한 구원이 될 수밖에 없을 것이다. 그러니 아마 한때(우리는 그 시기를 구체적 형태로 특정할 수 없다.)라고 밖에 부를 수 없는 것. (그 안에 숨겨진 것은 그 누구에게라도 다르며 또한 어쩌면 같을 수밖에 없기도 하다.) 어쩌면 '그 순간'이라고 호명해야 그나마 어렴풋이 이해될 수 있을 만한 시간이 다시 존재하기를 원한다면. 즉 지워져 버린 "옛 애인의 몸뚱이"같은 실감이 존재했던 그 시간을 다시 존속시킨다는 것은 무엇을 의미할까.

김안은 이를 이렇게 말한다. "그 둥글었던 등에 그어지는 비극과 비겁 사이, 그 날카로운 틈"이 존재한다고 말이다. 그것은 단순하게 '정의'라는 말이 아니며 "그저 사랑었다고 부를 수 있"을지도 모를 무엇이었다고. 그 사랑의 말과 호명은 지금의 "헛된 소리만 내는 공장"같은 지금의 내가 아니었다고. 현재에 부재하기에 존재해야만 하는 무엇이어야만 하는 것. 거기에는 "그렇게 기다랗게 망각하며 망해 가고 있"는 우리의 현재에 존재해야만 하는 "혀끝을 가르는 깨진 햇살의 노래"가 맺혀있을 것이라고. 그 과거이자 아직 오지 않은 미래의 메시아적인 가능성만이 우리에게 구원의 시간이 되어 줄 수 있을 것이라고. 단지 우리는 '희망 없는 희망'처럼 그것만을 기다리고 있을 뿐이라고 말이다.

요컨대 '말과 입의 부당하게 정직한 생활의 세계'(「가정의 행복」)가 아니며 그 속에 잔영처럼 남아있을 시간을 찾으려 하는 행위란 김안 시인이 가진 가장 근본적인 태도 중 하나이자 그의 윤리성이 도달하고자 하는 최종적 목적이라 해야 할 것이다. "당신은 기어이 당신의 말을 살아낼 수 없"다는 불가능한 절망이자 "당신은 말의 불가능함들 가운데 있"다는 사실 속에서도 존재할 수 있는 "거룩한 재앙"이자 "참람하게 적나라한 구원"인 것. 그 모순들을 통해서만 비로소 존재할 가능성을 얻게 될 "천사들의 이름"(「불가촉천민」)을 불러야 하는 것처럼. 우리에게 주어져야 하는 이 최후의 언어란 무엇이라 말해질 수 있을까. 그 언어의 심연이 주어질 수 있는 '형식'이란 도대체 무엇일까.

여보, 나는 망설이고 있소. 어젯밤 꿈에 우리의 방이 피를 흘리고 있었소.

우리의 텅 빈 방이 고통 없이 출렁이고 있었소. 우리의 피부 아래에 일어나는 일들처럼, 생활은 순순히 흘러가지 않소. 우리의 지난 연애들은 내 늑간으로 들어와 깨진 화석이 되었소. 이제 내 기억 속에서는 그 어떤 살과 피의 온도도 떠오르지 않소. 도마 위에서 물고기들이 제 스스로 검고 끈적한 알들을 쏟고 있소. 나는 망설이고 있고, 나는 숨 쉴 수가 없고, 물고기도 없고, 이 물고기는 물 밖에서도 죽지 않소. 배를 가르고, 내장을 뿌리고, 알을 쏟아 내고 나면 이 방이 꽉 찰까. 이 방이 뜨거워질까를 생각하오. 꿈속에서 우리의 방은 지붕이 없고 벽이 없고, 우리는 썩은 물고기처럼 누워 서로의 냄새 때문에 잠을 이룰 수 없었소. 우리는 아직 살아있고, 우리는 팔다리가 없소. 여보, 살아남기 위해서 더 가난해지려는 사람들처럼 엄마를 아빠를, 어떻게 연기해야 할지 모르는 아이들처럼 갑시다, 그곳으로. 기억이 허물어진 곳으로. 우리의 아이들에게 우리의 살과 피를 받쳐 들게 하고서.

—「바벨」, 전문

그의 반복되는 또 다른 제목 중의 하나인 '바벨'은 바벨탑 그러니까 우리의 언어가 결국 실패할 수밖에 없다는 점을 가리킨다는 것은 뚜렷해 보인다. 그러나 문제는 김안 시인이 이러한 실패의 방식을 자각하고 있다는 점에 있다. 그는 그 실패를 자각하면서도 동시에 실패 속에 스스로 뛰어들며 성공하리란 희망 없이 지속적으로 행하는 방식을 가진 자이다. 이 시에서도 그러한 태도는 드러나 있다. 그렇기에 그는 말한다. "나는 망설이고 있"고 "우리의 텅 빈 방은 고통 없이 출렁이고 있"다고. "우리의 지난 연애들은 내 늑간으로/ 들어와 깨진 화석이 되었"을 뿐이며 "이제 내 기억 속에는 그 어떤 살과 피의 온도도 떠오르지 않"는다고. 즉 나는 지금 이제는 살아있지 않다고 말이다.

이 살아있지 않음으로부터 도래할 유일한 무엇. 살아 있음으로서 살아있지 않고 살아있지 않음으로 살아있을 수 있는 방법으로 그에게 가능한 무엇이란 결국 기억일 뿐이다. 즉 기억이란 '형식'을 통해 존속할 미지의 시간만을 바라보려는 불가능성의 가능성이 되고자 하는 것. 무가치함과 무의미한 자기 자신에 대한 (그리고 우리 모두에게도 마찬가지일) 증오와 슬픔 그리고 고통도 그에게는 오직 그러한 기억의 '형식'을 위해서만 존재한다.

바로 그 집약지점. 지금이 아닌 그 순간을 다시 불러오게 될 기억의 결과물. 그것은 아마도 이 시에서 말해지는 '물고기에서 쏟아져 나오는 검고 끈적한 알'들과도 같을 것이다.

이 황량하고도 황폐한 이미지들 속에서 김안은 스스로를 아니 일상에 젖어있어 무기력한 자기 자신을 '썩은 물고기'로 칭한다. '팔다리가 없는 우리들'처럼 도마 위에 누워서 썩어가는 지금의 우리가 아닐 수 있게 할 무언가를 그는 원한다. 말하자면 김안은 일상들 속에서 어느새 기억이 부재하게 되어버린 자신을 드러내며 썩어있는 자신을 대속할 수 있는 구원을 찾으려 한다. 그 구원의 형식이자 근원. 스스로의 그리고 우리의 죄를 속죄할 수 있는 유일한 것. "비겁하고도 거룩"(「딸꾹이는 삶」)한 반복적 세계 속에서 자신의 '피와 살을 바친다'는 것은 이 지점에서 시인인 죄의 대속이 과연 어떻게 불가능하게 가능할 수 있는가를 보여준다. "그 물로 찍어 쓰이는 깃발들,/ 그 고통 없는 거짓말들"(「우리들의 공동체」)을 붕괴시킬 수 있는, 존재해야만 하는 '이름 없는 목소리들'을 위한 그 말들을 말이다.

요컨대 김안은 원한다. 더 많은 고통과 슬픔이자 그의 욕망이 향해 있는 지점을. 이 비인간들의 세계 속에서 비인간이 아니기를 행하며 차라리 썩어버리거나 붕괴되어 버리기를. 그저 허물어져 폐허가 되어버린 이 언어의 '잔해'들 속에서 말이다. 그러한 자가 목적 없이 "어떻게 연기를 해야 할지 모르는 아이들처럼" "그곳"으로 가려는 행위. 즉 그 이름할 수 없는 '장소'란 우리의 일상적인 "기억이 허물어진 곳"이며 이 죄를 속죄할 수 있을 유일한 가능성이 존재하는 어떤 곳일 테다. 그곳에 도달하기 위해 죄를 대속하는 그는 아직 죄를 모르는 "아이들에게 우리의 살과 피를 받쳐 들게 하"며 걷고 있을 뿐이다. 자신의 고통과 육신을 스스로 바치지 않으면 알 수 없을 그곳을 향해.

그렇기에 이 시인은 답을 알지 않으며 답에 이르는 길을 걷는 자이며 동시에 문학과 시를 믿지 않으며 어떤 희미한 가능성만을 꿈꾸는 자일 수밖에 없다. "어리석게도/ 시의 영욕이 나를 구원할 거라 믿었을 때"의 순진함이 아닌 것. "우리의 말들이/ 벼랑으로 둘러싸인 광장에 갇힌/ 이 드넓은 지옥에서/ 말이, 우리가, 우리라 불리는/ 이 남루한 성소"(「불가촉 천민」)

에 그림자처럼 존재할 희미한 구원의 징표가 바로 이러해야만 하지 않을까. 그 고통 없는 거짓말들(「우리들의 공동체」)이 아닐 때 희미하게 움터올 가능성. 그 가능성을 인식하고 행하려는 자의 형식으로서만 주어질 수 있는 무언가. 그는 바로 이 순수한 지점에 도달하기를 욕망하는 것이리라.

> 모국어에는 운율이 없고,
> 리듬이 없고
> 혁명이 없다.
> 플래카드에만 존재하는 모국어.
> 그 아래 악다구니는 후렴처럼 반복되고,
> 애인에게는 생활할 내가 모자랄 뿐이다.
> 더 많은 조국을 가진
> 더 많은 내가 필요하다.
> 다른 조국이, 다른 모국어가 어딘가 존재할 것이다.
>
> —「우리들의 방」 중에서

### 4) 말들이 가져야 할 머뭇거림과 희미함들이

> 모든 고백이 유령이 되고
> 모든 고백이 내 목을 조르다 사라지는 곳,
> 웅얼거림으로만 가득한 세계여,
> 나는 이 모든 악을 사랑할 수 있을까
>
> —「불가촉천민」 중에서

솔직하게 말해보자면 아마도 그의 시를 읽어나가면서 들었던 감정은 깊은 슬픔이라 할 수 있을 만한 무엇이자 고통과 처연한 쓸쓸함에 가까운 그러한 마음이었다. 나는 책을 읽어나가면서 여러 번 멈출 수밖에 없었고 글을 쓰면서도 또한 여러 번 멈출 수밖에 없었다. 개인적 생각이겠지만 비평은 그저 시를 해설하고 설명하는 차원에 그치지 않아야 한다고 생각한다. 그러니 이 글은 그의 처절한 마음에 전염되어 버리고 공명했던 순간에 대한 기록일 뿐이라는 점을 말해두고 싶다.

『아무는 밤』에서 우리가 읽어야만 하는 것은 시인의 무수히 언어들 속에서 단 하나로서 반복되고 있다고 해야 할 것이다. 그것은 확신과 명료함 또는 성공의 자리에 있지 않다. 그의 말을 빗대 말해본다면 문학과 시를 행하는 우리에게 필요한 것은 그저 실패이자 희미하게 남아있는 잔영들이며, 그 그림자의 목소리를 듣기 위한 머뭇거림과 어리석음일 뿐. 그의 시 속에 남겨져 있는 세월호의 목소리들이 그러하듯이. 그러나 우리는 지금까지 진정으로 듣지 않아왔으며 사실은 들을 생각조차 없었던 것이 아닐까. 그저 문단이란 허망한 이름에 적당히 안주하고 시스템과 이데올로기들 속에서 움직이는 인형이었다는 것을. 그 비어있음을 처절하게 자각해야 하지 않을까.

하여 늘 항상 실패해야만 하며 그러한 실패의 형식만이 존재할 가치를 지닐 수 있다고 말해도 과언은 아닐 것이다. 이는 우리에게 존재해야만 할 '무용'의 또 다른 이름이기도 하다. 그가 시집의 서두에 써둔 시인의 말의 한 구절. 자신의 언어가 "결국은 생활과 운동이 아닌 생각과 변명으로 그치고 말았으나, 그 한계를 솔직하게 고백하는 것 또한 시인의 일이라면 일이다"는 구절은 이 측면에서 중요하다. 이는 그가 자신의 언어를 어떻게 말하지 않으면서 드러내려 하는지를. 그가 실패와 기억의 형식을 통해서 무엇을 궁극적으로 도달하고자 하는 지를 가리키고 있기에.

그는 '솔직함'을 통해 도래하는 실패를 그리고 그 실패를 통해서만 도달할 수 있는 무언가를 말하려 한다. 그렇기에 우리 역시 그저 쓸모없고 무용한 "말의 노역"들 속에서 존재해야만 할 "단 하나"의 무언가를 원해야 할 것이다. 이름 붙일 수 없고 말해질 수 없으며 보여지지 않을 무엇. 그럼에도 그것을 찾아야만 한다는 고통의 시간. 그 숙명에 대한 '형식'만이 오직 우리를 지탱할 수 있으며 이 망각의 시간들을 견딜 수 있게 한다. 아니, 그래야만 한다. 문학과 시인이란 제도의 형식이 아닌 문학과 시를 행해야만 하는 실존과 운명의 형식으로서.

이 말의 노역은 이처럼 쓸모없이

지독하게 비열한 모럴과 무한한 타락 사이에서
불행한 우연들로 집적된 필연들 사이에서
단 하나의
감정을 걸러 내기를,

—「파산된 노래」 중에서

## 1-4. 리빙데드(Living Dead)와 멜랑콜리, 수행하는 잔여적 (비)언어

— 송승언, 『사랑과 교육』

### 1) "아무것도 새롭진 않지만"

> 우리는 함께 옥상으로 올라가
> 우리의 작은 눈으로는 다 볼 수 없는 세상을 보았다
> 고가도로 아래 흘러가는 내로
> 물오리들이 흘러가고 있었다
> 어제와 다르지 않은 풍경이지만
> 그래도 좋구나
> 말했다
>
> 좋은 세상이야
> 아무것도 새롭진 않지만
>
> —「액자소설」 중에서

시와 언어의 관계에 대해서 여러 유구한 이론적 논의들이 있겠지만 최근 주목받는 것은 아마도 '정동이론'인 것 같다. 부끄러운 말이지만 정동이론에 대해 공부를 많이 쌓아왔다고 하기 어렵기에 우선 다음의 말을 인용해보는 것으로서 글을 시작하려 한다.

> 시를 쓴 사람도 명료하게 이름 붙이지는 않지만 가지고 있는 어떤 것, 그것을 표현하는 것이고, 또 그것을 읽는 사람도 명료하게 이 정서는 기쁨이다 슬픔이다 자존감이다 등으로 말해지면서 복사된 정서를 인계받는 것이 아니

> 라 나 스스로 가지고 있는, 들뢰즈는 그것을 존재능력이라고 하는데, 나 스스로 가지고 있는 존재능력에 변화를 가져오게 하는 것이라고 말을 합니다. (…) 우리가 시를 쓴다는 것은 내가 나 스스로의 존재역량에 변화를 주는 행위이고, 내가 쓴 시를 누군가가 읽는 것도 그것을 읽음으로써 스스로 가진 존재역량의 변화를 일으키는 행위인 것입니다. 단순히 시가 무엇의 정서를 전달하고 느낌을 전달하고 지식을 전달하는 데 그치는 것이 아니고, 스피노자와 들뢰즈의 표현에 의하면 존재역량의 변화를 가져오는 예술행위라는 것입니다. (…) 내가 느낀 정동을 그것을 향수하는 누군가와 공유하면서, 완전히 일치하진 않겠지만, 누군가에게 정동적 동요를 일으켰을 때 그 사람은 자신이 지금까지 보던 것과는 다른 방식으로 세계를 보게 하는 것입니다.[1]

위 논의에 따른다면 시(혹은 언어)의 역할은 단순히 "무엇의 정서를 전달하고 느낌을 전달하고 지식을 전달하는 데 그치는 것이 아니"다. 이른바 서정시를 보게 될 때 느끼는 감정들. 예컨대 자연의 아름다움이나 가족의 소중함 또는 사랑하는 사람에 대한 정서적 유대 등등. 어떠한 점에서 그러한 감정들은 인간이 기본적으로 가질 수 있는 따듯한 마음이며 이를 노래하는 서정시의 양상 자체는 무의미하지 않을 것이다. 그러나 핵심은 이어지는 구절에 있다. '존재역량의 변화' 혹은 "지금까지 보던 것과는 다른 방식으로 세계를 보게 하는 것". 내가 전혀 모르고 이해할 수조차 없었던 (혹은 이해하려 하지 않았던) 영역에 대해 '인식의 문'을 열어버리는 행위. "정동의 동요"를 통해 이전의 내가 아닌 '전혀 다른' 사유와 인식을 가진 나로 '변화'한다는 것을 말이다.

이를 '동시대 한국시의 정동'이란 양상에 비춰보면 문제는 아마도 다음과 같을 것이다. 우선 2000년대의 미래파와 2010년대의 포스트-미래파의 시가 기존의 (우리가 생각해 왔던) 시와 다르며 추상적이고 난해하다는 비판을 어느 정도 받아왔다는 점을 떠올려보자. 이미 필자가 다른 글에서 여러 번 이야기했던 바이지만 '지금의 시'는 분명히 우리가 알아 왔던 시의 규범과 매우 다르며 기존 시의 향유법과 전혀 다른 방식으로 자신들만의

1) 조강석, 「시와 정동(情動, affect) 혹은 감각의 역치 값」, 『현대시』, 2020년 2월호, 66-68면.

언어를 구축해 왔다. 그 이전에도 시와 언어에 관계에 대해 고민했던 시인들도 물론 있었지만, 언어 자체를 사용하는 지평 자체가 집단적으로 달라진 현상이 미래파 시기에 가능해졌다는 점은 이견의 여지가 없을 것 같다.

요컨대 미래파와 포스트-미래파는 우리의 일반적 관념과 다르게 자신들만의 언어를 사용하며 사유한다. 그들이 '정동'을 일으키는 방식은 서정적 자연이라는 유토피아에 기대지 않는다. 오해가 있을 듯 싶어 말해두지만 좋은 서정시 역시 '존재역량의 변화'와 무관하지는 않을 것이다. 그러나 지금 현재의 시는 푸코 식으로 말해 안정된 유토피아가 아닌 '모든 인식의 지평을 불안정하게 만들고 무너트려 버리는 헤테로토피아'(『말과 사물』)적 감각에 기반해 있다. 일종의 디스토피아적인 또는 그 어디에도 희망 따위는 존재하지 않는다는 인식으로써 말이다.

즉 지금 '현재'의 우리 시는 죽음과 멜랑콜리적 사유에 토대해 있다. 이들은 현실을 무의미한 '죽은 것'으로 파악하며 자신 역시 그 속에서 여전히 죽어 있고 앞으로도 그러하다는 점으로부터 출발하려 한다. 포스트-미래파는 '냉소하는 일상'(황인찬)이거나 '분노하는 기계'(김승일) 또는 '연극적 무대 혹은 게임'(문보영)일지라도 일상과 세계 그 자체를 무가치한 것으로 파악하는 '멜랑콜리'적 감각에서 공통적으로 자신들의 언어를 길어 올린다. 그렇기에 "좋은 세상이야/ 아무것도 새롭지 않지만"(「액자소설」)이란 시인의 말은 이러한 측면에서 유의미하다.[2] 이 말을 '정동적'으로 번역해 보자. 모든 것은 그저 무한히 반복될 것이다. "아무것도 새롭지 않지만". 세상은 내가 이해할 수 없는 방식으로 '좋은 세상'일 따름이다. 그러니 이 세상이 나에게 도대체 무슨 의미가 있단 말인가. 이미 무가치하며 죽어있는 세계에 지나지 않을 뿐인데.

결국 우리가 포스트-미래파의 시에 대해 중요하게 물어봐야 할 것은 이것이다. 그들은 왜 죽어 있는가. 그들이 느끼는 죽음에 대한 친연성의 감정이란 무엇인가. 핵심은 그들은 왜 이 멜랑콜리적 세계로부터 벗어나려

2) 송승언, 『사랑과 교육』, 민음사, 2019. 이하 시집에서 인용하는 시들은 서지사항을 생략한다.

하지 않는가에 있다. 시적 주체로서의 나 혹은 자신의 사유와 관념을 알레고리화하는 방식으로 존속하며 자신의 '존재'를 언어의 (불)가능한 역량으로서. 더 정확히 말한다면 말하지 않으면서 말하려는 자들이 구축한 세계가 지금 우리 현재의 시라 할 수 있다면. 그렇다면 요점은 '씌여지지 않은 것을 읽는'(벤야민) 우리의 시선 자체에 있을 따름이겠다.

최근 젊은 시인들의 언어이자 멜랑콜리와 알레고리적 방식에 기반해 있는 포스트-미래파의 언어는 서정시의 존재방식인 '회감', 즉 일종의 이상향과 유토피아와 전혀 다른 사고방식에 기반한다는 점을 인식해야 '보이게' 된다. 이 글에서 다루고자 하는 송승언의 두 번째 시집『사랑과 교육』에서도 이 맥락은 동일하다. 아마도 이는 다음의 표현으로 정리해 볼 수 있을 것 같다.『사랑과 교육』의 서두에 쓰여진 "나는 죽고 싶어하는 당신이 살았으면 했다. 미안하게도."라는 시인의 말로 말이다.

주의 깊게 숙고해야 하는 이 말. '미안하다'는 그의 말을 좀 더 이해하기 쉽게 바꿔보면 이러하다. 동일하게 반복되는 세계이자 무의미한 일상의 공간들 속에서 우리가 "아직도 살아 있어야 할 이유 따위는 없다"고 말이다. 우리가 일상과 세계 속에서 살아야 할 이유를 찾지 못한다면 이 무가치한 공간 속에서 '나'는 어떻게 존재할 수 있는 것일까. 그리하여 이 장소들 속에서 시인은 어떠한 의미를 생성해야'만' 하는 것일까. 그의 언어가 이루어낸 풍경들은 아마도 그 "생각"으로부터 멀리 벗어나 있지 않을 것이다.

걸어가면서
아직도 살아 있어야 할 이유 따위는 없다 느낄 때

우리는 조금 더 자라나고 조금 더 슬픔 모르게 되고

커튼의 무늬 헤아리며
없을 혁명을 연습했죠

아침에 스친 사람을 생각했고요

—「빛의 모험」 중에서

## 2) '리빙데드'의 멜랑콜리, 모두가 있는 이곳엔

> 더는 어떤 것도 명확하지 않았다. 나는 시력을 잃은 것이구나, 말…… 잃어버린 나의 말은 눈이 너무 커서 그 눈으로 모든 풍경을 담아낼 수 있었고, 그래서 세계는 일렁이다가 그렁그렁하다가 떨어져 마침내 깨부숴지다가 다시 평평한 막의 형태로 펼쳐지며 온전히 잃어버린 말의 눈이 되었고 말, 도대체 울지도 않는 말…… 내 이마를 뚫고 자라나는 나선을 따라 확장되고 있을 풍경 없음.
>
> —「일각수」 중에서

앞서 언급했던 것과 같이 근래 젊은 시인들의 시이자 포스트-미래파의 시들 속에서는 평화로움이라든가 따뜻함같은 감정들은 사실 잘 나타나지 않는다. 서정시라는 이미지를 떠올린다면 우리가 거의 즉각적으로 자동반응하게 되는 삶의 행복함 같은 익숙한 감정들. 삶이란 이름이거나 행복과 가정이란 이름으로 혹은 사랑이란 이름으로 인간적 삶을 지탱해 주는 가치들. 이 가치들과 포스트-미래파의 시가 무관하다는 점으로부터 출발해 보자.

송승언의 시적 자아가 보려 하는 풍경. 더 나아가 보자면 자신은 죽어 있으며 아무런 가치도 없다고 생각하는 그 지점. 더욱 정확하게 말해보자면 그것은 아마도 리빙데드(Living Dead — 살아있는 죽음 혹은 좀비)의 멜랑콜리적 시선이라 불리워져야 할 것 같다. 우리들의 세계와 삶이 행복이란 기호를 향해 맹목적으로 달려가고 있다면 시인이 바라보고 있는 곳은 그와 다른 어떤 '기이한' 장소이기 때문에. 마치 현실과 유사하지만 현실과 '다른' 레이어(층위)에 머물고 있는 것처럼. "죽어서 평온한 것들의 도시"(「일각수」) 속에 머무르고 있는 자의 시선으로.

세상 망하고
잠자다 깬 사람 다시 자도 되고
듣기 싫은 음악 안들어도 되고
그럴 때까지

인생이 섬망이라 여겼던 사람이 섬망에서 해방될 때까지
영혼 없어서 영혼 없는 말도 없고
말 없어서 없는 영혼도 없을 때까지

공원이란 개념이 없을 때까지
인류의 무덤이 기념품 같을 때까지

말없이 두 남자가 크림 단팥빵을 먹고 있고
개의 영혼이 침 흘리며 이탈하고 있다

—「기계적 평화」, 부분

이 시인은 아마 한 번도 산 자들에 속해 있지 않았을 것이다. 리빙데드의 삶이란 바로 그러한 층위에서만 이해될 수 있는 것이기도 하다. "아는 걸 아는 게 이렇게 모를 일"(「아스모데우스」)이라는 그의 전언처럼 시인이 펼쳐둔 죽음을 이해하기 위해 선행적으로 깨달아야 하는 지점은 그가 언제나 항상 '모른다'는 사실에 입각해 있다는 것이다. "더는 어떤 것도 명확하지 않"(「일각수」)은 세계 속에서 던져진 '커대버'(해부용 시체—인용자 주)를 자기 자신으로 여기는 자로서. 그러한 태도를 가진 자에게만 가능할 수 있는 '모른다'는 태도로서 말이다.

요컨대 "살아도 사는 것 같지 않듯이 죽어도 죽은 것 같지가 않"(「커대버」)은 것처럼 이 세계와 '분리'되어 있는 시인의 관점은 결코 어떤 것도 확정 지으려 하지 않는다. 철저하게 '모른다'는 태도로서만 볼 수 있게 될 세계의 이면. 그저 무의미하게 반복되는 세계의 본질적 모습이 어쩌면 '기계적 평화'라는 시의 제목이 암묵적으로 가리키는 바가 아닐까. 무가치한 평화가 반복되고 반복되어 그 끝에 도달하게 된 어떤 풍경. 시인은 우리에게

‘영혼이 없는’ 세계의 묵시론적 풍경을 펼쳐놓고 있을 따름이다.

한 가지 더 덧붙여 보자. 송승언식 종말의 풍경 속에서는 그 일반적일 모습이라 할 사람들의 비명과 공포 그리고 절규 같은 것들이 없다는 점을 주의해야 한다고. 쉽게 상상할 수 있는 세계의 멸망이란 영화에서 종종 보듯 두려움과 공포의 아비규환이 가득 차 있겠지만 이 시는 그저 지속되고 어떤 변화와 차이도 없는 것 자체를 종말로써 보여줄 뿐이다. 정리해보면 이렇다. 단지 모든 것은 계속 반복될 것이다. 아무런 의미도 없이. 이 냉철한 시선으로부터 유래하는 사유. 이른바 세계란 시스템이 끊임없이 생존과 행복을 위해 무한히 반복된다면 그 최후의 풍경이 이러하지 않을까. ‘세상이 망하고, 더 이상 하고 싶지 않은 것은 하지 않아도 될 때까지’. 그리고 피고 지는 꽃과 나무로서의 자연이 반복될 ‘공원이 더 이상 없을 때까지’. 이 세계의 모든 것이라 할 “인류의 무덤이 기념품 같을 때까지”.

결국 세계의 끝이자 시인이 보고 있는 묵시론적 종말의 풍경 속에서는 그저 “말없이 두 남자가 크림 단팥빵을 먹고 있고/ 개의 영혼이 침 흘리며 이탈하고 있”을 뿐이다. 아무것도 없는 세계. 아니 지금의 일상과 별다를 바 없는 우리가 존재하고 있는 이곳의 풍경. 그것 자체가 바로 지옥이라는 점을 우리는 「기계적 평화」의 일상적 모습 속에서 깨닫게 되지 않는가. 이 공원의 풍경 속에는 그저 ‘먹을 것’에만 매달리며 생존하기 위해 먹어야만 하는 존재들만이 덩그러니 놓여있을 따름이라는 점을.

시인의 (말하지 않는) 언어가 드러내는 이 명확하고도 은밀한 폐허적 풍경 속에서 깨달아야 하는 바는 일차적으로 세계의 무가치함이지만 동시에 주목해야 하는 것은 시인 자신이 이 장소와 분리되어 있지 않다는 점에도 있겠다. 나 자신 역시도 이와 별다른 차이 없이 존재하고 있다는 뼈아픈 진실. 이 먹는 자들과 마찬가지로 시인의 또 다른 형상인 개는 ‘침 흘리며 있다’. 그러나 동시에 기이하게도 그곳을 ‘이탈하려 한다’. 이 기묘한 이중성. 속하면서 속하지 않는 방식. 현실과 다른 레이어(층위)에서 머무르려 하는 리빙데드의 멜랑콜리적 시선이 여기에 존재한다. 즉 그는 자신의 말이자 언어를 그리고 세계를 신뢰하지 않으려는 ‘모른다’를 지속적으로 유지하며 동시에 무언가를 기다리려 하는 자다. “영혼 없어서 영혼 없는 말도 없고/ 말 없어서 없는 영혼도 없을 때까지". 하여 "인생이 섬망이라 여겼던 사람이 섬망에서 해방될 때"를.

> 혀 위에 얹힌 그것이 신속하게 흩어지지 않고
> 분쇄됨을 주저하고 있었다
>
> 자연에 속하지 않는 것들 이를테면
> 냉동제
>
> 비자연이란 개념을 상상해 낸 인간들에게서 나는 작은 따뜻함을 느낀다.
> 그와 같은 따뜻함은 또한 거부하고 싶은 것이기도 하지만
>
> 닫힌 구조를 생각하면 아름답다 완전히 폐쇄적인 구조 속에서 냉매를 뿜는 죽음 기계를 생각한다
> 죽음 기계는 영원을 잊도록 영원히 연주되는 최초의 재생 장치이고 때문에 그것은 세기말의 골동품으로서 가치를 지닌다, 따위
>
> 나는 생각하고 때문에
> 죽어 간다
>
> —「죽음 기계」, 부분

시인의 기본적 태도인 '모른다'는 결국 "혀 위에 얹힌 그것"인 언어를 믿지 않으려는 '주저함'으로부터 오게 되는 것일 테다. 「죽음 기계」의 마지막 구절에서 그가 "오늘은 말하는 대신 볼 것이다/ 보고 또 보았던 풍경들"이라고 이야기하는 이유가 이와 같다. 그렇다면 그는 자신의 사유에 의해서 구성된 일상들 그리고 이 묵시론적인 세계 자체라 할 '흑암에 빛나고 있는 해골'(「고기잡이 노래」)을 손에 든 채로 스스로 그것을 감당하려 하는 자로서 이해되어야 하지 않을까.

그 죽음의 시선을 통해 세계의 본질을 보려 한다는 것. '자연이 아닌 비자연'이라는 언급은 송승언의 시세계를 이해하는 데 있어 유의미하다. 즉 '자연에 속하지 않는 것을 상상할 수 있는 자들에게 느끼는 작은 따뜻함'

이자 또한 이를 거부하고 싶어하는 기묘한 감정은 그가 "생각하고 때문에/ 죽어"가는 자이기에 가능한 이중적 사유인 셈이다. 일상과 세계 그 자체에 속해 있으면서도 다른 층위에서 그 무의미함을 인식할 수 있다는 것. 시인의 이 시선은 자연이 아닌 비자연을 혹은 더 나아가 우리가 알 수 없는 무언가를 그가 바라보고 있다는 점을 넌지시 일러줄 따름이다.

따라서 피할 수 없는 법칙으로서의 "냉매를 내뿜는 죽음 기계"란 그 무가치한 세계 자체의 형상화란 리빙데드의 멜랑콜리적 시선에서 비춰진 세계의 존재방식으로 이해될 수 있을 것이다. "영원을 잊도록 영원히 연주되는 최초의 재생 장치"이자 "세기말의 골동품으로서의 가치"란 우리를 둘러싼 모든 세계의 동일성. 더 나아가 그것의 '정지'와 '종말'을 가리킬 따름이기에. 바로 그러한 세계의 무의미성을 사유하는 시선이 시인의 본질적인 혹은 멜랑콜리적인 세계감이다. "죽은 꽃나무 기계가 있었을 때" 비로소 존재하게 될 "신이 된 체제"로부터 유래한 '내'(「내가 없는 세계」)가 있듯이.

결과적으로 "나선을 따라 확장되고 있을 풍경 없음"(「일각수」)의 '없음'을. "자신이 기계인 줄 모르고 돌아가는/ 대관람차는 불타는/ 대관람차"같은 "잿더미가 된 세계"를. "세상 모든 것을 다 보고/ 본 것 또 보고/ 또 보"(「대관람차」)는 시인의 시선은 리빙데드로서의 삶이란 형태가 무엇을 가리키고 있는지를 암묵적으로 드러낸다. 사실 그는 일상과 세계에 있지만 있지 않다. 죽은 자로서의 시인은 우리와 '다른' 시선에서 세계를 기묘하게 바라본다. '아무것도 새로울 것 없는'(「액자소설」) 세계 속에서. 그가 "생각되었다"(「내가 없는 세계」)라고 발언할 수 있게 되는 바로 그 위치에서 말이다.

그 '생각됨'의 존재방식에 놓여져 있는 리빙데드의 멜랑콜리적 시선. 이 리빙데드는 현실의 자신보다 자신의 사유를 우선시할 수 있기에 자신과 세계란 이 무가치함을 죽은 것으로 바라보는 자이다. 동시에 시인으로서의 그는 이 세계의 끝을 여전히 지켜보려 하는 자가 되려 할 뿐이다. 붕괴되어가는 스스로의 육체를 통해 '꿈꾸는' 알지 못한 채 있어야 할 '부러진 뼈와 같은 생각'을 끊임없이 되새기며.

나는 꿈꾼다 당신의 뼈를

그리고 나는 생각한다 세상의 모든 밤과
골수들을, 내 생각은 이것뿐
생각에 뼈라는 게 있다면 내
생각은 부러져 있다.

—「—」 중에서

3) 잔여적 기억들, 혹은 단지 수행하는 (비)언어

우리의 몸보다 우리의 혼이 먼저 죽는다는 것을 알았다.
우리의 시체: 우리보다 오래 남아 우리들의 꿈을 꾸고 있다. 우리의 뼛조각 골수 추깃물로 만들어진 세계 위에서. 우리: 파묻힌 뼛조각들의 꿈.

만들기를 그친 신은 이제 잠을 잔다. 아무도 깨울 수 없는 잠을.

—「모닥불의 꿈」 중에서

그렇다면 무엇이 남는가. 아니 남아있는 것일까. 그가 '영혼'이라는 말을 사용하면서까지 드러내려는 마음 속 깊은 층위라 할 만한 것. 폐허와 다름없어 보이며 어떤 점에서는 폐허 자체인 이곳을 바라보면서. 더 이상 아무것도 남지 않고 바뀌지 않는 세계 속에서 시인은 무엇을 기다리려 하는 것일까. '모국어의 운명을 아는 책들이 자살을 결심했을 때 출간해야 하는 살아있는 책'(「재의 연대기」)처럼 존재해야 하는 것이자 어떤 희미한 잔영 같은 염원. 우리의 영혼이 빠져나가고 남아있는 시체들 속에 잔여적으로 포함되어 있을 꿈의 형상. 즉 '우리들의 몸이 찢어져 장작더미가 되는 잉걸불의 기억'(「—」)이란 이 리빙데드의 삶에서 무엇을 말하지 않은 채 드러내고 있는 것일까.

아무도 없는 거리
모두 사라진 거리를 산책하며 쏟아지는

이상한 빛을 바라본다는 것
빛의 좋음 때문에
더는 혼자가 아니라는 착각에 휘감기고 있다면

그것은 신의 사랑일 것이다
불타는 이 도시의 꼴이 신의 교육이듯이

산책하며 익히는 건 걸음걸이
세상 불타는 것 중요하지 않고
내가 어떤 궤적을 그리고 걷고 있구나 하는 정도
그리고

좋은 날에 걸으면 죽고 싶다는 것
죽지 말라고 할 사람 죽어야 할 이유
더는 없는데도 몇 번씩이나

—「사랑과 교육」, 부분

"뭔가가 계속되었다/ 뭔가가 멈춘 다음에도 뭔가가"(「이후에」) 있어야 한다는 시인의 언어는 『사랑과 교육』에서 시인이 취하는 지속적 태도이자 그가 지닌 사유의 핵심적 방식을 드러내 준다. 그는 말하자면 끊임없이 언어화되지 않는 방식에 입각해 명시적으로 말하지 않으면서 말해지는 희미한 흔적들을 그저 보여주려 한다. 우리가 인식해야 하는 것은 그 '모른다'는 지점에 있게 될 어떤 흔적일 뿐이다.

시집의 표제작인 「사랑과 교육」이 드러내는 바도 이 측면에서 이해되어야 할 필요가 있다. 인간 또는 살아있는 생명이 더 이상 "아무도 없는 거리"에 선 최후의 인간. 이 리빙데드는 빛을 원하지 않는다. 스스로 말하고 있듯 '빛의 좋음 때문에/ 더는 혼자가 아니라는 착각에 휘감기는 신의 사랑'이란 무가치한 '착각'에 불과할 뿐이기에. 우리가 우리의 일상과 세계를 사랑으로서 맞이하고 있다면. 우울증자인 이 리빙데드는 그 세계에 속해 있으면서 동시에 이탈하며 중얼거릴 뿐이다. 멸망해 가며 "불타는 이 도시의 꼴이 신의 교육"일 뿐이라고.

이 구절에서 불현듯 다가오게 되는 것은 무엇일까. 요컨대 이 불타는 공간 속에서. 우리를 지배하고 있는 시스템들의 '교육' 외엔 아무것도 존재하지 못할 공간 속에서. 우리의 일상과 도시의 공간 속에서. 절망하거나 절규하거나 도피 가능한 신의 사랑을 찾는 것이 아니라 그는 단지 걷는다. 이 '태도'가 그의 본질적인 모습이라는 것. 즉 그가 익히고 있는 '산책하는 걸음걸이'란 "세상 불타는 것 중요하지 않고/ 내가 어떤 궤적을 그리고 걷고 있구나 하는 정도"를 가늠할 수 있게 해줄 뿐이라는 점. 요컨대 그는 "몇 번씩이나" 수행한다. 걸음걸이를. 우리들의 무가치한 세계 속에서.

따라서 그가 구축하려는 "궤적"이 단순하게 사실적 의미로 이해될 수는 없을 것이다. 그 걸음걸이란 "생각 없음에 대해 생각하면 속이 꽉 차는 것 같"(「제설제」)은 "어떤 길일지 예상되지 않는 곳을 넘어"(「천막에서 축사로」)서 이어질 무언가를 향해 있기에. 그 '무엇'은 아마도 『검은 태양—우울증과 멜랑콜리』에서 크리스테바가 말했던, 우울증자이자 멜랑콜리커에게 결코 포기될 수 없는 '코라'와도 유사할 것이다. 명시될 수는 없지만 결코 포기될 수 없으며 리빙데드의 시선이 결국 도달해야만 하는 것으로 말이다.

그것은 언어화되어서는 안 되며 동시에 명확히 언어화될 수도 없는 무엇이겠지만 그럼에도 우리는 그것을 언어로서만 접근할 수밖에 없다. 이 기묘한 이중적인 태도를 통해서만 존재할 수 있게 될 잔여적 기억과 흔적들을 시인은 기다린다. 알아차리지 못한 채 우리에게 슬며시 오게 될 무엇을.

> 그러나 조금만 더 들어 주십시오. 광선은 우리가 살아가는 데 있어 필요한 것입니다. 광선은 우리의 어깨를 비추고, 치아를 드러내고, 병든 민낯을 밝힙니다. 우리는 매분매초 빛의 각도가 달라지는 순간마다 새롭게 죽어 가고 있다고 느끼고 있습니다. 느낌이란 깨달음이며 깨달음이란 죽음에 한 뼘쯤 더 가까워지는 일입니다. 여기서 죽음은 삶의 진실일까요? 누군가 죽음을 경험한다면 알 수 있을 것입니다. 그러나 그것은 깨어진 것이라서 그것은 경험될 수 없고 불완전하게, 미지의 예감으로만 쏟아질 뿐입니다.

(…)

누군가 유리의 숲이라고 명명한 곳에는 고발의 흔적들로 눈부십니다. 눈을 뜰 수 없겠지만, 부디 눈 떠 주십시오. 눈멀 것 같겠지만, 보이는 것이라곤 숲이 아닌 깨어진 유리 조각들뿐이겠지만. 부디 눈 떠 주십시오. 깨어진 세상에 진실이 하나 있다면 깨어진 진실이라도 반드시 무언가를 비춘다는 것입니다. 생존하고 있는 우리 속에 광선이 있기 때문입니다.

비전 속에서 당신이 본 것들을 믿지 마십시오. 숲의 여기저기에서 맥락 없이 출몰하는 개들이 바로 당신의 거울이라고.

—「유리세계」, 부분

"산산조각 난 도/시를 비추는 빛보라의 냉정함"을 갖춘 자가 바라보는 세계의 형상이 이러하다. 단지 "진실은 깨진 유리이고 광선은 깨진 유리를 관통"할 때 "없는 것들의 존재 가능성이야말로 광선이라는 것을 우리는 광선을 통해 받아들일 수 있"(「유리세계」)다는 기묘한 이중성으로서. '없는 신'으로 세계를 사유하는 시인의 시선이 이와 같다. 그는 단지 이 세계를 보고 또한 믿지 않으며 빛 아닌 빛을, 더 정확히 말하자면 '빛을 따라서 빛을 등지며 재구축될'(「뿔이 부러진 말」) 무언가를 드러내려 한다.

이러한 점에서 「유리세계」에서 말해지는 빛이란 불완전한 언어 그 자체의 형상으로 보아도 무방할 것이다. 말이란 것. 더 정확히 말해 시의 언어란 "우리가 살아/가는 데 있어 필요한 것"이며 동시에 "우리의 어깨를 비추/고, 치아를 드러내고, 병든 민낯을 밝"히는 것이기도 하다. 불완전한 언어이자 깨어진 진실이란 광선에 의존할 수밖에 없는 삶. 우리는 그 고통을 통해서만이 비로소 "새롭게 죽어 가고 있/다고 느"낄 수 있게 된다는 것. 그는 분명히 알고 있다. 언어를 존재하게 하는 "깨달음이며 깨달음이란 죽/음에 한 뼘쯤 더 가까워지는 일"에 그칠 뿐이지만 동시에 그것만이 우리가 할 수 있으며 해야 하는 유일한 행위라는 점을.

그가 형성하고 있는 리빙데드의 멜랑콜리적 언어. 아니 우리 모두의 언어란 결국 불완전함을 벗어나지 못할 것이다. 그러나 동시에 그 불완전한 '깨어짐'을 통해서만이 명료하게 정의되지 않고 경험되지 않아야만 있게 될 "미지의 예감"이 그 흔적을 드러낼 가능성을 얻게 된다. 송승언이 언어의 형상들을 통해 이야기하고자 하는 것이 이러하다. 결국 '모른다'를 통해서만 도래할 수 있는 무엇. '불타는 신의 교육'에서 벗이나 그저 사소한 산책을 수행하면서 형성되게 될 알 수 없음의 어떤 영역. 그가 원하는 것이자 리빙데드의 눈길이 향하는 그 장소가 여기에 있다. 단 분명히 기억해야 하는 것은 그것이 '알지 못한 채'로서만 우리에게 올 수 있다는 점일 따름이다.

그는 일상과 세계의 잔해들 속에 있는 어떤 파편들의 조각 같은 무엇을 단지 기다릴 뿐이다. '영혼이 떠나간 친구들과 길 잃은 패잔병'(「별들이 퍼붓고 난 이후」)들을 기다리는 자로서. 살아있는 "생존하는 우리 속에 광선이 있"을 수밖에 없지만. 세계 속에서 그 어디를 보아도 "보이는 것이라곤 숲이 아닌 깨어진 유리 조각들 뿐이겠지만". 우리는 그저 '비전 속에서 본 것을 믿지 않아야' 만이 그 최후의 인간적 존재이자 "여기저기서 맥락 없이 출몰하는 개들"을 비로소 인식하게 될 것이다. 「기계적 평화」의 묵시론적인 풍경 속에 있던 바로 그 존재. 빛과 같은 눈이 흩날리는 '구원이 끝나는 밤'에 우리가 보아야만 할 "눈 덮인 하얀 개 한 마리"(「구원이 끝나는 밤」)로서. 리빙데드이자 묵시론적인 세계의 끝에 대한 증언으로서.

결국 그는 스스로의 말처럼 '살아도 산 게 아니며, 죽어도 죽은 게'(「커대버」) 아닌 존재일 수밖에 없겠다. 현실이라는 무가치한 세계 속에 그와 다른 층위의 여기를 사유하는 자. 알지 못한 채로 기다리며 도달해야 하는 어떤 곳을 바라보는 리빙데드는 그 방식으로만 자신을 지탱하려 하고 있기에. 아마도 그것은 '없는 시간과 아닌 시간을 살며, 반쯤만 인간인'(「반쯤 인간인 동상」) 형태이자, 빛이 아닌 빛으로서 "별을 삼키고 이제 영원히 어둠"(「역행시」)인 이 세계의 무의미성을 있는 그대로 들여다보는 태도로서만 가능해질 수 있을 것이다.

그렇기에 그는 단지 수행한다. 부러진 뿔을 기어이 재구축할 무언가를 만들어가며. '누가 가르쳐주지 않았던, 찬송이 끝나도 끝날 줄 모르게' 계속 '울려 퍼지는 오르간 소리'(「인챈트」)를 들으며. 죽어도 아무 여한이 없다는 뜻을 가리키는 "사무여한"(「구원이 끝나는 밤」)이란 말과 함께. 언제인지 알 수 없으나 있어야 하는 그 순간을 기다리면서 걷는다. 그는 리빙데드란 자신의 삶에 대한 멜랑콜리적 실존성을 단지 이러한 형식으로 유지하고 있을 따름이다.

> 뿔이 부러진 말이 달려간다
> 뿔이 부러진 그다음 날부터
> 재구축 중인 십자가를 향해
> 빛을 따라서 빛을 등지며
> —「뿔이 부러진 말」 중에서

4) '나 아닌 무엇이 되어'

> 망가지지 않는 죽음이
> 어떤 추상에서 벗어나
> 어떤에서 벗어나
> 오늘 오후 구체적으로 내 무릎 위에
> 포개어질 때
> 네가 있던 방으로 갈 때
> 네가 아닌 방으로 갈 때
>
> 문틈으로 빛이
> 몰려들었다
> 시체가 구원인 구더기들처럼
>
> 나 아닌 나 되어 나 아닌 나 되어
> —「문틈에서 문틈으로」 중에서

한 가지 확실한 점은 시인이 이 "망가지지 않는 죽음"으로부터 출발하려 한다는 것이다. 그의 언어는 끊임없이 묻고 또한 발화한다. 더욱 중요한 것은 그 질문들이 '빛'을 향해 있지 않다는 점에 있다. 시인의 '뿔'이자 이 '일각수'(「일각수」)의 언어는 완성되어 있는 것이 아니라 부러져 있는 형태에서만 비로소 출발할 수 있기에. 즉 시인은 우리를 둘러싼 일상과 세계로부터 끊임없이 이탈하고 자신의 존재를 모르는 채 눕는다. 그의 간질한 물음은 결국 '나 아닌 내가 되어서'(「문틈에서 문틈으로」) '꿈틀거리는 몸들에 흘러드는 소리를 따라 프레임 바깥으로 흘러가는 비눗방울들'(「활력 징후」)의 몸짓이 되려 하는 것이 아닐까. 바로 그러한 '형성'만이 리빙데드의 본질적 꿈이라 불리울 자격을 얻게 될 뿐이다.

'모든 것이 끝날 것처럼 계속되는 이 세계' 속에서 "만들기를 그친 신은 이제 잠을 잔다. 아무도 깨울 수 없는 잠"(「모닥불의 꿈」)을. 이 잠든 시인의 꿈속에서 아른거리는 무엇. 그는 여전히 '없는 것들에 기대'며 무엇들의 '형상'을 보려 한다. 세계 그 자체이자 모든 것들의 '사라짐을 이해'하고 그 고통을 받아들여 가며. 그가 지니는 "가끔 미끄러지며/ 얼어붙은 길을 걸어가"(「제설제」)려는 태도란 이러한 측면에서만 이해될 수 있는 것이기도 하다.

그가 바라보지 않으며 바라보는 우리의 일상과 세계의 풍경인 것. 요컨대 "빈 들. 있으리라 생각되지 않지만 분명히 있는. 자라는/ 것 없으리라 생각되지만 그렇지 않은."(「들」) 것처럼. 있음과 없음의 기묘한 이중성 사이에서 어느 순간 무언가가 흔적처럼 나타나게 된다는 예감. 바로 그 순간만을 기다리는 시인의 태도가 우리에게 (불)가능할 (비)언어를 사유하도록 추동한다. 완전함으로 명명될 수 없는 어떤 완전함이자 살아가야만 하는 이유라 부를 무언가를 시인은 찾고 있는 자이기에. 그저 자신의 존재를 묵묵히 수행해 나가면서.

종말과 죽음으로 가득 찬 일상과 세계 속에서 다른 층위에서 머무르는 리빙데드의 마지막 말을 이제 전해주어야 할 것 같다. 서두에서 언급했던 '살았으면 한다'는 시인의 말. 어떻게든 "잠시 무엇이었던 내가/ 나 아닌 무엇이 될 때"를 기다린다는 것. 바로 이 '감춰진' 욕망이야말로 일상과 세계 속에 내던져진 자이자 시인의 숙명적 형상의 원천이다. 그 무엇을 위해 시인은 '어떤 궤적'을 걸으려 한다. 단지 그뿐이다. '나 아닌 모든 것이 될' 걸음을. 하여 우리는 이 리빙데드의 걸음걸이가 무엇을 향해 있는지를 인식해야만 한다. "나는 곧 거기에서 뭔가를 보게 된다/ 네가 아직 보지 못한 무엇을"(「분쇄기」) 보게 될 존재에게 이루어지지 않는 형태로 도달할 그 기묘한 형상들을. 우리의 일상과 세계가 도달할 최후의 풍경 속, 이름되지 않는 무언가로 있게 될 바로 그것을.

> 나였던 덤불을 들고
> 나였던 불 앞에서 서서
> 잠시 무엇이었던 내가
> 나 아닌 무엇이 될 때까지
>
> 나였던 것들에 가까워졌다가
> 나 아닌 모든 것이 될
> ―「나 아닌 모든」 중에서

# 1-5. 폭력의 실체와 실재계의 윤리

— 이소호, 『캣콜링』

## 1) 실재계(The Real)의 망치

> (…) 시라는 틀 안에서는 어떤 문장이든 용인될 것이라 생각했습니다. 오늘의 일을 발판 삼아 앞으로는 자극적인 단어는 지양하고 작가로서 신중하게 생각하고 행동하는 사람이 되겠습니다. 문학으로 빚어진 실수를 더 좋은 문학으로 보답할 수 있도록 최선의 노력을 다하겠습니다.
>
> 감사합니다.
>
> —「사과문」 중에서

우리는 이 시집을 어떤 방식을 '읽을' 수 있을까. 아니 '감상한다'는 편안한 방식이 가능하기는 할까. 텍스트를 이해하려는 것이 비평의 임무라면 우리는 이 말들이 구축해 버린 세계이자 그러니까 우리들의 현실 이면에 감추어진 폭력들의 범람을 어떤 방식으로 받아들여야 하는 것일까. 이 난폭하고 파괴적인 그리고 언어의 표면을 찢고 부수며 흘러내리는 피와 고통의 흔적들. 요컨대 스스로의 육체를 '통해서' 쏟아져 들어오는 실재들의 범람과 수많은 '징후들'의 웅얼거림을 말이다. 이 말 없는 말들이자 언어가 아닌 언어가 존재해야만 한다면. 우리는 『캣콜링』이란 텍스트를 "대화라는 걸 할 줄 모르는"(「우리는 낯선 사람들의 눈빛이 무서워 서로가 서로를」)[1] 징후와 증상으로 고려해야만 하는 것이 아닐까.

1) 이소호, 『캣콜링』, 민음사, 2018, 16면. 이하 시집에서 인용하는 시들은 인용표기를 생략한다.

당연하게도『캣콜링』은 페미니즘 담론의 방식으로 읽히게 되는 것이 일반적일 수 있겠다. ('캣콜링'이란 시집의 제목이 상기시키듯 그러한 시들이 충분히 있다.) 그러나 이러한 독법은 그 윤리적 정당성에 불구하고 어떤 점에서는 또한 '환원적'일 수도 있다. 푸코가 이미 지적했듯이 그 의미와 가치에도 불구하고 이데올로기와 담론 체계는 모두 '참된 것'으로 작동하며 그 내부에 선과 악을 명쾌하게 구분하려 하기에. 목적성과 이유 그리고 가치와 무관한 담론의 존재 방식을 유의해 본다면. '선'의 이름 속에서 무한히 증식하는 것 자체가 이데올로기의 존재방식일 수밖에 없다면. 바로 그 방식으로서 담론들의 세계와 말들의 주어진 체계 속의 모든 것을 우리는 '안온'하게 받아들이게 될 뿐이다. 즉 우리는 '선'에 있으며 정의와 올바름'이다'. 그리고 그 세계 바깥이자 담론의 외부적 체계는 악이며 적'이다'. 우리는 편안하게 '옳을 것'이나 결과적으로는 아무것도 바뀌지 않을 뿐이다.

그러나 이소호 시인의 텍스트가 '드러내어' 버린 것이자 증상적이고 징후적이며 언어에 의해서가 아닌 언어를 '통해서' 전달되는 경진이의 세계는 그 '올바름'의 세계와 다른 층위를 가진다. 우리는 이 세계 속에서 '선'을 읽을 수 없다는 점에서 출발해야 한다. 시집의 해설에서도 지적되었다시피 시집의 텍스트들은 "어떤 윤리적 정당성도 확보될 수 없는 이토록 불편한 위치"를 그저 드러낼 뿐이다. 그렇다면 우리는 이 폭력들의 실체이자 범람하는 실재계의 현상들 속에서 무엇을 사유할 수 있는 것일까. 그것은 아마도 우리들의 존재 그 자체의 비윤리성이라 할 만한 것. 우리 모두가 사실은 '악' 속에 그저 깊숙이 침윤되어 폭력의 실체를 외면하고 살아왔다는 바로 그 지점이어야 하는 것이 아닐까. 우리 모두는 그저 얼마든지 타인에게 폭력을 가하며 자신의 생존과 정당성을 위해 (때로는 그저 기분과 쾌락을 위해) 억압을 행하는 괴물들이다. 그저 자신의 존재로 폭력을 실행하고 있을 뿐인 것으로서.

우리에게 가능한 유일한 방법이자 인정해야만 하는 행위는 무엇일까. 우리가 텍스트를 '통해서' 언어화되어 있지 않는 지점을 '읽어야' 하는 것은 아마도 우리의 선을 믿지 않아야 한다는 단호한 태도에 가까운 무엇이어야 하지 않을까. 우리의 실상이 가진 악을 있는 그대로 들여다보려 하는 태도이자 세계 그 자체의 질서를 부정할 수 있는 부정성의 에너지인 것. 그리하여 진정으로 우리에게 요청되어야 할 '인간에게 내재해 있는 악마성을 단호히 고려하는'(슬라보예 지젝) 시선인 것. 요컨대 이 지옥의 풍경들을 있는 그대로 구현해버리는 시인의 망치를 말이다.

시진아
언제부터 흉터가 우리의 놀이가 되었을까?

싸워서 얻는 게 당연하잖아

삶은 지옥
평화는 초현실

남반구와 북반구
우리는 서로의 환자가 되고
—「서울에서 남쪽으로 여덟 시간 오 분」 중에서

### 2) 징후들 속 징후, 깨달을 수 없는 그림자인 살해-충동

잘린 배를 사각 빤스로 가렸다
두피가 훤히 드러나는 정수리를 들켰다
나는 헤진 머리카락을 가발로 덧씌우고
엄마 아빠를 몰래 배 안에 숨긴다
—「엄마를 가랑이 사이에 달고」 중에서

앞서 말한 것처럼 경진이네의 세계란 지옥이란 현실 그 자체이며 우리가 감추어두며 보지 않으려 하는 폭력이 범람하는 곳이기도 하다. 시인의 많은 시들이 일일이 피를 토하며 입증하고 있듯이. 그러니 문제는 이 시들이 드러내 버리는 세계의 부당함과 폭력의 실체성을 손쉽게 이데올로기로 환원하지 않아야 한다는 점에 있을 것이다. 우리는 명확하고 명료하게 나의 '올바름'을 선언할 필요도 없으며 언어들의 사실적 기원과 재현의 원본을 찾을 필요도 없다. 그저 요구되는 것은 이 언어들의 징후들 속에 있는 징후들이자 그 사유의 흔적들을 있는 그대로 들어야만 하는 태도일 따름이다.

우선 텍스트의 세계 속에 명확히 구분될 수 있는 선과 악이 없다는 점을 유의해 보자. 나도, 시진이도, 엄마와 아버지도 그리고 나의 애인이자 남편도. 이 세계의 전부들은 오직 자신의 입장에서 그저 모른 채로 평범하게 존재하는 악을 행하고 있을 따름이라는 점으로부터. 이 일상적이며 지옥의 풍경들은 왜 구현되고 있는가. 시인의 말을 빌려보자면 그것은 아마도 시집 마지막 시의 제목처럼 '행복한 부모에게 어떻게 나의 우울증을 설명할 수 있을 것인가'란 질문으로 귀결되어야 할 것이다.

호상이던 죽상이든 그날이면

엄마는 아빠를 기다렸다 아빠는 온 가족의 머리를 깎아 제사상에 올렸다 홀수여야 하는데 우리는 둘둘 넷이잖아 어떡하지? 아빠는 밖에서 다른 여자를 주워다가 머리를 깎아 우리집 식탁에 앉혔다 자 이제 우리 모두 모였구나 아버지의 아버지가 그랬던 것처럼 우리는 보살의 마음으로 까까머리가 되었다 죄를 지을 때마다 밥상의 머리 사과의 머리 뱃머리 밭머리 깃머리 모든 머리를 잘랐다 홀수가 될 때까지 계속 계속 머리를 잘라
상에 올렸다

누군가는 늘 외로웠다

아버지는 제기 위에 온 가족의 손바닥을 두고 못을 쿵쿵 박았다 이제 우리는 영원히 헤어질 수 없단다 가족이니까 아버지는 마지막으로 못 머리를 자르고 영원히 뽑지 못하게 두었다

이제 너와 나는 우리가 되었다

우리는 흰쌀밥에 찬물에 말아 먹었다 한지에 우리 이름을 적고, 서걱서걱

과도로 갈라 먹고 우리는 글이 되었다 꾸깃한 종이로 서로를 감싸 안고 까맣게 까맣게 종이를 채웠다

우리는 문장에 머물렀을 때 가장 아름다웠다

—「경진이네—5월 8일」, 부분

「경진이네—5월 8일」이란 시는 우리의 일상이 어떻게 지옥인가를 보여주는 시들 중에서도 특별한 이질성을 지닌다. 세계의 폭력성을 있는 그 자체로 구현해 내고 있는 일련의 시리즈인 '경진이네'가 그러하듯, 이 구성된 가족의 풍경은 (현실에 있는 이소호 시인의 가족과 무관하게도) '제사'로 형상화된 아버지-세계에 대한 시인의 '심리적 실감'을 아주 명확하게 드러낸다. 그와 동시에 이 시는 그에 대한 시인의 '감각'이 어떠한 점에서 어긋나는가를 보여주는 텍스트이기도 하다. 즉 이미 많은 설명들이 되었을 일련의 경진이네 시리즈와 약간 다른 결의 차이를 눈여겨보아야 한다.

우선 경진이네의 세계에 구축된 질서의 존재 방식에 대해 먼저 살펴보자. "호상이던 죽상이던 그날이면" 반복되는 제사란 굳이 설명하지 않아도 남성-가부정적 세계의 '질서'를 유지하는 행위라는 점에는 이견의 여지가 없다. 그 세계 속에서 오직 홀수여야 하는 세계의 명령하에서 여성들은 그저 "보살의 마음"으로서 '제사상'에 올라가는 과일과 '동일'하게 기능한다. 여성이 아버지적 세계의 시스템의 그저 부품처럼 작동하고 있다는 사실과 더불어 더 중요한 부분은 '남성'들의 세계가 "밖에서 다른 여자를 주워다가 머리를/ 깎아 우리집 식탁에 앉혔다"는 사실일 것이다.

이 사실들이 가리키고 있는 바는 (손쉽게 짐작할 수 있듯이) 시스템 외부에 존재하는 감정과 말들을 깡그리 삭제해 버리는 혹은 삭제하고 나서만이 존재할 질서의 성격을 드러낸다. 그 세계이자 현실의 질서 속에서 짝수인 여성들은 가정의 안이든 밖이든 모두 그 전부가 '완벽한' 세계를 위한 소품으로 기능하며 '모든 머리를 잘리'고 있을 따름이라는 끔찍함. 사과이자 사물로 규정되는 이 끔찍한 존재방식을 소유한 아버지이자 세계는 자신의 '행복'을 이렇게 선언한다. "너와 나는 우리가 되었다"고. "이제 우리는 영원히 헤어질 수 없단다 가족이니까"라고.

요컨대 "영원히 뽑지 못하게" 두어야 하는 '못'은 말하자면 가부장적 질서 혹은 세계 그 자체의 질서의 중심이며 상징계적 토대를 유지시키는 대타자란 층위를 차지하는 기호일 것이다. 즉 아버지는 '못'이자 "일요일의 이름으로 스스로의 비밀을/ 용서"(「함께 세우는 교회」)하며 자신의 질서를 유지한다. (그런 점에서 그는 나쁘면서도 좋은 사람일 수도 있다. 스스로 알지 못한 채로 말이다.) 「좁고 보다 비좁고 다소 간략하게」나 「지극한 효심의 노래」의 타이포그라피적 이미지들 속에서도 동일하게 반복되듯 이 아버지-질서는 '정해진 대답을 해야만 하는 나'를 구성해 낸 가족이자 세계의 핵심적 원천이자 작동방식이다. 이 아버지의 세계 속에서 나는 오직 "네"라고만 대답해야 한다. 우리들은 말하지만 말하지 않는 존재이자 대문자가 아닌 '소문자'적 주체에 불과하기에.

따라서 "우리는 문장에 머물렀을 때 가장 아름다웠다"는 시의 마지막 구절을 결코 일반적인 아름다움으로 보아서는 안 된다. 오히려 그것은 아버지-질서가 소유한 '문장'이자 언어를 구겨버리거나 늘리는 프루쿠스테스의 침대에 올라간 희생자(나그네)의 형상에 가깝다. 자신만의 언어와 육체로서가 아닌 도구로서의 '아름다움인 것'. 그렇게 본다면 이소호 시인의 시가 주는 '불쾌감'의 원천이란 아버지-질서의 세계 속의 당연한 폭력 속에 우리가 내던져져 있다는 점을 직시하는 태도로부터 온다고 해야 하지 않을까. 우리가 아버지의 이름 하에서만 그리고 이 세계의 질서 하에서만 '아름다운 문장'이 된다는 것. 그 외의 문장들과 잉여들이자 이 아름답지 않음과 흘러넘치는 트라우마들은 아버지들의 세계에 들릴 수 없다는 점을 말이다. (여기까지가 아마도 가능한 분석일 것이다.)

그렇다면 '주체는 결코 동일할 수 없으며 비동일적인 것'일 뿐이라는 정신분석학적 교훈을 떠올려 보자. 시가 구축하고 있는 질서 그 자체의 존재 방식과 이질적인 형태로 놓여진 희미한 흔적들을 말이다. 여성을 깎아 사물(사과)로 난도질해 버리는 질서의 법칙이자 세계를 완벽하게 지배하며 자신의 방식을 완전하게 투영하도록 만드는 폭력. 아주 약간의 여지조차 남겨두지 않는 아버지-세계에 대해 시인이 취하려는 유일한 태도는 무엇이 될 수 있을까.

이러한 맥락에서 가장 주목되어야 하는 구절은 아마도 "누군가는 늘 외로웠다"라는 것일 수밖에 없겠다. 전개되어가는 시 속의 상황과 무관하게 놓여있는 단 하나의 문장. 혹은 '들릴 수 없다'이거나 '들려지지 않으려 한다'는 그 지점. 스치듯 희미하게 말하며 우리에게 오지 않는 그 말. 아버지-질서의 문장과 무관한 것. 이 아수라장이며 난장판 그 자체인 악이 횡횡하는 질서와 세계에 대해 시인은 "누군가는 늘 외로웠다"라는 의미심장한 문장을 어떤 이질성으로 위치시킨다. 그렇다면 이 말은 분명 증상 속 증상이자 어떤 현상이라 불러야 하지 않을까.

증상 속의 증상이자 의도된 그러나 들리지 않는 언어의 층위인 '외로움'은 시 속에 구현된 질서와 무관한 어떤 것이 될 가능성을 가진다는 점에서 중요하게 인식될 필요가 있다. 평범하면서도 당연한 악이 횡행하는 세계에서. 그리고 그 세계의 속한 방식으로서만 '말'할 수 있는 경진이네의 세계 속에서. 이름할 수 없는 어떤 이가 "누군가는 늘 외로웠다"는 희미한 말을 내뱉고 있다면. 그 말을 통해 존재하게 될 시적인 주체란 누구인가란 질문이 비로소 가능해질 것이기에. 질서의 세계가 사실 증상적이고 징후적인 세계라면. 증상 속의 증상들이자 징후들 속의 징후들처럼 희미하게 스며든 채로 말하려는 이 알 수 없는 주체야말로 시인의 보다 진정한 목소리에 가까운 것이라 해야 하지 않을까. 즉 "우리는 저녁으로 아귀가/ 저지른 잘잘못을 울궈 먹었다 벙긋 벌리고 헤집고/ 닫는"(「아무런 수축이 없는 하루」) '내'가 아닐 수 있는 것. 죄 그 자체와 이 세계에 대한 시인의 사유를 말이다.

> 엄마와 나는 바짝 손톱을 깎아 놓고 잘못 깍은 손톱이 여기저기 튀어 오르고 옛날이야기처럼 아버지 거기는 팔뚝만 한 쥐가
> 되었다 밤이 낮이고 낮도 밤도 다 가리고 아버지는 이불 속에서 숨죽여 찍찍거렸다 찍찍 믿었다 아래층 침대에 내가 누우면 아버지는 이층에서 침대를 흔들었다 아버지가 흔들리면 교회가 흔들렸다 오늘의 말씀 찍찍 아무도 십자가를 지지 않았는데 죄만 있었다
>
> 스팽글을 단 죄들은 빛도 없이 빛났다

나는 숯을 깎아서 아버지의 비밀을 적었다 여기서는 보이고 거기서는 보이지 않는 말을 뾰족하게 깎아 엄마를 찔렀다

보이지 않는 빛들이 말처럼 빛났다

—「함께 세우는 교회」, 부분

아버지와 엄마 혹은 시진이와 나의 세계는 '교회'의 세계이며 올바르고 아름다운 문장들의 세계이다. 그 세계의 대리자인 '아버지'는 빛나는 '남자인 신'(「서른 한가지 이경진을 위한 아카이브」)의 말씀을 통해서만 자신을 확인한다. 그러나 이 상징계적 질서와 아버지라는 주체의 간극, (이러한 점에서 우리 모두는 결국 노예일 뿐이다.) 즉 아버지라는 심리적 주체의 욕망이라 할 '팔루스(남근)'는 상징계적 질서와 끊임없는 간극을 발생시킨다. 팔루스가 주체가 소유했다고 생각하지만 실제로는 단 한 번도 소유해 보지 못한 것이라는 점을 상기해 보자. 그렇다면 이는 상징계적 질서로 환원될 수 없는 욕망의 간극이자 '질서'라는 가면이 벗겨져 버린 아버지의 정체를 사실상 지시하고 있지 않은가.

이 맥락이 바로 쥐의 말인 "찍찍"의 핵심적 층위를 차지한다. 그저 의성어처럼 보이며 어쩌면 별다른 의미를 담고 있는 것 같지 않은 이 말은 그저 존재함으로 질서의 이면을 드러낸다는 점에서 유의미하다. "이층에서 침대를 흔들" 때도 "찍찍"거리며 교회에서 울려 퍼지는 성스러운 "오늘의 말씀"도 삽입되는 "찍찍"은 시인의 말처럼 "아무도 십자가를 지지 않았는데 죄만 있"는 아버지-질서의 본질적 정체를 가리킨다. 이 질서들이자 그 강대한 체계로서 존재한 세계의 본질이란 사실 그저 가질 수 없는 욕망을 단순히 "찍찍"거리고 있을 뿐이라는 지점을. 마치 "스팽글을 단 죄들은 빛도 없이 빛"나는 모습처럼.

이러한 아버지-질서의 세계 속에서 시인이 행하고자 하는 바란 무엇일까. 시인의 말을 빌려 이를 말해보자. 앞서 흔적처럼 보여졌던 '외로움'처럼 시인은 어떤 점에서는 명료하게 말하지 않으며 그저 적어둘 뿐이며 또한 '찌를' 뿐이다. 하여 "숯을 깎아서 아버지의 비밀을 적"어가는 시인은

말하자면 "누군가는 외로웠다"라는 말을 중얼거리는 자이며 "여기서는 보/이고 거기서는 보이지 않는 말"을 듣는 자이다. 세계가 들을 수 없는 말이자 세계가 아닌 자들만에게만 전달될 말. 그 희미한 그림자에 기대어 시인은 "보이지 않는 말을 뾰족하게 깎아 엄마를" 찌른다는 행동을 단순히 수행한다.

그렇기에 우리는 엄마를 찌른다는 행위의 함의를 유의미하게 받아들여야 한다. 이 '살해'에 대한 욕망은 나와 시진 그리고 엄마와 할머니를 지배하는 아버지의 질서이자 세계 그 자체의 질서에 대한 시인의 인식을 드러내기 때문이다. 「경진이네—거미집」에서 이야기된 어미를 잡아먹는 '거미'와 같은 할머니-엄마-나의 존재이자 아버지-질서에 침윤되어 버린, 때로는 피해자였으며 혹은 가해자이기도 한 나이자 우리. 즉 시집의 해설처럼 "순환하는 폭력이 발생하는 조건이자 그 장소"를 '죽인다'는 것은 그저 단순한 자기 살해의 욕망이라고 하기는 어렵다.

요컨대 이 욕망의 칼끝이 자기 자신의 붕괴이자 더 정확히 말해 질서에 의해 구현되어버린 자기 자신의 종말을 향해 있다는 점을 주목해야 한다.[2] 자신을 '죽임'으로 자신 안에 구현되어 있는 아버지-질서의 종말을 요구한다는 것. 이 '자살'의 욕망이 만약 실현된다면 지배당하는 유구한 여성들의 세계와 지배하는 질서는 필연적으로 붕괴할 것이다. 그럴 때에만 이 시인은 비로소 해방될 수 있다. 따라서 "보이지 않는 빛들이 말처럼 빛났다"는 말이 가리키는 함의는 바로 질서에 의해서 지배되지 않는 무언가이자 언어들에 의해 통제되지 않으며 언어를 '통해서' 전달될 뿐인, 바로 그러한 (아버지의 말들이 가진 빛남과 다른) "보이지 않는" 그림자의 빛남을 가리키고 있는 것이라 해야 하지 않을까.

이 다른 (어떠한 점에서는 어둠이자 그림자라 해야 할) '빛'을 통해서만이 우리

---

2) 안지영, 「2층과 3층 사이」, 『문장 웹진』, 2019년 3월호. 안지영은 이소호의 『캣콜링』이 "'경진이'로 지칭되는 '타자화된 자기'에 대한 관찰을 통해 자기 삶을 오브제화 하는 한편, 자신의 가족('경진이내')을 대상으로 이데올로기에 대한 미러링으로 가족로망스를 활용"한다고 이야기하면서 이 혐오의 정동이 "가부장제의 폭력성을 전복적 반사경으로 되비춤으로써 재현 그 너머를 비춘다"는 점을 강조한다. 이 글의 의견을 빌려본다면 『캣콜링』이 수행하는 바는 "'정치적 여성 예술'의 새로운 국면"이며 동시에 "혐오의 연설을 재생산하는 것이 아니라 그것을 무너뜨릴 수 있는 틈새를 개척하려"하는 것인 셈이다.

는 이소호 시인이 가지는 세계감에 대해 도달할 수 있다고 할 수 있겠다.[3] 증상적이며 징후적인 말들의 세계가 가지는 이면이자 언어화하지 않으면서 욕망하는 시인이 겨냥하고 있는 것. 시인이 원하는 것은 바로 자기 자신을 포함한 모든 세계에 대한 증오이며 그 붕괴이다. 증상들의 증상이자 징후들의 징후를 통해 드러나는 희미한 목소리는 결국 시인이 듣고 있는 실재계의 망치이며 동시에 폭력의 윤리성이 획득할 수 있는 무언가를 가리키고 있지 않는가. 그곳에 있어야 하는 것은 바로 「가장 사적이고 보편적인 경진이의 탄생」이 도달해야만 하는 종말이며 동시에 "못생긴주제에기어서라도집에갔어야지"라고 말하는 세계가 결코 깨달을 수 없는, 말하지 않음의 기이한 그림자일 따름일 뿐이다.

아빠만 모르는 전쟁, 피 흘리지 않는
살해, 죄 없는 살인자다
우리는 가족이니까 영원히
자식
새끼니까 나는 말없이
엉덩이를 까고 온몸으로
부성애를 느낀다 가족이니까 말없이
아빠에게 총을 겨누고
외친다

[공 공 칠]
빵!
—「나나의 기이한 죽음 페인트와 다양한 오브제」 중에서

3) 이러한 빛과 어둠의 교차적 이미지 양상에 대해서는 졸고, 「비극적 세계와 맞서는 존재의 윤리성—영화 〈마더〉, 〈밀양〉, 〈시〉에 나타나는 주체의 성격을 중심으로」, 『스토리앤이미지텔링』 14집, 2017, 115-116면 참조. 필자는 이 글에서 영화 〈밀양〉의 이신애가 종교-아버지-남편-밀양이란 세계를 부정하려는 단독자로서 존재한다는 점에 대해 다루었다. 특히 〈밀양〉의 엔딩 장면에서 김종찬(송강호)과 이신애(전도연)가 한 장면에 있음에도 이들이 합치될 수 없는 어긋남을 지속적으로 보여준다는 점은 유의미하다. 따라서 영화의 제목인 '비밀의 햇빛(밀양)'이 결코 빛이 아니며 오히려 어둠에 가까운 형상임을 드러낸다고 판단된다. 즉 양지의 빛과 음지의 어둠을 정확히 반절씩 보여주는 영화의 최종 장면은 그 제목인 '밀양'(비밀의 햇빛)이 사실은 어둠이며 그 어둠은 '미친년' 이신애라는 존재 그 자체의 증명에 가까울 것이다.

### 3) '외로움' 너머, 고독과 불온, 헤테로토피아의 '칼'

*햇빛은 사라지고 나는*
*다리를 모두 벌린 채 다른 가지에 집을 지었다*
*빗방울에도 쉽게 부서지는 집을*
—「경진이네—거미집」 중에서

만일 그렇다면 우리는 시인이 취하고 있는 무언의 '기이한' 몸짓들을 좀 더 깊숙하게 이해할 수 있게 된 것일까. 아니 애초에 이해라는 것이 별다른 의미를 갖지 않는다는 점을 너무나 잘 알면서도 우리는 왜 읽기를 반복하고 있는 것일까. 이 점에서 경진이네의 외부인 애인이자 남편에 대해 주목해야 할 것 같다. '지긋지긋한 혈연'(「마이리틀 다이어리—경진이네」)으로 구성되지 않는 가족이자 유일하게 선택에 의해 존재하는 관계. 그러나 이미 알고 있듯이 이 관계 역시 해결책이 될 수 없다는 점은 명확하다. 여전히 "우린/ 인사는 가끔하고 안부는 영영 모르는 세계로"(「사라진 사람과 사라지지 않는 숲 혹은 그 반대」) 가고 있는 것처럼. 그렇다면 시의 제목처럼 '사라짐'을 통해 사유되어야 할 "반대"란 도대체 어떠한 '흔적'인 것일까.

적힌다 소호야 나무를 보지 말고 숲을 봐. 색 색깔로 칠해봐. 밀가루 반죽처럼 온종일 치대다 어거지로 뚝뚝 떨어졌던 시간을, 그려봐. 멀고도 먼 눈을, 손을, 그보다 더 멀리멀리 놓여질 등을, 상상해 봐. 검은 크레파스로 덧칠한 우리 둘만의 밤을. 잘 봐 이제 거길 클립으로 파서 단 하나 뿐인 세계를 만들자

어때 이 정도면 더는 슬프지 않지?

우리는 숯처럼 새까만 숲을 걸었다
네 뒤를 졸졸 따르며 가끔
내가 실수로

클립으로
도려낸 너의 마음에
가슴을 대었다
떼 본다
춥다

—「사라진 사람과 사라지지 않는 숲 혹은 그 반대」, 부분

사랑이란 단어가 갖는 다양한 함의에도 불구하고 그것이 줄 수 있는 감정이란 명료할 것이다. '누군가는 외로울 것이다'라는 감정으로 어쩌면 벗어날 수 있다는 안도감. 그러나 마찬가지로 사랑(한다고 생각되는 무엇)이란 행위는 아버지-질서의 세계를 동일하게 그리고 여전히 반복하고 있을 따름이다. 르네 마그리트의 <연인들>처럼. '성관계는 없다'는 라캉과 지젝의 전언처럼.

이러한 실재를 가라는 환상이자 현실이라는 스크린. 사랑이란 이름으로 보증된 세계는 여전히 위력적으로 시인을 유혹한다. "소호야 나무를 보지 말고 숲을 봐. 색 색깔로 칠/해봐. 밀가루 반죽처럼 온종일 치대다 어거지로 뚝뚝 떨/어졌던 시간을" 보라고 말하면서. "멀고도 먼 눈을, 손을, 그보다 더/ 멀리멀리 놓여질 등을" 그려보라고 말하면서. '검은 크레파스로 덧칠한 우리 둘만의 밤을 상상해' 보라고 속삭이면서. 이 따뜻해 보이며 편안해 보이는 유혹은 시인의 불온성을 안온하게 잠재우려 하며 "단 하나/뿐인 세계"라는 행복한 유토피아를 약속한다. 그 현실은 시인에게 이렇게 속삭인다. "어때 이 정도면 더는 슬프지 않지?"라고.

알지 못하면서 말해지는 것. 아니 알려 하지 않으면서 던져지는 이 위로의 말. 보증된 세계에 대한 어떤 안도감. 그러나 시인은 이를 그저 거부한다. 시인은 이미 스스로를 살해한 자이며 아버지-질서의 세계를 '무언'으로서 증오하는 자이기에. 중요한 지점은 이것이다. 시인이 보여주는 "내가 실수로/ 클립으로/ 도려낸 너의 마음에/ 가슴을 대"면서도 사랑이 불가능하다는 그 말. 아버지-질서이자 너의 세계인 그곳은 내가 가지 않기로 한 곳일 뿐이라고 말이다. 그렇기에 "춥다"라는 시의 마지막 구절이 던

져주는 차갑고도 이지적인 느낌은 바로 이러한 시인의 마음으로부터 유래한 중얼거림이 아닐까.

따라서 우리가 더욱 들여다보아야 하는 곳은 '추워야만 하는' 곳이자 '여전히 맥주병을 반복해서 따고 있을 뿐'인 남편과 경진이의 세계(「경진이네―원룸」)가 아닌 '어딘가'이다. 아버지-질서를 향해 '사라진 사람'일 뿐인 자들로부터 이탈하며 나에게 '사라지지 않는 숲'이어야 하는 그러한 곳. 더 나아가 그들이 약속하는 유토피아의 세계와 다른 헤테로토피아의 장소야말로 시인의 언어에 의해서가 아닌 언어를 '통해서' 드러나게 될 "반대"의 형상일 수 있다.

> 이제는 사라지고 없는 섬 안의 두 사람. 밤이 우산을*, 새긴다 우산이 밤을, 찢는다 트렁크에 질경이를 심던 미장이들이 축대 없이 지은 호스텔 자개장롱에서 쏟아지는 솜이불 더블 침대에 홀로 누워 살점을 다 떼어낸 사람들이 규칙 없이 걷는 광장을, 바라보는 일 칼자국이 난 돌멩이들에 치여, 죽는 일 먼 세계에 버려진 후에야 우리는 그릴 수 있었다
>
> * 장대비가 쏟아져도 중국의 연인들은 함께 우산을 쓰지 않는다. 발음처럼 傘이 散이 될 거라고 믿기 때문이다.
>
> ―「네가 살지 않는 상하이」, 부분

'우산에서 쫓겨난 젖은 어깨'(「밤섬」)처럼 존재할 시인이 바라보는 어딘가이자 '반대'를 구체적인 시간과 장소로 특정하는 일은 무의미하다. 그렇다면 이 불온한 형상이자 보증된 유토피아가 아닌 이름 없는 헤테로토피아이자 모든 세계의 질서를 거부한 채 존재해야 할 무엇. 말하자면 '네'가 없는 그 공간에 있어야 하는 시인의 형상이란 무엇으로 일컬어질 수 있을까. 즉 '섬 안의 두 사람이 이미 사라지고 없는' "버려진 후에야" 있게 될 풍경 같은 것.

요컨대 시의 제목인 '네가 살지 않는 상하이'처럼 너이자 애인이며 남편인 아버지-질서가 부재해야'만' 하는 풍경이 이와 같다. (그럼에도 그것들은 손쉽게 부재하게 되지 않는다.) 시인이 스스로를 차갑고 냉철한 '추위'의 세계로

내던져버린 결과물. "이제는 사라지고 없는/섬 안의 두 사람"이 없는 그러한 세계. "호/스텔 자개장롱에서 쏟아지는 솜이불 더블 침대에 홀로 누/워" 있는 시인의 '눈'에 비친 세계란 사랑이란 행복한 환상에 의해 유지되는 곳이 아니다. 오히려 그곳은 사랑과 현실이란 장막이 치워져 버린 날것으로서의 어떤 공간이다. 우산의 헤어짐과 흩어짐[散]이 구축하고 행복했다고 생각된 밤의 유토피아를 찢어버린 이 장소에서 시인은 그저 바라본다. "살점을 다 떼어낸 사람들이 규칙 없이 걷는 광장을".

이 그로테스크한 풍경이 가리키는 바는 부패한 육신 혹은 삶 이후에 남겨진 해골이자 모든 인간이 던져져 있는 세계의 본질적 형상일 것이다. 그 '풍경'의 원천은 "됐어 기분 다 망쳤어. 너는 있는 그대로의 우리를 볼/줄 몰라."(「마시면 문득 그리운」)라는 말의 명령이 여전히 계속적으로 반복될 예정이라는 것. 질서와 법칙들이 그리움과 사랑의 이름으로 무한히 반복된다는 것. 그 세계 속에 여전하게도 "칼자국이 난 돌멩이들에 치여 죽는 일"이 끝나지 않으리라는 것을 가리킨다. 시인이 "먼 세계에 버려진 후에야 그릴 수 있었던" 그곳 역시 여전히 희망이 없다는 것을 말이다.

"그가 쓰레기를 모아 기타를 퉁기며 쓰레기만도 못한 노래/를 부르는 동안 나는 여전히 주둥이부터 꽂힌 빈병처럼/ 그렇게 널브러져 있"(「망상해수욕장」)는 모든 세계 속에서 어떤 손쉬운 해결책이자 희망에 가득 찬 미래를 바라는 짓은 무가치한 행위에 그칠 뿐이다. 여전히 그리고 앞으로도 세계 속에서 "칼자국이 난 돌멩이들"들을 든 해골들이 시인을 죽이며 난도질하고 있을 것이기에. 그렇다면 우리는 이 증상들의 증상이자 징후들의 징후를 냉철하게 사유해 보아야 한다. 시인의 차갑고 이지적인 '추위'의 감각이 구축해 낸 미래의 풍경을. '그 먼 세계에 버려진 후 그려내는' 풍경 그 자체의 존재론적 이유를 말이다. 즉 시의 마지막 말들이 가리키고 있는 것은 결과적으로 아버지-질서에 모든 것이 침윤되어 버린 세계의 해방이 결국 이루어질 수 없다는 최후의 헤테로토피아적 풍경이라고 해야 하지 않을까.

그러니 이 되풀이되며 반복되는 장면을 상상한다는 행위가 결코 가벼운 것으로 치부되어서는 안 된다. 또한 동시에 우리는 이 '먼 세계'를 일종의

'포기'로써 받아들여서도 안 된다. 그러한 태도란 우리에게 불가능한 미래가 손쉽게 오기를 바라는 것에 지나지 않을 것이니까. 오히려 이 절망적 결말을 통해 이해되어야 하는 것은 시인이 꿈꾸는 이름 할 수 없는 헤테로토피아의 이면이 결코 손쉽게 도래할 리 없다는 시인의 생각 자체에 있을 뿐이다. 이 파국의 장면은 '가족을 말하지 않고 나를 말하는 방법인 핑계'(「경진이네—거미집」)의 글쓰기이며 텍스트로서만 존재할 무엇을 현전시킬 유일한 방법이기도 하기에.

결코 희망을 말하지 않는 방식으로서만 말해질 수 있는 희미한 희망인 것. 자신의 죽음으로써 이 지옥의 세계와 맞서 싸우며 승리를 선언하려 하지 않으려는 그러한 태도. "다시는 살아나지 말자 다시는 깨어나지 말자/ 다시는 눈뜨지 말자 다시는 빤스도 흔들지 말자 다시는/ 투항도 포기도 하지 말자 쫄지 말자 울지 말자 잡지도 잡/히지도 말자 다시는 다시는 살아서 보지 말자 누구든 쓰러져 죽으면/ 그게 이기는 거야"(「서울에서 남쪽으로 여덟 시간 오 분」)라고 중얼거릴 수 있는 어떤 임계 지점. 앞으로도 지속될 패배와 죽음을 정직하게 바라보며 그로부터 이탈해 있는 분노와 영리함을 동시에 갖춘 외롭고 고독한 단독자로서의 윤리. 시인은 이미 말하지 않는 방식으로 자신의 '핑계'이자 '훙계'를 드러내고 있지 않았던가. "당신이 끝끝내 가지고 돌아온 나는 이미 오래전/ 잊힌 걸 알게 되더라도 놀라지 않는 연습을 할 테니, 당신/은 오늘의 거짓말을 영영 들키지 말"(「연습」)기를 바란다고 말이다.

세계는 시인의 이 진정한 시선이자 헤테로토피아에 필사적으로 머물려는 욕망을 이해할 수 없으며 볼 수 없을 것이다. '버려진 먼 세계' 속에서도 여전히 질서는 시인에게 규정된 '여성'의 행위를 반복할 것을 요구할 뿐이니까. 「나를 함께 쓴 남자들」에서 점차 줄어 들어가는 '변명'들이 확인시켜 주는 것. "아름다운 문장"을 통해 아름답게만 존재해야 하는 여성들이 아닌 경우. "연인은 뭐든 솔직해야 하잖아"라는 말로 합리화되는 아버지-애인(남편)의 질서. 그 질서의 최후는 결국 '무언'의 말 없음에 도달할 뿐이다. 줄어들고 줄어들면서 결국 살아남은 것이자 그러니까 최후에까지 반복되는 "요즘 나 때문에 많이 힘들지. 알아"라는 '변명'만이 남는다는 것. 이 말은 결국 사랑이란 행위에 의해 보증될 허위적 유토피아를 정확하게 '살해'하려는 시인의 파국에 대한 욕망을 말없이 드러낸다고 해야 하지 않을까.

따라서 우리가 보아야 하는 것은 무한히 증식하는 아버지-질서의 세계가 반복되고 있을 그 세계의 잔혹함이 끝나지 않는다는 '사실'일 것이며 동시에 시인의 욕망과 시선이 그곳에 향해 있지 않다는 '진실'일 것이다. 이 세계는 결국 모든 것을 "망가트릴" 것이며 여전히 질서에 침윤되어 있는 한에서 나는 '없을 것'이다. 그렇다면 이 끝나지 않고 영원히 반복될 '익숙하고 무서운 마주 본 등'에 의해 맞대어진 "쓸모없는 그림"(「한때의 섬」) 속에는 어떠한 형상이 있어야 하는 것일까. 그 속에는 아마도 그 '무언'의 공간을 직시하는 아르테시미아 젠틸레스키의 〈홀로페르네스의 목을 자르는 유디트〉처럼, 텍스트로서의 칼을 손에 쥔 시인의 그림자이자 온통 불온한 어둠이 짙게 아른거리고 있을 뿐이겠다.

> 마스카라로 서로의 음모를 빗었다
>
> 다리에 드리운 밤의 가지는 점점 길어졌다
>
> 보푸라기처럼 닿으면 닿을수록 망가지는 우리
>
> 언제나처럼
>
> 사랑한다는 말만 남기고 우리는 없었다
>
> —「별거」 중에서

4) 모든 것에 대해 그저 '지옥'이라고

> (…) 잊지마 너같은 거 사랑하는 건 나밖에 없어 우린 가족이잖아 엊그제 내가 프라이팬으로 네 머릴 친 건 사랑하니까

그런 거야 내가 얼마나 사랑하는지 이제 알겠지 언니는 맞아야
말귀를 알아듣는 거 같아 같이 살 수 없다면 같이 없어지는게
좋겠어 한날한시에 죽자 빨리 맹세해 니네 신한테 나랑 영원히
같이 살고 죽겠다고 이게 생각할 일이야? 정말이지 언니는 신
기해 나를 기분 나쁘게 하는 재주가 있어 애초에 대화라는 걸
할 줄 모르는 것 같아

—「우리는 낯선 사람의 눈빛이 무서워 서로가 서로를」 중에서

이 넘쳐나는 증상들과 징후들이자 '대화하려 하지 않으며' '니네 남자-신'에게 이해받으려 하지 않는 텍스트들의 형상을 무어라 인식할 수 있을까. 서두에서 말해두었다시피 담론과 체계가 그 자체로 '선'을 추구할 뿐이라면 이 글의 독법 역시도 또한 이데올로기적인 것에 불과하지 않는가. 정신분석이란 도구 자체가 텍스트를 환자로 그리고 나를 스스로 '치료자'의 위치에 두는 우월적 시선을 전제하고 있지 않은가. 마치 라스 폰 트리에의 우울증 3부작 중 마지막 작품인 〈님포매니악〉의 결말처럼 말이다. (그 영화에서 불온한 어둠의 존재인 여성은 자신을 이해하는 척했지만 사실 이해하려 하지 않고 이해할 수조차 없었던 남성-분석가를 총으로 쏴 죽여 버린다.)

인간은 결코 타자를 온전히 이해할 수 없으며 가 닿을 수 없다. 그러한 점에서 완전한 해석이란 것 역시 존재하지 않을 것이다. (이 말이 편리한 변명처럼 들리지 않기를 바란다.) 그럼에도 불구하고 나는 어떻게든 이 대상의 징후들을 이해해 보려 했고 말해지지 않았던 욕망을 인식하려 애썼다. 세계와 질서에 의해 고통 받는 자들은 규정되어진 남성과 여성이 아닌 그저 잉여들의 웅얼거림일 따름이니까. 이 글 역시 그러한 맥락에서 읽혀지기를 바란다. 극단을 사유하지도 않으면서 '극단으로 가야 한다고' 말하며 "니 시는 말야 솔직히 아직 아무도 못이겨"라고 내뱉는 질서를 "미친 년"(「송년회」)으로 그저 때려 부숴가면서. 그럴 때에 '문학적인 것'은 손쉽게 도래하지 않고 규정될 수 없는 것으로서만 형성되게 될 테니까.

이 글을 쓰면서 해석보다는 읽는다 혹은 사유라는 단어를 골랐다. 이 글은 불완전하며 그저 시인의 것이라 감각해 본 나의 고통이 반영된 흔적에 불과할 뿐이기에. 그럼에도 불구하고 한 가지만은 확실하게 해두어야 한

다. "미친" 시인이 들고 있을 실재계의 망치와 칼을 빌려 해야만 하는 말을. 그 기이한 그림자이자 불온한 어둠으로 가득 찬 텍스트들이 우리에게 줄 수 있는 것은 스스로를 포함한 이 세계 전부에 대한 부정이자 신성모독적인 교훈이라고. 이 목소리는 죄를 자각하는 자에게만 인지될 수 있는 태도라고. 단지 증상들과 징후들의 형태로 피를 흘리는 시인의 고통은 우리 모두에게 죄에 대한 사유를 발생시키며, 증상들의 증상이자 징후들의 징후로부터 가능해질 윤리를 생성시키길 원한다고 말이다.

이 알 수 없는 중얼거림이 명료하게 해석되기를 원하지 않는다는 것을 기억하도록 하자. 명명될 수 없는 증상들 속 흔적들을 정직하게 바라볼 때에 만이 우리에게 가능한 다른 무엇이 있게 될 뿐이라는 것을. 결국 "죽음을 향해 자라는"(「마망」) 세계란 그저 '슬픈 지옥'일 뿐이라는 것을. "재는 분명 지옥에 갈 거야./ 우릴 슬프게 했으니까."라는 시인의 말처럼 우리는 이 세계와 현실이란 지옥 속에 '있다'. 우리들은 그저 보지 못하고 알지 못함으로서 슬프고 외로울 것이며 그리하여 이미 지옥에 떨어져 '있다'. 그러니 '앓음'으로 싸우는 시인이여. 부디 우리 모두의 죄를, 결코 용서하지 말기를.

> 꽁꽁 언 숲에서 앉아 치마를 올렸다
> 나뭇가지 위로 눈을 부릅뜬 언니가
> 펄
> 펄
> 내리고 있었다
> —「가족에 관한 명상 2」 중에서

# 2. 멜랑콜리의 심연: 지금의 '우울'한 목소리들은

# 2-1. 아무것도 아닌, '순수'한 사랑의 현전

— 이성복, 『래여애반다라』

## 1) 슬픔의 두 가지 이면

> 이것은 위안이다. 즉 오로지 위안에 대한 희망을 더는 갖지 않는 자들에게만 있을 수 있는 위안이다.
>
> "비탄의 소리가 울려 퍼지는 이 골짜기의 어둠과 혹한을 생각하라."
>
> — 발터 벤야민, 「「역사의 개념에 대하여」 관련 노트들」 중에서

조금은 은유적이고 쓸쓸한 말들이 필요할지 모르겠다. 이 글 앞에 놓인 슬픔의 두 가지 이면에 관해 말하기 위해서 말이다. 매우 단순화될 위험을 무릅쓰고 말해본다면 하나의 슬픔은 젊은 시인들이 지닌 전위성의 이면이며 다른 하나는 한 현역 시인의 슬픔이라 칭할 수 있겠다. 따라서 이 글은 대가급에 오래전에 들어섰다고 '보이는' 한 시인의 존재가 왜 지금 여기에서 호명되어야 하는가에 대한 답변을 위해 쓰여졌다는 점을 밝혀두어야 할 것 같다. 덧붙여 두 가지에 대해 양해를 구해야 한다. 하나는 서두에 이어질 젊은 시인들의 전위성에 대한 논의는 일종의 편견과 의도된 오독에 불과하다는 점. 그리고 둘째는 한 현역 시인의 말들이 던져주는 내면과 그에 덧붙여질 교훈을 이해하기 위해 불가피하게 글이 약간 복합적인 흐름을 가지게 되었다는 점.

이성복의 근작 시집 『래여애반다라』[1]를 다루기 전에 우선 이 글은 다른

---

1) 이성복은 『래여애반다라』(문학과지성사, 2013) 이후 『어둠 속의 시』(열화당, 2014)를 출간했으나, 이는 70-80년대에 창작해 두었던 시를 정리한 것이라 이 글의 논의에서는 다루지 않았다. 이성복은 열화당에서 함께 발간된 산문집인 『고백의 형식들』과 대담집 『끝나지 않은 대화』 이외에도

방향에서 논의를 시작하고자 한다. 이는 2000년대 초반부터 이어진 '근대문학의 종언과 미래파 논쟁 및 시-정치론 논쟁'[2]같은 문단의 논쟁적 흐름과 더불어 시의 전위성과 미학성 및 윤리성에 대한 현재적 담론들이 무의미하다는 일방적 결론을 내리기 위함이 아니다. 다만 지금까지 이야기되었던 문제들을 통해 우리가 한국문학의 현재와 미래에 대해 실질적으로 무엇을 말할 수 있는 것인가에 대한 질문을 던져보고자 하는 것이다.

이미 지적되었듯이 2000년대로부터 이어진 지금의 시인들인 이른바 미래파의 원동력은 "서정적 자아의 음성과 시선이 부재하거나 분열"되어 있다는 점을 특징으로 한다. 이들은 "서정적 자아가 소실, 증발, 해체, 파괴되어 일종의 감각적 무정부 상태"를 토대로 삼았으며 "어떤 철학이나 지식의 개념 없이도 충분히 우리를 매혹시키고, 감동시키고, 전율시키는 그런 예술 혹은 시는 더 이상 존재하지 않는다. 이제 시는 시에 대한 학學 혹은 담론과 결합되지 않는다면 존속할 수 없다"[3]는 사실 그 자체에 기반을 두고 있다. 이 '말들을 위한 말'. 그것이 지금 '현재' 우리의 시이다. 그렇다. 그런데 왜? 무엇이 문제인가.

미래파로 언급되었던 혹은 이후 시단에 자리를 잡아가는 시인들의 이름을 일일이 거론하지 않더라도 그들의 시가 공격적이며 파괴적 충동에 가득 차 있다는 점은 명확하다. 통칭 미래파(혹은 그 이후)의 시인들이 가진 날선 언어들은 그들의 근본인 아방가르드적 입장이기도 하다. 그러나 이 날카로운 공격성의 이면 속에 희미하고도 어떤 모멸감과도 같은 슬픔의 흔적들이 존재한다는 것은 담론들의 각축장 속에서 크게 유의미하게 받아들여지지 않았던 것 같다.[4] 오늘날의 시가 맞부딪친 한계점과 벽을 그 모

---

최근 문학과지성사에서 『무한화서』, 『불화하는 말들』, 『극지의 시』 등 시론집 3권을 상재했다.

2) 이에 대해서는 강동호, 「파괴된 꿈, 전망으로서의 비평」, 『문학과 사회』, 2013년 봄호, 336면.

3) 김홍중, 「실재에의 열정에 대한 열정: 미래파의 시와 시학」, 『마음의 사회학』, 문학동네, 2009, 406면. 세 번째에 인용된 부분은 『문학과 사회』, 2008년 겨울호(141-142면)에 실린 글을 참조한 것임.

4) 신형철, 「진실은 앓는 자들의 편에」, 『몰락의 에티카』, 문학동네, 2008, 204-211면; 강동호, 앞의 글, 356-357면. 여기에서 공통적으로 미래파에 대해 언급되는 것은 "내가 누구인지 확인할 수 있을 때까지 선언과 실패를 반복하겠다는 것"을 통해 드러나는 "근원적인 우울"(신형철)이며 또한 "진정한 자아가 없다는 사실에 희희낙락하는 주체가 따로 있다기 보다는, 차라리 진정한

멸감과 슬픔 속에서 발견할 수 있다면 그것은 무엇이라 지칭될 수 있을까.

> 실재의 열정이 더 이상 유효한 미학적, 정치적 전략이 되기 힘든 시대에, 실재의 열정을 읽고 구성하고 활성화하려는 이러한 역설적인 열정을 우리는 '실재의 열정에 대한 열정'이라 부를 수 있을 것이다. 실재의 열정에 대한 열정은, 실재의 열정이 잦아들어간 환멸의 시대를 사는 지식인의 냉소와 허무에 빠지지 않고, 사라졌다고 생각되는 진정한 가치를 새로운 방식으로 갱신하고자 하는 의지이다. 그것은 실재 그 자체를 열망하는 것이 아니라, '실재의 열정'을 열망하는 것이며, 실재의 열정이 아직 존재함을 그리고 실재의 열정이 아직 유효함을 끊임없이 확인하고자 하는 의지이다. 세기적 전환 속에서, 모든 가치들의 종언 속에서, 실재의 열정에 대한 열정은 실재를 폐기하지도 않고, 실재를 순수하고 순진하게 '열망'하지도 않는다. 그것은 실재의 폐기와 실재의 열망 사이에서, 실재와의 '가능한' 그리고 '잠재적인' 관계를 모색하는 파토스이다. 실재와의 관계는 끊어지지 않고 밀착되지도 않는다. 그 관계는 계류된다. 계류를 통해 사유는 사유의 시간을 벌 수 있다.[5]

그들이 자신들의 언어를 매개로 사유하는 것이 바로 '계류'의 윤리성이자 아감벤의 말을 빌려 말하자면 '정지'의 사건적 특성이자 '잠재적인 어떤 것'의 출현을 기다리는 태도란 점은 분명하다. 그렇다. 그런데 왜? 도대체 무엇이 문제가 될까.

인용된 부분의 핵심을 추려보자. 오늘날의 젊은 시인들에게 명확하게 주어져 있는 어떤 것에 대한 열망은 더 이상 가능하지 않다. 바디우의 견해를 따라본다면 이들은 '결정 불가능한 어떤 것'인 '익명'의 지점(『조건들』)에 대한 열정을 포기하지 않는다. 그러하기에 이들은 모든 가치들의 불확정성 속에서 어리석은 순수를 가장하지 않는다. 그들은 이미 '슬픈 실패'를 예감하고 "고리타분한 백성들"에게 칼을 휘두르며 뛰어든 윤리적 존재들이다. 그런데 매우 특이하게도 위의 논리는 다음과 같은 역설을 가능케 한다. 즉 지금 우리의 시는 '슬프게도' 어리석고 순수할 수 없다. 따라서

---

자아를 끝내 찾지 못한 이의 비극적인 우울의 전경"(강동호)이다.

5) 김홍중, 앞의 글, 420면.

갈망할 수 없는 것을 갈망하는 것이 '슬프게도' 윤리적인 태도이다. 그 미묘한 지점을 지키고 서 있는 윤리가 '슬프게도' 곧 정당성이다. 따라서 이들은 어떤 극한적인 실패의 지점 이후에 '슬프게도' 결코 도달할 수 없다. 이 도달할 수 없는 '슬픈 노래'가 말하자면 오늘날 우리의 미학적이고 전위적인 시들의 슬픔 속에 깔려 있는 어떤 본질적 형상인 셈이다.

이를 단지 말장난으로 오해하지 않았으면 한다. 왜냐하면 이것은 결국 미래파(와 그 이후)를 둘러싼 무수한 논의들이 의도치 않게 알려준 사실이란 '슬프게도' 우리의 문학이 여전히 계류되고 있고 여전히 순수할 수 없으며 또한 정치적이고 윤리적이라는 점이기 때문이다. 우리는 호모 사케르이자 괴물들이며 잠재적인 가능성을 지닌 그로테스크한 시대의 존재들이(어야만 한)다. 그렇기 때문에 우리는 근본적으로 정치적이고 윤리적이(어야만 한)다. 좋다. 이들의 절망과 슬픔이 마주하는 저 언어의 한계지점은 정치적이고 윤리적인 '말할 수 없음'에 대한 열망이다. 그런데 왜? 도대체 무엇이 여전히 문제일까.

2000년대 이후 문단을 풍미했던 윤리성과 정치성에 관한 논쟁들을 삐딱하게 비껴서 보자. 〈대사들〉(한스 홀바인)의 해골이 강제하는 시선처럼. 이는 지금까지 벌어졌던 많은 논의들의 지평 그 자체가 사실은 하나의 시스템적 체계이자 세부적 차이를 넘지 못하는 거대한 에피스테메가 아닌가라는 질문을 해야 한다는 것을 의미한다. 논의의 세부성과 진실성과는 별개의 지점에서 어쩌면 우리는 문학이 갖는 정치성과 윤리성을 문자 그대로 믿어 버리고 어느 순간 조금은 안심해 버렸던 것이 아닌가. 그 토대는 감추어져 있었지만 결과적으로 문학이 여전히 우리가 그저 이해해 버릴 수 있는 어떤 토대로 환원되어 버렸음을 가리키고 있지 않은가. 사실 우리 스스로는 어느 정도 '적당히' 안전하며 어느 정도 '적당히' 뻔뻔스럽고 어느 정도 '적당히' 추상화된 지평에 서 있지 않았던가. 즉 지금 이 글이 슬픔의 오독을 통해 보려 하는 것은 저 '적당히'란 단어가 지니는 근본적 '장소'이자 에피스테메인 셈이다.

이른바 정치적이고 윤리적인 상상력의 밑바탕이 된 사회적 사건들. 미선이 효순이 사건으로부터 출발된 촛불들의 행렬로부터 용산참사를 거쳐 끝나지 않는 세월호의 비극에 이르기까지. 우리의 '애도'는 과연 진정으로 슬픈 것인가. (그들의 슬픔과 고통은 충분히 위로받을 가치가 있다. 바라보는 우리와 다르게 그들의 슬픔과 고통은 '직접적'이기에.) 그러나 슬픔을 느끼는 '나'의 존재란 어디까지나 표면적인 가면일 수 있다. 우리의 문학들 속에서 존재하는 모멸감이자 슬픔과 절망에 대응되는 무수한 감정들은 과연 무엇이었던가. 그것은 변화였던가 아니면 수많은 기호들의 무덤인가. 우리가 가져야만 했던 것이자 정치적이고 윤리적인 상상력으로 호명되었던 그 많은 말들의 이면에 결국 공포와 두려움이 존재한다는 것이 '사실' 말해지고 있는 것이다.

이 세상에서 순식간에 지워질지도 모른다는 논-픽션. 그러니까 우리는 '나'의 먹거리가 위협당하고 '나'의 잠자리가 위협당하며 '나'의 목숨이 위협당하는 그 순간에서야 비로소 두려워한다. 이러한 애도의 이면에는 공포이자 나라는 개체의 위치가 근본적으로 위협당한다는 '사실'이 있다. 사회와 국가와 세계라는 하나의 시스템이 나의 존재를 위협할 때에만 비로소 우리는 슬퍼하고 위로하려 하며 움직이려 한다. 이러한 흔적들이 지금의 정치성과 윤리성이란 이름 속에 호칭되는 문학의 이면에 감춰진 것이자 모멸감과 슬픔의 한 측면이라 불러야 하지 않을까. 말하자면 의도된 소통 불가능성의 불가능성이자 그 불가능성 자체를 지속하려는 슬픔의 태도. 그리하여 세계에 대해서 근본적으로 절망하는 자들의 감정. 딱 거기까지.

그러하기에 카프카가 보여준 「변신」의 마지막 장면이자 그레고리 잠자의 죽음을 기뻐하던 가족들처럼 우리 모두는 출구 없는 지점에 위치해 있는 것일지도 모른다. 여전히 그리고 앞으로도 명료한 체계의 외부를 보지 못하기에 '적당히 슬픈' 어떤 것처럼.

### 2) "당신의 숙제"같은 죽음의 이름이란

인간의 삶은 극단적 소비, 우리가 견딜 수 있는 한계를 넘어서는 극단적

> 소비를 의미하며 그런 점에서 인간의 생명운동이 갈망하지 않는 것은 없다. 그것은 고뇌조차 예외일 수 없다. 우리 내부의 모든 것은 우리를 파괴하는 죽음을 향해 있다.
>
> — 조르주 바타이유, 『에로티즘의 역사』 중에서

여전히 문제인 것은 죽음과 공포의 거대한 연쇄들을 있는 그대로 직시하며 그것에 과연 어떻게 맞설 수 있는가이다. 그러나 이는 다시 이러한 질문을 가능케 한다. '맞선다'라는 말의 본질이란 무엇인가. 혹은 저 '적당히'란 말을 어떻게 넘어설 수 있는가. 혹은 무엇이 정치적이고 윤리적인 것의 증명을 보장하는가. 정치성과 윤리성 그 자체가? 직설적 칼날의 언어가? 해체된 날카로운 언어의 낯선 질감들이? 네가 가진 지평의 아무것도 없음을 드러내 보여주는 놀이들이? 사실 우리 모두가 괴물이자 벌레였다는 사실이? 이 모든 질문들이 타당하겠지만 그렇다 해도 그것은 '진실'로 충분하지 않다. 이는 최근 시단의 언어라 할 아방가르드적 언어의 전위적 가능성만으로는 불충분하다는 점과 관련된다. 핵심은 이것이다. 즉 이성복의 말을 빌자면 "어리석음은 성스러움의 태반이 된다"[6]는 것을 이해하기 위한 고통과 슬픔이자 그로부터 비롯된 '정직함'인 것. 이는 일종의 극단적인 죽음과 낭비의 또 다른 형태이며 앞서 논의했던 우리의 것과 다른 종류의 질감을 지닌 슬픔이기도 하다.

한 현역 시인의 근작 시집을 논하기 위해 이 글은 지금 현재의 토대에 대해 조금 살펴본 셈이 되었다. 여전히 오해가 있을 것이므로 다시 한 번 말해두고 싶다. 미래파(혹은 그 이후)가 보여주었던 전위성은 주목되어야 할 지금의 시가 지닌 가치이다. 그런데 문제는 그 이후의 어떤 지점을 모색할 수 있는가에 있어야 한다. 지젝의 말처럼 똑똑한 자가 속는다. 그렇기에 이성복의 언어에서 얻어내야 하는 것은 오히려 어리숙하고 바보 같으며 또한 속음을 있는 그대로 견디어내는 '순수'한 태도와 고통의 슬픔이 아닐까.[7] 따라서 그의 텍스트를 언급하는 것이 단지 서정(만)을 강조하는

---

6) 이성복, 『네 고통은 나뭇잎 하나 푸르게 하지 못한다』, 문학동네, 2001, 43면.

7) 이성복은 이를 「불가능 시론」(『현대시』, 2014년 5월호, 176면)에서 다음과 같이 말한다. "예술-'느

것이 아니라는 점을 분명히 해두고자 한다. 또한 이를 단순히 대가의 경지라고만 말하는 것 역시 텍스트를 온전히 읽지 않는 부적절한 태도라는 점도. 이는 그의 언어가 지닌 평범함의 이면이자 그 속에 분명히 필요하고 있어야 할 것. 그것의 본래적 이름이 '고통'이라는 것을 깨닫지 못한다는 점에 불과할 것이다.

이는 이성복의 초기 대표작으로 알려진 「그날」의 한 구절인 "아무도 그날의 신음소리를 듣지 못했다/ 모두 병들었는데 아무도 아프지 않았다"라는 말을 굳이 떠올리지 않아도 이해될 수 있을 것이다. 평범한 언어이자 그것이 아닌 어떤 지점을 숨기면서도 노리는 것. "변형은 시의 본질이다. 나는 시각視覺을 시각視角으로 이해한다."[8]라는 경구처럼 일견 단순해 보이는 텍스트는 그의 말 그대로 보는 것의 날카로운 뿔이자 하나의 거대한 고통을 내포한 알레고리적 충격의 언어로 현존하고 있다. 따라서 핵심은 그의 언어 속에 존재하는 "이념"이라 할 "선험적인 진리의 소여성"[9]을 인식하는 것이다. 단 그것은 잡담처럼 '평범'하게.

그가 바뀌지 않는 태도로 끊임없이 쓰고자 했던 언어의 '순수성'. 그의 말을 빌면 "시의 근원은 잡담이다. 혹은 잡담을 포함한 본능과 꿈과 어리석음과 철면피함. 그러나 잡담이 곧 시는 아니다."[10]라는 말을 인식할 수 있는 근원적 언어를 위해 그의 시작이 지속되어 왔다고 말할 수 있지 않을까. 잡담처럼 평범하게 보이면서도 또한 시적인 것. 이성복이 꾸준히 써왔고 (그는 분명 다작의 작가는 아니다.) 그에게서 항상 들었던 말들의 울림이 (그의 시세계를 단순한 발전으로 설명하기는 어렵다.) 지닌 정체를 파악하기 위해선 그의 시가 지닌 고통과 아픔의 이미지들이 언어화되는 그 '순간'을 이해해야 하는 것이 필수적이다.

---

낌'의 잔해인 '사실'로부터 '느낌'을 되살려내는 일. 즉 패총으로부터 옛날 조개를, 고름으로부터 흰피톨을 되살리는 일. 요컨대 죽은 나무에 꽃을 피우는 일. 그러므로 예술은 본질적으로 무모하고 어리석다." 이성복, 위의 책, 217면. 이성복의 이러한 시작 태도에 대해서는 『현대시』에 연재되었던 그의 「시론」(2014년, 4-5월호)에 언급된 다음의 말을 참고할 수 있다. "'불가능'은 차원의 혼동 혹은 무시나 무지에서 태어난다고 할 수 있다."

8) 이성복, 『네 고통은 나뭇잎 하나 푸르게 하지 못한다』, 앞의 책, 81면.

9) 발터 벤야민, 『독일 비애극의 원천』, 조만영 옮김, 새물결, 2008, 13-16면.

10) 이성복, 『네 고통은 나뭇잎 하나 푸르게 하지 못한다』, 앞의 책, 56면.

그에게 언어란 고통과 고독, 슬픔의 지점들을 극한적으로 이끌어나가야만 하는 하나의 순수성에 대한 정결한 의무이다. 그의 시가 보여주는 슬픔과 고통의 언어를 진정으로 인식하기 위해서는, 우리 역시 “씌어지지 않은 것을 읽기”[11]에 가까운 것들을 읽어내야만 한다.(그의 시작을 굳이 변화의 개념으로 설명한다면 이러한 순간들을 현전하게 하는 언어의 밀도가 지속적으로 농밀해진다는 차원으로 말할 수 있겠다.) 이제 다음의 시를 보자. 아주 일상적인 것 같은. 그러나 사소하지 않은.

> 1999년, 당뇨에 고혈압을 앓던 우리 장인 일 년을
> 못 끌고 돌아가시고, 2005년 우리 아버지도
> 골절상 입고 삭아 가시다가 입안이 피투성이
> 되어 돌아가셨어도, 그분들이 받아온 옛날
> 수건은 앞으로도 몇 년이나 세면대 거울 옆에
> 내걸릴 것이고, 언젠가 우리 세상 떠난 다음날
> 냄새나는 이부자리와 속옷가지랑 둘둘
> 말아 쓰레기장 헌옷함에 뭉쳐 넣을 것이니,
> 수건! 그거 맨정신으로는 무시 못할 것이더라
> 어느 날 아침 변기에 앉아 바라보면, 억지로
> 찢어발기거나 태워 버리지 않으면 사라지지도 않을
> 낡은 수건 하나가 제 태어난 날을 기억하기
> 위해서가 아니라, 이제나 저제나 우리 숨 끊어질
> 날을 지켜보고 있기 위해서 저러고 있다는 생각이 든다
>
> —「소멸에 대하여 1」, 부분[12]

화자의 아버지가 받아온 “1983년 상주녹동서원 중수 기념수건”과 장인어른이 받아온 “1987년 강서구 청소년 위원회 기념수건”이란 “입생 로랑이나 랑세티 같은 외국물 먹은 것들”과도 별반 다를 바 없는 것이자 평범

11) 발터 벤야민, 「미메시스 능력에 대하여」, 『발터 벤야민 선집 6』, 최성만 옮김, 길, 2008, 215-216면.

12) 이후 『래여애반다라』에서 인용하는 시는 면수표기를 생략한다.

하기 이를데 없는 하나의 수건이며 사물일 뿐이다.

"하지만 수건! 그거 정말 무시 못할 것이더라"라는 언급처럼 이 사물들은 결코 무시되어서는 안 되는 '질문'을 내포하면서 시적인 것이 될 가능성을 품게 된다. 왜냐하면 언제나 걸려있을 평범한 수건(사물)은 세상을 떠난 아버지와 장인 그리고 나와 아내 역시 마주하게 될 '죽음'의 순간까지도 이를 지켜보게 될 "사라지지도 않을 낡은 수건"으로 존재하고 있기 때문이다. 이 늙은 화자가 '어느 날' 새롭게도 변기 앞에서 이해하게 될 하나의 성찰이란 "이제나 저제나 우리 숨 끊어질 날을 지켜보고 있기 위해서 저러고 있다"는 냉철하고도 정직한 하나의 '인식'이다. 따라서 수건이란 수건이라 말해질 수 없다. 그 사물의 본래적 형상이란 "우리를 받아들인 세상에서 언젠가 소리 없이 치워질"(「식탁」) 운명인, 필연적인 죽음과 무의미성의 파국을 짙게 내뿜고 있기 때문에.

기존에도 지적되었던 것처럼 이성복이 보여준 시 세계의 핵심적 위치에 고통이 자리잡고 있다는 점은 자명해 보인다. 그런데 문제는 텍스트를 읽는 우리가 고통의 근본적 정체에 대해 질문을 던져 본 적이 있는가에 있지 않을까. 핵심은 고통의 유무가 아니라 이 고통이란 무엇인가를 묻는 것에 있다. 고통이라는 평면적 단어 속에서 잠재된 그 이상의 어떤 것. 그의 말을 빌자면 "나는 멸망하면서, 내 멸망의 시간과 맥박을 잰다. 그때 사물이 내 살가죽을 생생하게 부벼"[13]대는 감각을 통해 이해되어야 하는 것. 화려하든 화려하지 않든 그의 언어가 '생생한' 무게와 질감을 지닌다는 사실이 간과되어서는 안 된다. (이러한 무게를 지니지 못하는 언어는 그에게 결코 시가 될 수 없을 것이다.)

그것은 절망이라 칭해질 근본적인 죽음과 무(無, '메멘토 모리'—바니타스 정물화의 중심인 해골처럼)의 시선으로부터 가능하며 상상할 수 없을 정도의 고통의 "크기와 무게"를 내포한 '일상'을 존재하게 하는 알레고리적 언어이다. 즉 일상이면서 일상이 아닌 어떤 지점을 그는 항상 '본다'.

고독은 명절 다음 날의 적요한 햇빛 부서진 연탄재와 삭은 탱자나무 가시,

---

13) 이성복, 『네 고통은 나뭇잎 하나 푸르게 하지 못한다』, 앞의 책, 30면.

> 고독은 녹슬어 헛도는 나사못, 거미줄에 남은 나방의 날개, 아파트 담장 아래 천천히 바람 빠지는 테니스 공, 고독은 깊이와 넓이, 크기와 무게가 없지만 크기와 무게, 깊이와 넓이 지닌 것들 바로 곁에 있다. 종이 위에 한 손을 올려놓고 연필로 그리면 남는 공간, 손은 팔과 이어져 있기에, 그림은 닫히지 않는다 고독이 흘러드는 것도 그런 곳이다
>
> —「시에 대한 각서」, 전문

의미심장한 제목인 "시에 대한 각서"를 지나쳐 보이는 것은 일상의 평범한 사물들이다. '적요한 햇빛', '삭은 탱자나무', '녹슨 나사못', '거미줄에 남은 나방의 날개', '바람 빠지는 테니스 공' 등등. 그러나 평소에 눈여겨보지 않았던 사물들이란 이 시에서 단지 제시되는 것이 아니다. 이 사물들은 '수건'과 마찬가지로 일종의 죽음 또한 절정의 시간을 지나 쇠락해가는 알레고리적 형상들을 내포하기 때문이다. 따라서 일상적 상황 속에 감춰진 수수께끼들을 볼 수 있다면. 그리고 그것이 "고독"의 거대함을 향하고 있는 언어적 운동 그 자체가 된다는 점을 이해할 수 있다면. 비로소 그의 언어가 펼쳐놓은 질감을 만질 수 있는 자격이 주어질 수 있다.

세계의 죽음과 무의미성을 이해할 수 있는 자에게 주어진 근본적인 의미란 말하자면 "고독"의 이름을 지닌다. 그러나 고독은 멀리 있거나 따로 떨어져서 존재하지 않는다. 그것은 "깊이와 넓이, 크기와 무게가 없지만 크기와 무게, 깊이와 넓이 지닌 것들 바로 곁에 있다." 즉 '크기와 무게, 깊이와 넓이'란 일상의 사물이자 벤야민의 말처럼 주석가들이 열심히 들여다 볼 '사실적' 세계일 뿐이다. 그러나 '고독'은 일상성과 분리되지 않는 채 "바로 곁에 있다." 그렇기 때문에 '연필로 그려지는 것 이외'의 '남음'의 공간이자 '닫히지 않'고 이름할 수 없는 그림의 말해지지 않은 그 지점을 인식할 수 있는 자에게만이 고독의 흘러듬을 만질 수 있는 자격이 주어질 수 있다는 것. 이것이 그가 '시에 대한 각서'라는 철저한 태도 아래 숨겨둔 핵심적인 언어의 비밀이 아닐까.

이렇게 보았을 때 '속속들이 바람 든 순무같은 내 어리석음'(「선생1」)이나 '부끄러운 시만 쓰는 염치없음'(「선생2」)에서 나타나는 자기 자신의 윤리성

에 대한 호명이 단순히 도덕적인 부끄러움과 별다른 관계가 없다는 점을 인식할 수 있을 것이다. 그것은 평범함과 세속성을 넘어설—죽음과 죄를 매개로 하지 않으면 가능하지 않을—자신의 언어에 대한 절대적인 '순수'한 태도로부터 비롯된 사유이다. 즉 "그런 미안함 밑에는 어떤 생판 짐작도 못할 미안함이 파묻혀 있을지 아득하기만"(「오다, 서럽더라4」) 한 바로 그 '순간'에서야 비로소 그의 언어는 자신의 은밀한 비밀들을 풀어놓을 수 있는 자격을 갖출 수 있게 되는 셈이다.

그 비밀을 통해 현전하게 되는 것. 그의 언어가 진정한 슬픔과 고통 그리고 죽음을 통해 꾸는 꿈과 진실의 지평이란 "걸으며 꾸는 꿈은 수의壽衣처럼 찢어"지는 세계 속에서 '죽은 거미 입에 문 개미가 찾을'(「來如哀反多羅7」) '집'의 공간으로 존속한다. 이는 "북쪽 어딘가에 제 배필이 있다는 풍문이/ 있어도 천 년 만 년 찾아갈 도리 없으니/ 봄안개 가을비에 홀로 늙어가다가, 덜 꺼진/ 담뱃불에도 속수무책 불타버"린 '남지장사寺의 그 속절없는 사연'을 통해 "두고두고 가슴 아파해야 할 (…) 죄 많은 한 청춘"(「남지장사2」)이 된다는 것과 동궤적 행위일 테다. 그 사유를 통해 현전할 가능성을 얻게 되는 것. 그것은 바로 '기억'의 행위를 통해 드러나는, 하나의 수수께끼이자 '언어의 불꽃같은 형상'으로 존재할 '꿈의 지평'이기도 하다.

다만 그것은 손쉽게 주어지지 않는다는 점을 떠올려 보자. 이는 "아주 어두워지기 전에 잠깐, 사물들이 견디기 힘들어 보"일 때 그러니까 "덜 접힌 이야기들이 다시 펴지려 할" 미묘한 '어둠'의 시간(「어둠에 대하여」)을 보는 행위. 혹은 "으스러져도 제 피를 볼 수 없"는 "서러움"(「돌에 대하여」)을 온전히 삼켜버리기 전까지는 보이지 않을 영역에 속해있기 때문에.

> 겨울에 죽은 목단 나무 가지에서 꽃을 꺾었다 끈적한 씨방이 갈라지고 터져 나온 꽃, 죽은 딸을 흉내 내는 실성한 엄마처럼 꽃 떨어진 자리도 꽃을 닮았다 여름 꽃을 보지 못했어도 우리는 겨울 꽃이 될 수 있다 희뿌옇게 타다만 배꼽 같은 꽃, 제사상에 올리는 문어 다리 꽃, 철사로 동여매도 아프지는 않을 거다 그 꽃잎 마른 번데기처럼 딱딱하고, 눈비가 씻어간 고름 자국 찾을 수 없다, 죽음이 불타버린 꽃
>
> —「죽음에 대한 각서」, 전문

'무언가 안 될 때' 혹은 "발걸음은 점점 더 눈에 묻혀 가"고 "얼어붙은 발가락 마디마디가 툭, 툭 부러지는/ 가도 가도 끝없는 빙판 위"(「극지에서」)를 걷는 것과도 같은 감각은 결국 자신의 죽음을 온전히 그리고 있는 그대로를 보고자 하는 '시선'에 의해서만 가능하다. 이 극한적인 슬픔의 지점에서 비로소 보일 수 있는 '꽃'을 이해하려는 정결한 태도란 결과적으로 그 꿈의 세계가 지닌 근원적 이름을 번역하는 '언어'로 현전하는 것과 다르지 않는 것이다.

"끈적한 씨방이 갈라지고 터져 나"와 버린 "죽은 딸을 흉내 내는 실성한 엄마"와도 같이 떨어져 버린 겨울 꽃은 비극적이며 또한 그 비극적인 슬픔에 의해서 가능할 어떤 '꽃'이다. 그러하기에 화사한 "여름 꽃"처럼 "마른 번데기처럼 딱딱하고, 눈비가 씻어 간 고름 자국 찾을 수 없"는 "문어다리 꽃"은 꽃이되 꽃이 아니다. 이 꽃 아닌 꽃에게는 "철사로 동여매도 아프지는 않"으며 "꽃 떨어진 자리도 꽃을 닮았"을 그러한 고통이 '없다'. 따라서 "죽음이 불타버린 꽃"이란 모순적 의미를 내포하는 이미지로 다가온다. 왜 그러한가. 이 "희뿌옇게 타다만 배꼽같은 꽃"에는 온전히 타 버렸어야 할 죽음이 제대로 불태워지지 못한 채 사라져 버렸기 때문이다. 이 미적지근하게 타버린 꽃의 존재란 역설적으로 제대로 불태워지지 못한 어떤 슬픔을 '현전'시킨다. 그렇다면 이 (여름) 꽃이 아닌 '겨울 꽃'에 대해 무엇을 이해할 수 있는 것일까.

그것은 그의 언어에 새겨져 있는, '씌어지지 않았'으면서 씌여 있는 것. 또는 '겨울'의 냉혹한 감각으로 표상되는 죽음과 극지의 삶을 통과하려는 자에게. 그러니까 '온전히 죽음을 불태워버려야만 도달할 수 있는 꽃'의 진정한 면모를 읽어내야만 한다는 태도를 갖추지 않는 자에게는 그 모든 언어의 비밀들이 결코 주어지지 않는다는 '진실'일 것이다. 즉 "저승의 강을 이승의 강으로 한번 되돌"릴 "당신의 숙제"(「누군가 내게 쓰다 만 편지」)같은 그의 서러움과 고통의 본질이란 죽음의 진정한 깊이와 무게를 체험한 자의 깊은 슬픔을 통해서만 존재할 수 있다. 마치 "한사코 헤엄치는 물"이자 "무작정 기어가는 땅"처럼 '오랜 세월 떠나감을 지속하며' "어두운 지층 속에서 길을 만드는"(「움직이는 누드」) 처절한 고투 속에서만 비로소 '죽음' 이후의 어떤 것이 있을 꿈의 세계가 마련된다는 '진실'은 그에게 너무도 자명한 진리이지 않을까.

예컨대 다음의 시에서 느껴질 수 있는 '정결함' 같은 것. 너무 많이 건드릴수록 부서져 버리기에 섬세한 만짐을 통해서만 접근될 수 있는 꿈과 언어의 세계. 그 "붉은 혀"와 "미친 생각들의" 경련, "죽음"이 끊임없이 흘러내리는 "변함없는 물결"을 통해 닿게 될 "다른 나라의 고성"처럼.

> 파란 많은 숨결을 거두고 눈은 심장 어디쯤에 파묻고서 있을 때, 어디 변함없는 물결이 미끄러져 와 내 몸은 헤엄칩니다. 죽은 꽃에게 가야지! 지금 한창 붉은 혀 빼물고 미친 생각들의 불빛이 흔들리고, 곧추 뻗은 다리는 경련합니다 오 죽음! 시든 꽃받침 위에 다시 나타나는 다른 나라의 古城! 하지만 내가 몸을 너무 많이 움직이면 헤엄이 빨라지고 이끼 낀 성곽이 흔들리지 않을까요? 흔들려, 조금씩 금이 가지나 않을까요?
>
> —「이별 없는 세대4」 중에서

### 3) "오직 눈먼 것만이" 온다는 듯이

> 그러므로 저는 모든 살아있는 생명체의 힘, 즉 망각에 자신을 내맡기려 합니다. (…) 지금은 어쩌면 배운 것을 잊어버리는, 또는 우리가 관통한 지식이나 문화, 믿음의 침전물에 망각을 부과하는 그런 예측불허의 수정작업을 허용하는 또 다른 체험의 시기가 온지도 모릅니다. (…) 즉 예지라는 말을. 어떤 권력도 존재하지 않으며, 약간의 지식과 약간의 지혜, 그리고 가능한 많은 맛을 가진 그 말을.
>
> — 롤랑 바르트, 『텍스트의 즐거움』 중에서

이성복의 시 속에는 삶은 지옥이고 세계는 고통이며 또한 모든 것이 '무의미한 자'의 삶을 산다는 자의 슬픔이 있다. 이 '무의미한' 세계 속에 존재한다는 것은 "인생이 살 값어치가 있다는 감정에서 사는 것이 아니라 자살할 만한 값어치가 없다는 감정에서 살아가는 것"[14]이라는 글귀로써 지탱되는 삶이기도 하다.

살만한 값어치로서 부와 명예 그리고 풍족함과 배부름이 아닌 것. 오히려 모든 것을 무(Nothing)로 환원시켜 버릴 수 있는 감각을 통해 존재하기. 삶이란 벤야민의 말처럼 '자살할 만한 값어치'조차 없이 무의미하기에. 이 같은 역설적 관점에 의해 보일 수 있는 지점을 들여다보는 것은 그의 시를 근본적으로 이해하기 위해서 중요하다. 피 터지게 부부싸움을 하고도 "어떻든 먹어야 산다"(「청도 시편4」)고 말하며 집을 박살내 버린 포크레인에 걸린 "때 묻은 팬티"를 보며 그것이 "네 힘의 일부라는 것을 말해"(「포크레인」)줄 수 있는 것. 또는 "내장을 훑어낸 뱃대기는 창포묵처럼 투명"(「전어」)한 정직하고 순수한 언어의 세계를 탐색하는 자가 지닌 꿈의 지평에 대해서 말이다.

이를 위해서는 그의 대표작인 「남해금산」으로 되돌아가야 한다. 또한 시집의 제목이자 책의 서두에 씌여진 '來如哀反多羅'에 대한 시인의 개인적 덧붙임. 그러니까 시인의 말에 씌여진 "이곳에 와서, 같아지려 하다가, 슬픔을 맛보고, 맞서 대들다가, 많은 일을 겪고, 비단처럼 펼쳐지다"라는 말의 본질을 이해하기 위해서라도. 우리가 이 말을 시인 자신의 언어와 삶에 대한 있는 그대로의 드러냄이라는 것을 이해한다면 "많은 일을 겪고, 비단처럼 펼쳐지다"라는 그 뜻을 온전히 전해 받을 수 있게 될 것이다.

> 한 여자 돌 속에 묻혀 있었네
> 그 여자 사랑해 나도 돌 속에 들어갔네
> 어느 여름 비 많이 오고
> 그 여자 울면서 돌 속에서 떠나갔네
> 떠나가는 그 여자 해와 달이 끌어주었네
> 남해 금산 푸른 하늘가에 나 혼자 앉아 있네
> 남해 금산 푸른 바닷물 속에 나 혼자 잠기네
>
> —「남해금산」, 전문[15]

---

14) 발터 벤야민, 「파괴적 성격」, 『발터 벤야민의 문예이론』, 반성완 역, 민음사, 1983, 29면.

15) 이성복, 『남해금산』, 문학과지성사, 1994, 90면.

그의 말처럼 "많은 일을 겪고 비단처럼 펼쳐"질 사랑의 운명은 아름답고 평화로운 세계 속에 있지 않을 것이다. 오히려 그것은 위와 같은 지극한 고통과 슬픔 속에서만 존재할 수 있는 것에 가깝다. 그녀가 부재하는 연옥인 세계 속에서 희미한 꿈의 지평을 바라보며 거대한 물속에서 자신의 육체를 따듯하게 불태우는 '돌'과 같은 꿈을 꾸는 것. 그 꿈이야말로 궁극적인 사랑의 이름에 도달하기 위해서 자신의 목숨을 바쳐 언어의 순교자로 남고자 하는 한 시인의 필연적 운명을 대변하는 것이다.

그 거대한 운명의 그림자이자 「남해금산」의 남자가 꿈꾸는 '삶'이란 궁극적으로 깊은 죽음의 잠 이면에 숨겨져 있는 '순수'한 영혼의 꿈에 도달하는 길일 테다. 그것은 '동면 서면 흩어진 들까마귀들'과 '아우라지 강물의 피리 새끼들'이 건져 와야만 하는 '내 혼과 몸'(「정선」)의 근원이자 죽음과 고통을 온전히 슬프게 받아들인 자만이 볼 수 있는 사랑의 지평이기도 하다. "아직 식지 않은 온기를 더듬"(「그림에서1」)으며 "내 꿈에 낀 백태"같은 수많은 말들을 '그만두고' 마주보아야 하는 "애인"의 모습(「입술」)처럼. 그의 언어가 도달하려 하는 '비단처럼 펼쳐질' 꿈의 세계에 대해서 말하기 위해, 이제 『래여애반다라』에서 가장 중요한 텍스트를 다뤄야 한다.

> 내가 밥 먹으러 다니는
> 강가 부산집 뒤안에
> 한잠을 늘어지게 자던 개,
>
> 다가오는 내 발자국 소리에
> 깨어나, 먼 데를
> 보다가 다시 잠든다
>
> 그 흐릿한 눈으로
> 나도 바라본다,
>
> 어떤 정신 나간 깨달음처럼

허옇게 펼쳐진
강 건너 비닐하우스를

—「강가」, 전문

평범하다면 평범한 시로 보일지 모르겠다. 그러나 이 시는 '정든 유곽'에서 '남해금산'을 거쳐 '강가'의 세계(그의 많은 시편들에서 강가와 물의 세계가 깨달음의 공간으로 묘사된다.)에 이르기까지 끊임없이 유지되는 '꿈'에 대한 그의 가장 중요한 텍스트이다. 이는 "어떤 정신 나간 깨달음"을 향해 조금쯤 열려 있는 '문'과 같은 희미한 꿈의 그림자이기도 하기에.

이를 이해하기 위해서 '개'의 형상을 단순히 "내가 밥 먹으러 다니는 강가 부산집 뒤안"에 있는 현실적 요소로 파악해서는 안 된다. 개의 형상이란 "한잠을 늘어지게 자던 개"라는 점에 미묘하게 암시되어 있다. 즉 개의 근본적 정체는 '잠'에 취해 있기에 꿈의 세계에 속해 있는 자이다. 그렇기 때문에 "내 발자국 소리에 깨어"나더라도 개는 "먼 데를 보다가 다시 잠"들 뿐이다. 암시된 것. 이 막연히 졸고 있는 한 마리 개의 명확한 형상이란 말하자면 꿈의 영역에 대한 바라봄이다.

개와 함께 시인은 "그 흐릿한 눈으로 나도 바라본다,"(그래서 나'는'이 아니라 나'도'이다.) 시인의 '봄'이 존재하는 곳. 마치 김소월의 「엄마야 누나야」의 황금빛 강변처럼. 거기에는 하나의 세계가 현전할 가능성을 얻는다. 저 흐릿한 눈을 가진 자들. 잠과 꿈에 취한 개이자 시인이 바라보는 세계인 것. '하얗게 반짝이고 있을 꿈'이 존재하는 지평. 말하자면 "그 뜻 없고 서러운 길 위의/ 윷말처럼,/ 비린내 하나 없던 물결,/ 그 하얀 물나비의 비늘, 비늘들"(「죽지랑을 기리는 노래」)처럼 반짝이고 있을 어떤 집의 세계에 대한 순수한 갈망을 말이다.

저 '비단결'같으며 '비늘'같은 비닐하우스의 반짝거림을 이해할 때 비로소 우리는 이 시의 평범함 속에 숨겨진 평범하지 않은 '꿈의 집'을 그와 함께 바라볼 수 있게 된다. 그러한 점에서 이 '강가'란 "오직 눈먼 것만이 흐른다는 듯이"(「강에게」) 오게 되는 하나의 계시적 진실을 담지할 것이다. 요컨대 "썩고 농한 것들만 찾아 다"니며 '울다 잠든 것들의 눈에 침을 박고, 고여있던 눈물을 빨어먹었'던 '누구라도 대신해 울고 싶었던 빛'의 고통과 슬픔. 그리고 그 죽음 속에 잠겨있는 깊은 영혼의 꿈—"아무도 태어나지 않고 다시는 죽지 않는 곳"(「빛에게」)—을 말이다. 그러한 꿈의 세계를 이해할 수 있는 자는 결국 언어의 본래적 이름을 되찾고자 하며 동시에 그 언어를 통해 궁극적으로 존재하게 해야만 하는 순수의 언어를 '현전'시키는 자라고 할 수 있지 않을까.[16]

그렇기에 핵심적인 것은 그의 언어를 통해 되돌려 받을 수 있는 유일한 질문. 우리가 그의 '영혼'과 마주하는 지점을 저 "반짝임"을 통해 볼 수 있게 '된다'는 근원적 진실이다. 이 "반짝임"을 통해서 그의 말과 언어가 그리고 그의 삶이 도달해야만 하는 영혼의 비밀들이 일깨워지는 지점을 목격할 수 있다면. 우리는 깨달음을 계시하는 언어의 '마법적 능력'에 대해 이해할 수 있게 될 것이다. 꿈의 세계를 평범하면서 동시에 마법적인 말로 현전하게 하는 바로 그것. 이러한 맥락에서 그의 위치를 김소월로부터 백석 그리고 서정주로 이어지는 하나의 계보로 놓을 수 있다는 점은 지극히 온당하다.

이제 어느 정도의 오독이 포함된 글의 서두를 통해 출발한 논의가 왜 그의 말들을 다시금 호명하고자 했는가에 대한 구체적 답변을 내놓을 때가 된 것 같다. 이는 평범한 일상적(인 것처럼 보이는) 말. 현란한 수사가 없는 이성복의 언어가 어떠한 교훈을 담지하고 있는가를 묻는 것과 상통한다. 말하자면 그것은 순수한 언어가 고통의 직접성을 매개로 근원적일 '영혼'의 세계를 꿈꾸는 사유에 그 이름을 부여해 주는 것이다.[17] 이 '현역 시인'에게 진정으로 시인의 이름을 불러줄 수 있다면 바타이유의 말처럼 그것은 충분히 넘쳐흐르는 '낭비'를 통해 도달할 지점(『에로티즘』)을 비춰주는

16) 발터 벤야민, 「프란츠 카프카」, 『발터 벤야민의 문예이론』, 앞의 책, 91-92면. 벤야민은 카프카의 '어리석은' 인물들이 일종의 '바보'이자 지칠 줄 모르는 조수들이며 또한 '성인'의 형상에 가깝다는 점을 지적하면서 다음과 같이 말한다. "그렇지만 잊는다는 것은 항상 가장 좋은 것을 내포하고 있는데, 왜냐하면 그것은 구원의 가능성을 내포하고 있기 때문이다."

17) 이성복, 「예술, 탈속과 환속사이」, 『끝나지 않은 대화—시는 가장 낮은 곳에 머문다』, 열화당, 2014. 이성복은 이 대담에서 자신의 글쓰기를 자신의 자아보다도 보다 '상위'에 있는 것이자 "그 말로서 우리 자신을 괴롭히고 학대함으로써, 살아갈 수 있는 최소한의 터전을 마련하는 것"이라고 지적한다. 이는 그 특유의 언어의 정직성에 대한 감각이자 오직 그것에 의해서만 '문학적인 것'을 말할 수 있는 차원과 관계되어 있다. 여기에서 이성복은 카프카를 통해 자신이 배운 것은 "빈대 한 마리 잡기 위해 초가삼간 다 태우는 글쓰기"인 일종의 극단적 지점에 이르고자 하는 것임을 언급한다.

그림자를 통해서만 가능하다. 어쩌면 말로 호명되기 거의 불가능한 것. 평균적인 인간의 가치(절대 고독의 인간인 사드가 그토록 거부했던)를 돌파해 버린 것. 그것은 정치적이고 윤리적인 상상력이라 칭해졌던 우리의 지평 모두를 극단적으로 넘어서 버린, 정직하고 순수한 언어의 세계를 통해 '현전'할 그의 본질이다.

따라서 그의 '언어'를 통해서 다음과 같이 말할 수 있겠다. 2000년대 이후 지금까지 이어진 어떤 혼란의 상황 속에서 오고 갔던 문학에 대한 논의들이 도달해야 하는 최종적 도착점은 결국 '언어'라는 것을 말이다. 문학이란 참으로 언어에 필사적으로 매달리는 어리석음 이상이 될 수 없다. 이 '무용한 것들의 유용함'에 이르기 위한 길[18]은 문학-언어의 절대적인 고독과 고통으로부터 출발하는 바로 그 '지점'에서만 가능할 따름이다. 그러하기에 시란 어리석음 이상이 될 수 없으며 또한 그것만이 고통으로부터 구원에 이르는 유일한 '통로'가 되어줄 것이다.[19]

이성복이란 이 '현역시인'은 여전히 세상의 풍파와 맞서며 무수한 말들과 무관하게 자신의 꿈의 지평을 구축해 왔다. 그의 시를 지금 현재에 읽는 것. 그러니까 그의 시가 던져준 언어의 지평을 오롯이 읽어냄으로써 얻을 수 있는 가치란 무엇일까. 그것은 세계의 폐허와 무의미로부터 불어오는 폭풍 그리고 '그 폭풍을 막아내려는 기병의 전진과도 같은 공부'[20]가 도달할 '진실'이다. 그것은 문학과 시의 본래적 '무엇'이라 칭할 수 있는 희미한 영역이자 카프카의 말을 통해서 언어낼 수 있는 어떤 예감과도 다르지 않을 테다. "진실이란 살아가기 위해 인간 모두에게 필요한 것입니다. 그러나 그것은 어느 누구에게서 얻을 수도 없으며 또한 살 수도 없습니다. 사람은 누구나 진실을 자신의 마음속에서 부단히 만들어내지 않으면

18) 이성복, 『불화하는 말들』, 문학과지성사, 2015, 137면. 예컨대 이성복은 시는 근본적으로 자신을 불리하게 만들며, 오직 그 '무력함'으로써만 힘을 가질 수 있게 된다고 지적한다.

19) 이성복, 「불가능 시론」, 『고백의 형식들—사람은 시없이 살 수 있는가』, 열화당, 2014, 202면. 이성복은 이를 "르네 샤르에 의해 '영원한 바깥의 흐름', 혹은 '죽음의 유골함'과 가깝지만 '혼례 가능한 저 너머'로 명명되는 [그것]의 자리는 우리가 한 번도 머문 적 없고, 머물 수도 없는 곳이며, 그럼에도 여전히 우리 안에서 찾아지는 곳이다. 이 자리를 기억/보존하고 모험/실패할 수 있는 유일한 수단은 언어"라고 적확하게 지적한다.

20) 발터 벤야민, 「프란츠 카프카」, 『발터 벤야민의 문예이론』, 앞의 책, 94면.

안 됩니다. 그렇지 않으면 그는 멸망합니다. 진실이 없는 삶이란 있을 수 없지요. 진실은 아마 삶 자체일 것입니다."[21]

### 4) 단지, 단지 들려오는 노래의 언어

언제부터 나는 이다지도 막연히 기쁘지도
슬프지도 않은 노래를 불러야 했을까?
— H2O 3집, 〈나를 돌아보게 해〉 중에서

글을 마무리 지으며 필자는 과거 대중음악 분야인 80년대의 헤비메탈 세대에 종언을 고했던 《H2O 3집》의 한 노래를 떠올렸다. 시와 문학을 논하는 자리에서 음악에 대해 말하는 것이 뜬금없는 것처럼 보일지도 모르겠다. 그러나 이는 하나의 경향을 스스로 마무리지어 버렸던 일군의 예술가들에 대한 '이야기'이다. 이 이야기가 지금에 대한 어떤 '유사성'의 차원에서 읽혀졌으면 한다.

이상하게 생각될지 모르겠지만 80년대의 헤비메탈 씬은 고음과 샤우팅 또는 누가 더 빨리 연주하는가를 자랑하던 속도와 기술이 지배했던 시대였다. (그것이 긍정적이든 부정적이든 하나의 주류적 경향이었다는 점은 사실이다.) 그 시대가 가고 달파란(강기영)과 박현준이 (이 둘은 H20의 해산 이후 '문화적 키치'를 시도했던 삐삐밴드-삐삐롱스타킹을 결성했다.) 있었던 밴드인 H2O. 1집 《안개도시》라는 LA 메탈풍의 노래로 알려졌던 이 불운의 밴드는 1993년 세련된 리듬감을 토대로 한 모던록 앨범인 3집 《Today I》를 발매했다. (물론 이들은 일부의 청자들만이 주목했고 실질적으로 역사 뒤편에 사라져 버렸다.)

그들의 노래인 〈나를 돌아보게 해〉의 한 구절. "언제부터 나는 이다지도 막연히 기쁘지도 슬프지도 않은 노래를 불러야 했을까?" 그들 스스로 자신들의 시대를 종결지어버렸던 그 말. 자신들의 노래가 사실은 '막연히 기쁘지도 슬프지도 않았다'는 지점 그 자체를 고백했던 가사는 여전히 우

21) 프란츠 카프카, 『카프카와의 대화』, 구스타프 야누흐 지음, 녹진, 1988, 217면.

리에게 의미심장하다.[22] 이를 빌려 다음과 같이 물을 수 있겠다. 우리의 노래는 우리의 시는 우리의 말은 과연 기쁘거나 혹은 슬픈가. 좀 더 정확히 말하자면 절망과 슬픔의 진정성의 가면으로서 다만 견디고(만) 있지 않은가.

이 글은 이성복의 언어가 가진 근원을 탐색함과 동시에 지금 현재의 한계적 지평을 넘어서기 위한 가능성을 찾아보고자 했다. 문학이란 무엇이어야 하는가에 대한 이 글의 의도가 단순히 오늘날의 시인들에 대한 비난처럼 보이지는 않으리라 생각한다. 문제는 언제나 언어의 본질에 있을 뿐이며 그에 대한 이 글의 의도가 성공할지를 스스로 확신한다는 것은 불가능하다. 그러나 분명히 해둘 것은 그의 시는 여전히 정직하고 순수했으며 앞으로도 그러할 것이라는 점이다. 그것이 그의 언어가 가진 숙명이자 본질이다. 남해금산에서 언제까지고 기다리며 꿈꾸고 있을 그 사람처럼 그는 '충분히' 슬프고 또한 '충분히' 기뻐할 것이다. 이를 이해하게 되었을 때 기다림의 절망과 고통 그리고 기쁨의 충만함이 그가 가진 영혼의 근본적 정체라는 것을 비로소 알게 될 수 있지 않을까.

라스 폰 트리에가 〈멜랑콜리아〉에서 보여준 '종말'의 파국처럼 이미 예전부터 오래도록 세계란 공포이자 절망이었다. 누구라도 그것으로부터 벗어나지 못했으며 여전히 벗어나지 못할 것이다. 단지 이를 몰랐거나 외면했을 뿐. 그러하기에 "지구는 사악해. 우리는 지구를 위해 비통해할 필요가 없어."라는 저스틴의 말처럼 지금이라는 현재적 토대이자 이 무의미한 세계의 진정한 멸망을 말할 수 있어야 하지 않을까. 세월호라는 지금도 끝나지 않았으며 앞으로 끝나지 않을 '사건'을 통해 비로소 수면 위에 올라온 것처럼 보였던. 그러나 도처에 널려 있었던 죽음과 고통을 직접적으로 이해하지 않고서는 그 어떤 구원도 순수도 가능하지 않다. 이 깊은 무력함과 슬픔을 있는 그대로 직면하지 않는 언어에게는 더 이상 희망이 없다.

따라서 기억해야 하는 것은 멸망의 형상인 저스틴의 이름이 파괴자 -

---

22) 박준흠, 「지금 나의 임무는 사람들을 트랜스시키는 것—H2O 강기영 인터뷰」, 『이 땅에서 음악을 한다는 것은』, 교보문고, 1999, 282-283면.

'스틸 브레이커'라는 것. (영화 내내 그 이름을 제대로 부르는 것은 아이인 그녀의 조카뿐이다.) 그녀가 멜랑콜리아라는 운명의 별을 읽어내는 마녀라는 것. 그녀가 즐기는 '오줌싸기'(vs 결혼식)와 '초콜렛과 잼'(vs 잿맛의 미트로프) 그리고 그녀와 아이가 만들 수 있는 '마법 동굴'만이 영화 마지막 장면에서 등장한 '썩어가는 대지'에 맞설 유일한 가능성이라는 점이다. 마치 벤야민이 카프카를 위해 남겨둔 구절인 "무한히 많은 희망이 있지만 단지 그것은 우리를 위한 희망이 아닌 것이다. 이 문장엔 참으로 카프카의 희망이 담겨있다. 그것이 그의 빛나는 명랑성의 원천"이라는 그 말처럼.

우리는 아무 것도 아닌 '순수'한 사랑의 현전에 대해 그 깊은 고통과 슬픔 그리고 이를 넘어서는 '진실'에 대해서도 동일하게 말해야 한다. "사랑이 없는 곳에는 지옥도 없다"[23]는 마음을 온전히 받아들인다는 것. 그러니까 공포에 싸우지 않는 방식으로 맞서는 것이자 슬픔과 모멸감의 존재로서 가능할 고통. 이로부터 비롯할 오래되어 보이지만 새로운 언어의 도래. 그 예감이 가능하고 또한 가능해질 수 있다면. 그의 언어들에 내포된 '순수성'을 되짚어 냄으로써 그 출발점을 마련할 수 있을 것이다.

이성복에게 그리고 우리에게 언어란 가장 깊은 절망이자 동시에 '매초 매시간이 메시아가 들어올 작은 문'(「역사철학테제」)과 같다. 언제나 그것을 모르고 지나치고 있을 뿐. 그렇기에 그의 언어가 지금 현전함으로 줄 수 있는 진정한 질문이자 지혜란 다음과 같다. 정치성과 윤리성 자체를 말하기보단 상상력 자체의 '변화와 교환을 이루어 낼 암호문자의 열쇠'[24]를 생성하기. 요컨대 언어에 자신의 온 존재를 전부 걸어야 한다는 것. 이 말은 고통을 모르는 우리가 여전히 아무것도 듣고 있지 않다는 슬픔을 이해하려는 정직한 태도로부터 가능할 뿐이다. 오직 그러한 슬픔을 행하는 자가 온전히 제 이름을 부여받을 수 있을 때 비로소 구원의 순수함은 도래하게 될 것이다. 그렇기에 여전히 문제적이자 필연적인 지점은 단지 그 언어의 노래를 부단히 껴안아 보는 것에 있다.

단, 희망 없는 자들의 희망인 어리석은 믿음으로서만.

---

23) 이성복, 『네 고통은 나뭇잎 하나 푸르게 하지 못한다』, 앞의 책, 63면.

24) 발터 벤야민, 「햇빛 속에서」, 『일방통행로/사유이미지—발터 벤야민 선집1』, 김영옥, 윤미애, 최성만 옮김, 길, 2007, 207-212면 참조.

# 2-2. 바벨탑, 몬스터, 디오니소스 그리고 악(惡/樂)

— 조연호,『암흑향』

우리가 괴물의 심연을 오랫동안 들여다본다면,
그 심연 또한 우리를 들여다보게 될 것이다.
— 프리드리히 니체,『선악을 넘어서』 중에서

## 1) 탑은 불타오르고

여기 프랑켄슈타인의 언어가 펼쳐진 무대가 있다. 세계의 어둠이자 자신의 육체 전부를 불태워 신에게 닿기 위한 탑을 건축해 가는 몬스터. 본디 프랑켄슈타인이란 괴물을 창조한 자의 이름이며 몬스터의 본래 이름은 아니므로 우리는 괴물의 참된 이름을 들어본 적이 없다. 그 존재는 단지 괴물(Monster)이라고 칭해질 뿐. 대부분의 경우에는 그를 '난해성'이란 서랍 안에 가두어 두고 그 서랍을 열기 두려워했을지도 모르겠다. 두렵기 때문에 여전히 본 적은 없다. 단지 볼 수 있었던 것은 괴물이 건축해 가는 기괴하고도 성스러운 바벨탑의 형상일 뿐이었기에.

이 장막 아래 가둬진 서랍 속 장면을 한번 상상해 보자. 거대한 육체를 지닌 괴물이자 목신(牧神, 디오니소스)[1]인 존재가 비의秘儀적인 설계도를 들

1) 프리드리히 니체,『비극의 탄생』, 김대영 옮김, 청하, 1988, 26-30면. 본래 목신牧神은 그리스 신화에서 목동의 신 사티로스(판)를 말한다. 보통 상반신은 인간이며 하반신은 염소의 형상을 취하는 반인반수의 존재인 이들은 디오니소스의 제자이자 시종으로 알려져 있다. 이 단어는 니체의 핵심인 '디오니소스'의 철학을 가리킨다고 해도 무방하다. 니체는 이를 "고뇌하는 자로서의 낙천주의"라 지적하면서 이것이 "삶이라는 관점에서 도덕"의 문제임을 언급했다. 즉 디오니소스의 "도덕은 처음부터 끝까지가 삶의 부정에의 의지, 감추어진 파괴본능, 몰락의 원리"로 구성되라는 것을 말이다. 이 순수한 "삶에 대한 근본적으로 새로운 가르침과 평가, 하나의 순수히 예술적인" 것을 니체는 "디오니소스적인 것"이라 칭한다. 반인반수의 목신/디오니소스적 이미지는 조연호 산문집『행복한 난청』(랜덤하우스, 2007) 중「유목하는 영혼들의 비기非氣」에서 빌려왔다.

고서 탑을 하나하나 세심하게 건축하고 있을 '보이지 않는' 장면들을 말이다. 벽돌을 구워내는 재료는 자신의 육체에서 흘러나온 어둠의 불길함일 터. 이 이름 없는 괴물이 건축해 가는 탑은 스스로를 움직이며 온통 끈적하고 검붉은 피가 불타오르는 형상들을 구제하려 한다. 그를 위해 몬스터는 자신의 육체로 벽돌을 쌓고 불타는 혈액들로 틈을 메워가며 결코 현전할 수 없을 높이를 향한 탑의 형이상학을 세워 나간다. 그러하기에 언어와 언어 이상의 것 혹은 영혼과 문자의 형태들이 구분되지 않는 탑의 본래적 이름이란 바벨탑이어야만 하지 않을까. 말하자면 이는 하나의 세계 그 자체다. 그리고 괴물은 '세계 그 자체'란 이름 이외의 어떠한 호명도 거부할 것이다.

성경에서 말해진 바벨탑의 행로는 실패로 귀결된다. 결국 인간은 신에게 도달하기를 실패한 채 하나였던 언어가 각각의 개별적인 존재들로 분리되는 형벌에 처해졌다. 신의 높이에 도달하려 했던 바벨탑의 저주받은 운명이자 과거의 인간들이 실패한 바로 그 '불가능성'으로부터 몬스터는 자신의 육체와 피 그리고 고통스러운 검은 영혼을 통해 새로운 바벨탑의 언어를 구축해간다.[2] 조연호의 언어가 도달했던 아니 불가능을 알면서도 시도해 왔던 고난의 행로란 이러한 여정이 아니었을까. 이는 우리가 그의 세계에게 부여해 왔던 '난해성'이란 명명들의 보이지 않는 이면이기도 하다.

### 2) 귀신鬼神의 미로迷路, 어둠의 독서獨棲

조연호의 시를 선형적이고 인과적인 혹은 일관된 서사적 논리체계로 설명하는 것이 큰 의미를 가질 수 있을까. 그것이 손쉽게 가능했다면 시인

2) 조연호의 시적 세계의 변천에 대해서는 허윤진의 「향과 재」(『농경시』, 문예중앙, 2010) 참조. 허윤진은 "과격 회의주의자"인 조연호 시의 변천을 "시의 의미론적 응집을 가능케 하는 구심력이 약화되고, 시의 의미론적 발산을 가속화하는 원심력이 우세해"(193면)졌다고 평가한다. 이는 적절하지만 동시에 하나의 해석이 더 덧붙여져야 한다. 그것은 조연호의 시세계가 복잡한 난해성과 생경한 한자어의 조합 등의 언어운동을 통해 구심력이 약화되는 것처럼 보일 지더라도 이는 '정신적' 구심점을 지닌 강력한 방산형의 원심력적 운동이라는 진실이다.

에게 '불통'의 딱지가 붙여질 이유도 없었을 것이다. 비인과율적이고 비선형적이며 언어의 표면적 의미체계를 거부하고 자신만의 방식만을 승인하는 그의 텍스트들은 일반적 소통을 거부한 채 홀로 비인적非人的 행로를 항해한다. 그렇다면 문제는 기괴하게 파편화된 육체의 형상들을 있는 그대로 사유하는 것에 있다. 괴물(Monster)의 육체 그 자체이자 비인非人의 이름 아래 존재하는 수많은 시체더미들을 말이다.

그의 시에 등장하는 수많은 비인적 존재들의 행로란 자신의 육체로 쌓아올린 미로迷路의 숲이자 '귀신鬼神'적인 육체들이 구축하는 어둠의 심오함을 지닌다.[3] 이 그로테스크하며 기괴한 언어의 육체적인 현시들은 문학적 기법으로선 '알레고리'라 칭해질 수 있겠다. 그러나 형식적 명명 자체가 중요하진 않다. 핵심은 알프레드 뒤러의 〈멜랑콜리아〉처럼 어둠을 지닌 행성을 마주한 천사의 시선을 '본다는 것'. 세계의 폐허 속에서 혹은 오직 단 '하나'만을 말하고 있는 미로와 숲을 '헤매인다는 것'이다. 이는 행복보다는 고통이며 산 자보다는 죽은 자에 그리고 밝음보다는 어둠과 우울의 행성에 가까운 괴물의 육체이자 그 '가장 높은 탑의 노래'(랭보)를 듣는 것에 가깝다.

이 점에서 『암흑향』(민음사, 2014)[4]이라는 시집의 제목이 드러내는 어둠의 근원적 고향이란 괴물의 육체이자 그 자신의 언어들로 구축된 세계 그 자체라 해야 한다. 그의 첫 시집인 『죽음에 이르는 계절』로부터 『농경시』를 거치며 건축해 왔던 난해성의 영역. 언어이자 언어 이상의 시적인 것이란 바로 이 '어둠의 고향'을 향해 있다고 할 수 있다. 따라서 우리가 질문해야

3) 프리드리히 니체, 『선악을 넘어서』, 김훈 역, 청하, 1994, 65면. 이러한 조연호의 난해성의 맥락을 니체의 "심오한 인간"이란 표현을 빌면 다음과 같이 말할 수 있다. "부끄러움의 깊이를 가진 사람은 인적 없는 길 위에서 가장 가까운 사람들조차 알아서는 안되는 그 자신의 운명과 어려운 결단에 부딪친다. 그들은 그가 치명적인 위험에 처했었다는 사실도, 그리고 다시 생의 안전을 회복했다는 사실도 전혀 눈치채지 못한다. 본능적으로 말없는 말, 침묵 속에 묻혀진 말을 요구하며 끈질기게 의사소통을 피하려는 이 감춰진 인간은 자기 대신에 자기의 가면이 친구들의 가슴과 머리 속에 떠돌게 되기를 바라며 또 그렇게 되도록 애쓴다. (…) 정신의 깊이를 가진 모든 인간은 가면을 필요로 한다. 더 나아가, 그가 던지는 말 한 마디 한 마디, 일거수일투족에 이르는 모든 것을 끊임없이 그릇되게, 다시 말해 천박하게 해석하는 사람들 때문에 그를 가리는 가면은 점점 두터워진다."

4) 이하 『암흑향』에서 인용한 시들은 면수표기를 생략한다.

하는 것은 그 고향이 무엇이냐를 묻는 것이 아니다. 오히려 그의 모든 언어들이 향해있는 단 하나의 '시적인 것'이자 어둠의 고향이란 도대체 어떠한가를 물어야 한다.

> 지하에 갇힌 부인에게 남편이 크레용을 떨어트려 줄 때, 어둠 속에서 뭘 그리면 자기가 없어졌다는 것을 알게 될까? 전신全身이라는 영혼의 비계를 얻기 위해
> 입에 고인 침을 받들어 쓴다
> 이것이 거짓일지라도 저 신기루를 내가 믿지 않는다면 그 어디에 지옥이 있을 것이라고 믿을 것인가?
> 사과에 대한 이야기가 사지四肢에 곡을 붙인 노래와 섞이고 있었다
>
> 사람으로 물들던 구더기였음을 서쪽에 두고
> 할아버지들은 돌아간다 나는 다시 긴 긴 심령의 세계
> 다시 긴 긴 독서獨棲의 나날
> 존엄사尊嚴死의 발끝으로 그림자 머리를 눌렀다
> 어떤 의미로 외침은 늘 청각 뒤에 있었다
> 귀신으로 죽어 또 귀신이 된 너와 만나 즐거웠다
> 악기와 귀를 모두 깨 버리고
> 목신牧神에 기대어 조용히 미쳐 간다
>
> —「적聻」, 부분

귀신이 죽어서 또다시 귀신이 되었다는 뜻을 지닌 제목「적聻」처럼 이 시는 산 자에 대한 이야기가 아니다.[5] 여기에는 살아있는 자로서 누릴 수 있는 삶의 당연한 기쁨과 행복 또는 즐거움이 없다. 그렇기에 그의 시를 경험하는 것은 일반적 생의 방식과 이해를 향하지 않는다. 그의 언어를 이해할 수 있는 유일한 가능성은 죽어서 또다시 귀신이 된 '즐거운 귀신'

---

5) 박슬기,「귀신의 성서, 죽은 신의 시 쓰기」,『누보 바로크』, 민음사, 2017, 289-290면. 박슬기는 이 '적聻이란 말을 "아무리 죽어도 계속해서 귀신이 될 수밖에 없는 자신의 운명 그 자체"이자 "세계의 한가운데 놓여 있는 검은 구멍"으로 풀이한다. 그것은 "말씀이 명명하자 명명된 모든 것들이 살아 있는 운명"과는 다른 "죽어서 계속 죽는 운명을 은폐하고서야 가능한 세계"이자 "우리 세계의 진짜 기원을 가리키는 이름"으로 이해되어야 한다는 것이다.

의 말들에 그저 홀려보는 것에 있을 따름이니까. 그 미로의 홀림 속에서 들려오는 것. 그것은 우리에게 바른 것이라 불리는 영역을 벗어나 있으며 귀신이 지닌 "조용히 미쳐"가는 즐거움의 말들일 뿐이다.

이 귀신의 눈에 비치는 사람들이 "살찐 사탕수수"이거나 "형제들은 또 세간을 보며 자위"하는 것처럼 비루한 것들에 속해 있다는 점은 특징적이다. (그의 시는 많은 구절에서 가족과 혈육 그리고 인간들의 세계를 거부하는 태도를 취한다.) "정좌의 방식으로 돌아가"는 또한 '단추'로 채워지는 사과들이란 바르기 때문에 비루하다. 말하자면 이는 회색처럼 아무런 변화도 의미도 가치도 불러올 수 없는 것들일 뿐. 따라서 '귀신'에게 삶과 정의의 규칙성—사과가 상징하는—혹은 행복과 부유함에 대해 설파한다고 해서 그의 바벨탑을 붕괴시키는 것이 가능할까. 그렇지는 않을 것이다. 오히려 세계의 정상적인 비루함에 맞서는 기묘한 어둠을 퍼트리며 "더러운 얼굴로만 깨끗한 얼굴을 닦을 수 있다는 걸" 배우고자 하는 역설적 태도만이 오직 괴물의 이름을 이해할 자격을 지닌다.

그렇기에 바르지만 무균질한 세계를 거부하며 오히려 자신을 귀신으로 그리고 다시금 또 한번 귀신으로 변형시키는 기괴함과 그로테스크함이란 "한철에 배설과 그것이 담긴 양동이"이자 혹은 "당신 비린내의 용무"처럼 더럽고 썩어있는 것들에 숨겨진 '즐거움'이 될 수 있다. 부패하고 죽어가는 그리하여 결코 우리가 단 한 번도 보려 하지 않았던 것들 속에서 말이다.[6] 따라서 "지하에 갇힌 부인" 혹은 "어둠 속에서 뭘 그리면 자기가 없었다는 것"을 알게 된 여자의 존재란 어둠의 형상이자 몬스터의 또 다른 육체인 것이 아닐까. '자신을 지운다는 것'이자 "전신全身이라는 영혼의 비계를 얻기 위"함이며 그리하여 몸 자체의 밀도를 얻기 위함인 것. "입에 고인 침을 받들어 쓴다"는 것은 이 검고도 어두운 부패를 통과하며 '시적인

6) 프리드리히 니체, 『인간적인 너무나 인간적인』, 한기찬 옮김, 청하, 1988, 332면. 니체는 이 기괴함과 결함, 비정상적인 것들의 의미에 대해서 다음과 같이 말한다. "무엇으로 이상理想을 보는가. —유능한 사람은 자신의 역량에 도취하여 그것의 바깥을 자유로이 내다보지 못한다. 만일 그가 그 이외에는 불완전한 부분을 갖고 있지 않은 경우, 그는 바로 그 미덕으로 해서 어떠한 정신적·윤리적 자유를 얻지 못할 것이다. 우리의 결함이 바로 우리가 이상을 바라볼 수 있는 눈인 것이다."라고 말이다.

것'을 탄생시키려는 시인의 고투와 노력을 지칭한다고 해야 한다.

하여 "이것이 거짓일지라도 저 신기루를 내가 믿지 않는다면 / 그 어디에 지옥이 있을 것이라 믿을 것인가?"라는 전언은 지극히 강렬하다. '거짓'과 '신기루'로 불리우는 더러운 방식을 '믿는다는 것'만이 괴물의 노래가 존재할 '지옥'의 미로를 현전시키에. 그 말을 듣는다는 것은 귀신鬼神의 숲 안에 함몰되어 버리는 이른바 '믿음'의 영역에서 가능해지기 때문에. 사람들이 구더기처럼 들끓는 세계. 그 세계 속에서 시인의 믿음을 현전시키는 유일한 방법은 귀신이라 칭해질 '심령'의 세계에 '홀리는' 것이다. 즉 "긴긴 독서獨棲"란 일견 지식의 습득(독서讀書)이기도 하지만 동시에 홀로[獨]서 있음[棲]을 단련하는 행위로 요약될 따름이다.

그 행위의 목적은 오직 '존엄한 죽음'의 형태를 맞이하는 '청각 뒤의 외침'이자 "악기와 귀를 모두 깨 버리고"라고 말할 단호함과 높이를 갖추기 위함일 터. 그의 언어가 보여주는 귀신[聻]의 조용하고 즐거운 미쳐감이란 기실 '목신적'인 것이자 저 어둠의 근본적인 정체를 향해 나아가고 있음을 명확하게 제시하고 있지 않은가. 그렇다. 괴물의 육체가 지닌 어둠을 퍼트리는 자. 알아들을 수 있는 소리를 깨트려버린 목신의 노래를 부르며 현전할 수 없는 현전의 비의적인 탑을 쌓는 괴물/디오니소스가 바로 『암흑향暗黑響』의 진정한 주인이다.

### 3) 배음背音의 음악들, 귀축鬼畜의 성聖스러움

일견 난해해 보이며 복잡한 언어적 운동을 지속하고 있는 그의 시는 오직 단 하나의 '시적인 것'—그의 표현을 빌려본다면 이는 성聖스러움이라 칭할 수 있다—을 향해 있는 중심을 놓아본 적이 없다. 단언하자면 그의 시는 내적으로 몹시 일관되어 있다. 다만 그 중심에서 들려오는 노래는 부서지고 파편화된 언어들 이면에 깔려 있는 배음의 소리들처럼 울려 퍼지고 있을 뿐. 조연호의 시를 이해한다는 것은 언어 이면에 놓인 그 배음의 음악들을 통해 어둠의 고향에 이르는 길을 찾는 것과 같다. 거기에서 들려오는 귀신과 괴물들의 형상들을 깊숙이 살펴보면서 말이다.

시를 논함에 있어서 그 성취의 높낮이를 따지는 것은 별다른 의미가 없겠지만 특히나 조연호에게 이는 큰 의미를 갖지 못한다. 그는 항상 그리고 예전부터 형이상학적이며 구체적인 높이로부터 언어를 출발시켜왔다. 중요한 핵심은 그의 언어들이 지닌 섬세함과 날카로움의 강도일 뿐. 바로 그 섬세함의 최대치와 강렬함이 바로 시인의 바벨탑이 구축해 가는 영역이 된다. 이런 까닭에 "서서히 낡아가는 것은 자신의 비행이 아니라 허공일 뿐이며/ 인간의 생각 위를 잘못 내려앉아 부서지는 다리가 철학의 일부일 뿐이라고 착각"(「시」)하는 것들은 그의 섬세함과 거리가 멀다. "거세된 소녀의 꿈은 강복降福하다고 말할수록 부랑하게 후퇴하는 숲"처럼 강렬한 부정의 완강함을 지니며 그렇기에 "절임을 씹는 그 밤은 따뜻"하다는 것을 거절하는 "지혜의 도구가 된 몽둥이"(「무영등 아래」)를 든 존재가 바로 그이기에.

스스로를 "빌어먹을 거"(「벽한僻寒을 지나 택방澤邦에 들며」)라 칭하며 "평등의 악취를 가장 투명한 티끌에 비춰"볼 수 있는 '검정색 풍등'(「풍등처럼 날다」)처럼 절대적 높이를 지닌 탑에서 세계를 내려다보는 자. 그러한 니체적인 괴물의 눈높이가 그의 미로이자 육체인 언어를 구성한다. 단 그것은 "옥외 변소는 '정충에 찔린 자의 고독을 안다'"(「귀축鬼畜의 말」)는 것처럼 우울과 고통이 축적된 내면을 지닌 채로서.

> 바다를 일으켜 세워 조금씩 꾸짖어 가며
> 다시 귀를 판다
> 머리 없이 일주일을 살 수 있는 곤충과 함께
> 여기 오랫동안 자신만을 위해 목을 못 가눈 광명을 해온 사람이 있다
>
> 그러나 황혼은 두발에 묻은 오줌이 행복하고
>
> 산곡인은 속애俗愛 비옵는 자가
> 문턱이 할 수 있는 한 움큼의 발에 지나지 않는다고 표현해 왔다
> 거기 멀리서 나무 덩이로 쳐 죽이던 소리가 들려온다
> 밤 전체와 인성을 나눈 짐승의 모든 시도가
> 형제 살해라는 태고의 시가
>
> —「산곡인山谷人의 기름 부음」, 부분

따라서 오해하지 말아야 할 지점은 주로 '산'의 형상을 통해 나타나는 그의 높이가 자신만의 세계를 단순히 말하며 홀로 주장하려는 것이 아니라는 점에 있다. 그의 고독이란 "매춘한 어버이 대신 자식이 매독으로 죽는 백치의 풍토/기風土記"(「트로이인의 석양」)의 기록일 뿐이다. 삶이란 죄의 형태를 대속한 백치의 기록. 저주받은 성자로서 사람들에게 들리지 않는 바람과 흙의 쓸쓸한 행로를 노래하는 것. 그 고통과 슬픔을 말하기 위해서 조연호는 기독과 예수의 이름을 호명한다. 기름부음을 받은 이는 이른바 '그리스도'를 이르는 말일 터. 말하자면 세계의 구원을 위해 자신의 목숨마저 바칠 수 있고 바쳐야만 하는 숙명을 가진 괴물이란 '산山'의 '골짜기[谷]'의 깊은 그늘 속에서 어둠의 세례를 받은 자인 셈이다.

"산곡인은 문 뒤편이 벼랑을 겪는다고 표현해 왔"던 것처럼. 그러니까 비루한 "인간을 눌러 짠 감람유로 개의 저녁을 머물게 할 수 없"는 것처럼. 혹은 "살아있는 게 살아가게 한다"는 것처럼. 그리하여 "아무도 누군가가 되지 않는 이 모서리"처럼 세계는 무의미하다. 그렇다면 이 무의미한 세계를 거절하는 짐승들(개)이자 "머리 없이 일주일을 살 수 있는 곤충"이며 "자신만을 위해 목을 못 가눈 광명을 해온 사람"이란 저 저주받은 성자의 다양한 변신술적 형상들이 아닐까. '마냥 행복한 두발에 오줌을 묻힌 황혼'같은 삶의 일반적 가치를 버려버린 괴물이자 '백치'인 자. 자기 자신만을 제외한 채 모든 인간들을 위한 대속과 광명을 행해야 하는 자란 기름부음을 받은 저주받은 성자의 모습을 지니고 있다. 이를 이해했을 때 비로소 "산곡인은 속애俗愛 비옵는 자"로 칭해질 수 있게 되는 셈이다.

세속적인 것들의 절정이라 할 만한 '속애'를 비(옵)웃으며 일반적 사랑의 교환적 가치와는 다른, 불가능하고도 순수한 사랑을 간절하게 비(옵)는 자. 이 산곡인의 본질적 태도란 삶을 어둠을 물들이면서 모순적인 구원을 행함에 있다. 그 사랑에 도달하기 위해 괴물은 온갖 죽음과 시체와 부패를 통해 생의 근본적 무의미성을 '죽여버려야' 한다. 즉 '기름부음을 받은 산곡인'이 듣고 있는 "나무덩이(몽둥이: 인용자 주)로 쳐 죽이는 소리"이자 세계의 밤 속에서 인간됨의 여러 비루함을 나눠버리게 될 '짐승의 모든 시도'란 결국 어떤 구원에 이르는 행로를 지칭한다 할 것이다. 이를 위해 존재하며 나의 형제인 모든 인간을 살해하는 것. 그 살해가 이루어지는 밤. 이것이 "태고의 시"에서 울려 퍼지는 역설적 노래의 근원적 정체가 된다.

스스로를 곰팡이와 병균으로 호명—"나는 인간의 화관이 아니다, 나는 장티푸스다"—하며 "세상의 모든 부르주아를 초대"해서 "이 싸움을 정신의 유일한 건강으로 만들며 / 증폭기가 되"는 "모두의 정원을 범하는 어루러기(피부병: 인용자 주)"가 되기. 그리하여 "배를 차이고 비명 지르는 돼지의 우울"을 경멸하는 괴물이자 성자에게 "밤"과 "죽은 자의 배설"(「나는 장티푸스다」)을 섬긴다는 것은 그의 오롯한 존재적 가치와 관련된 행위로 이해될 필요가 있다.[7] 죽음과 어둠의 바벨탑을 쌓아간다는 행위 그 자체로서. "우리의 두려움에 노동이 없기 때문"에 '부끄러워 고개 숙인 사탄의 석상처럼 울고 있는 자'(「변종견은 미풍에 실려오고」)의 눈물이란 결국 저주받은 성자의 진실한 마음의 형상이지 않을까. 그가 지닌 어둠과 부패와 죽음의 이면에는 성聖스러움에 도달하기 위한 행위. 말하자면 바벨탑의 언어를 세계에 송신하며 인간의 구원이란 불가능한 꿈의 노래가 존재하고 있을 따름이다.

그렇기에 저주받은 성자가 기거하는 어두운 '밤의 세계'에는 "글자는 묵등墨等의 시詩다 / 그 뜻에 따라 정전停電이"(「적寂」) 있다. 검은 흔적[墨等]의 글자 안에 숨겨진 번개의 머무름[停電]. 이것이 니체적 인간인 조연호에게 시적인 것이라 칭해질 유일한 것이 될 수 있다. 가장 지극한 죽음과 어둠의 이면 속에서 귀신과 괴물이자 귀축鬼畜과 디오니소스의 성스러운 음악을 감추고 있는 저주받은 성자의 사랑. 어리석기만 한 우리 "모두의 눈을 찍어주려는" 카프카의 '도끼'처럼. 그리고 "초록인 전염병"이자 "사물을 필요로 하는" 비루함을 넘어서 "사물이 (진정으로 우리를—인용자 주) 필요로" 하는 것을 이르는 소리로 들려오는 것처럼.

---

7) 이에 대한 논의는 프리드리히 니체, 『즐거운 지식』, 권영숙 옮김, 청하, 1993, 83면 참조. 니체는 '악惡'의 문제를 가장 생산적인 것이라 칭하면서 다음과 같이 지적한다. "하늘 높이 자라려는 나무들이 과연 비바람이나 눈보라를 겪지 않고 제대로 그렇게 될 수 있을 것인가. 외부로부터 가해지는 불이익과 반대, 증오, 질투, 의심, 냉혹, 탐욕, 횡포 등등. 이러한 것들이 없으면 덕의 위대한 성장은 불가능하리라는 것, 그것들이 없으면 오히려 덕을 위해서는 불리한 환경이라는 것을—약한 천성을 쓰러뜨리려 하는 독毒은 강자에게는 강장제이며, 강자는 또한 그것을 독이라 부르지 않는다."

내가 이와 같이 화분과 기분을 맞추고 어느덧 초록인 전염병인 것처럼
내게 필요한 것은 진리를 나누어 놓을 도끼 한 자루뿐
첫날, 혹은 아침으로 꼬챙이 한 짝을 만들고 너는
만든 것이 나뉘지 않도록 모두의 눈을 찍어주려는 것이다

사물을 필요로 하는 것과 마찬가지로 사물이 필요로 한다
—「사물이 필요로 한다」 중에서

#### 4) 엄격한 악신惡神의 난만한 성문成文, 신비神秘한 고대시편古代詩篇

말하자면 조연호에게 '시적인 것'이란 파편화된 언어의 배음 속에 성자의 메시지를 깔아두는 것이자 동시에 송신되기를 꿈꾸는 탑을 쌓아가는 것이기도 하다. 그리고 이는 일반적 '선善'의 지평을 넘어서 있다. '악惡'을 통해 '성聖'과 '신神'에 이르는 행로이자 그 탑의 꼭대기에서 연주되는 음악인 것. "신악神樂을 연주하는 악기답게/ 낮에 출현하는 자에겐 밤이 기거한 집이 담겨 있"(「세 가지 말」)는 것처럼 말이다. 우리의 삶인 낮의 세계 속에 '밤이 기거한 집'을 담아둔 신의 음악은 괴물이며 저주받은 성자이며 '목신'이 부르는 악惡의 비가悲歌로 칭해질 수 있다. 이는 일반적인 이해 범주로서의 "선과 악의 편견"[8]을 극단적으로 넘어선 혹은 우리에게 유일한

8) 위의 책, 224면. "낙원으로부터—〈선악은 신의 편견이다.〉—뱀은 말했다." 이른바 '신은 죽었다'는 니체의 전언은 이러한 차원으로 독해되어야 함은 당연하다. 즉 선과 악을 규정하는 일반적인 모든 것(신)들은 이미 '존재하지 않는다.'(죽었다) 그 이후에 도래할 것, 니체는 이를 다음과 같이 말한다. "우리 철학자들이 그리고 〈자유로운 정신〉인 우리는 〈낡은 신은 죽었다〉는 소식을 들었을 때 새로운 서광이 비춰지는 것처럼 느낀다. (…) 기다리고 기다린 끝에 우리의 배는 다시 모험을 떠날 것이며 위험을 무릅쓸 것이다. 인식을 사랑하는 자의 모든 무모성(모험)이 다시 허용되어진다. 바다, 우리의 바다가 다시 열리고 있다. 아마도 이와 같은 〈자유의 바다〉는 아직까지 없었으리라."(위의 책, 289-290면) 이러한 무모한 모험에 의해 도달할 바다의 존재, 그것이 바로 '낙원'이자 그 낙원의 주인인 뱀(조연호의 개념으로서는 악신惡神)의 영역이다. 따라서 니체의 '낙원(바다)' 개념은 조연호에게는 "취산화서聚散花序의 성문成文"적 세계가 지닌 성聖스러움의 이미지와 깊은 연관관계를 지닌다. 이 글에서 자세히 다루지는 않겠지만, 조연호의 텍스트에

'진정한 것'을 가져다 줄 '악인의 기괴함이 쌓여있는 모래의 방패'(「창녀들의 검진」)같은 '엄격함'을 통해서 가능해진다. 그 음악의 메시지는 "여름 저편 손도끼를 들고 / 인간을 신성한 굵기로 만드는 저녁"(「잡종지에서」)이 도래할 때까지 그저 들려올 뿐이다.

> 거짓엔 진실을 비추기 위한 인색함이 있다는 생각과
> 목이 없는 몸이 아름다운 신화 속에서 살고 있다는 생각 사이에는
> 기나긴 용기가 있다, 그 머리가 몸을 찾으러 다니다 결국 음악이 된다는 생각 사이에는
> 혼인색婚姻色으로 빛나는 분비물이 있다
>
> —「적흙」, 부분

"거짓엔 진실을 비추기 위한 인색함"(그의 냉정한 태도란 이로부터 기원한다.)과 (불가능함으로만 가능한) '목이 없는 몸의 아름다운 신화' 사이에는 '머리가 몸을 찾으러 다니다 음악이 된' "기나긴 용기"가 있다. 이 용기를 갖춘 목신의 노래야말로 "혼인색婚姻色으로 빛나는 분비물"을 분비할 수 있기에. 이것이 악적惡的 분비물의 추함 이면에 깔려 있는 아름다운 디오니스스소스의 육체다. 그렇다면 우리는 그의 시의 비가독성非可讀性을 넘어 저 희미하고 아름다운 '혼인색'의 근본적 정체가 무엇인지를 물어야 하지 않을까. 거기에는 니체적 뱀인 "하늘의 뱀"의 형상. 즉 "분홍 배내옷을 입고 묵묵히 나의 조국,/ 잡종국가를 생각했다 이때 천둥이 일어나/ '성병聖餠은 사실이 없는 빵'이라고 말하고/ 하늘의 뱀을 일으켜 세"(「택방澤邦을 지나 벽한僻寒에 들어」)우는 추하고 기묘하며 또한 성스러울 아름다움이 존재한다. 마치 "양 떼 사이로 양 아닌 것처럼 온 자들의 음역音域"(「다섯 경更」)처럼 들려오는 파편화된 배음의 음악처럼.

그러나 "사실이 없는 빵"처럼 앞서 선행되어야 하는 것은 모든 존재의 그리고 우리 자신의 실질적 '죽음'이다. 그가 들려주는 난해하지만 명료한

---

서 등장하는 '뱀'이 니체적 뱀 이미지와 밀접한 친연성을 가진다는 점 역시 주목되어야 할 것이다.

'죽음'과 악惡의 신악神樂이란 일반적 생각처럼 삶과 분리되어 있는 것으로 파악되기는 어렵다. 이는 바타이유의 언급처럼 "신적 삶은 그것을 추구하는 사람의 죽음을 요구"하는 행위에 가깝기 때문이다. 요컨대 죽음을 통해서만이 절대적 높이에 이르게 될 순교자의 형상인 것. "죽음에의 욕망인 동시에 가능성과 불가능성의 양 극단을 거머쥐려는 훨씬 더 강한 삶에의 욕구"를 구현하려는 엄격한 언어적이자 정신적 운동의 문제가 조연호가 지닌 비의秘儀적 핵심에 놓여 있다.[9] 따라서 죽음과 죽음 이후의 영역이자 말하자면 "필요할 경우 죽은 자"가 되어버릴 순교자의 "사랑"(「사육사의 완椀」)은 "죄수"로 호명된 '병리적인 아이들'(「창녀들의 검진」)의 목소리가 지닌 '힘'을 통해 구현된다 말해야 한다. 이 모순적 목소리를 '듣게' 될 때에 비로소 괴물/디오니소스가 건축해 온 바벨탑은 온전히 제 모습을 드러내게 될 것이다.

> 너희 정상물은 이 변신물 위로 걸어오라, 불뢰자不牢者여
> 악신일惡神日에, 사람의 풍식風蝕이 식기를 기다린다
> 몸에서 나온 변물變物을 끼얹은 곳에
> 아욱이 자라고 있었다
>
> —「귀종불역방鬼腫不易方」, 부분

"불뢰不牢"이자 감옥이 아닌 자란 누구인가. "걸어오라"라는 엄격한 말의 내재된 힘. 감옥에 갇힌 '정상물'이 감옥이 아닌(불뢰不牢) '변신물'로 변화해 가는 과정이 이와 같다. 정상인 자들에서 변신하려는 자를 욕망하기. 선신이 아닌 악신으로 화하는 어떤 변이이자 "아욱"이 가리키는 것. 선한 평범함이 아닌 악함의 극단과 극한 속이자 "악신惡神"의 축일 속에서 자신

9) 조르주 바타이유, 『에로티즘』, 조한경 옮김, 민음사, 1997, 262면, 268-300면. 바타이유는 에로티즘에 있어서의 죽음과 초월의 문제에 대해 "죽음 못지않게 견디기 어려운 초월의 순간에 우리는 비로소 존재하기에 이르는 것"이라 지적하면서 다음과 같이 말한다. "어떤 영역에서의 죽음은 단순한 죽음이 아니라, 견딜 수 없는 충동일 수도 있다. (…) 우리의 몸부림, 우리의 의지와는 상관없는, 우리를 초월하는 어떤 것이 없다면, 우리는 힘을 다해서 거부하는 동시에 잡으려고 애타는 순간에 결코 이를 수 없을 것이다. (…) 죽음의 순간에, 즉 존재가 우리를 빠져 달아나는 순간에 비로소 존재를 느끼기 때문에 우리는 죽어간다고 생각되는 견딜 수 없는 순간에, 죽음의 느낌 속에서 초월을 찾는다. 오직 넘침만이 존재를 거기에 있게 한다."

의 육체를 바람[風]에게 좀먹도록[蝕] 던져버린 자. 똥[便]의 악취인 "변물變物" 위를 걸으며 변신하기를 요구하는 자. 그렇기에 이 "악신惡神"적 형상이 저 기름부음을 받은 '산곡인'의 다른 이면이라 해도 과언은 아니다. 이 저주받은 성자의 변신이 도달한 언어적 경지는 결국 "악신惡神"적 세계의 신비적이고 정신적인 힘에 가까운 것이기에.[10] 그러니 이를 단순한 선악의 대립으로 이해할 수 없음은 당연하다. 그것은 세계의 무의미성에 맞서는 '악'이자 자신을 "파우스트"(「시향기試香記」)로 호명하는 몬스터의 기이한 변신술일 뿐이므로.

> 그가 성모에게서 집짐승의 귀를 지운 자라면
> 돼지 모신母神의 발굽에 사과가 깔려 죽게 할 텐데.
> 달력이 끝난 해에, 멀리 굴러 떨어지는 자를 묵수墨守한다.
> 취산화서聚散花序 그늘 아래
> 콧구멍을 만져주마, 사랑하는 사람이여.
>
> —「뼛속」, 부분

"'네가 옳을 경우에만 대답은 고통을 갖고 있다'는 자정"처럼 "자유에 미쳐가는 여행"(「행려시」)자란 "어제의 크기만큼 사는 사람들에게 (…) 세 가지 수수께끼를 내고 스스로도 풀지 못해 절명"(「벽한僻寒을 지나 택방澤邦에 들며」)을 스스로 행하는 자이다. 변주된 스핑크스의 죽음과도 같이 자신의 목숨을 끊어버리는 기괴한 '악'의 이름을 가진 자만이 볼 수 있는 영역.

10) 예컨대 바타이유가 언급했던 싸드의 고독과 절대인간의 문제를 상기해 보자. "(싸드)는 말하면서도, 침묵과 고독의 이름으로 말하기 때문이다. 고독한 사람들의 대변자라고 할 수 있는 (싸드)는 결코 타인을 고려하지 않는다. (그)는 고독한 존재이면서도, 결코 변명이나 설명이 필요 없는 절대존재이다. (…) (그)는 결코 자신의 태도를 포기하지 않는다. (그)는 혼자이다. (그)는 서로 의지하려고 관계를 맺는 허약한 존재가 결코 아니다. (그)의 태도는 극도의 힘을 요구하는 태도이다. 문제는 힘이다. (…) (그)는 우선 모든 타인을 부정한다. 그러다가 어떤 무서운 논리에 의해 (그)는 마침내 자아마저 부정하기에 이른다. 최종적으로 자아마저 부정한 (그)는 이제 자신마저도 희생시키기에 이르는데, (그)는 어떤 의미에서 신성의 의미를 획득한 범죄를 자신에게 저지르면서 승리의 탄성을 지르게 된다. (…) (싸드)는 인류의 한복판에서 비인간적인 고독을 성취할 수 있는 소수를 상대한다."(위의 책, 213면) 위 글에서 (그), (싸드)의 부분에 조연호의 이름을 집어넣고 읽더라도 별다른 무리는 없을 것이다. 이 절대인간의 정신성이란 개념은 선善의 지평을 넘어선 것이자 '악惡'을 통해 '성聖'에 이르려는 그의 근본적인 문제의식과 상통하기 때문이다.

즉 "악마적인 것은 목가적인 것 어디선가 시작"될 "산 것을 믿지 않는 기계"(「성가퀴 너머」)가 된다는 행위. 또는 "사물의 정직성이 미로를 강조하는 일에서 몰두될 수 있다는 것을 의심치 않"(「침조沈槽」)는 광신적 태도란 이 악마적 성자의 신비주의적 본질을 가리키고 있지 않는가. 진정한 존재로 향하는 악의 성스러운 길을 말이다.

말하자면 "나는 인간에게로 가는 푯말이다. 이 죽음이 씨로 쓸 수 있을 정도를 바(「시향기試香記」)"라게 될 것이란 결국 진정한 인간됨을 위해 스스로를 불태운 죽음을 행하는 순교자이자 악신惡神의 형상을 드러낸다. 궁극을 향하는 저주받은 순교자이자 악마적 성자는 평범한 인간됨을 버리고 ("집짐승의 귀를 지운 자") 자신이 머물 집을 버리며 ('사과를 깔아뭉개버린 돼지 모신母神의 발굽') 생의 시간조차 지워버린 ("달력이 끝난 해") 악신화惡神化를 행할 따름이다. 이토록 '넘쳐나는' (바타이유적) 언어의 신비적 변신술을 행하는 자. 존재의 진면목을 알지 못하는 어리석은 세계의 모든 죄를 대속하는 순교자의 본래적 형상이란 더더욱 "멀리 굴러 떨어지는 자"이며 천형처럼 "묵수墨守"를 끊임없이 수행하는 자가 될 수밖에 없지 않은가.

"묵수墨守"—묵자가 적의 아홉 번에 걸친 침입에도 성을 굳건히 지켰다는 고사—라는 말이 자신의 존재의의를 굳건하게 지킨다는 뜻을 지닌 것과 마찬가지로 이 악신적 신비주의자는 (불)가능한 언어를 통해 자신의 '근원'으로 통할 힘을 구축해 내려 한다. 이것이 그가 지닌 정신적 엄격함의 요체이다. 따라서 당연하게도 우리는 그의 엄격함이 도달하고자 하는 정점의 영역을 물어야 한다. 괴물이자 디오니소스의 언어가 쌓아 올린 바벨탑의 꼭대기에 피어있을 "취산화서聚散花序"의 문장을. 꽃들의 난만하며 아름다운 성문成文의 세계를.

> 성문成文 선지자가 이르길 자신子神은 부신父神을 잃은 지상의 마지막 조각이라 하였다
> 병난 가축을 돌보는 그 일이 권근倦勤하여 기르던 사람을 죽여 고기를 넣고 국을 끓인다 하였다.
> 그 축제를 위해 사람을 안에서 밖으로 뒤집어 붉은 저녁을 만든다 하였다.

네게서 종묘種苗를 얻어 와 밤과 낮 빛깔의 두 송이를 얻었다.
고대시집古代詩集을 읽자 모두가 발밑 없는 나라에 와 있었다.
죽어 또 귀신이 된 너와 만나 즐거웠다, 나는 그런 동물에게서만 오직 구했다,
그 나라의 성스러움이 어디 있는가를
있는가를

—「적齷」, 부분

그의 말을 빌자면 '취한 신처럼 항진할 번개'(「오훼烏喙」)의 형상이 이와 같다. 성자이자 악신이며 또한 괴물이자 디오니소스의 이름을 지닌 자는 삶과 생의 "젖과 꿀이 광범한 이름 대신 냄비에 가득 찬 육수와 익은 고기"(「파백조破白調」)를 우리에게 던져줄 것이다. 그 행위는 세계의 모든 절망을 있는 그대로 보며 이를 구원해야만 하는 괴물의 본래적 이름이 '인간'이자 '초인'(위버멘시)이라는 진실을 향해 있다. 따라서 몬스터가 건축해나가는 바벨탑의 꼭대기. "지상의 마지막 조각"인 "성문成文 선지자"가 펼쳐둔 "자신(子神: 그리스도이자 산곡인: 인용자 주)"들이 벌이는 "붉은 저녁"의 축제란, 이 '인간적인 동물'만이 유일하게 근원적인 성聖스러움을 획득할 수 있다는 것을 노래하는 고대적 향연이 아닐까. 그 향연에서 울려 퍼지는 악신惡神의 음악. 이것이 바로 "발밑 없는 나라"에서 울려 퍼질 디오니소스의 '고대시편'이 지닌 성스러운 언어이자 '신악보神樂譜'의 성좌(Konstellation)적 음율이다.

요컨대 "주멸誅滅의 높은 의미"를 알기 위해 "무릎을 꿇고 구사일생으로 먼저 죽은 자가"(「산뢰기山籟記」) 된다는 것. 그 바벨탑의 높은 정점으로부터 울려올 향연이자 그 난만한 '화문花文'의 향기가 된다는 것. 그것은 세계의 모든 죽음과 죄를 대속하는 괴물이자 궁극적 밤의 아름다움을 꿈꾸는 잡종성자의 "꿇어 엎드린" 육체의 형상과 불타오르는 "슬기로운 병"을 통해 구축되어간다 이를 수 있겠다. 이는 '절명絶命의 열매를 쪼아 먹는 불사조'(「명절의 소원」)의 '언어'로 이루어진 심원한 '신의 음악'적 아우라와 신비함을 지닌다. 그 진정한 아름다움에 이르는 구도자의 길. 오직 선善을 넘

어선 악惡을 통해 성聖스러움에 도달할 그의 (불)가능한 '인간적' 행로를 따라서 말이다.

> 죽음은 침묵의 타악에서 시작된 목관과 금관의 소리가 다시 침묵의 타악으로 끝나는 긴 전주곡에 불과할 뿐
> 객客이 오지 않을수록 밤은 더 고대한다
> 꿇어 엎드리는 자가 이러한 시로 닥쳐오며
> 인종人種에 잡병雜病으로 돌진했던 이들 휘도는 바람으로 시는 닥쳐오며
> 고기로 고기를 덧댄, 아마 나는 그런 슬기로운 병에 걸린 것이다
> —「꿇어 엎드리는 자」 중에서

5) 인간적인 너무나 인간적인

필연적으로 그에게 되돌려져야 할 말처럼 "그가 신인 이유는 언제나 자신에게 화가 나 있기 때문"(「사물이 필요로 한다」)일 것이다. 이토록 처절한 엄격함이란 불가능한 완성을 추구하는 괴물의 필사적 몸부림과 울음으로부터 나오는 것이기에. 따라서 그가 구축해 가는 바벨탑의 언어가 지니는 형이상학적 정점이자 그 절대적인 높이란 자신의 노래가 우리에게 그리고 동시에 근본적인 영혼에 도달하기만을 엄격히 바라는 신비적인 '의지'로부터 오고 있다고 할 수 있다. "우리 둘은 싸우는 게 아니에요, 신성을 즐길 뿐입니다/ (…) / 있고자 한 바대로의 형상"(「속애俗愛 비옵는 자를」)을 구하는 존재. 단지 그것일 뿐이다.

그렇기에 그에게 이름을 물으며 선인가 악인가를 질문하며 그의 지식들이 어디로부터 왔던 것인지를 따져보는 일은 큰 의미를 갖기 어렵다. 즉 이 불가해한 난해함의 효용성이 도대체 무엇인지를 묻는 것은 별 의미가 없다. 어차피 그러한 명명들이란 언어에 취한 디오니소스의 이름으로 불릴 수는 없을 테니까. 그 진명眞名을 알아듣지 못한 우리들에게 신비한 노래를 들려주는 '귀신이 죽어 또 귀신이 된 자'. 그의 말처럼 "쓰지 못하는 사람에게 연필을 팔고 있었다/ 희고 맑은 이질痢疾에 감긴/ 물밑의 연鳶은

아름다웠"(「잡종지에서」)음을 배음처럼 그저 중얼거리는 괴물이자 성자이며 악마이자 신인 자. 잡종이자 혼종된 디오니소스적 '신인神人'이자 "나는 신의 경건만큼이나 입으로 범사를 흘러넘치게 할 거대한 지옥이어야 한다"(「귀축鬼畜의 말」)는 혼돈의 이름. 이야말로 그가 바라는 '성스러운 인간'에 가장 가까운 형상이라 불러야 할 것이다.

이처럼 '희고 맑은 병'을 앓는 '거대한 지옥'같은 인간의 문장. (그렇기 때문에 그는 단아하고 정갈하며 또한 곧은 인물이지 않을까.) 세계의 어둠과 이면에서 건축되어진 것. 언어의 바벨탑으로부터 울려 퍼지는 기괴하고 성스러우며 아름다운 괴물/디오니소스의 신악神樂이란 다음과 같다. 그가 단 한 번도 버린 적이 없는 가장 깊은 절망과 어둠 속에서만 노래하는 행위 자체이자 저주받았기에 인간다우며 인간다울 인간의 형상. '내게로 오지 않으면 너희를 매운 겨자 줄기로 치리라'고 선언한 "성유물聖遺物에 교활히 앉아 하룻밤의 첫 부분을 사경寫經"(「적蠹」)하는 즐거운 '절대인간(위버멘시)'의 고독과 금욕주의. 이 '시적인 것'의 본래적 이름을 "좀 더 강하고 좀 더 사악하고 좀 더 심오하게 그리고 아름답게"할 "고귀한 영혼"[11]이라 부르지 않는다면 그에게 어울리는 다른 명명命名을 찾기는 불가능하다. 따라서 「산뢰기山籟記」의 저 구절은 니체의 다음의 언어로 번역될 것이다. 이 인간적인, 진정으로 인간적인 그에게 전해줄 다음의 전언처럼 말이다.

신에게 긍정을 요구하는 음악보다 악惡적으로
더 성숙한 것은 없다 ―금욕주의자 슐라피스
―「산뢰기山籟記」 중에서

그러나 누구도 알지 못할 것이다.

---

11) 프리드리히 니체, 「고귀함이란 무엇인가」, 『선악을 넘어서』, 앞의 책, 232면. "우리는 오늘날 예술가와 학자들 가운데서 자신의 작품을 통해 자신이 얼마나 고귀한 것에 대한 깊은 갈망에 얽매이고 있는가를 드러내 주는 사례를 얼마든지 볼 수 있다. 그러나 고귀한 것에 대한 이러한 욕구는 고귀한 영혼 그 자체와는 근본적으로 상이한 것이며 사실상 고귀함의 결여를 가장 확연하게 드러내 주는 위험스런 증표이다. 여기서 고귀한 인간임을 결정해 주고 등급을 결정해 주는 것은―또다시 케케묵은 종교 용어를 새롭고도 보다 깊은 의미로 사용한다면―저작이 아니라 믿음이다. 즉 고귀한 영혼이 스스로에 대해서 지니고 있는 근본적인 확신, 구할 수도 찾을 수도 없으며 어쩌면 상실될 수도 없는 어떤 것. / 고귀한 영혼은 자기 자신을 숭배한다."

그대들의 모습이 그들의 아침에는 어떠했는지를.
그대들, 나의 고독으로부터 나온 섬광이여 기적이여,
나의 오래고도 사랑스러운 사악한 사상이여!

— 프리드리히 니체, 『선악을 넘어서』 중에서

## 2-3. 단지 즐거운 고독일 뿐이라는 명제를

— 김언,『한 문장』, 안웅선,『탐험과 소년과 계절의 서』

### 1) 새로운 부흥인가 아니면 여전한 몰락일까

아마 '불꽃과도 같던' (이 말은 여러 가지 측면에서 중의적이다.) 80년대 이후로 이렇게 시가 사람들에게 다시금 주목받기 시작한 적이 있을까 싶다. 시쳇말로 요새 '시'가 대세인 듯하다. 멀리 가지 않아도 된다. 얼마 전 인터넷 시인이란 호칭으로 유명해진 하상욱의 글을 보자.

> 서로가
> 소홀했는데
>
> 덕분에
> 소식듣게 돼
>
> — 하상욱,「애니팡」, 전문

아마「애니팡」을 접했던 대부분의 사람들은 순간적으로 키득거렸을 것 같다. 누구나 공감할 만한 상황이니까. 이 글은 잊고 지내던 아니 잊고 싶었고 기억하고 싶지 않았던 전 애인이 (혹은 실패한 썸녀일 수도 있다.) 보낸 오래간만의 카톡을 본 반응을 유머러스하게 보여준다. 간만에 온 낯선 톡을 보며 문득 '혹시…' 라는 짧은 생각이 머리를 스쳐 갈 때. 그러나 거기에는 애니팡 게임의 추천 톡이 와있을 뿐이다. 하상욱 자신의 말처럼 이 '블랙코메디스러운' 짧은 문장에 대해 사람들은 기발하다고 말했다. 나 역시 그 지점에 동의한다. 재미있게 느껴졌으니까. 그러나 문제는 무엇일까. 이를 다음과 같이 질문해 볼 수 있겠다. 하상욱의 글은 시일까 혹은 아닐까.

애초에 위 글이 시인가를 물어보는 것은 대단히 권위적이고 폭력적일 수밖에 없으며 무의미하다. 그런 의미에서 하상욱의 글을 전통적 장르나 방식에서 시로 규정할 필요도 또한 없다. 기실 「애니팡」은 일종의 위트 있는 짧은 초단편 문장 혹은 꽁트에 가까우니까. (따라서 질문의 요지는 하상욱의 글을 이른바 제도적 위계로 줄 세우려는 것이 아니다.) 아마도 하상욱의 글이 시인가 아닌가에 대한 대답은 아마 두 가지가 가능할 것 같다.

우선 하상욱의 글을 시라고 해보자. 그러면 이게 어떻게 시인가라는 질문이 되돌아올 수 있겠다. 그렇다면 동시에 우리가 흔히 시라고 생각하는 것이 무엇인가라는 질문이 또한 가능해진다. 이 말은 다음을 의미한다. 행갈이가 되어 있는 짧은 단편적 문장을 곧 시라고 정의할 수 있는가. 그렇지는 않다. 수없이 많은 산문시들을 굳이 예로 들지 않더라도 말이다. 행갈이와 운율을 맞추는 장르적 규준이 곧 시는 아니다. 그것은 그저 일반적이며 장르적인 단순한 구분법일 뿐이다.

반대의 경우로 하상욱의 글이 시가 아니라고 해보자. 이에 대한 대답 역시 마찬가지이겠다. 그렇다면 무엇이 시인가. 그의 글에서는 우리가 시답다고 느끼는 부분들인 것. 요컨대 시라고 지칭되는 특별한 의미나 사유가 보이지는 않는다. 즉 「애니팡」이 재미난 블랙 코미디적 꽁트인 것은 분명하지만 그것만으로는 시가 될 수 없다는 대답이 가능해진다. 그렇다면 시란 보다 깊은 지성을 통해 성립된다고 또한 생각할 수 있을 것이다. 이 말은 시란 (얼마만큼의 깊이와 넓이인지는 각기 다르겠지만) 사유와 세계관을 담아내야 한다는 점을 상기시킨다.

요컨대 핵심은 시를 더 이상 전통적이고 장르적인 방식으로는 구분지을 수 없다는 점일 테다. 만약 장르적 문법으로 행갈이 된 짧은 문장을 시라고 한다면 요새 SNS 시인이라는 타이틀로 유행하는 글들 역시 시이다. 그러나 아쉽게도 SNS 시인이라 불리는 몇몇 작가들의 글 속에서 나는 그 어떤 사유나 깊이 혹은 철학이라고 할 만한 것을 찾기 어려웠다. 따라서 문제를 아주 원론적 측면에서 되짚어 볼 수밖에 없다. 시란 무엇인가. 아니 애초에 시라는 장르가 성립할 수 있게 되는 규준이 존재하는가. 행갈이가 되어 있고 짧은 단문의 형식을 취한다면 모두 시가 되는 것인가.

전술했다시피 이 규준을 통해서라면 우리가 시라고 읽어왔던 것들과 하상욱의 글을 구분할 수 없다. 그러나 형식적 요건인 등단 또는 문예지에서의 발표 과정을 거친다면 그것을 시라고 할 수 있는 것일까. 누구나 그렇겠지만 아무에게도 보여주지 않고 자신의 글창고 안에 꼭꼭 담아둔 습작들은 시가 아닌 것일까. 요컨대 시라고 공인된 제도의 바깥 혹은 그 정돈되지 않는 세계 속에 부유하는 텍스트들을 단지 없는 것에 불과하다고 하기는 어렵다.

그러니 우리에게 딱히 하상욱의 글을 시가 아니라고 할 권리는 없다. 반대로 그것을 시라고 말할 의무 또한 없다. 문제는 상황에 대한 분류가 아닌 그 자체를 이해하는 것이다. 소위 SNS 시인들의 책이 베스트셀러가 되고 교양지식 팟캐스트가 유행하는 요즈음. 더 이상 소위 진지하게 시를 읽는 태도란 그저 낡은 것처럼 보일 수 있다. (분명 오해의 소지가 있겠지만 '인문학적 교양'이라는 시대적 흐름은 어느 정도 필요한 것이라고 생각한다.) 실제로 최근에는 문예지 외에 시요일같은 앱을 이용하여 독자와 소통하는 방식이 유행한다. 어떤 방송사에서는 <시를 잊은 그대에게>라는 제목을 통해 드라마 속에서 시를 직접 읊어주기도 한다. 몇몇 드라마 속에서 연예인들이 시집을 읽으면 해당 시집은 순식간에 베스트셀러가 된다. (흥미롭게도 시요일을 핸드폰에 깔려고 보니 추천 문구에 이 앱을 유명 연예인인 강다니엘이 추천했다는 글들이 많이 달려 있었다.)

소위 인문학적 지식의 효용성이자 삶의 고단함에서 잊어버린 무언가를 일깨우기 위해서 시가 여기저기 호명된다. 그렇지 않아도 우리는 지하철역 스크린 도어에 새겨진 시들을 매일매일 접한다. 역설적이지만 시가 더욱 널리 소통되고 사람들이 더 많은 시들을 접할 수 있게 될수록 사실상 시란 무엇인가라는 질문이 필요하지 않게 된 상황이 되어 버렸다. 우연의 일치이겠지만 글을 쓰면서 보려고 핸드폰에 깔았던 시요일과 관련된 앱의 광고들은 〈힐링타임—짧고 좋은 글〉, 〈아침편지—좋은 글, 좋은 시 명언 모음〉, 〈좋은 명언—명언, 좋은 글, 감동, 사랑, 위로, 힐링〉 등등이었다. 이처럼 우리 주위의 수없이 많은 시들은 실질적으로 시가 여전히 몰락해 있다는 일종의 과잉적 표지에 불과할지도 모른다.

이렇게 물어보자. 점차적으로 사람들이 시를 읽지 않는다. 아니 읽지 않을 것이다. 생각해보면 더 이상 책을 읽지 않는다는 말은 이미 몇십 년 전부터 지속적으로 들려왔다. 그리고 딱히 시가 모든 이들에게 읽힐 필요도 없다. 그러나 장문보다는 단문이, 단문보다는 초단편 문장이, 사유와 세계관의 깊이보다는 가벼운 문장들이 넘쳐나는 이 시대에, 책 속에 기나긴 줄글보다 짧고 간편한 글로 고단한 하루를 위로하려는 안온하며 인간적인 욕망이 넘치는 지금에서, 시란 무엇이며 무엇이 되어야 하는가. 시인들이 보여주고 있는 최근의 시란 현재에 대한 시대적 무의식의 반영일 뿐인가 혹은 다른 무엇일 수 있는가.

만약 오늘날의 시가 SNS 등 소통매체의 변화와 관련해 점차 단형화된다고 말할 수 있다면 그 현상은 단지 시대적 환경과 그 변화로만 이야기되어서는 안 될 것이다. 손쉬운 판단을 내려 보자면 점차 '짧아지는' 문장들이 소통되는 시대적 무의식에 시인들이 반응하여 시가 점차 가벼워진다고 할 수도 있겠다. 그러나 근본적으로 이러한 현상은 언어에 대한 시인들의 자의식이란 문제와 분리 불가능한 것으로 검토되어야 할 성질의 것이다.

따라서 언어 자체에 대한 인식이자 우리가 시라고 무의식적으로 인준해왔던 '에피스테메'(미셸 푸코, 『말과 사물』)가 달라지는 지점을 살펴보려면 2000년대 후반 앙팡 테리블처럼 등장했던 미래파의 시대로 거슬러 올라가야 할 것 같다. 이 글에서는 언어의 실험이 집단적으로 등장했던 시대에 어느 정도 예외적 위치를 가졌던 김언(『한 문장』, 문학과지성사, 2018)과 미래파 이후 등장한 젊은 시인인 안웅선(『탐험과 소년과 계절의 서』, 민음사, 2017)의 시를 중심으로 살펴볼 것이다.[1] 이 두 시인이 보여주는 언어에 대한 자의식은 최근 시들이 보여주는 시의 양상을 드러낼 수 있는 표지이기도 하다. 그러니 여기에서 우리가 읽어야 하는 것은 단형화가 무엇인가 아닌 언어에 대한 감각과 그것을 통해 드러날 사유인 셈이다.

---

1) 이하 김언의 『한 문장』과 안웅선의 『탐험과 소년과 계절의 서』에서 인용하는 시들은 인용표기를 생략한다.

### 2) 언어에 대한 깊숙한 사유의 한 결과물로 — 김언의 경우

개인적 판단일 수 있지만 미래파의 등장은 의도하든 의도하지 않았든 언어 그 자체에 대한 고민으로부터 출발했다고 규정지을 수 있겠다. 언어 자체에 대한 고민이 밑바탕이 된 시인들은 식민지 시대의 이상이나 김기림 그리고 정지용 등의 시인들로부터 해방기와 50년대의 전봉건이나 고석규 혹은 60-70년대의 김춘수나 오규원 및 80년대의 이성복과 황지우 등등이 있었지만 언어 그 자체에 대한 고민이 소위 문단 전체적인 집단적 흐름이 된 것은 아마 미래파의 시기가 처음일 것이다. 즉 문학사적 평가는 논외로 치더라도 미래파의 등장은 우리를 '무언가 '다른 시'를 보고 있다는 사실에 직면'케 했다.[2]

그렇다면 시가 점차 단형화되는 현상이란 결과적으로 2000년대 이후부터 지금까지 쌓여왔던 언어에 대한 고민과 그 집약체라고 해야 하지 않을까. 더 정확히 말하자면 최근 시어를 둘러싼 현상들은 서정적인 것이자 흔히 시라고 이해해 왔던 스타일이 미래파 이후 분명히 무너져버렸다는 사실로부터 출발한 것이다. 요컨대 더 이상 예전과 같은 방식으로 시를 쓰는 것이 불가능해졌다는 사실에 직면한 시인들은 어떠한 언어를 향하고 있을까. 이는 다음의 질문으로 귀결된다. 우리가 아닌 그들에게 시란 무엇이어야 하는가.

결과적으로 보면 시어의 변화라는 오늘날 현상은 언어에 '의해서'가 아

---

2) 이 책의 프롤로그이자 황인찬론인 「너는 이제 '미지'의 즐거움일 것이다」에서 필자는 다음과 같이 썼다. "현재의 관점에서 판단해 본다면 황병승을 통해 촉발된 2000년대 미래파 논쟁이 남긴 유산이란 결과적으로 시의 '언어', 즉 무엇이 시일 수 있는가에 대한 질문이 가장 중심에 있었다는 사실은 부정하기 어려울 것 같다. 『여장남자 시코쿠』(랜덤하우스코리아, 2005)로부터 시작된 논의들은 시어, 무엇이 시가 될 수 있는가에 대한 근본적인 질문을 통과해야 했다. 파괴적이고 도발적인 언어를 무기로 삼았던 미래파와 전통적인 서정을 변형하려 했던 신서정의 영역까지 2000년대 중후반의 시단은 모두 이 물음에 답해야 했던 셈이다. 완결된 결론을 내리기는 쉽지 않지만 확실한 부분은 이 논쟁을 통해 언어에 대한 '인식'의 전환이 가능해졌다는 점일 것이다. 미래파 시인들에 대한 개별적 평가를 잠시 제쳐둔다면 우리는 분명 그 시점 이후부터 무언가 '다른 시'를 보고 있다는 사실에 '직면'했다."

닌 언어를 '통해서' 전달되어야 할 '무엇'(시적인 것)에 대한 고민으로부터 출발한 것이다. 이를 확인하기 위해서 우선 미래파와 동시기적이었지만 그들과는 조금 다른 방식으로 언어에 대해 사유했던 김언의 최근작을 살펴볼 필요가 있다.

> (…) 누군가는 한다. 일부라도 한다. 내 말의 일부이자 네 말의 일부이자 자기말의 일부로서 그가 존재한다. 마치 내가 존재하듯이. 그렇다면 내가 없다면 나의 일부는 어디로 가는가. 나의 일부는 어디에 남아서 누구의 생각을 지배하는가. 나는 이 말에 지배당하고 있다. 이 질문에 감당을 못하고 있다. 내가 없다면 누구라도 감당할 것 같은 이 말에 지배당하는 누가 다시 있겠는가. 누구라도 있다. 무엇이라도 있다면 그걸 붙잡고 늘어질 한 사람의 일부. 두 사람의 사이 세 사람의 반목과 오해와 믿음과 의심 사이에서 벌어지는 이 모든 나의 일부를 누가 이해하겠는가. 나는 못한다. 너도 못한다. 그 역시 포기하고 있다. 좌절하기 위해서 내가 있다. 실패하기 위해서라도 네가 있다. 그걸 확인하기 위해서라도 그가 있음을 증명하는 방식으로 내가 있다. 내 말이 있고 너의 말이 있고 그걸 받아서 써내려가는 누군가의 날랜 손놀림이 있다. 그 손과 함께 내 손이 있다면 일부라도 있다면 네 손 역시 독창성에서 한없이 자유로운 범사가 되리라. 범사의 일부를 이루는 고유한 익명이 되리라. 눈과 함께 내리는 눈의 일부를 받아 적는 여러 사람의 손이자 단 한 사람의 손놀림. 비와 함께 내리는 비의 전부를 받아쓸 수 없는 단 한 사람의 손이자 모든 사람의 기록으로 비가 온다. 눈이 내린다. 내가 없다. 그럼 누가 있겠는가.
>
> — 김언, 「내가 없다면」, 부분

김언이 꾸준히 지속해 왔던 언어적 실험에 대해 새삼스레 강조할 필요는 없겠지만 최근 발간된 『한 문장』의 「내가 없다면」이란 텍스트는 분명히 주목되는 부분이 있다. 일종의 사변적인 말하자면 흔히 시에서 기대하듯 묘사나 상징이 없으며 단편적인 문장들로 이루어져 있다는 점에서도. 그는 단지 묻는다. "내/가 없다. 그럼 누가 있겠는가."라고. 김언의 이 기묘하고도 낯선 언어를 우리는 어떻게 이해해 볼 수 있을까.

그의 말에 따른다면 시를 쓰는 주체인 '시인은 없다. 그럼 누가 있는가'. 우선 다음의 문제를 떠올릴 수 있겠다. 자본주의의 시대로부터 시작된 (보들레르가 시장을 경멸했던 것처럼) 작품에 서명하는 주체이자 작품의 소유권을 가진 '나'인 존재. 혹은 사람들이 생각하는 시의 주체인 '나'란 김언에 따르자면 존재하지 않는다. "내" 안에는 "너"도 있고, "그"도 있을 따름이다. 정신분석학적 교훈인 나는 나의 것이 아니며 사실 언어의 소유자는 내가 아닌 대타자(지젝의 지적처럼 언어는 우리를 공짜로 식민지화하고 우리는 그것을 단지 빌려올 뿐이다.)라는 점을 상기시켜 보자. 김언은 이를 이렇게 말한다. "나의 일부는 어디에 남아서 누구의 생각을 지배/하는가. 나는 이 말에 지배당하고 있다. 이 질문에 감당을/ 못하고 있다. 내가 없다면 누구라도 감당할 것 같은 이/ 말에 지배당하는 누가 다시 있겠는가. 누구라도 있다."

언어에 대한 민감한 자의식을 가진 김언의 이 언술은 언어의 소유자가 사실상 내가 아니며 굳이 나일 필요도 없다는 점을 가리킨다. 언어 자체에 대한 사유. 익명의 대타자의 시스템 속에서 우리는 '말'을 하지만 그것은 내가 "감당"할만한 것이 되지 못한다는 그 지점. 따라서 내가 없으면 또 다른 누군가로 대체될 뿐이라는 양상은 그가 집요하게 고찰하는 "말"과 언어의 본질적 특성 중 하나이다. "무/엇이라도 있다면 그걸 붙잡고 늘어질" "반목과 오해와 믿음과 의심 사이에 벌어지는 모든 것"에 대해. (기실 이것은 인간사의 거의 전부이기도 하다.) 즉 그가 언어에 대해 갖는 태도란 어떠한가. 요컨대 그는 "포기"한다. 아니 "못 한다."

김언의 이러한 언어에 대한 자의식을 단지 무기력한 것으로 이해할 필요는 없다. 오히려 그의 텍스트가 가진 핵심은 "포기"와 '못함'의 태도를 통해서만이 드러날 무엇이 존재한다는 점에 있다. 그렇기에 "독창성에서/ 한없이 자유로운 범사가 되리라. 범사의 일부를 이루는 고유한 익명이 되리라."라는 구절은 중요하다. 그의 말처럼 '독창성'은 (쉽게 말하면 '저작권'이자 고상하게 말하면 '개성'이라 할 무엇은) 더 이상 존재하지 않는다. 그 어떤 경우에서든 우리가 그럴 것이라고 생각하는 시란 결과적으로 그것이 존재한다고 가정된 한 존재하는 불안정한 (그러나 강력한) '대타자'의 소유물일 뿐인 셈이니까.

따라서 무엇이 남는가. 우리가 생각하지 않는 곳에 시가 있어야 한다면. 그곳에는 푸코의 표현(『말과 사물』)처럼 '유토피아'가 아닌 '헤테로토피아'가 있을 뿐이다. '우리의 서정과 우리의 말들을 말라버리게 하는' "독창성으로부터 한없이 자유로운 범사"이자 "고유한 익명"의 오롯함. 즉 언어로부터 독립할 수 없고 또한 모든 것을 감당할 수 없으며 김언의 사유처럼 "비와 함께 내리는 비의 전부를 받아 쓸 수 없는" 것이 언어라면, 궁극적으로 대타자의 소유물인 언어를 사용한다는 개념이 불가능해질 때 가능해질 무언가이자 언어를 '통해서' 겨우 흔적처럼 드러나는 것의 정체는 어떻게 사유해볼 수 있을까.

이는 아마 궁극적으로 침묵에 가까운 무엇이자 언어가 아닌 언어가 될 수밖에 없을 것이다. (한 음악가는 자신이 작곡한 최고의 곡으로 '침묵'을 든 바 있다.) 김언은 바로 이를 위해 언어들이 자신의 것이 아님을 말한다. 그 도저한 침묵이자 언어 바깥을 위한 언어를 위해 그는 단지 "내/가 없다. 그럼 누가 있겠는가."라고 말하는 것이다. 그러니 우리는 김언의 짧은 사변적인 문장들이 결코 단형화 그 자체의 문제가 아님을 이해할 필요가 있다. 말장난처럼 보이면서도 그렇지 않는 무엇을 목적으로 하고 있는 것. 말해지지 않음을 통한 말해짐을 말이다.

요컨대 김언이 추구하는 "고유한 익명"과 "범사의 일부"란 언어의 사용을 (아감벤 식으로) '정지'시켰을 때 비로소 드러나게 될 '무엇'인 셈이다. 그는 이를 정확하게 다음처럼 지적한다. 언어란 결국 "단 한 사람의 손이자 모든 사람의 기록"이라고. 또한 그것은 사실 '눈과 비'에 대해 '전부를 받아쓸 수 없는 무엇'이라고. 따라서 언어와 시를 그리고 문장의 의미가 전달될 수 있다는 사실 자체를 붕괴시키는 태도란 결과적으로 언어에 대한 근본적 불신이자 '전부를 받아 쓸 수 없다'는 사실을 철저하게 자각하는 사유로부터 출발했다고 이야기할 수 있을 것이다.

우리가 김언의 시를 이해할 수 있는 것은 우리가 언어에 대해 가졌던 신뢰들을 붕괴시키고 언어에 '의해서'가 아닌 언어를 '통해서'만 말해지며 전달될 '언어화되어 있지 않는 지점'을 읽어내야 한다는 것이다. 즉 "내가 없다. 그럼 누가 있겠는가."라는 질문은 우리가 되돌려 받아야 하는 어떤 태도이자 사유 그 자체가 된다. 김언은 이를 단지 말하지 않으면서 보여준다. 우리는 그가 절실하게 느끼고 있는 (그리고 우리에게 거의 인지되지 않았고 다가오지 않았던) 그 언어의 감옥을 통해서만이 어떤 자유이자 가능성을 혹은 더 나아가 도래해야 하는 알지 못했던 언어의 미래를 사유해 볼 수 있다는 것을. 그가 어떤 점에서는 강박적으로 언어 자체가 가진 소통불능성에 집요하게 매달리는 근본적 이유는 이러한 맥락에서 찾을 수 있을 것이다.

김언의『한 문장』이란 시집을 통해 보여주려는 바는 언어의 의미가 아닌 언어 그 자체의 문제적 지점일 것이다. 우리를 둘러싸고 있는 언어에 의한 것인 그 근원적 감옥 자체의 억압을 집요할 정도로 느끼면서도 또한 멈추지 않을 때. 그 어떤 말해지지 않는 잉여의 지점을 이해할 때 비로소 주어질 가능성을 말이다. 그가 자신의 언어를 극한적으로 압축하고 깎아 내며 언어의 의미를 부정하고 언어를 자신만의 방식으로 '사용'하려는 의지와 그 목적은 자명하다. 동시에「내가 없다면」은 '단형화'된 언어를 통한 지금 현재의 시에 대한 하나의 형상화라는 점 또한 명확할 것이다.

### 3) "내가 무슨 말을 하는지 당신은 이해할 수 있을까요?" ― 안웅선의 경우

그러니 이렇게 말해져야 한다. 지금 우리들이 보고 있는 시란 언어에 대한 고민과 사유로부터 출발했던 '미래파'의 시기로부터 축적된 결과물이자 반영인 셈이라고. 물론 최근의 시와 시인들이 더욱 난해하게 (혹은 단순하게) 변해간다는 비판이 있겠지만 중요한 것은 그것을 비난하거나 힐난하는데 있지 않다. 이미 한번 변해버린 언어의 지형도는 결코 다시 과거로 되돌아갈 수 없고 되돌아갈 필요도 없다. 지금의 시는 지금의 것일 뿐이니. 따라서 핵심은 우리에게 활짝 열려진 언어의 문을 통해 지금 현재적 양상의 본질을 어떻게 해석할 수 있는가를 질문하는 것에 있다.

이를 최근 첫 시집을 등재한 한 젊은 시인의 말을 빌려 물어보자. "간절함에 닿기 위해 어디로 가야 합니까/ 잠깐 동안 초점을 잃은, 눈동자만으로"(「바다와 사과」) 무엇을 읽을 수 있는지를 말이다. 단순한 것처럼 보이지만 낯설고 이질적인 것들을 병치시키며 점점 더 압축되어 가는 최근 시인들의 시를 우리는 어떻게 이해해야 할까. 우리가 시라고 생각해 왔던 정답으로부터 멀리 멀어져가는 시를 쓴다는 것. 그렇기에 그들에게 시와 언어란 무엇이 되어야 하는가라는 질문에 답하기 위해 우리는 안웅선의 시를 살펴볼 필요가 있다. 「정화靜話」는 아마 안웅선이 보여주는 언어적 감각의 근원이자 그 자신의 시론이며 지금 현재의 시에 대한 이야기라고 할 수 있을 것 같다.

나는 이상을 손에 쥐고 걸을 때 사라지는 속삭임
그 자세를 고민하지

흰 모래 위에 세운 다섯 개의 돌 거기에 기른 삼나무 숲

입술을 깨물며 잠드는 습관처럼 가지를 쳐내는 일로 내세를 빈다
머리칼을 풀고 나무 쪽으로 걸어가는 순백 오늘 모은 돌들을 쏟아내면 객관은 평범하고 보잘것없지만 까마귀의 습관을 닮았다고 새벽이면 가지에 걸어 둔 어제를 파먹으러 온다고

가족 묘지에 묻히려는 사람들이 창을 뻗으며 발밑 흙탕을 지켜본다

내게 찔리는 사람들의 눈을 기억해요
땅으로 깊어지는 연습을 해야겠구나

내일을 바라보는 까마귀의 눈으로 내 눈을 대신하겠다는 평범한 주문으로도 결계가 무너집니다

어제의 냉지를 기록하기 위한 다섯 개의 돌들을 모아 오늘을 난다
하지만 아무것도 변하지 않아요 날아 본다는 것만으로는

더 이상 달을 탐내지는 말아야지 내가 닿을 수 없는 곳을

잠깐의 비행, 언어가 무너지는 세계에 닿을 수 있는 것만으로
객관에 대한 이상을 감지할 수 있으니

— 안웅선, 「정화靜話」, 전문

아마도 우리는 이 시를 어떤 구체적인 사건의 배열로 환원시키려 할지도 모르겠다. (이는 습관적이며 당연한 태도이기도 하다.) 그러나 안웅선을 비롯한 최근의 젊은 시인들이 보여주는 언어는 그러한 사실적 재현과 멀어져 있다는 점을 유의해야 한다. 그들은 서정을 묘사하는 긴 문장들과 무관하게 사유 그 자체를 언어를 통해 드러내려 한다. 만약 그들이 자신들의 언어에 대한 사유 자체를 이야기화하고 있다면 (이 점에서 「정화靜話」를 일종의 시론으로도 읽을 수 있는 것이기도 하다.) 우리는 그것을 어떻게 읽어볼 수 있을까.

우선 시의 제목부터 살펴보자. 정화라는 말은 '조용히 이야기하다'라는 뜻을 가진다. 그 뜻은 소리 높여 자신의 존재 혹은 자신의 아픔을 드러내고 주장하는 것과는 무관할 터. 그러나 시의 문장들이 자신의 이상과 목표를 드러내지 않는 것은 아니다. 그것은 시의 첫 구절에 "이상을 손에 쥐고 걸을 때 사라지는 속삭임"처럼 존재하기 때문이다. (이 "이상"이란 단어가 중의적이라는 점을 주목해보자.) 조용히 말한다는 것. 언어 자체를 외치는 것이 아니라 '사라지는 속삭임'을 고민한다는 것. 자신의 언어를 사라짐의 형태로서만 이해할 수 있다는 것. 이 태도에 바로 언어에 '의해서'가 아닌 언어를 '통해서' 드러날 '무엇'이 존재한다. 이어지는 구절인 '자세에 대한 고민'이란 그것을 위한 시인의 태도를 가리키는 것이기도 하다.

그렇다면 이 시를 통해 안웅선이 제시하는 언어에 대한 사유란 무엇인가를 질문해야 한다. 이러한 관점에서 주목해야 하는 「정화靜話」의 중요한 키워드는 "객관"과 그에 대비되는 무수한 언어들을 거느린 "까마귀의 습관"일 것이다. 우선 객관이라는 개념부터 살펴보자. 그에 따른다면 언어인 "객관은 평범하고 보잘것없"는 것일 따름이다. 그러나 "흰 모래 위에 세운 다섯 개의 돌 거기에서 기른 삼나무 숲"이 가진 "머리칼을 풀고 나무 쪽으로 걸어가는 순백 오늘"이 "모은/ 돌들을 쏟아내면". 언어란 우리가 미처 알지 못한 채로 무언가 미묘하게 달라져 있을 수 있다. 즉 의미에 기대는 것이 아닌 무언가 다른 사유를 통해서만 흔적처럼 드러날 언어를 모으는 행위를 바로 시인은 "까마귀의 습관"으로 지칭하는 것이다.

사유적이며 사변적인 것. 혹은 언어를 꾸준히 모아가는 '까마귀적 습관'

을 가진 시인은 왜 이러한 행위를 지속하려 할까. 아마도 그 이유는 '보잘것없는 객관'의 세계 속에서 거의 가능하지 않지만 가능해져야 하는 '무엇'을 위한 것일 테다. 요컨대 김언의 선언과 마찬가지로 이들 역시 언어를 일부러 버리며 일부러 '하지 않는다'. 이들은 어떤 서정적 도약이나 미래에 대한 희망도 가지고 있지 않다. 단지 시인은 "내일을 바라보는 까마귀의 눈으로 내 눈을 대신하겠다는 평범한 주문"을 생각할 뿐이다. 그러니 그 역시 분명히 알고 있다고 해야 한다. "하지만 아무것도 변하지 않아요 날아 본다는 것만으로는" 저 도저한 객관의 세계를 붕괴시킬 수 없다는 점을 말이다.

그러한 이유로 이들은 '내가 닿을 수 없는 곳을, 달을 탐내지 않는다'. 그저 스스로 약속된 유토피아를 부정하고 오히려 언어의 의미를 붕괴시키며 저 객관의 세계와 다른 무엇을 향해 걸어갈 뿐이다. 그렇기에 이들에게 이상이란 단지 자신들의 행위 속에서 도래할 아주 희미한 약간의 희망처럼 말없이 존재할 뿐이다. 벤야민의 카프카에 대한 말인 '희망없는 자에게만 주어질 수 있는 유일한 희망'같은 것. 즉 아주 "잠깐의 비행, 언어가 무너지는 세계에 닿을 수 있는 것만으로/ 객관에 대한 이상을 감지할 수 있"을 "평범한 주문으로도 결계가 무너"질 바로 그러한 세계의 언어를 말이다. 이러한 맥락에서 시 속의 "이상"이란 표현이 첫 구절과 마찬가지로 이상理想이란 목표와 이상異常한 기이함이라는 중의적 의미를 가진다는 점은 굳이 더 말하지 않아도 될 것이다.

정리해 보자. 「정화靜話」를 통해서 그가 자신의 시에 대한 사유와 시론을 그리고 지금 현재의 언어를 어떻게 말하고 있는지를. 안웅선은 자신의 언어가 가진 불가능성을 분명히 알고 있다. 그는 "객관"의 세계가 가진 무가치함과 강한 완강함을 잘 알고 있기에 저 높은 언어의 장벽이자 언어의 의미에 '의해서' 가능할 장대한 희망이나 미래에 대한 기대 자체를 포기한다. 이것은 승리하기 위해 싸우는 것이 아니다. 그럼 무엇이 남는가. 그는 단지 "내일을 바라보는 까마귀의 눈"을 새기려 애쓸 뿐이다. 언어를 포기하고 하지 않는다는 원칙을 통해서만이 가능한 행위여야 하는 것을 말이다.

말하자면 그는 “아무것도 변하지 않”을 객관의 세계 속에서 그저 언어를 ‘통해서’ 도래할 미약하지만 장구할 “비행”만을 꿈꾼다. 따라서 도저한 객관의 세계를 차라리 읽지 않으며 스스로 “난독증을 앓는 소년”(「탐험과 소년과 계절의 서」)이 되는 것은 이러한 언어에 대한 근본적인 태도를 상기시킨다고 해야 한다. 그렇다면 이 말하지 않는 자가 도달할 어떤 (불)가능한 근원의 언어는 무엇으로 이해될 수 있을까. 그의 말을 빌려 말해보자. “내가 무슨 말을 하는지 당신은 이해할 수 있을까요?”라고.

(…)

기도, 조율되지 않는 칠현금
내 손을 쥐는 당신의 손에 나는 십자를 긋는다
정말 잘 어울려요
내가 무슨 말을 하는지 당신은 이해할 수 있을까요?

신의 언어는 새벽에 깨어 버린 아이의 울음 소리로 번역할 수 있다 무너진 선착장에 발을 딛는 조심스러움으로 찢겨진 내장에 손을 넣고 출혈점을 찾는 의사의 바쁜 손놀림으로 눈물의 값을 흥정하려는 정치가들을 내쫓는 단호함으로 맑은 날씨를 예보하는 일기예보의 거짓으로 경기 회복을 점치는 경제학자의 조심스런 그래프 그 안에서 살아간다 내가 아름답건 말건 내가 나이건 말건

— 안웅선, 「Michelle」 부분

그의 말처럼 우리는 무엇을 기대해야 할까. 언젠가 보드리야르가 「허무주의자」에서 말했던 대로 ‘의미로 두들긴 자는 의미로 죽을 뿐’이라면. 하여 언어에 ‘의해서’가 아닌 언어를 ‘통해서’라면 도대체 무엇이 가능한가. 안웅선의 「Michelle」은 더 이상 미래와 희망을 갖지 않는 이 (불)가능성의 시대에 무엇이 시어야 하는가에 대한 하나의 대답이라 할 것이다.

그가 추구하는 근원적 언어란 바로 “신의 언어”라는 구절을 통해 이해될 수 있을 것 같다. 나 자신의 감정과 마음이 아닌 어쩌면 내가 아닌 것들로 도래할 무엇이자 희미한 예감이며 오직 나의 실패와 좌절을 통해서만 인

식될 수 있는 본질을 그는 욕망한다. "객관"적 세계의 너머에 있는 깊숙한 언어의 심연. 모든 곳에 있으며 또한 모든 곳에 있지 아니한 언어. 안웅선이 추구하는 "신의 언어"는 언어의 의미를 버려버리는 그 모든 지점 속에 '결정되어 있지 않은 형태'(알랭 바디우)로만 존재할 수 있다. 그것은 "깨어버린 아이의 울음 소리"처럼 표면적 의미가 아닌 언어이자 '사람을 살리기 위해 안간힘을 쓰는 의사의 바쁜 손놀림' 같은 행위 속에 있을 무엇이며, "정치가들을 내쫓는 단호함"과 '맑은 날씨를 예고하는 일기예보의 거짓'과 '경기회복을 말하는 경제학자의 그래프' 속에서 희미하게 부유하고 있을 뿐이다. 요컨대 "내가 아름답건 말건 내가 나이건 말건" 존재할 언어의 심연이야 바로 "신의 언어"에 걸맞는 본명이지 않을까.

아름다운 것도 내가 나인 것도 나의 소유물도 그리하여 언어도 아닌 언어. 언어에 '의해서'가 아닌 언어를 '통해서'만 읽혀질 (불)가능한 심연인 것. 거짓 유토피아의 "객관"들 속에 가려져 흔적처럼 부유하는 언어를 발견하고 이해하며 드러내기. 이 행위야말로 시의 단형화라는 현상 속에 감춰진 안웅선을 비롯한 최근의 젊은 시인들의 근본적 목표라고 할 수 있을 것이다. 그들의 시에서 (서정적) 묘사가 사라지고 점차 짧아지며 추상화되는 것은 결과적으로 이들의 언어에 대한 사유와 그 결과물일 따름이다. 따라서 자신들의 사유를 언어를 통해 드러내기 위해 이들이 어떤 방식으로 언어에 접근하고 있는 가를 안웅선의 시를 통해 이해할 수 있다. 즉 그는 "까마귀의 시선"으로 언어를 모으고 분별하며 '희망없는 자들에게 주어진 유일한 희망'과도 같은 언어의 심연으로 비행하려 한다. 안웅선에게 또한 우리의 현재에 속한 젊은 시인들에게 언어에 의한 유토피아가 불필요한 이유는 이러한 사유와 태도로서만 이해될 수 있는 것이다.

### 4) 요컨대, 언어를 통해 도래할 심연은

서두에도 언급했다시피 우리는 '미래파' 시기 이후에 분명 무언가 '다른' 언어에 직면했다. 단순하게 이는 단형화라고 말해볼 수도 있겠지만 오히려 그것은 '추상화'이자 언어의 심연에 대한 사유와 그 흔적들이라고 명명되어야 보다 정확해질 수 있겠다. 미래파와 그 이후 최근의 젊은 시인들은 분명 '미래파'의 '근원적 우울'[3]이자 세계에 대한 부정을 함께 공유하지만 그들의 시선은 보다 깊은 언어의 저층을 그리고 그 속에 감춰져 있는 심연을 향해 펼쳐져 있다. 그들은 언어를 '통해서' 그 고통을 스스로 단지 즐겁게 느끼고 그저 행하려 한다.

따라서 최근의 젊은 시인들이 언어에 이토록 집요하게 매달리는 이유는 결국 언어를 통한 사유의 즐거움을 토대로 한다는 점을 주목해야 할 것이다. 그들은 이미 부재하는 유토피아를 바라지 않을 것이며 오히려 묘사와 언어의 의미를 버린다. 그들이 언어를 '통해서' 자신들만의 추상화된 사유를 드러낸다면 우리는 이를 지금 현재의 시라고 분명히 명명해야 한다. 난해할 터이며 혹은 기묘하고 단순해 보일 테지만 그들에게 언어가 실제적 현실이자 육체로 육박해 오고 있다는 점을 이해하지 못한다면. 우리가 지금 현재의 시에 대해서 그 어떤 말도 하기 어렵다는 점은 자명해 보인다.

이제 결론을 내려 보자. 그들은 언어에 '의해서'가 아닌 언어를 '통해서' 자신들의 사유와 인식을 형성해 가고 있다고 말이다. 그러한 그들의 세계이자 추상의 왕국을 그리고 언어의 심연을 향해 도약하고 있다는 진실이 여기에 있다. 그들에게 언어를 버린 채 도래할 미래의 언어란 알아들을 수 없는 '메시아의 노래'처럼 이미 와있는 것이다. 다만 우리가 이를 이해하지 못하고 있을 뿐. 요컨대 유토피아의 언어가 아닌 것. 언어를 '통해서'만이 도래할 '헤테로토피아'의 미래로 젊은 시인들은 여전히 좌충우돌하며 걸어가고 있을 따름이다.

그러니 우리는 그들의 추상화된 언어 속에 숨겨진 사유와 내면이자 그 근본적인 멜랑콜리적 세계감을 읽어야 할 필요가 있겠다. 그들은 언어에 의지하지 않으며 언어를 통해 단지 말하고 있기에. 이러한 점에서 언어와 사유 그리고 시는 단지 고독하기에 즐거울 것이다. '즐거운 고독'. 이것이

---

3) 신형철,「진실은 앓는 자들의 편에」,『몰락의 에티카』, 문학동네, 2008, 204-211면. 여기에서 신형철은 미래파(황병승)에 대해 "내가 누구인지 확인할 수 있을 때까지 선언과 실패를 반복하겠다는 것"을 통해 드러나는 "근원적인 우울"이 존재한다는 점을 지적한다.

바로 오늘날 젊은 시인들의 명제이다. 그들은 시와 언어가 그리고 사유가 그저 존재할 것이라는 사실에 헌신하는 자들일 뿐이다. "내가 아름답건 말건 내가 나이건 말건" 간에.

# 2-4. 공간과 장소 그리고 기억, "죄인"의 사랑에 대하여

— 서효인, 『여수』

1) 그 무수한 흔적들은

인간의 존재에 있어서 기억은 필수적이며 그로부터 우리는 벗어날 수 없을 것이다. 공간 역시 그러하다. 공간이란 개념은 그 자체로는 매우 추상적이지만 또 다른 관점에서 보면 또한 구체적인 것일 수밖에 없다. 공간은 항시 기억과 매개되며 동시에 나의 기억은 결코 객관적일 수 없기에. 그러니 모든 공간 더 나아가 기억은 개인적이고 구체적인 형태로만 존속한다고 할 수 있겠다. 그것은 아마 다음과 같이 말해져야 한다. 공간과 기억은 사실 모두 동시적이며 그것을 받아들이는 과정 속에서 공간은 실제적으로 전혀 다른 의미를 가지는 '장소'이자 상처로서 존속된다고.

아마도 공간과 장소의 관계는 롤랑 바르트가 『카메라 루시다』에서 말했던 사진 이미지의 존재 방식과 유사할 것이다. 그의 말처럼 이미지(사진)와 텍스트란 결과적으로 '현존하지 않지만 과거에 그것이 진실로 존재했다는 것을 증명하는 광기'를 향해 있다. 그 부재의 흔적들을 통해 공간은 '장소'가 된다. 인간은 바로 그러한 기억이자 공간과 시간을 함께 짊어지고 살아간다. 즉 이미지들을 보며 떠올릴 수밖에 없는 명료한 사실은 바로 지금은 내가 여기에 있지만 언젠가는 그곳에 있었다는 진실인 셈이다. 공간이 결국 기억을 통해 존속한다면 그 속에는 현재가 아닌 과거이자 현전이 감추어둔 부재이며 과거와 함께 상처로 남은 순간이자 이름할 수 없는 무엇들이 흔적처럼 '장소' 속에 남아있게 될 것이다.

그렇기에 사람들 없는 한산한 서점 구석에서 내가 『여수』라는 시집을 집어들게 된 건 단순히 제목이 눈에 들어왔기 때문이었을지도 모르겠다. 여수라는 공간에 대한 과거의 기억들 때문에라도. 이미 지나가 버린 과거의 시간. 개인적인 이야기를 약간 말해도 될지 모르겠다. 왜냐하면 여수라는 단어는 나에게 과거를 떠올리게 되는 어떤 힘이 담겨진 묘한 것이기 때문이다. 그 도시를 떠난 지 벌써 20여 년이 흘렀지만 어렸을 때부터 청소년기 시절을 보냈던 곳. 텁텁하고 후덥지근한 바람이 불어오던 곳. 그닥 아름답지 않고 그닥 따듯하지 않으며 그냥저냥 무채색 같던 인간들이 존재하던 공간. 작은 지방의 시골 도시에서 그저 한 명의 학생으로 시간을 지루하게 견디던 기억들을 말이다.

한때 버스커버스커의 〈여수 밤바다〉가 엄청나게 히트를 하던 시기에 필자가 여수 출신이라는 사실을 알게 된 주변 지인들은 여수의 밤바다가 실제로 그렇게 아름답냐고 물어보았던 적이 꽤나 있었다. 그때마다 나는 이렇게 답했다. 여수 밤바다는 사실 그렇게 아름답지 않다고. 그 노래의 여수 밤바다가 아름다울 수 있었던 것은 간절하게 전화를 걸고 싶었던 '그녀'가 있었기 때문이라고. 그때 내가 말하고 싶었던 것은 이것이었다. 여수라는 공간이 아름다운 건 도달할 수 없는 그녀에 대한 사랑과 추억 때문이라는 것을. 그 말은 결국 공간이란 단지 물리적인 지리가 아니며 도표와 도식으로 환산되는 지도가 아닌 기억들의 집합체라는 말과 다르지 않았다. 그러니 기억은 결국 한 인간의 생이 지닌 근거이자 존재의 의미를 규정한다고도 말할 수 있을 것이다.

굳이 공간과 장소에 대한 이론적 논의를 끌어들이지 않더라도 한 권의 시집이 내포하는 마음은 그의 기억과 나의 기억이 가진 접점으로부터 태동할 것이다. 읽는다는 것은 그러하니까. 그러나 그와 내가 기억하는 공간이 꼭 같은 장소일 필요가 없듯이 어떠한 점에서는 동일한 공간이라는 접점 역시도 별다른 의미를 갖지 않을 때가 있다. 그러니까 너와 나의 경험이 아닌 새롭고 다른 이해받을 수 없는 '장소'로서 존재가치를 얻게 될 때 텍스트는 비로소 의미를 획득하게 될 것이다. 그러니 우리는 『여수』(문학과지성사, 2017)[1]에 등장하는 무수한 지명들의 현실성을 묻지 않아도 된다. 그 이름들은 결국 상처와 기억에 대한 이야기이자 흔적들이니 말이다.

### 2) '동일성'의 공간, 끝날 리 없는 절망

물론 서효인의 첫 번째 시집『소년 파르티잔 행동지침』(민음사, 2010)과 김수영 문학상을 수상했던『백 년 동안의 세계대전』(민음사, 2011)에서 보여지는 '정치성'의 맥락이 세 번째 시집인『여수』에서 완전히 사라진 것은 아니다.『여수』를 전체적으로 일별해 보더라도「목포」,「인천」,「송정리역」이나「서울」,「마산」,「장충체육관」,「올림픽고속도로」,「서귀포」,「압구정」등등 상당수 작품에서 드러나는 역사와 정치에 대한 관심은 여전히 그의 중요한 시적 테마이다. 그러나 그의 관심사가 전작들에 비해 좀 더 미시적이며 실질적인 파급력을 가진다는 점은『여수』가 지니는 어떤 변화지점이라고 할 수 있을 것 같다. 그렇다면 시인의 시선은 무엇을 향해 있는가. 우선은 그가 그리고 있는 우리의 현실이란 공간에 대한 스케치부터.

> 우리는 징병되기 3주 전 압구정을 찾았습니다. 스물이었습니다. 전철은 잘 탔는데 아파트 단지에서 길을 잃었습니다. (…) 당신은 파병되었습니다. 베트남에서 강간하고 살인했습니다. 누구도 듣지 못했죠. 고층의 시야에 당신의 행로는 없습니다. 월드컵은 징병되어 보았습니다. 당신은 불쾌한 얼굴로 밀림을 떠돌았습니다. 광장과 밀림에 우수수 떨어지던 쌀눈. 명령은 간단했습니다. 합리적 의심 없이 행해도 좋다. 저는 징병되고 며칠 후 총검술을 배웠습니다. (…) 흉부에 꽂힌 칼을 살짝 비틉니다. 그렇지 않으면 경직된 흉부가 소총을 놓아주지 않습니다. 도로와 아파트를 사이에 두고 서쪽으로 걸었습니다. 허리께까지 잡초가 우거졌습니다. 고엽제였습니다. 왜 압구정에 왔는지 모릅니다. 소음차단벽의 출구를 찾을 수가 없었습니다. 소년의 항문은 빨간색이었습니다. 이제는 여기가 압구정인지도 모릅니다. 제초된 강변에 대고 소리를 지르려다 멈춥니다. 명령은 합리적이었습니다. 이윽고 가던

---

1) 이하『여수』에서 인용한 시들은 면수표기를 생략한다.

> 길을 되돌아 다시 아파트 단지로 들어섰을 때, 초소를 경비하던 늙은이를 보았습니다. 당신은 늙었고 파병되어 여태.
>
> —「압구정」, 부분

그가 공간에 대해서 주요하게 접근하는 방식을 보여주는 「압구정」이란 시는 시인이 가진 정치적 맥락이 무엇으로부터 기원해 있는지를 드러내는 텍스트일 것이다. 여기서 논의해야 하는 것은 바로 압구정이란 공간에 대한 이중적 경험의 차이와 그 차이를 통해 나타나게 되는 근본적 '동일성'의 양상이다. 문제는 그 '동일성'이 무엇을 가리키고 있는가이다.

동일한 공간에 대한 이중적 경험이란 현재의 '압구정'이란 공간을 매개로 펼쳐지는 소년과 노인의 근원적 유사성에 의해서 드러난다. 시의 도입부에 제시된 "징병되기 3주 전에 압구정을 찾"은 이 "스물"인 소년은 압구정이란 도시의 최첨단에 해당하는 공간에서 '길을 잃어버린' 존재로 제시된다. '총검술'로 대변되는 군대의 폭력적 논리 속에서 자신의 길을 찾을 수 없는 소년의 개별적 경험은 '압구정'이란 공간을 통해서 "초소를 경비하는 늙은이"의 과거 경험과 '동일'하게 겹쳐져 있다.

시가 진행되면서 서서히 드러나는 "당신"이란 결과적으로 '늙은 경비원'이자 '베트남에서 벌인 강간과 살인' 그리고 "고엽제"를 경험했던 한 인간을 가리킨다. 「압구정」을 이해할 때 중요한 것은 이 늙은 경비원이 지금 현재의 길 잃은 소년과 분리되어 있지 않다는 점을 파악하는 데 있다. 즉 "월드컵은 징병되어"서 본 소년과 노인—그 역시 여전히 그리고 영원히 징병되어 있는 상태이기에—은 사실상 '압구정'과 '합리적 명령' 앞에서 동일한 경험을 공유하는 유사한 존재가 된다. "광장과 밀림에 우수수 떨어지던 쌀눈"을 통해서 그리고 과거의 베트남에 뿌려진 고엽제에 의해 지금 여기의 "제초된 강변"의 '겹쳐짐'은 시인의 정치성이 무엇을 말하고자 하는 지를 보여준다. 그것이 가리키는 바는 바로 과거에도 그리고 지금에도 여전히 이 세계는 바뀌지 않았다는 무겁고도 우울한 '진실'인 셈이다.

그렇다면 우리가 주의 깊게 들어야 하는 것은 무엇일까. 시의 맨 마지막 구절 길 잃은 압구정을 헤매던 소년이 보았을 하나의 풍경. "당신은 늙었고 파병되어 여태."라는 문장은 어떤 깊숙한 울림을 희미하게 전달한다. 그것은 아마 미래에 대한 약간의 기대와 희망 따위는 이미 사라진 지 오래라는 절대적 절망을 뜻할 것이다. 그가 "이제는 여기가 압구정인지도 모릅니다."라고 말했을 때 이를 우리는 약간의 희망처럼 이해할 수도 있겠지만 그러나 그것은 이 소년이자 노인이 여전히 그리고 앞으로도 영원히 길을 잃고 헤매일 것이라는 점을 사실상 가리킨다. 요컨대 시인이 말하고자 하는 바는 이것이다. 소년은 바로 이 늙은이처럼 늙어갈 것이고 여전히 파병되어 있으며 결코 자신을 인간으로 존속시켜 줄 수 있는 장소를 찾지 못하리라는 일종의 예언이자 예감을 말이다. 그 모든 현실의 공간에 대한 절망을 압축하여 제시하는 단어가 바로 "여태"라는 단 한마디의 말이다.

그러니 시인이 "식탁 앞에는 이제 노인보다 늙은 노인들뿐"(「구미」)일 뿐이며 "죽은 자들에게 무선이 온다. 조국이 보/인다. 거기와 여기가 어딘지 모르겠다. 죽음의 이유/를 완전히 상실했고, 뭍의 생선처럼 무너진 자세가/ 된다. 편하구나, 조국은."(「인천」) 이라고 말하는 것은 단순히 우리가 세계이자 '국가 시스템'으로 대변되는 현실 공간에 패배했다는 사실 그 자체만을 가리키지 않는다. 그의 시선은 그러한 '편안함'을 제공해 주는 지금 현재의 공간에 대해 우리가 스스로 함몰되어 있다는 명백한 진실을 향해 있다. 말하자면 시인은 우리가 현실의 공간 속에서 단지 주어진 생을 단지 유지하고 있을 뿐이라는 사실 그 자체를 이미지화한다. 그렇기에 그가 말하는 '희망 없는 편안함'은 지금 현재에 경험하는 장소에 대한 근본적이고 급진적인 부정을 함축한다. 마치 "죽기 직전의 상태로 오래 살/ 것 같다는 예감"을 "안개 속에서 불쑥 그리고 금세"(「강화」) 느끼는 것처럼.

「압구정」에서 보여지듯 그가 다루는 많은 현실의 공간들이란 그 개별적인 소재의 다름에도 불구하고 근본적으로는 '동일'하다. 이 동일성은 서효인이란 시인이 텍스트를 통해 드러내는 세계감의 본질적 양상이라고 해도 과언은 아닐 것이다. 그러니 조국이 아닐 곳이자 부여되어 있는 명령과 합리성이 아닌 어떤 장소를 찾는다는 것. 혹은 "광둥어와/ 일본어, 한국어는 사실 구분이 되질 않는다. 모두 시/끄럽다. 조국이 나를 버리기 전에 내가 조국을 폐기한다."(「인천」)고 이야기하는 자는 말하자면 이 동일성의 세계로부터 부단히 이탈하려는 자로 규정되어야 하지 않을까.

따라서 지금 여기의 현실의 공간을 모두 그리고 철저하게 부정하는 것. 우리의 장소에는 아무것도 존재하지 않다는 것. 그렇기에 "그들은 멱살을 잡고, 그들/은 울었으며, 그들은 화를 냈고, 그들은 죽었다."(「1990년 1월 1일」)고 명료하게 말하는 시인의 태도는 그의 정치적 맥락이 가지는 어떤 미학적 본질을 가리킨다고 할 수 있을 것이다. 즉 그것은 이 세계와 인간이 여전히 동일한 공간으로서 "거대한 턱이 서서히 입을 닫"는 것처럼 단지 그리고 단순히 반복되고 있을 뿐이라는 점을 드러낸다. 요컨대 "인생 모두가 배움이라면, 우리는 오래오래 살 것"(「고기를 찾아서」)이라는 '식물성' 선생님의 뒷모습을 통해 시인은 단지 보여줄 뿐이다. "할 일도 하지 않을 일도 없었다. 하고 싶은 일도 /하기 싫은 일도 없었"던 그 공간 (아마도 그곳은 수없이 많은 학생들이 끌려가던 96년 여름 신촌의 연세대같은 곳으로 대변될 수 있을 것이다.) 속에 단지 있을 "꽃병이 쓸쓸한 광경을 받쳐주"(「신촌」)는 상처들을 말이다.

### 3) 들려오지 않는 말들의 '장소'

서효인 시인에게 삶이란 죽음과 동일성이 지배하는 공간의 실질적 무게를 항시적으로 인식하는 태도로부터 유래한다고 말할 수 있다. 생명이 죽어 나가는 공간('고속도로') 속에서 여전히 당연하게도 과거에 끊임없이 죽은 생명들이 여전히 놓여 있고, (불행히도 사고의 흔적은 언제나 항상 빨리 그리고 깔끔하게 치워지기 마련이다.) 그 죽은 자들로부터 눈을 돌리고 외면한 채 겨우 아슬아슬하게 살아있는 서로에게 건네는 "여태 살아있느냐는, 인사"(「올림픽고속도로」)같은 삶을 말이다. 말하자면 그는 우리가 무가치한 세계의 '개처럼 짖어대는 개소리'(「개성」)를 끊임없이 들어가며 "우리에게는 얼굴이 없고, 돌아가야 할 곳/은 비석 같은 타향뿐"(「무안」)인 현실의 공간 속에서 내던져져 있음을 날것으로 드러낸다. 이는 그가 「서귀포」에서 "삶은 죽음을 이해하지 못하지 죽/음을 이해하는 것은 오로지 죽음뿐이다." 라고 말하는 것과 동일한 인식이기도 하다.

그렇다면 다음과 같은 의문이 가능할 것이다. 이 현실과 세계이자 "죽음뿐"인 공간이 가진 동일성 속에서 우리는 무엇을 그리고 어떠한 이면을 찾을 수 있는 것일까. 보드리야르처럼 세계의 모든 것이 미지근한 자전처럼 회전하며 투명하게 함몰되고 있는 세계를 이해한다면. 그러니 죽음의 동일성이 모든 것을 지배하는 생의 얄팍한 껍질 속에서 우리는 스스로를 죄인이라고 칭한다면. 즉 사실은 우리 모두가 카인의 후예에 불과하다면 우리는 스스로의 '죄'로부터 어떠한 새로운 생의 윤리를 찾을 수 있는 것일까.

범인은 벌을 받는다
죄인은 반성한다
반성을 위해서는 기억이 필요하고
똑똑히 기억할수록 성공적인 죄인이 된다
죄인은 질문하는 사람이다
무엇을 잘못했는가 무엇이 나인가 왜 나인가
이유에서부터 삶은 시작한다
지저분한 여행이 될 것이다

동유럽의 다 늙은 사내는 양과 사랑에 빠졌다
그는 그저 양치는 목동이었는데
양을 겁탈한 순간을 털어놓을 곳이 없다
(…)
죄인은 반성한다. 하필 두 발로 선 짐승으로 태어난
결정적 이유를 모르겠다는 치명적인 결함을
죄인은 받을 벌이 없다
양이 허술하게 뒷모습을 보인다
범인은 벌을 받지만 죄인은 여행을 떠난다
양의 주인인 아버지가 저벅저벅 걸어온다
무슨 벌을 받겠느냐, 세상에서 가장

멍청한 물음

너는 아직도 나에게
말을 걸지 않는다
수만 마리의 양이 철철 피를 흘리며
나의 반성 속으로 모가지를 드리운다

—「죄인의 사랑」, 부분

시집의 맨 마지막에 배치된「죄인의 사랑」을 통해서 그는 그 그리고 우리가 모두 "죄인"이라는 사실을 분명히 한다. '죄'가 생의 근본적 조건이라는 점은 시집의 텍스트들을 통해 시인이 항상 말해왔던 것이기도 하다. 그러나 본질적인 질문은 이것이다. 이 죄는 누가 부여한 것인가. 누가 우리를 죄인이라고 호명하고 있는가. 벤야민이「폭력비판론」에서 제기했던 문제처럼 우리에게 부여되어 있는 죄란 근본적으로 어디로부터 유래하는가라는 질문이 이 시를 이해하는 데 있어서 필수적이다. 즉 우리는 도대체 무엇을 '반성'하고 있는 것일까.

시인의 말처럼 죄의 근원은 '모르는' 것이며 따라서 우리 자체로부터 유래한 것이 아니라는 점을 주목해 보자. 요컨대 죄란 현실과 세계란 공간이 우리에게 부여한 것이며 벤야민의 개념을 빌려오자면 '신적인 폭력'으로써 기능할 뿐이다. 그렇기에 시인은 "죄인은 반성한다. 하필 두 발로 선 짐승으로 태어난/ 결정적 이유를 모르겠다는 치명적인 결함"이 있다고 말할 수 있다. 따라서 "무엇을 잘못했는가 무엇이 나인가 왜 나인가"라고 말하는 것은 우리의 죄는 사실상 무의미한 세계가 부여한 것일 뿐이라는 점을 드러낸다.

그러니 단지 양과 사랑에 빠진 사내이자 죄인의 정체를 곧 우리라고 한다면. 그저 단지 그러한 것일 뿐인 인간의 존재방식이 단일하고 동일한 하나의 체계로 규정될 수 없다는 점을 자각한다면. 그러니까 "양의 주인인 아버지가 저벅저벅 걸어"오면서 "무슨 벌을 받겠느냐"고 질문했을 때 그것을 "세상에서 가장/멍청한 물음"이라고 생각할 수 있게 된다는 점은 의미심장하다. 그가 분명히 "죄인은 받을 벌이 없다"고 말하고 있듯이 죄를 그저 받아들이는 태도로부터 살짝 비켜서는 것이자 질문하는 것. 이러한 태도를 시인은 바로 "수만 마리의 양이 철철 피를 흘리며" 죽음을 당하는 지금을 직시하며 실패를 지속하는 '반성'을 통해 들려준다. 따라서 문제는 "벌을 받는" 범인이 아닌 규정되어져 있는 우리의 세계 속에서 "똑똑히 기억할수록 성공적인 죄인"의 질문을 되돌리는 것이다. 그 질문에 대해 시인은 다음과 같이 답한다. "이유에서부터 삶은 시작한다/ 지저분한 여행이 될 것이다"라고 말이다.

범인이 아닌 죄인으로서 부여된 죄에 대한 질문을 시작하는 행위는 곧 공간을 공간이 아닌 장소이자 기억과 흔적과 사유로서 전환시키는 것에 해당한다. 이러한 양상이 바로 서효인이 『여수』라는 시집을 통해 무수한 공간들을 전혀 다른 차원의 '장소'로 바꿔놓고 있는 근본적 이유이자 원인이 된다. 즉 "별일 없"(「지축역」)는 이 세계 속에서 "모든 아빠는 반쯤은 군인"이며 그들이 "모자에 새겨진 계급장"(「대전」)을 반짝거리고 있을 때. 그러니까 "불쾌한 하늘, 세상은 원래부터 숨을 곳이 없게끔/ 만들어졌고, 우리는 설계자를 궁금해할 권리가 없"(「안성」)는 이 세계 속에서 "다른 손에 손을 잡/고 담을 넘는다. 남을 넘어서, 담을 넘는"(「연희동」) 자의 존재방식이 이와 같다.

요컨대 시인은 스스로의 '죄'이자 '지저분함'을 사유하면서 세계로부터 배제당한 불행한 인간들이자 "죄인"들의 '장소'를 구현해 내려고 한다. 그것이 그가 자신의 정치성을 통해 진정으로 원하며 바라는 것이라면 결과적으로 이는 무엇으로 정의될 수 있을까. 그에 대한 대답은 아마 「강릉」이 할 수 있을 것 같다. 「강릉」은 시인이 무수히 많은 지명들을 호명하고 있는 근본적 이유를 압축해서 보여주는 텍스트이다. 이것을 읽는 것은 공간과 매개된 자기 자신을 드러내는 행위이자 진정한 '장소'를 구현하는 행위가 된다.

> 강릉에 도착하니 밤이었다. 우리가 게으르기 때문이었지. 게으름을 사랑하자고 오징어들이 말한다. 겨울이었고, 따듯한 방을 잡아 정자세로 누워 따듯하지 않은 곳을 향해 입김을 밀어내었다. 서로의 입에서 뛰쳐나온 오징

어가 몸을 섞었다. 웃지 않을 수 없었다. 끝이 없는 파도가 유리 바깥에서 몹시 울었다. 통유리의 안쪽, 붙잡힌 생선처럼 달라붙은 찬 서리들, 그것은 눈물도 별도 아냐. 그건 온도 자체다. 초장에 적신 오징어를 입에 가져간다. 입가에 빨간 것이 묻어 웃지 않을 수가 없었다. 여행이었지. 어디든 끝이 보이는 곳에 가 닿고 싶었는데, 서쪽에서 동쪽으로 가는 일은 생각만큼 쉽지 않고 성질머리가 차가운 이곳의 산맥은 품고 있던 눈을 오래 참은 울음처럼 쏟아냈다. 높게 올라간다. 다시 내려온다. 내리막길이 이어진다. 멈춘다. 이것은 우리의 의지인가. 아냐 그건 강릉이 보내는 안부였을 뿐. 파도가 거품을 내고 거품을 업은 파도가 다시 거품을 덮는다. 끝 속의 끝에서 다른 끝이 나타난다. 기와에 써내려간 적절한 소망들처럼 우리는 영원히 이루어져 갈 것이다. 강릉에서 빌었던 소원은 사실 모두 실패다. 울기 위해 시를 쓰는 것이 아니다. 우리는 몸 잘린 오징어처럼 손가락을 펴고, 강릉의 파도를 천천히 받아 적기 시작한다.

—「강릉」, 전문

「강릉」이란 시를 이해하기 위해서 우선적으로 필요한 것은 시의 서사 속에 매개되어 있는 객관적 정보들이 아니다. 우선 문맥상 「강릉」은 강릉을 여행하는 '우리'에 대한 이야기이다. 허나 그 구체적 공간에 대한 내역들은 시 속에서 별다른 의미를 갖지 못한다. 「강릉」에서 '들어야'하는 것은 바로 '게으름'과 "오징어"에 대한 것이자 우리가 가보지 못한 "끝 속의 끝에서 다른 끝이 나타"나는 '여행'이 도달할 장소에 대한 이야기이다. 시인은 이를 이렇게 말한다. "울기 위해서 시를 쓰는 것이 아니다"라고.

우선 시인이 장소화하는 강릉이 아닌 흔히 생각할 수 있는 서정시의 흐름을 떠올려보자. 일반적인 서정시의 문법을 통해서라면 (손쉽게도) 강릉이라는 공간을 거쳐 우리에게 보여지는 것은 아마 서정화된 자연같은 눈물과 별의 풍경일 것이다. 그러나 시인은 이를 말하지 않는다. 오히려 그는 "끝이 없는 파도가 유리 바깥에서 몹시 울었/다. 통유리의 안쪽, 붙잡힌 생선처럼 달라붙은 찬 서/리들, 그것은 눈물도 별도 아냐. 그건 온도 자체"를 말한다. 실질적으로는 비바람이 몰아치는 풍경이었을 강릉의 공간성은 결과적으로 서정적 눈물 같은 별을 향해있지 않다. 거기에는 강릉이란 이름의 이면인 언표화 되어있지 않는 존재가 가진 '온도' 혹은 더 나아가 보자면 (아마도 죄를 지은 자들인) '우리'의 기억과 장소가 '온도'를 통해 현전한다. 요컨대 '온도'가 존재하는 한에서만 '장소'는 성립할 수 있다. 마치 여수밤바다가 그녀에 대한 기억을 통해서 의미화되듯이.

그러니 이 미지의 '장소'에 도달하기 위한 여행은 "서쪽에서 동/쪽으로 가는 일은 생각만큼 쉽지 않"으며 손쉽게 이루어질 수 없다. "성질머리가 차가운 이곳의 산맥은 품고 있던 눈을 오래 참은 울/음처럼 쏟아"내는 강릉에 대해 시인은 "이것은 우리의 의지인/가. 아냐 그건, 강릉이 보내는 안부였을 뿐."이라고 답한다. 즉 그는 "끝 속의 끝"으로 이야기되는 강릉에서 "다른 끝"을 찾는다. 비록 그가 "기와에서 써내려간 적절한 소망들처럼" 그리고 "강릉에서 빌었던 소원은 사실 모두 실패"한다는 사실을 분명히 알고 있음에 말이다.

시인의 말처럼 무수한 실패를 경험했음에도 불구하고 여전히 우리의 공간을 지배하는 세계에 대해 자신이 패배했음을 선언하지 않는다는 행위는 중요하다. 이를 통해 본다면 「강릉」이 왜 '울기 위해서 쓰여진 것이 아니'라고 말하는 이유가 명료해질 것이다. 말하자면 이는 서정시의 눈물을 위해서이거나 세계에 대한 패배와 실패를 슬퍼하기 위해서도 아니다. 단지 그는 "몸 잘/린 오징어처럼 손가락을 펴고" 공간을 통해 장소를 단지 그리고 오래 '기억'할 뿐이다. 즉 '게으름을 사랑하자고 말하는 오징어들'처럼. 그리고 고통스러운 침묵같은 '오래 참은 울음을 쏟아내는 강릉의 안부'를 들으면서.

이러한 기다림의 사유를 통해 시인은 단지 그 장소를 그리고 '우리'의 온도와 사랑을 기억할 수 있게 될 것이다. 그 기억의 행위를 통해서 구현될 수 있는 무엇. 즉 "강릉의 파도를 천천/히 받아 적기 시작"하는 바로 그 '순간'이 공간을 통해 구현될 장소의 '시작'이며 또한 '끝'인 셈이다. 그러니 「강릉」을 통해 우리는 "죄인"의 여행에 대해 아마 이렇게 말해야 할 것이다. 기억하는 행위를 통해 그 여행은 이미 알지 못한 채 완결되었다고. 거기에는 오직 사랑의 장소만이 남아있을 것이라고 말이다.

### 4) 그러니, 우리에게 남겨져 있을

서두에서 언급했다시피, 『여수』에 등장하는 무수한 지명들은 근본적으로 우리의 세계 그 자체이자 니체적으로 말한다면 무수한 동일성이 반복되는 공간일 뿐임을 일러준다. 우리가 서효인이란 시인에게 급진적인 '정치성'을 말해볼 수 있다면, 그것은 단지 정치적인 행위 자체로 이해될 수 있는 차원이 아닐 것이다. 그가 드러내는 '정치성'이란 결국 제도와 시스템이 아닌 인식과 사유의 양상이자 삶이란 양태가 가진 얄팍한 가면을 철저하게 들여다보는 지점에서 출발하는 것이기 때문에, 이 세계와 공간의 무의미함을 날 것 그대로 받아들이는 태도, 즉 세계 속에 가득한 무의미하고 미적지근한 동일성으로부터 벗어나기 위해 우리는 무엇을 기억해야 하는 것일까. 이를 위해서 우리는 마지막으로 다음의 시를 읽어야 한다.

> 도시의 복판에 이르러 바다가 내보이는 냄새에
> 눈을 떴다 멀리 공장이 보이고
> 그 아래 시커먼 빨래가 있고
> 끝이라고 생각한 곳에서 다시 바다가 나타나고
> 길이 나타나고 여수였다
>
> 너의 얼굴이 완성되고 있었다
> 이 도시를 사랑할 수밖에 없음을 깨닫는다
> 네 얼굴을 닮아버린 해안은
> 세계를 통틀어서 여기뿐이므로
>
> 표정이 울상이 너를 사랑하게 된 날이
> 있었다 무서운 사랑이
> 시작되었다
>
> —「여수」, 부분

그가 지속적으로 싸워왔던 세계의 무의미성은 바로 '여수'라는 공간을 통해 집약된다. 나 역시 어린 시절 끊임없이 보아왔던 '공단'의 커다란 굴뚝과 '시커먼 빨래'들. 이 모든 것이 '끝났다고 생각한 바로 그 공간'에 다시 "바다"와 "길" 열린다는 사실은 그가 어떠한 장소를 기억하고 보려 하는지를 말해준다. 나짐 히크메트의 시 한구절처럼 우리에게 주어질 '최고의 여행은 아직 시작조차 되지 않았다'는 사실을 깨닫게 해 주는 것. 시인이 바라본 여수이자 공간이 아닌 장소로서의 여수. 요컨대 "네 얼굴을 닮아버린 해안"이자 "세계를 통틀어서 여기뿐"인 유일무이한 장소를 가능케 하는 '사건'적인 것.

그의 말처럼 세계가 동일한 반복이 지속될 뿐인 공간이라면, 우리가 그것을 삶의 형태로 단지 받아들이며 존속하는 무수히 많은 시간들 속에서 시인은 짐짓 가벼워 보이는 표정으로 "너를 사랑하게 된 날이 있었다"고 나직이 읊조린다. 그러나 그 말은 가볍지 않다. 왜냐하면 너의 '온도'를 통해서 나에게는 '무서운 사랑이 시작된' 사건을 발견했기 때문이다. 그의 말처럼 사랑이란 "무서운" 것이자 근본적인 것이다. 그것은 공간을 장소로 변모시키며 '온도'를 통해서 죽음의 동일성이 반복되는 세계로부터 우리를 이탈시키기 때문에. 따라서 필자가 무수히 들어왔던 여수가 아름다운가라는 질문에 대한 "죄인"의 대답이 바로 이러하다고 할 수 있겠다. 우리는 그러한 기억의 흔적들을 통해서만 규정할 수 없는 장소이자 이름 할 수 없는 미지의 영역에 도달할 수 있을 것이라고. 그 어리석음과 실패를 감당하는 자에게만 오직 그 장소를 이해할 수 있는 자격이 주어질 것이라고 말이다.

그러니 그와 함께 우리가 즐겁게 기다리게 될 이름 모를 장소에 대한 태도는 다음과 같이 말해져야 하겠다. 그것은 「시인의 말」에서 "끝이라 생각한/ 거리"로부터 시작되는 '무엇'의 영역을 탐색하는 일이기도 하다. 이는 아마도 어떤 희미한 예감처럼 주어져 있는 우리 '죄인'들만이 열어갈 '사랑'의 사건을 가리킬 것이다. 인간에게 가능한 '장소'란 오직 기억하는 행위로부터 시작된다는 점 역시도.

## 2-5. '검은 빛'의 문장들, 그 고유하고 필연적인 아름다움

— 이제니, 『그리하여 흘려 쓴 것들』

### 1) 고통스럽기에 '써야 한다'

> (…) 곡예는 지난한 침묵을 요구한다. 곡예는 지극한 집중을 요구한다. 그것은 한사람이 한사람으로 얼마나 온전히 남을 수 있느냐의 문제이다. 그러니까 그것은 세계와 세계의 싸움이다.
>
> —「발화 문장 연습—어떤 고요함 속에서 곡예하는 사람을 위한 곡을 만드는 사람을 떠올리는 밤」 중에서

우리는 이제니에 대해 무엇을 이야기할 수 있을까. 『아마도 아프리카』(창작과비평사, 2010)와 『왜냐하면 우리는 우리를 모르고』(문학과지성사, 2014)에 이어 도착한 『그리하여 흘려 쓴 것들』(문학과지성사, 2019)[1]에서도, 시인이 지속해 왔던 언어적 실험은 여전하다. 그러니 그 실험이 어떠한 형태를 가지고 있는가를 따져 묻는 것은 어쩌면 부차적일 수 있겠다. 핵심은 이 폭풍과도 같은 언어들의 이면이자 시인이 품고 있는 문장들에 대한 직접적인 '감각'일 테니까. 언제나 문제는 문장들의 '마음'에 있다.

이미 초현실주의자들이 행했던 것이지만 언어로 이루어지는 정의와 규정은 사실상 그 대상에 대해 전혀 이해하지 못한다는 무지의 소산에 불과할 것이다. 우리는 소통하고 이야기하는 존재이기에 언어를 늘 자연스럽게 사용한다. 하지만 동시에 그 속에 어떠한 내면이 존재하고 있으며 그 심연 속에서 무엇이 위태롭게 출렁거리고 있는지 알지 못한다. 르네 마그

1) 이후 이 시집에서 인용되는 시들은 면수표기를 생략한다.

리트의 〈이미지의 반역〉이 파이프를 정밀하게 재현한 이미지에 '이것은 파이프가 아니다'란 명구로 존재의 '반역'을 행하는 것처럼. (마그리트는 파이프를 파이프가 아닌 것으로 규정함으로써 '존재'의 무한한 가능성을 열어두려 했다.) 이제니의 파괴적이고 강렬한 언어적 실험에 대해서도 아마 그와 유사하게 말해져야 하지 않을까. 시인의 언어는 경험적 재현과 사실의 영역을 철저하게 붕괴시켜 나가면서 어떤 흔적처럼 드러나는 것들을 붙잡으려 필사적으로 '쓰고 있다'. 그것은 꿈과 그리고 '마음과 고통'(「발화 연습 문장—그리하여 흘려 쓴 것들」)을 형상화하려는 태도 자체를 스스로 '드러낸다'.

시인은 자신에 대해 이렇게 말한다. "나는 그것을 쓰고 쓰고 씁니다. 나는 그것을 지우고 지우고 지웁니다. 그것이 내가 말하는 방식입니다. 때로는 집요한 사냥꾼이며 때로는 선별하고 선택하는 자이며 때로는 감탄하고 찬탄하는 사람이며 때로는 기도하기 위해 엎드리는 사람이며 때로는 후회와 반성으로 몸부림치는 사람이 있습니다. 나는 여기서 살았고 여기에서 죽었습니다."(「발화문장연습—떠나온 장소에서」)라고. 오직 '쓰고 쓰고 쓴다'라는 언어들의 세계 속에서 단지 자신의 온몸을 던지며 '여기에서 살았고 여기에서 죽었'다는 태도로서만 가능할 언어. 우리는 시인의 문장들이자 그녀의 고통을 꿈의 감각과 함께 받아들여야 할 필요가 있다. 그렇지 않다면 이 미로 속에서 도저히 출구를 찾지 못할 수밖에 없을 테니까.

『그리하여 흘려 쓴 것들』을 읽어가면서 필자에게 시인의 언어가 발산하는 어떤 희미하지만 뚜렷한 형상이 감각되었다고 말하면 좀 이상하게 들릴지도 모르겠다. 그러나 그 감각이자 시인의 무수히 많은 '흘려쓴 말'들은 결국 어떤 근원적인 곳을 찾으려 애쓰는 자의 형상을 지니고 있는 것처럼 느껴졌다. 그것은 아마도 "쓰고 써도 채워지지 않는 백지"(「나무 공에 의지하여」)에 흘려버린 한 인간의 고유한 언어이자 그 언어의 이면 속에 잠재되어 있을 필연적인 '검은 빛'("그 밤의 그 맑음을 무엇이라 불러야 했을까", 「언젠가 가게 될 해변」)에 대한 욕망이라 불리워질 성질의 것이었다. 그러니까 시인의 '꿈'은 '들리지 않는 마음의 소리를 따라가는 기나긴 여정'이자 "바람을 향해 바람이 되어 바람으로 사라지는 꿈"(「멀어지지 않으려고 고개를 들어」)처럼 존재할 무엇인 셈이다. 이제니의 언어들은 언어의 이면이자 동시에 꿈이자 환상이며 그러한 점에서만 오직 실체적일 마음 속 "검은 문장"(「흑곰을 위한 문장」)이 이루는 불가해한 색을 가지고 있을 따름이다.

> (…) 주위를 둘러보면 자신의 자리를 되찾으려는 목소리들이 있다. 사라졌지만 여전히 상반된 모순 신호를 보내오는 윤곽이 있다. 당신의 언어가 당신이 가지고 있는 최상의 수단으로 받아들여지고 있는지 묻고 있다.
>
> —「네 자신을 걸어둔 곳이 너의 집이다」 중에서

2) 세계와 맞서는 불가능성의 감각

> (…) 이 모든 목소리를 듣는 입장이라면 너는 이미 이 세계에 존재하지 않는 사람이다. 왜냐하면 지금까지의 문장은 예측 불가능한 것이기 때문이다.
>
> —「지금 우리가 언어로 말하는 여러 가지 이야기들」 중에서

하여 우리가 궁금하게 여겨야 하는 것은 시인의 언어적 실험의 형태를 세부적으로 구분짓고 나누는 것이 아니다. 시집의 해설에서 적절하게 지적된 대로 시인의 언어가 "낯선 언어-타자로 바로 실현되는 몸의 사건이자, 텍스트의 운동이라는 자격으로 세계에 등장하는 주체의 정념"이라면, 보다 중요한 것은 시인이 만들어내는 시적 에너지의 중심부이자 그녀의 언어적 리듬들이 산출하는 형상들일 것이다. 그것은 왜 존재하며 무엇을 어떻게 구성하고 있는가. 왜 이 시인은 이토록 고통스러운 형상들을 끝내 붙잡고 놓지 않으며 "들리지 않으면서 들려오는 목소리로 맴돌"(「수풀 머리 목소리」)려 하는 것일까. 이 궁금증을 안고 우리는 시인의 '원천'과도 같은 텍스트를 살펴볼 필요가 있다.

> (…) 보이지 않았고 들리지 않았던 사물과 사건들이. 오래도록 부당한 이름과 증후들을 뒤집어쓴 채 숨죽여왔음을 더욱 뚜렷이 인지하게 되었으므

로. 흘려 본 것들. 흘려 본 것들. 복도와. 짐칸과. 계단과. 골목 사이에서. 흘려 쓴 것들. 흘려 쓴 것들. 후회와. 반성과. 원망과. 자책 속에서 딱딱하고 각진 낱말들을 발음하면 왜 그런지 깨어있는 기분이 듭니다. 어둠 속에서 써내려가듯 흘려 쓴 글자들은. 그리하여. 젖어 있다. 울고 있다. 깊은 밤 잠의 한가운데에서 문득 깨어나. 너를 지나쳐 간. 너를 지나쳐 온. 너의 전 생애를 증거하는 듯한. 암시하는 듯한. 품의 풍경을. 과거와 현재와 미래가 뒤섞인 어떤 문장을. 받아 적으려고 했으나. 종이 위로 옮기려는 순간 무연히 사라져버리곤 했던. 그 모든 형체를 알 수 없는 자음과 모음들처럼. 흘려 쓴 글자들은. 머뭇거리고 있다. 멈칫거리고 있다. 그리하여 너는 다시 흘려 쓴다. 놓쳐버린 그 문장의 질감 그대로를 재현하기 위해서는 사라져버린 속도 그대로 뒤좇아가야 한다는 듯이. 아주 짧은 순간 네가 보았던 그 문장들을 되찾기 위해서. 네 의식의 저 깊은 곳으로 흘러버린 그 목소리들을 되짚기 위해서. 발견되기를 바라며 흘러들듯 숨어버린 그 목소리들을 다시 불러들이기 위해서. 오직 너 자신만이 밝혀낼 수 있는 꿈의 내용을 오직 너 자신만이 써내려갈 수 있는 문장 위에 얹어두기 위해서.

—「발화 문장 연습—그리하여 흘려 쓴 것들」, 부분

이제니의 시를 읽는 독자들은 종종 혼란스러움을 느낄 경우가 많을 것이다. 과거와 현재와 미래가 그렇고 낮과 밤이 그러하며 또한 너와 내가 그러하다. (우리는 이 혼란을 있는 그대로 감각해야만 한다.) 그 모든 것들은 사실상 구분될 수 없다. 이들은 모두 시인의 내면 속에 있는 어떤 그림자이자 동시에 자기 자신의 기묘한 형상에 해당하기 때문이다. 그 그림자들은 명료하고 밝은 빛의 세계와 무관하며 동시에 오직 "어둠 속에서 써내려가듯 흘려" 쓸 때에만 존재하게 될 이름 할 수 없는 것에 가깝다. 즉 언어화되기 이전의 무엇이자 "종이 위로 옮기려는 순간 무연히 사라져버리곤 했던" 무언가를 붙잡기 위해 시인은 '깨어 있으려' 한다. 이 깨어남을 목격하려는 자는 "아주 짧은 순간 네가 보았던 그 문장들을 되찾기 위해서. 네 의식의 저 깊은 곳으로 흘러버린 그 목소리들을 되짚기 위해" 존속하며 오직 '너만이 되찾고 쓸 수 있는 꿈'을 인식해야만 하는 자로 존재하기를 욕망한다.

이러한 점에서 이제니의 시는 무수히 많은 것을 흩트려 버리면서도 오직 단 하나를 원하고 있다고 말해져야 할 것 같다. 시인이 쓰려하는 것. 그것은 그 혼란과 고통의 마음에 깊숙이 침윤됨으로써만 드러날 수 있는 무엇이기도 하다. 시인의 말처럼 언어가 아닌 언어. 아직 오지 않았으며 이미 스쳐 지나가 버린 어떤 본래적 이름을 구현하려는 욕망이 이 미로를 지탱한다. '파괴와 구원은 동시적으로 이루어진다'는 아감벤의 논의를 빌려 말해본다면 이제니의 시들은 철저하게 자신의 언어를 붕괴시킴으로써 희미하게 현전할 구원을 찾으려 하는 셈이다. 즉 이 시인은 "닫혀있는 입을 대신하여 낱말들은 또 다른 낱말들로 사라지면서 흐르고 있고. 그렇게 영원히 오고 가는. 어떤 움직임만이. 어떤 방향성만이. 발화의 자리를 대신"(「발화 문장 연습—그리하여 흘려 쓴 것들」)함으로서만 올 수 있는 것이자 일종의 궁극적인 '언어'를 찾고자 한다.

시인의 '발화'가 무수히 많은 미로를 구축해 가면서 언어의 굳어지고 무감각한 표층을 붕괴시키려 하는 것은 항상 언어 이면에 존재할 무언가를 위해서이다. 이를 말해볼 수 있다면 그것은 그녀 자신도 명시하지 않은 채로써만 드러내려는 근원적인 것들에 대한 그리움 때문이라 할 것이다. 그 마음을 시인은 자신의 언어와 언어 사이에 숨겨둔다. 스스로 이야기하듯 그녀의 언어는 "두 개의 면으로 다시 쓰는 마음의 음보"이며 동시에 "굴절된 시간을 통과한 빛과 어두움에 관한 것"이자 "이면의 마음에 관한 것"(「발화 연습 문장—남방의 연습곡」)이니까. 그렇다면 우리가 시인이 만들어둔 혼돈의 미로 속으로 뛰어들어야 하는 이유는 '종이 위에 스며든 언어'(「작고 없는 것」), 즉 문장들이 새겨둔 마음의 세계에 존재할 '무엇'을 감각하기 위함일 것이다.

> (…) 마주하는 마음과 마음이 그려내는 흐릿한 무늬가
> 벽을 타고 가만히 흘러내리는 기적을 만날 수 있을 것인가.
> 닿을 수 없는 중심의 미로를 향해 새는 오늘도 날아간다.
> —「피라미드와 새」 중에서

### 3) 희미한, 잔존하는 검은 빛

> (…) 모든 것은 모든 것 속에 모든 것을 품고 있습니다. 결국 변하지 않는 것은 언덕 저 너머에 불어오면서 흩어지고 있는 어떤 목소리뿐인지도 모른다고 나는 느낍니다.
>
> —「발화 문장 연습—떠나온 장소에서」 중에서

그녀가 바라보는 세계란 어떠한가. 언어의 깊은 심연과 어둠을 바라볼 줄 모르는 자들에게 세계란 단지 평탄하고 변화 따윈 없으며 모든 것이 그저 반복되는 세계와도 같을 것이다. 그것들은 모두 헛되다. "다른 누군가의 단정적인 말과 다른 누군가의 헛된 위로 속에서 우리와 우리는 우리 자신을 잃어가고 있었"(「발화 문장 연습—우리 안에서 우리 없이」)으니까. 시인은 말하자면 "그리하여 다시. 마주 보는 이중의 거울 속에서 끝없이 끝없이 맺히며 펼쳐지는 거울상의. 그 어떤 예비된 묵시들"(「거울을 통해 어렴풋이」)같은 이 세계와 무관하며 그것을 넘어서 있다. 마치 "우주에서 지구를 내려다보는 시선"이자 "신의 놀이판 위에서 움직이고 있었다는 것을 알게 되면 놀이판 위의 자신을 바라보는 놀이판 밖의 자신을 바라볼 수 있게"(「발화연습문장—두 번째 밤이 닫히기 전에」)되듯이. 쓰여지는 것과 쓰는 자와 그것을 모두 바라보는 자의 '다인칭적 시선'(「발화 문장 연습—떠나온 장소에서」)으로 존속하는 시인은 '종이에 어울리지 않을 거룩한 말'(「남겨진 것 이후에」)을 기도하는 자가 되려 한다. 그렇다면 이 근원적인 '거룩한 말'은 무엇일까. 단지 "믿기 때문에 계속"(「또 하나의 노래가 모래밭으로 떠난다」) 노래되는 그 흔적들은 어떻게 드러날 수 있는 것인가.

> (…) 무관한 단어들 속에서 사물의 이름과 존재의 환영이 자리를 뒤바꾼다. 어둠의 경계 너머로 스며드는 기억이 있다. 가볍지만 쉽게 찢어지지 않고 복원력이 뛰어납니다. 경계 없는 목소리로 분명한 질문을 던진다. 어디에 있습니까. 지금 여기에 있습니까. 안개 속을 걸어가면 밤의 한가운데 도착합니다. 모르는 것을 어둠이라 부르면서 희미하게 나아간다. 제자리걸음이어도 전진하고 있다는 것을 알아야 합니다. 첫 문장은 바닥으로 떨어졌고 마지

> 막 문장은 날개로 펼쳐진다. 미래를 두드리면서 과거를 만든다. 세계의 입구가 열리고 있다. 숨소리 뒤에 들려오는 아름다움이 있다.
>
> ―「안개 속을 걸어가면 밤이 우리를 이끌었고」, 부분

중요하게 생각해야 할 것은 시인이 찾고자 하는 저 '거룩한 말'이란 거룩하다라는 단어로서는 결코 도달할 수 없다는 점일 것이다. 가장 밝은 빛을 찾기 위해서는 가장 깊은 어둠을 통과해야 하듯이. 진정으로 알기 위해서는 내가 안다라는 사실 자체를 버려야 하듯이. 시인은 끊임없이 미로를 증축한다. "무관한 단어들 속으로 사물의 이름과 존재의 환영이 자리를 뒤바"꾸는 것처럼. 그러나 그 중에서도 문득 "어둠의 경계 너머로 스며드는 기억이 있다." 그것은 아무것도 아니듯 '가벼우며' 또한 '뛰어난 복원력'처럼 내 주위를 그저 맴돈다. 오직 밤의 길을 걸을 때에만이. 그저 가만히 있는 듯이 보이지만 사실 앞으로 나아가고 있듯이.

바로 그 지점을 인식하기. 말과 언어 그리고 목소리와 숨소리 너머에 존재할 어떤 아름다움을 기억하려는 행위는 이제니의 언어적 실험의 가장 중심에 놓여 있는 '의미'라 해야 한다. 그녀의 모순적인 목소리가 발화되며 들려오는 그곳. "모르는 것을 어둠이라 부르면서 희미하게 나아"가려 하는 한 인간의 고통스러운 형상. 그러니까 마치 「날개」의 이상처럼 언젠가 언어와 문장 속에서 드러날 '날개'를 기다리는 자로서. 미궁 속에서 자신의 존재를 던져버리는 자는 스스로를 살해하는 자이며 동시에 뒤이어 태어날 새로운 인간의 형상으로 존속하기를 욕망하는 것이다. 그러한 인간을 위해 예비되어 있는 것. 그 "세계의 입구"에 있을 무엇. 어떤 아름다움이라 말할 수 없는 '아름다움'. 그 희미한 잔존적인 '검은 빛'을 찾으며 말이다.

그렇기에 시인에게는 "국외자 혹은 이방인"의 것이자 "발음하기 곤란한 낱말소리가 있는 것이다." "일관된 주제의식을 흐릿하게 드러내고 있"는 언어를 소유하며 "읽고 쓰려는 것과 모방하고 묘사하려는 대상 사이에는 지속적으로 발생하는 우주적 찰나"(「조그만 미소와 함께 우리는 모두 죽을 것이다」)를 들여다보기. 그 희미한 빛의 형상 속에 존속할 무엇을 예비하며 기

다리는 자로서 말이다.

> (…) 정확한 대안을 찾을 때 현실은 과거처럼 생생해집니다. 빛과 그림자가 혼합된 백일몽의 연속이다. 너는 죽은 나무 아래에서 잠들었고 향은 여전히 피어오르고 있었다. 떨어진 열매는 죽어 다시 새로운 열매로 열린다. 마지막 페이지에는 극락정토라고 적혀 있었다.
>
> —「떨어진 열매는 죽어 다시 새로운 열매로 열리고」, 부분

과거가 아닌 과거이자 미래가 아닌 미래이며 현재가 아닌 현재 속에서 "정확한 대안"을 찾는다는 것. 스스로의 언어를 '정확하게' 사용하려 한다는 것은 그저 표현과 이미지 혹은 말의 수사법으로 이해될 수 있는 차원의 것이 아니다. 오히려 그것은 오직 죽어있는 시간들 속에서 "생생"할 수 있을 무엇과 같은 시간을 찾으려 하는 태도에 보다 가깝다고 해야 한다.

아마도 그것은 "빛과 그림자가 혼합된 백일몽"과 같은 미로 속을 헤매이며 스스로를 죽은 자로서 존속시키려는 자의 얼굴을 하고 있을 것이다. 시인은 스스로를 '죽은 자'로 인식하며 그 죽음 앞에 누워있는 자기 자신을 '본다'. 그 죽음이란 "떨어진 열매는 죽어 다시 새로운 열매로 열"리는 것을 아는 자에게만 허락될 수 있는 것이기에. 그러한 한 인간이 죽음의 순간에 비로소 들여다 볼 수 있는 마지막 책의 형상이 아마도 이와 같지 않을까. 그 언어와 문장은 오직 "극락정토"처럼 있게 될 무엇일 따름이니까. 그 고통의 너머에 존재할 희미한 잔여들인 어떤 '검은 빛'처럼 말이다.

> (…) 아침으로 다시 시작되는 검은 몸이다. 검은 몸으로 흘러가는 검은 문장이다. 검은 문장으로 다시 열리는 검은 창문이다.
>
> —「흑곰을 위한 문장」 중에서

### 4) 이름하지 않는, 그 고유하고 필연적인 아름다움과 함께

> (…) 지금 우리가 언어로 말하는 여러 가지 이야기들. 새롭게 태

어납니다. 이제 다시 시작이다. 기대하지 않았던 빛을 통해 낯선 것의 모습을 드러내고 있다.

—「지금 우리가 언어로 말하는 여러 가지 이야기들」 중에서

아마 이렇게 말해두어야 할 것이다. 이제니란 한 인간이 느끼고 감각하는 세계에 대해서. 우리 역시 거기에 있다고. 그녀가 겪고 있는 고통의 마음들처럼 우리도 그렇게 '있다'고. 너의 고통은 나의 고통이며 또한 우리이자 세계에 내던져진 채 검은 빛을 찾는 자들의 목소리라고. 하여 "신의 영역에 이르기까지 몸짓으로 표현하는 간절함"같은 시인의 언어는 결국 "진실에 가닿으려는 마음"이자 "내적인 생명을 반복하는 울림"이며 동시에 "나뭇가지처럼 나아가는 물결"(「나뭇가지처럼 나아가는 물결로」)처럼 존재할 것이다. 언어의 표면과 맥락과 정의를 부수고 우리의 이 말라붙어버린 세계를 불태우며 모든 것을 붕괴시킬 때까지 그녀는 멈추지 않을 것이다. 그러한 태도만이 우리가 이름하지 않을 "아름다움"을 희미하게 현전할 수 있게 할 테니까. 그 고통만이 오직 이 언어들의 순수함을 증명할 수 있을 테니까.

그러니 우리는 다음의 말을 되새겨 꼼꼼하게 들어야 한다. 시인이 보며 듣는 꿈과 그 마음에 대하여. 그 고통의 말들이 형성해 내려는 고유한 세계에 대하여. "그러니까 서둘러야 한다. 우리는 꿈을 꾸는 사람이다. (…) 그러니까 밤은 남아있다. 아직 밤을 이루는 울음도 울음을 이루는 걸음도 걸음을 이루는 숨결도 남아있다."(「남아있는 밤의 사람」) 저 '거울들의 묵시록적인 세계'에 숨어있는 '흔들리는 무수한 나뭇가지 사이에서'(「거울을 통해 어렴풋이」) 시작될 "내면의 축제"를 기다리면서. 그 "독자적인 발성들"(「꿈과 현실의 경계로부터 물러났고」)의 필연적인 아름다움을 들여다보면서.

(…) 벽이라고 부르는 통로를 향해. 막이라고 부르는 복도를 건너. 숨이라고 부르는 바닥을 딛고. 병이라고 부르는 마음을 다해. 나무는 앞에 있고 걸어간다. 외톨이 새. 이웃 새는 되돌아오지 않으며.

—「발화 연습 문장—외톨이 숲을 걸어가는 이웃 새」 중에서

## 3. 슬픔과 고통의 현전: ‘씌어지지 않은 것’들에 의지하며

# 3-1. 그저 쓴다는 필연적인 무능함에 대하여
— 2019년 신춘문예 당선 시평

1)

문학의 길을 생각하는 사람이라면 아마 누구라도 그러할 것이다. 마찬가지로 필자 역시 지금도 기억한다. 뼈를 깎듯이 골몰하며 써둔 글을 우편으로 부치고 난 후 이번에는 되지 않을까란 간절한 마음을 품었던 순간'들'을 말이다. 얼마 되지 않았지만 등단이란 제도를 통과하고 나서도 그러했다. 이른바 문학평론가란 타이틀을 얻게 된 지금에서도 신춘문예 시즌이 다가오면 항상 설레이면서 동시에 괴로운 마음 또한 몰아쳐 왔다. 등단이라는 제도를 통과해야 한다는 그 고통은 불쑥불쑥 나의 마음을 휘감았기에. 문인이라는 이름을 얻기 위해 언젠가는 통과해야 했던 그 좁은 문이 항상 그림자처럼 떠오르기에.

문학이란 이름의 휘황찬란하면서도 희미했던 그 빛은 도대체 무엇이었을까. 곰곰이 생각해 보면 아마도 그 빛은 내가 가진 열쇠들에도 불구하고 잘 열리지 않던 문과도 같은 것이었으리라. 언젠가는 열려야만 한다는 생각에 더욱 좌절할 수밖에 없었던 것. 지금은 아니지만 기필코 저 문을 열었을 때 빛나는 그 이름을 얻을 수 있게 된다는 것. 아직 오지 않고 있는 그때가 도래하기를 절실히 기다린다는 것. 그 어슴푸레한 빛을 위해서 부나방처럼 달려들면서 글을 쓰고 고통스러워하던 날들의 기억은 지금도 선명하다. 그 시절이 오기를 간절히 기다리고 있던 피와 영혼을 먹고 자란 나의 문장들과 함께 말이다.

약간의 운 덕분에 다행히도 좁은 문을 통과한 '이후'가 되었지만 여전히 지금도 그 문을 통과하기 위해 애쓰는 누군가'들'이 있다. 고통의 과정은 같지 않겠지만 그 기억은 동일할 것이다. 하여 신춘문예 시평을 쓰기 위해서 『2019년 신춘문예 당선시집』(문학세계사, 2019)을 꺼내 들었을 때 떠올랐던 생각은 이러한 것들이었다. 신진 시인들을 등용하는 신춘문예에 대한 글을 쓰게 되다 보니 어쩔 수 없이 조금 (아니 꽤 많이) 감상적이 될 수밖에 없었다. 승자보다는 어쩔 수 없이 패배와 고통을 들여다보는 행위는 오래된 습벽이지만, 여전히 지금도 어디에선가 언젠가 와야 할 '차후'를 기다리는 수많은 누군가'들'이 있으리라 생각한다.

그러하기에 신춘문예란 화려한 축제는 수많은 차후들을 낳을 것이다. 그 차후들 역시 언젠가는 이후가 될 것이겠지만 아직 그 시간은 도래하지 않았다. 그러니 할 수 있는 것은 그저 단지 끊임없이 기다리며 쓰는 것일 따름이다. 과거에는 차후였을 올해 등단한 시인들 역시 이 과정을 거쳐 왔을 것임은 당연하다. 신춘문예를 수식하는 가장 대표적인 단어가 '등용문'이듯이 이제 시인이란 타이틀을 얻게 된 분들은 충분히 축하받을 자격이 있다.

차후에서 이후로 건너온 사람들에게도 그리고 아직 차후에 남아있는 사람들에게도 이 문학판에 있는 자들이 할 일은 결국 더욱 쓰는 것 외에는 다른 것이 될 수 없다. 물론 이제 시작하는 신진들에게 우선 필요한 것은 축하겠지만 그러나 축하는 그리 길지 않다는 것이 냉정한 현실이다. 등단이라는 제도에 대해서도 그리고 평가와 등급을 매긴다는 일의 무의미함에 대해 생각하면서도 어쩔 수 없이 우리는 그들에 대해 읽고 말해야 한다. 생각이란 결국 주관적이기에 항상 옳다고 할 수는 없겠지만 시작이 아닌 앞으로의 성장을 위해서 더 고통스러운 말들이 필요하다는 것은 그들 역시 잘 알 것이다. 하여 올해 신춘문예 등단작에 대해 평했던 한 시인의 말을 옮겨보려 한다.

> 신춘문예라고 해서 꼭 '다름'이나 '새로움' 같은 말에 매달릴 필요는 없다. 그것이야 말로 기왕을 기준으로 하여 그 나머지를 승인하려는 전유의 욕망일 수도 있으니. 내가 신춘문예 당선작을 읽으며 느낀 답답함은 그렇게 거

창한 데 있는 게 아니다. 쓰는 이도 읽는 이도 자신이 '아는 것' 속에 시를 가둬놓고 있는 게 아닌가 하는 느낌. 그게 사건이든 풍경이든 아니면 삶 자체이든 '알 수 없는' 무언가에 붙들려 우리는 시를 쓰고 또 읽는 것 아닌가. 그러니 시의 매혹에 대해서라면 의미로 치환되는 명징한 논거보다는 '그저 드러날 뿐이며 그로써 신비를 갖는다'(비트겐슈타인)의 말이 좀 더 유효할 것이다. 어떤 순간의 감정이나 예감이 끝내 말해질 수 없는 채로 드러나는 것. 다행히 몇몇 시에 그것을 확인할 수 있어 기뻤다.

— 신용목, 「우리에게 가능한 시: 2019 신춘문예 시 리뷰(『창비 주간논평』, 2019. 1. 19.)」

어쩌면 냉정하게 들릴지도 모르겠다. 그러나 신용목 시인이 말하듯이 "쓰는 이도 읽는 이도 자신이 '아는 것' 속에 시를 가둬두고 있는 게 아닌가 하는 느낌"은 분명 중요하게 생각해야 할 것 같다. 그러한 생각은 나 역시도 들었으니까. 그가 비트겐슈타인을 인용하는 의도에서도 드러나듯 우리가 기억해야 하는 것은 시란 결국 아는 것이 아니라 모르는 것에 더 가까울 때 어떤 "매혹"적인 필연성을 획득할 뿐이라는 점이다. 알고 있으며 예측 가능한 것이 '아닌' 시. 쓰면서 정확하게 계산되며 생각한 대로 보여지는 시가 아니라 때로는 미지이자 어떤 알 수 없음을 그 자체로서 드러낼 수 있는 시란 과연 불가능한 것일까. 우리가 기다리고 있는 것이자 어떤 필연성을 지닐 시적인 것이란 도대체 무엇이어야 하는 것인가.

개인적인 사견에 불과하겠지만 올해 신춘문예 등단작들을 일별해 보았을 때 우선적으로 드는 생각은 서정적인 시라고 생각될 만한 범주의 작품들이 상당히 많았다는 점이다. (물론 이에 대해서는 충분히 다른 이견이 있을 수 있다.) 시정시의 본령이라 할 '세계의 자아화'에 충실했다는 사실 자체가 나쁜 것은 아니다. 그러나 그것은 어디까지나 예측 가능한 것에 속할 따름이다. (우리는 이미 미래파와 그 이후에 있다.) 대상과 세계를 따듯하게 바라보고 아끼는 '동일시'나 자연과 세계에 대한 이미지로 자신의 관념을 드러내는 방식들은 모두 나름의 의미가 없지 않았다. 그러나 그 마음들은 슬프게도 어떤 상처를 불러오진 않았다. 롤랑 바르트가 『카메라 루시다』에서 말했던 나에게 소리쳐 관심을 가지게 되는 '스투디움'과 나를 상처 입히고 찌르는 '푼크툼'의 차이처럼. 그렇게 본다면 역설적으로 우리가 기다리고 있는 것은 낯설고 이해할 수 없는 무수한 고통과 필연성의 언어들이 아닐까.

즉 우리에게 필요한 시란 어쩌면 필연적으로 '무능력'한 시일지도 모른다. 시를 쓴다는 어떤 기술적이며 전형적인 틀과 무관한 것. 시라고 생각되는 것을 쓰지 않는 것. 요컨대 시를 쓰지 않고 우리가 생각해 왔던 시라는 틀을 버리는 것. 이 필연적인 '무능력함'에 대해서 조르조 아감벤의 「창조 행위란 무엇인가?」[1]에 실려 있는 논의를 참고할 수 있을 것 같다.

> 힘의 정의가 그것을 발휘되지 않을 수 있는 가능성에 의해 결정된다는 사실을 통해 아리스토텔레스는 '힘'과 '힘 없음', '능력'과 '무능력'이 서로를 상대로 구속력을 구축하는 관계에 놓여 있다는 결론을 이끌어낸다. (…) '무능력'은 모든 힘의 부재를 의미하지 않으며 대신에 '-하지 않을 수 있는 힘'을 말한다. (…) 인간의 힘은 힘의 원천적인 구조 안에서 고유의 결여 양태와 관계를 유지하며, 언제나 무언가로 존재하거나 존재하지 않을 수 있는, 무언가를 하거나 하지 않을 수 있는 힘과 일치한다. 아리스토텔레스는 바로 이러한 관계가 인간적인 '능력'의 본질을 구축한다고 보았다. 이러한 '능력'을 토대로 존재하며 살아가는 인간은 스스로의 무능력을 인정할 수 있으며 그런 식으로만 스스로의 능력을 소유할 수 있다. 그가 무언가로 존재할 수 있고, 무언가를 만들 수 있는 것은 무언가로 존재하거나 무언가를 만들지 않을 수 있는 가능성과의 관계를 유지하기 때문이다. 인간의 이러한 '능력' 속에서 감각은, 구축적인 차원에서 무감각과 일치하며, 사유는 무의식과, 노동은 무위無爲와 일치한다. (…) 인간이 무언가로 존재한다거나 무언가를 할 수 있다는 것은 구축적인 차원에서 그것의 결핍 상태와 직접적인 관계에 놓여있다.

우리는 흔히 시를 쓴다거나 창조하는 행위를 마치 새로운 것을 만들어낸다는 개념으로 (혹은 개성적 존재로서의 낭만주의적 천재처럼) 이해하는 경우가 많다. 그러나 특이하게도 아감벤은 아리스토텔레스의 논의를 빌려와 근본적인 창조 행위란 사실 창조할 수 없음이란 무능력과 긴밀하게 관계를 맺고 있음을 지적한다. "무언가를 만들 수 있는 것은 무언가로 존재하

1) 조르조 아감벤, 『불과 글—우리의 글쓰기가 가야 할 길』, 윤병언 옮김, 책세상, 2017, 68-69면.

거나 무언가를 만들지 않을 수 있는 가능성과의 관계" 속에서만 이해될 수 있다고 강조하는 아감벤의 말을 빌려 보자면 이렇다. 무엇을 할 수 있음이란 사실상 할 수 있음 그 자체를 사유하면서 할 수 있음이란 고정된 것 이외의 다른 '무엇'과의 관계 맺음이다. 그것은 힘주어 할 수 있음이 아닌 것이며 그것 외의 다른 할 수 없음과 무능력 혹은 약한 능력 속에서만 드러날 미지의 가능성이다.[2]

그가 강조하고 있는 바를 시인이라는 존재에 빗대어 살짝 바꿔보자. 그의 말처럼 시인(인간)이 되기 위해서는 '시인으로서 자신은 쓸 수 없다(할 수 없다)'는 사실을 인정해야 한다. 그 방식으로서만 시인은 시에 대해서 접근할 수 있다. 즉 시인으로서 존재할 수 있고 시를 만들 수 있다는 것은 '시를 쓰지 않을 수 있는 가능성과의 관계를 필연적으로 유지'해야만 한다. 아감벤의 지적을 거쳐 말해보자면 시를 쓴다는 필연적인 무능함이란 사실 알 수 없는 예지나 어떤 미지의 영역과의 관계 맺음에 가까운 무엇일 따름이다. 그것은 할 수 있음이자 내가 쓸 수 있는 시와 알고 있는 시와 내가 지금 행하고 있는 시를 '버림'으로써 이루어질 어떤 새로운 가능성의 도래인 셈이다. 이러한 태도란 결국 필연적인 무능함이 가진 행위의 끝에서 도달할 '무엇'에 대한 기대와도 등가적인 것일 수밖에 없다.

그러하기에 우리가 기다려야 하는 새로운 시를 가능케 할 예감이란 해석과 이해의 영역이 아닌 곳이자 알 수 없음과 이해되지 않음 속에 존속하고 있을지도 모른다. 말하자면 우리는 그저 '쓴다'라는 행위로서는 도달할 수 없는 필연성을 가진 시를 기다리고 있는 것이다. 어쩌면 이미 우리

---

2) 이는 아감벤이 로마인들에게 쓴 사도 바울의 편지를 분석했던 『남겨진 시간』(강승훈 역, 코나투스, 2009)에서 언급된 '-이자 -이 아닌 것'의 사유와 유사한 것이며 동시에 벤야민에 기반한 아감벤적 사상 전반의 핵심이라고도 할 수 있다. 즉 이 '-이다'는 주체의 차원에서는 거의 인식되기 어려운 규정된 존재조건인 '에피스테메'(푸코) 혹은 상징계적 시스템(라깡, 지젝) 하에서 대상에 이미 주어져 있는 규제와 존재론적 토대의 차원에 해당한다. 그런데 존재란 그와 동시에 '-이 아닌 것'의 영역 또한 잠재적 혹은 가능성적으로 알지 못한 채 지니고 있다. 그러하기에 '-이자 -이 아닌 것'이 개념의 핵심은 '-이다'를 무화 혹은 정지시키고 그 안에 파편적으로 잠재해 있는 대상의 근원적 가능성(-이 아닌 것)을 복원해내는 것에 있다. 요컨대 이는 아감벤이 정지(파괴)와 구원이 동시적으로 이루어진다고 지적했던 부분이나 또는 메시아적인 '약함(무능력)'의 사유나 혹은 『세속화 예찬』(김상훈 역, 난장, 2010)에 등장하는 세속화(마력적이고 동화적인 것들)의 가능성을 주목하는 개념과 동일한 것이기도 하다.

곁에 도래해 있으나 알 수 없는 노래를 흥얼거리고 있을 '무엇'을. 그러나 아직 알지 못하고 그렇기에 있어야만 하는 필연성을 가진 어떤 예감적인 것들을.

2)

요컨대 문제는 무엇을 말하고 있는가가 아니라 어떻게 언어를 그 자체로 드러낼 수 있는가를 따져봐야 하는 것일 테다. 즉 우리는 지금 새로이 등장한 시인들에게 언어에 의한 소재나 표현이 아니라 언어를 '통해서' 드러날 이미지 그 자체를 문제시해야 한다. 언어를 조탁하고 다듬는 일반적 시의 개념이 아닌 언어를 '통해서' 현전하게 될 감각을 마주할 수 있을 때. 우리는 우리 앞에 등장해 있는 새로운 시들에 대한 가능성들을 읽어낼 열쇠를 갖게 될 것이다. 이 말은 미래파 이후 (포스트-미래파로 불리우는) 현재의 시인들이 보여주고 있는 언어적 감각이 지금 막 등단한 시인들에게도 여전히 필요하다는 뜻이기도 하다. 이제 다음의 시를 보자.

> 예순두 살의 뽀얀 속살입니다 시야각으로도 알아볼 수 있습니다 벗고 만날 수 있고 온몸을 훑고도 괜찮아요 엄마는 때수건과 우유를 손에 들고 옵니다 우리는 깨끗해집니다
>
> 두꺼운 발톱과 무좀을 병이라 부릅니다 탕의 수증기는 소리와 이야기를 불러 모읍니다 "그 발톱으로 네일 숍에 왔대" 동료들이 웃었습니다
>
> 회사에는 엄마 얘기만 합니다 아빠 얘기만 하는 동료에게 묻지 않았습니다. "엄마가 없니?" 질문은 되돌려집니다 알고도 모르는 것들을 생각합니다
>
> 동료를 엄마라고 불렀습니다 아차 하면서 재채기처럼 웃었습니다 자꾸 새어나오는 웃음만큼 웃음거리들이 쉽게 배어나오는 회사입니다 제가 오늘 재채기를 했던가요

바디 클렌저에서 수영장 냄새가 납니다 미즈노 루리코의 '헨젤과 과 그레텔의 섬'이 떠오릅니다 까페 화장실 앞에서 스콘을 먹어야 했어요 열고 닫히는 문은 섬이었다가 여름이다가 코끼리였습니다 삼십 분 동안 읽었는데요 시 한 편을 오래 보았습니다

매일 달라지는 책을 동료에게 소개하지 않았습니다 쓰는 몰입을 알 리 없어요 동료가 농담을 던졌습니다 "등단을 못하겠구나" 엉뚱한 발언을 잘 하는 저의 별명은 소설가입니다 "시를 씁니다" 말하지 않아요 동료들은 알고도 모르는 것일까요

"친구들은 어때요?" 하면 엄마가 떠오릅니다. 저의 벗입니다 같은 원 안의 피자를 먹고 다른 날 같은 구두를 신습니다 즐거운 시간은 떼어두었다가 서로에게 선물합니다 기억이 풍성해지면 쪼그라드는 현재들 진짜 벗들은 기억의 원 안에 있어요

항공사가 부도 직전이라는 소문이 돕니다 엄마는 키위를 반으로 자릅니다 포도를 씻고 귤을 깝니다 키위의 씨만큼 늘어나는 의혹들 과일 열한 통을 들고 출근합니다 회사일까 집단일까 궁금합니다 급여가 들어오지 않았으니 과일은 엄마에게 달아두는 외상입니다

조금만 당돌해집시다 구호가 필요합니다 동료는 잘난 척을 하다 동료들에게 혼쭐이 났습니다 저도 잘난 척의 기질이 있습니다 그러니 많이는 말고 조금만요

늙어도 우리는 무섭습니다 엄마는 겁보입니다 매일 밤이 오다니 엄마는 차를 몰고 저를 데리러옵니다 보조석의 방석은 꽃무늬입니다 여성이 되기 위해 꽃을 사들이고 무늬를 사들입니다 우리는 부분적으로 우아합니다 스무 살에 꾸었던 꿈의 일부를 이룬 것 같아요

— 노혜진,「엄마는 저렇게 걸어오지 않는다」(한국일보), 전문

노혜진 시인의「엄마는 저렇게 걸어오지 않는다」에서 주목되는 것은 시

인이 구사하고 있는 언어적 감각의 층위이다. 손쉽게 말해 이 시에는 어떤 의미와 논리 혹은 우리가 이데올로기라고 부를 만한 것을 찾기 어렵다. 게다가 (해당 신춘문예 심사평과 신용목 시인이 지적한 바와 같이) 일반적 관점에서 보면 잘 다듬어져 있는 것 같지도 않고 오히려 무절제하게 언어를 낭비하고 있는 것처럼 보이기도 한다. 또한 중간중간 '항공사의 부도 직전'이라는 소문과 '급여가 들어오지 않'는 상황을 통해서 무언가 정치적 현상을 이야기하고 있는 것처럼 보이기도 한다. 그러나 이는 일상의 한 단면처럼 스쳐 지나가고 있을 뿐이다.

그런데 이렇게 생각해 보면 어떨까. 이 시는 엄마 그리고 나 그리고 그들을 둘러싸고 있는 세계에 대한 이야기라고 말이다. 이 지점에서 이 시가 어떠한 점에서 일상을 그저 말하고만 있지 않은가를 따져보는 것이 중요하다. 즉 시인이 의미나 가치 이전의 선판단에 휘둘리지 않고 그저 자기의 목소리를 고요하게 내고 있는 것이라면. 그 목소리의 형상을 있는 그대로 들어보고 느끼고 감각해 내야 할 필요가 있다. 요컨대 이 시는 엄마의 세계와 그 외의 세계(아빠이거나 혹은 회사 동료들의 수군거림과 소문과 같은)의 세계로 구분되어 있다고. 시적 화자인 나는 엄마의 세계를 들여다보는 관찰자이자 동시에 그 세계의 거주자이기도 하다고 말이다. 그렇다면 시의 제목인 "엄마는 저렇게 걸어오지 않는다"는 말이 의미하는 바를 비로소 이해할 수 있지 않을까.

즉 그 외의 세계이자 혹은 '중심'적 (그 점에서 아빠이거나 회사 동료이기도 한) 세계에서 볼 때 나 혹은 엄마는 그들이 생각하는 그대로 '저렇게 걸어오지 않는다'. 그렇다면 이 시는 나 혹은 엄마는 그저 저 중심의 세계와 무관하게 여기에 오롯이 존재하고 있다는 것을 그 자체로 현전시키는 행위로 이해되어야 할 필요가 있다. 이 분석이 타당하게 판단되는 것은 시의 몇몇 구절 덕분이기도 하다. 엄마의 '두껍고 무좀이 있는 발톱'을 보며 "그 발톱으로 네일 숍에 왔"다고 수군거리는 동료들이나 혹은 "쓰는 몰입을 알리 없"고 "등단을 못하겠구나"라고 말하는 동료들이 그러하다. 시인의 말처럼 그들은 엄마의 세계를 아니 중심과 무관한 세계를 "알고도 모른다". 이 말이 가리키는 바는 저 중심들의 세계이자 '그들'(아빠와 동료들)은 그들의 생각대로 걷는 엄마만을 알 뿐이며 '저렇게 걸어오지 않는 엄마'를 모르며 알려 하지 않는다는 것이다. 그들에게 자신 이외의 타자들의 세계는 그저 존재하지 않는 것에 불과할 테니까.

이 중심들이자 동료와 아빠들의 세계 속에서 (손쉽게 생각할 수 있듯이) 엄마와 나의 세계는 그들과 싸우려 하지 않는다. (우리는 이 지점을 눈여겨봐야 한다.) 오히려 엄마와 나의 세계란 어떤 비밀이자 말해질 수 없는 무엇을 간직하고 있는 것에 보다 가깝다. 그 외부의 혹은 비중심적 사람들의 세계란 "열고 닫히는 문은 섬이었다가 여름이었다가 코끼리"이기도 한 '이상한 나라의 엘리스' 같은 시공간이다. 즉 그 세계에 대한 감응력과 친화력 때문에 시인은 엄마를 아니 어쩌면 우리가 알지 못했던 "시 한편을 오래 보"고 있는 것이며 단지 그 바라봄의 행위를 통해서만이 시인은 스스로의 존재가치를 드러낼 수 있다. 따라서 시 여기저기에서 등장하는 '엉뚱한' 그녀의 행동들은 사실상 중심적 세계가 '알고도 모르는' 세계를 역설적으로 드러내는 일종의 알레고리로 기능한다. 시인도 스스로 이렇게 말하지 않는가. "저도 잘난 척의 기질이 있습니다. 그러니 많이는 말고 조금만"이라고.

요컨대 우리가 주목해야 하는 것은 '조금만'이란 기호이자 어떤 필연성을 흔적처럼 드러내는 언어의 형상이다. 그것은 우리의 세계이자 저 중심과 몰이해의 세계를 어떻게 바라보고 있는 것일까. 물론 앞서 말했듯 그녀'들'(엄마와 나)의 세계는 여전히 그리고 오롯이 존재할 것이지만 그 세계는 중심의 몰이해와 싸우는 것을 목적으로 하지 않는다. 여기에서 하나 간과하지 말아야 할 것은 "급여가 들어오지 않"는 것 혹은 "항공사가 부도 직전이라는 소문"처럼 소리소문 없이 안개처럼 깔려 있는 중심적 세계가 가진 근원적 위력일 것이다. 그 중심의 세계는 자신의 방식대로만 존재하고 스스로를 끊임없이 확장하며 다른 여분의 세계이자 어떤 말하지 않음의 필연성을 증발시키고 파괴시키기 때문이다.

시인이 언어의 이면을 통해 말하고 있는 것처럼 그들이자 중심의 세계에 맞서는 방법의 함의는 그 세계와 싸우는 것이 아니다. (이미 보드리야르가 '의미로 두들긴 자는 의미로 죽는다'라고 말한 바 있다.) 오히려 요점은 그 세계에 대해 '겁을 먹는 것'이자 무시하지 않는 것. 나의 정체를 탄로 나지 않게 좀 더 현명하게 감추어두며 "기억이 풍성해지면서 쪼그라드는 현재들"과 "진짜 벗들은 기억의 원 안에 있"음을 상기하는 것이다. 그렇기에 그저 단지 존재할 '그녀들'의 세계 (혹은 그에 대한 기억) 자체가 바로 「엄마는 저렇게 걸어오지 않는다」가 가진 어떤 가능성이 될 수 있는 것이 아닐까. 아마도 저 중심이란 세계의 시선에서 그녀'들'은 "겁보"이기에 '매일 밤 그녀를 데리러 차를 몰고 오며' "여성이 되기 위해 꽃을 사들이고 무늬를 사들"일 뿐인 존재일 것이다. 그들은 여전히 알지 못하고 생각조차 하지 않기에.

그러니 '부분적'으로 우아할 수밖에 없는 세계 속에서 "스무 살에 꾸었던 꿈의 일부"를 생각한다는 것. 그것은 아마도 나와 엄마 혹은 그녀들의 세계가 가진 어떤 가능성이자 이 시에서 쓰여지지 않은 채로 전달되어야 할 그 필연적인 무능함으로 이해되어야 할 것이다. 저 중심의 세계와 다르며 어떤 차이와 결을 가진 타자의 영역에서 그저 그렇게 있다는 사실 그 자체가 바로 「엄마는 저렇게 걸어오지 않는다」가 에둘러 말하고 싶었던 것이었으리라. 우리는 지금 저 중심의 세계의 모든 예측과 판단과 규율을 영리하게 빗겨나가 버린 그녀들만의 세계와 그 오롯함의 표정을 보고 있다. 이 시를 읽으면서 느껴졌던 것이자 언어에 의해서가 아닌 언어를 통해 전달되는 필연적인 무능함이란 그와 같았다.

3)

또 다른 방식이자 정확하게 펼쳐져 있는 저 필연적인 무능함은 또 어떨까. "사라져가는 모든 것은 비유다"라는 문장과 "망할 것이다"라는 문장 사이에 끼어있는 어떤 희미한 예감인 것들을 말이다. 성다영 시인의 「너무 작은 숫자」가 주는 어떤 강렬함이 있다면 우리는 그것을 시의 내용적인 서사나 맥락에서 찾을 수는 없다. 우리가 사실은 모두 '망할 것이다'라는 단정적인 어조가 가진 가능성과 같은 힘이 있다면. 그것은 아마도 이 시인이 펼쳐두고 있는 언어의 기묘함과 풍경들로부터 오는 것이라고 해야 한다. 너무 작아서 더 이상 셀 수조차 없으며 이해되지 않을 저 타자들의 세계로부터. 이 낯선 이미지들의 병치가 결국 구성하고 있는 사유의 지도를.

> 도로에 커다란 돌 하나가 있다 이 풍경은 낯설다 도로에 돌무더기가 있다 이 풍경은 이해된다
>
> 그린벨트로 묶인 산속을 걷는다
> 끝으로 도달하며 계속해서 갈라지는 나뭇가지
>
> 모든 것에는 규칙이 있다 예외가 있다면 더 많은 표본이 필요할 뿐이다 그렇게 말하고 공학자가 계산기를 두드린다 없는 것이나 마찬가지이지만 그렇기에 더 중요합니다 너무 작은 숫자에 더 작은 숫자를 더한다
>
> 사라져가는 모든 것은 비유다
>
> 망할 것이다
>
> 한여름 껴안고 걸어가는 연인을 본다 정말 사랑하나봐 네가 말했고 나는 그들이 불행해 보인다는 말 대신 정말 덥겠다 이제 그만 더웠으면 좋겠어 여기까지 말하면 너는 웃지
>
> 그런 예측은 쉽다
> 다영 씨가 웃는다
> 역사는 뇌사상태에 빠진 몸과 닮았다
>
> — 성다영, 「너무 작은 숫자」(경향신문), 부분

시인은 자신의 존재론적 방식에 대해서 정확하게 선언한다. 세계란 "규칙"과 "예외"로 이루어져 있다고. 우리가 늘 항상 마주하고 들여다보고 있는 세계란 시인의 시선에 의해 그저 아주 단순하게도 저 두 개의 단어로 환원된다. 그렇기에 "도로에 커다란 돌 하나가 있다 이 풍경은 낯설다 도

로에 돌무더기가 있다 이 풍경은 이해된다"란 첫 구절은 유의미하다. 그저 돌이 있다거나 없다거나 혹은 어떠한 모양(돌 하나이거나 혹은 무더기)이냐는 재현적 차원의 맥락은 전혀 중요하지 않다. 오히려 거기에서 중요한 것은 '이해된다'와 '낯설다'가 갖는 질감의 차이일 것이다.

「너무 작은 숫자」에서 일종의 사실적 재현이나 서사적 맥락을 찾는 것이 별다른 의미가 없을 것이라고 말한 이유가 바로 여기에 있다. 이 시인의 시선은 "도로에 커다란 돌"이 있는 비현실적인 (아마도 초현실적인) 풍경과 "도로에 돌무더기가 있다"는 현실적 시선의 사이에 위치한다. 좀더 손쉽게 말해보자면 이 양쪽의 세계란 정상적이고 일반적인 세계와 그것이 아닌 어떤 다른 타자들의 세계로 구분 가능하다. 핵심은 바로 그 사이를 시인이 본다는 것이다. 요컨대 시인은 "끝으로 도달하며 계속해서 갈라지는 나뭇가지"처럼 숫자와 규칙이자 시작과 끝이 정해져 있는 세계 속에서 '계속 분열하며'(들뢰즈) 존재하고 싶어 하는 것일 테다.

이렇게 본다면 "모든 것에 규칙이 있"는 세계이자 "예외가 있다면 더 많은 표본이 필요할 뿐이다"라고 말하는 "공학자란" 저 "이해된다"의 세계 속에서 머물며 이해될 수 없는 예외를 그저 변수로만 취급하는 자들일 것이다. 변수를 인정할 필요가 없는 자들이자 정상적 세계와 완벽하게 동일한 존재들. 오직 "계산기"로서만 세계를 측정하며 정확하게 표시될 수 있는 숫자 이외의 것은 그저 예외일 뿐이라고 말하는 자들은 단지 세계를 명료하게 만들 뿐이다. 그렇다면 그러한 자들의 사이에서 "없는 것이나 마찬가지이지만 그렇기에 더 중요합니다 너무 작은 숫자에 더 작은 숫자를 더"하고 있는 시인은 결국 스스로를 "낯설다"의 세계에 존속하는 자로 이해하고 있다고 해야 하지 않을까. 끝이라고 규정된 세계 속에서 "계속해서 갈라지는 나뭇가지"같은 시인의 존재론적 형상이 이와 같은 것이다.

요컨대 저 낯선 세계로 존속하려는 어떤 의지란 '공학자'들의 시선에선 그저 없는 것이거나 혹은 '너무 작은 숫자'여서 보이지 않는 것에 불과할지도 모른다. 그렇기에 시인은 다음과 같이 선언한다. "사라져가는 모든 것은 비유"라고 그리고 저 공학자들의 세계이자 어쩌면 '너무 작은 숫자'를 읽을 수 없는 우리들의 세계는 결국 "망할 것"이라고. 그러나 이는 시인의 작은 중얼거림에 불과할 뿐. 저들의 세계에 결코 도달할 수 없는 말이기도 하다. (그들은 듣지 않을 테니까.) 그러하기에 시인은 "그들이 불행해 보인다는 말 대신 정말 덥겠다"라고 단지 딴청을 피울 뿐이다.

'뇌사상태에 빠진 몸과 닮은' 공학자이자 우리들의 세계인 그저 비루한 '역사'란 시인에게 "그런 예측은 쉽"고 그저 "다영 씨가 웃는" 것처럼 아무것도 아닌 것이다. 그러나 시의 후반부에 등장하는 "중력"에 대한 언급처럼 그 세계는 일종의 질척한 진흙처럼 우리를 매어두려 한다. '역사'란 스스로를 나아갈 바를 정하지 못하는 뇌사상태에 빠졌으면서도 여전히 우리를 얽어매고 스스로를 그저 반복하며 지탱하는 존재이니까. 그 세계에 맞서 싸우는 것이 아니라 어떤 균열을 내고자 하는 것. 말하자면 시인은 무엇을 할 수 없는 저 필연적인 무능함으로 존속하며 자신의 내면이자 어떤 존재론을 있는 그대로 드러내려 한다.

나무 컵 받침이 컵에 달라붙고 중력이 컵 받침을 떼어낸다

물이 끈적인다 컵의 겉면을 따라 물방울이 아래로 모이는 동안 사람과 사물은 조금씩 낡아간다

조용한 공간에 금이 생긴다

되돌릴 수 없다

— 성다영, 「너무 작은 숫자」(경향신문), 부분

시의 후반부에 제시되고 있는 작고 사소한 것들의 무능함을 주목해 보자. 우리에게는 그저 마시는 효용성이자 유기체적 육체를 지탱해 줄 수단에 불과한 물은 시인의 시선 속에서 무언가 다른 것으로 변해 있다. 그것은 "끈적이는 것"이자 동시에 '사람과 사물이 조금씩 낡아가고' 있을 뿐인 세계 속에서 어떤 작은 흐름을 개시하는 일종의 '폭탄'으로 변화한다. 이 물의 '끈적함'은 도저한 중력의 무게가 끊임없어 "컵 받침을 떼어"내며 공학자들이자 우리들이 있는 세계의 존재방식을 강제하고 있을 때. 그들과

다른 방식으로 우리에게 잘 보이지 않게 혹은 '조용'히 들러붙는다.

이 끈적임의 감각은 마치 그림자처럼 지울 수 없는 타자들의 숙명이자 시인의 시선을 대변하는 것이라 해야 할 테다. 하여 시인이 마지막에 넝쾌하게 "조용한 공간에 금이 생긴다/ 되돌릴 수 없다"는 장면을 보여줄 뿐이다. 오롯한 자신들의 방식만을 말이다. 그렇다면 이는 우리가 이해할 수 없고 이해하려조차 시도하지 않았던 타자들이 행하는 스스로의 존재에 대한 선언으로서 받아들여져야 하지 않을까.

그 타자들의 혹은 시인의 웅얼거림은 결코 끝나지 않으며 없어지지 않을 것이다. 이 보이지 않는 자들의 세계이자 자신들만의 존재론적 방식은 그 어디에나 있을 것이라고. 그러나 '공학자'인 우리들은 그것을 보고 있지 못하고 있다고. 시인은 저 타자들이 당신들이 모르는 곳에 자유롭게 유영하고 있을 것이며 오롯이 존속하게 될 것이라고 '선언'한다. 그렇다. (시인의 말을 조금 다르게 빌려보자면) 우리는 우리의 감겨진 눈을 떠야 하며 여전히 아무것도 모르고 있는 세계를 어떻게든 '되돌려야' 한다. 더 이상 되돌릴 수 없을 그 언젠가일 때까지. 마치 "되돌릴 수 없다"로부터 태어나 마치 눈을 처음 뜨는 어린아이의 형상처럼 말이다. 그 형상이자 시인의 존재론적인 이미지를 감각할 때에 우리는 「너무 작은 숫자」가 가진 필연적인 무능함의 사유에 비로소 도달할 수 있게 될 것이다.

4)

올해 등단한 시인들의 시를 포괄적으로 살펴보고 그 의미에 대해서 다루는 것이 본래의 의도였지만 결국 노혜진 시인과 성다영 시인의 시 두 편밖에 다루지 못했다. 전체적 경향을 말하기보다는 우리가 당연히 생각해 왔던 신춘문예적 경향을 어느 정도 벗어난 시들을 다뤄보고 싶었기 때문이다. 약간의 사족을 덧붙여본다면 (그리고 이런 말을 할 자격이 있는지도 사실 잘 모르겠지만) 갓 등단한 젊은 시인들에게 어깨의 힘을 빼고 좀 더 시를 쓰는 것을 즐겨보라고 말해주고 싶다. 무엇을 말하는가 보다는 어떻게 말하는가가 때로는 보다 중요할 때가 많기에. 그러할 때에만 어떤 필연적인 언어들이 흔적처럼 그 모습을 드러내게 될 테니까.

무언가를 읽고 사유하는 것은 결국 주관성을 벗어날 수 없고 또한 벗어날 필요도 없다고 생각하는 것이 평소의 지론이긴 하다. 하지만 이 글을 써가면서 갓 등단한 시인들의 시 세계에 대해 너무 편협한 기준을 들이대는 것이 아닌가 하는 일종의 염려스러움이 앞섰다. 그러니 이 글이 갖는 의미는 별다를 것이 없다. 여전히 누군가는 쓰고 또한 써나갈 것이라고 생각한다. 한 편의 시만으로 그들을 전부 재단하는 것 역시 불가능한 일이기도 하고.

새로운 시작이란 출발선에 선 시인들의 앞날이 어찌 흘러갈지는 아무도 알 수 없는 것이겠지만 그러나 한 가지 명확한 것은 그들이 앞으로도 꾸준히 써나갈 것이라는 점뿐일 것이다. 그러니 약간의 첨언만을 덧붙여보자. 쓴다는 것의 필연성을 깨닫기 위해서 내가 지금까지 써왔던 것을 버려야 한다는 것. 아감벤의 말을 빌려 보자면 창조행위란 결국 믿어왔던 자명한 진리를 버리고 그것을 하지 않음으로써만 도래할 무엇일 뿐이라는 점을 말이다. 새로운 출발을 앞두고 있는 이들에게 (그리고 언젠가 올 차후'들'에게도) 신춘문에 등단이란 시작 지점은 그러할 것이며 그러해야만 한다. 부디 앞으로도 어떻게든 자신만의 필연성을 붙들고 경쾌하게 앞으로 나아가길. 지금은 그저 시작일 뿐이니까. 아직 만개하지 못한 무수히 많은 가능성들이 빼꼼히 고개를 돌려 그들을 쳐다보고 있을 테니까. 우리가 기다리는 '시적인 것'이란 단지 알지 못한다는 고통의 필연성을 통해서만 도래할 수 있을 테니까.

# 3-2. '죽은 자'로 발화(發火/發話)하고 사랑하기

— 박소란, 『한 사람의 닫힌 문』

## 1) 스며 나오는 '불길함'을 품어 안고

고백할 수 없다
어둡고 습한 것 불길한 것이 있다고
나는 있다고

— 「양말」 중에서

박소란 시인의 두 번째 시집인 『한 사람의 닫힌 문』(창작과비평사, 2019)[1]을 읽어본 독자라면 "어둡고 습하며 불길한 것이" 가득하다는 점이 느껴질 것이다. 그 불길함은 언제 어느 때든 항상 내 옆에서 나를 지켜보고 나와 함께 있는 것처럼 보인다. 시 속에 등장하는 말 없는 "아버지"(「파」)나 "외삼촌"(「외삼촌」) 같이. 죽은 것처럼 보이거나 이미 죽어있는 가족뿐만이 아니라 신체의 일부분인 "머리카락"(「습관」)도 그러하다.

이뿐만이 아니다. 때로 알 수 없는 "누군가"가 '내가 없는 사이'에 "내 집"에 다녀가기도 한다. 이 기이한 것들은 도대체 무엇일까. 시인의 말은 이렇다. '무슨 연유'인지 모르겠지만 시인은 어쩌면 그 이유를 "짐작할 수 있을 것만" 같고 그 무언가를 "생각한다"(「물을 마신다」)고. 알 수 없고 모르겠으며 그저 짐작으로서만 존재하는 무언가. 어쩌면 시인은 이름할 수 없는 '어둡고 습하고 불길한 것'들을 항상 기다리고 있는 것이 아닐까. 아마도 그것은 "인간의 불빛을 찾아 긴한 말을 청"(「귀신의 집」)하는 귀신들의 목

1) 이하 시집에서 인용한 시는 면수표기를 생략한다.

소리 같은 것일지 모른다. 이러한 지점에서 박소란의 언어는 기묘한 죽음을 스스로 품어 안은 채 우리에게 말을 걸고 있다고 해야 할 것 같다.

아마도 이 기묘함은 죽음이라는 현상이 아닌 죽음의 너머에 존재할 무엇이자 시인이 늘 접하면서도 손쉽게 말하기 어려운 어떤 이름하기 어려운 무엇에 해당할 테니. 우리 역시도 그녀의 도란도란한 말을 통해 죽음으로부터 흘러나오고 있는 불길한 목소리에 귀를 기울여 볼 수 있겠다. "물어도 대답이 없는"(「파」) 사물들의 말을 듣기. 그들에게 아니 어쩌면 우리 모두에게 내재된 죽음의 시간에 귀를 대어볼 수 있다면. 우리는 시인이 머물고 있는 세계가 어떠한가를 비로소 이해할 수 있게 되지 않을까.

시를 통해 들려오는 그녀의 세계에 대해 말해보자면 그것은 "살지만 실은 아무도 살아있지 않"(「모델하우스」)으며 죽어있지만 죽어있지 않는 미묘한 지대라 할 수밖에 없을 것이다. 세계란 거대한 그림자들 '사이'에서 그녀는 삶과 죽음의 경계가 무너져버린 "곤한 꿈길"(「위령미사」)을 그저 걷고 있을 뿐. 그러니 시인에서 손쉽게 '서정'이란 표지를 붙일 필요는 없겠다. 지금 우리에게 이미 서정이란 것은 자연과 세계의 아름다움을 말하는 것과는 너무나 멀리 떨어져 있기에.

우리가 그녀의 언어가 지닌 상상력을 말해볼 수 있다면 이는 언어 그 자체에 배음처럼 스며들어 있는 목소리로부터 출발해야 할 것이다. 시인의 '어둡고 습하며 불길한' 목소리들은 단정한 문장들 사이에 깊숙이 매달려 있기에. 그녀는 마치 샤먼처럼 모든 죽어버린 존재들의 말로서만 들을 수 있고 발화(發火/發話)할 뿐이다. 그것만이 시인에게 고통이자 죽음이며 말이자 또한 언어일 것이다.

울음소리는 멈추지 않고
더욱더 선명하고

어떻게 웃을 수 있나
어떻게

나는 태어날 수 있나
—「아기」 중에서

### 2) 고통스럽게 '길을 잃'고, "침묵"하는

나는 그만 길을 잃고 싶었네, 무성한 초록 속에

당신을 오롯이 남겨두고

—「맴맴」 중에서

그렇다면 왜 시인의 시는 말의 이면들이자 '어둡고 습하며 불길함'들을 품어 안고 있는 것일까. 문제는 그녀가 왜 우리의 일상적이고 평범한 세계와는 다른 기묘한 세계 속에서 살고 있는 가를 묻는 것에 있을 것이다. 이러한 점에서 시집 맨 첫 시의 첫 구절인 "죽어가는 꽃 곁에/ 살아요"란 구절은 시인의 세계감을 압축해서 보여준다고 해야 한다. 즉 시인은 항상 죽어가는 존재들 옆에 '있으며' 혹은 그러한 존재 그 자체이고자 한다. 그렇다면 물어보자. 왜 그녀는 항상 그러한 존재들과 함께 살고 있는 것일까. 왜 시인은 항상 '죽어'있는 것일까.

죽어가는 꽃 곁에
살아요

긴긴낮
그늘 속에 못 박혀

어떤 혼자를 연습하듯이

아무도 예쁘다 말하지 못해요
최선을 다해
병들 테니까 꽃은

사람을 묻은 사람처럼

사람을 묻고도 미처 울지 못한 사람처럼

쉼 없이 공중을 휘도는 나비 한 마리
그 주린 입에
상한 씨앗 같은 모이나 던져주어요
죽은 자를 위하여

나는 살아요 나를 죽이고
또 시간을 죽여요

—「벽제화원」, 전문

익히 알고 있듯 벽제가 화장터이기에 늘 항상 죽음과 함께하는 공간이라는 것을 굳이 강조할 필요는 없겠다. 그러니 「벽제화원」의 중요한 지점은 이 시가 시인이 가진 '세계'의 존재방식을 은밀하게 드러낸다는 점에 있다. 이는 시인에게 풍겨오는 죽음과 소멸이 가진 불길함이 늘 일상적이고 매우 당연한 것으로 느껴진다는 점에서 핵심적이다. 요컨대 시인은 "긴긴낮/ 그늘 속에 못 박혀/ 어떤 혼자를 연습하"는 행위를 지속한다. 그녀는 '혼자'를 연습하기 위해 자신을 빛이 아닌 어둠이자 그늘로서 홀로 존속시키기를 원하는 자인 셈이다.

어둠 속에 '홀로' 있으며 '못 박힌' 고통을 감내하며 살아가는 인간의 형상이란 도대체 어떠한 것일까. "사람을 묻고도 미처 울지 못한 사람처럼" 시인은 자신과 항상 함께 있는 죽음을 품어 안고 있다. 즉 "죽은 자를 위하여" 시인은 죽어있는 모든 존재들일 '한 마리의 나비가 가진 주린 입에 상한 모이를 던져주는 자'인 셈이다. 살아있는 것이 아닌 죽어있는 것. 싱싱한 것이 아니라 이미 상해있고 부패한 것. 마치 바니타스 정물화의 '해골'처럼 죽은 자들과 함께 "살아요 나를 죽이고/ 또 시간을 죽"인다는 것은 시인의 세계감이 근본적으로 죽음이 가진 고통과 슬픔으로부터 유래한다는 사실을 비교적 명확하게 드러낸다.

그러나 이 고통은 누구에게라도 손쉽게 이해되기 어려운 것일 수밖에 없다. '미처 울지 못하고' "최선을 다해/ 병"들어가려는 시인이 가진 그 내밀한 비밀은 쉽게 우리에게 전해지기 어렵다. (어떤 점에서 이 어려움이야 말로 언어에 필사적으로 매달려야 하는 이유가 되기도 한다.) "이상한 꿈을 꾸"고서도 '아무런 꿈을 꾸지 않았다는 거짓말'을 하는 '고아 같은 아이'(「쓰러진 의자」)처럼 말이다. 그러니 우리는 유심히 그녀의 말을 들어야 할 필요가 있다. "언제든/ 도무지 썩지 않는" 밝고 명랑한 이 세계 속의 "참 알 수 없는 맛"(「비닐봉지」)을 가진 그녀의 '침묵의 노래'들을.

입술을 주웠다
반짝이는 입술이었다

언젠가
참 슬픈 노래로군요, 말했을 때 그 노래가 흘리고 간 것은 아닐까
넌지시 두고 간 것은 아닐까

서랍 깊숙한 곳 아무도 모르게 숨겨둔 입술
젖은 손으로 입술을 꺼내 한참 동안 어루만졌다
컴컴한 귀를 두고 입술 앞에 무릎 꿇기도 했다

노래하지 않는 입술, 나를 위해
울지 않는 입술

입술에 내 시든 입술을 잠시 포개어보고도 싶었지만
그만두었다

그 붉고 서늘한 것을
돌려주어야지 슬픔의 노래에게로 가져다주어야지

내 것이 아닌 입술

어느 때와 같이
침묵의 안간힘으로, 나는, 견딜 수 있다

—「울지 않는 입술」, 전문

'안간힘으로 견딘다는 것'은 단순히 그저 있음을 뜻하지는 않는다. 시인의 말처럼 "침묵의 안간힘으로, 나는, 견딜 수 있다"는 말이 갖는 무게는 이 측면에서 어떤 가능성을 얻게 된다. 아주 힘겹게 찍혀있는 쉼표와 더불어 말이다. 그렇기에 질문해야 한다. "내 것이 아닌 입술"이란 도대체 누구의 것인가. 그리고 왜 시인은 이렇게 안간힘으로 버티고 있는 것인가라고.

텍스트 속에서 종종 출현하는 '문득'이란 말처럼 시의 화자가 줍게 된 '반짝이는 입술'은 나의 것이 아니며 불현듯 나에게 나타난다. "내 시든 입술"과는 다른 이 '반짝이는 입술'은 내가 알지 못했던 "슬픔의 노래"가 지닌 소유물일 터. 문제는 그 '노래'란 결코 손쉽게 듣기 어렵다는 점에 있다. 그 누구도 알 수 없으며 오직 슬픔과 동류적인 세계의 존재들만이 알아볼 자격을 갖추고 있다는 것. 그러하기에 "서랍 깊숙한 곳 아무도 모르게 숨겨둔 입술"은 '노래하지 않으며, 나를 위해 울지 않는 입술'일 수밖에 없는 것이기도 하다.

'침묵'이자 '슬픔의 노래'가 소유한 이 입술이 '나'를 위해 울지 않는다는 점은 박소란 시인의 세계감을 이해하는 데 중요한 맥락을 지닌다. 즉 '울지 않는 입술'은 그저 나라는 개인의 안녕과 평화를 위해 존재하는 것이 아니다. 그렇다면 "내 것이 아"니며 동시에 경건하게 "컴컴한 귀를 두고 입술 앞에 무릎 꿇"어야 하는 입술의 존재는 어떻게 이해될 수 있을까. 시인은 이를 구체화해 말하지 않고 그저 색채와 감각으로서만 드러낸다. 그것의 근본적 정체란 바로 "붉고 서늘한 것"이라고 말이다.

이 죽음과도 같이 황량하며 "내 시든 입술"같은 인간들만이 가득한 세계 속에서 선명한 색채와 뜨거움과 같은 마음도 없이 그저 '죽어있는 채'로 살아가기. 앞서 말했듯이 그 세계를 '안간힘으로 견디는 것'이란 그렇기에 가만히 있는 것이 아니다. 시인은 이 입술이 울게 될 언젠가를 위해 "어느 때와 같이/ 침묵의 안간힘으로, 나는, 견딜 수 있다"고 그저 다짐할 뿐이다. 그 다짐의 언어를 발화(發火/發話)하는 것이 바로 언표되지 않은 채 존재하는 '울고 있게 될 입술'의 존재를 암묵적으로 드러내는 방법이 된다.

요컨대 언젠가 도래할 말해지지 않는 형태로 존속하는 "슬픔의 노래"인 것. 그 "붉고 서늘한" 목소리를 존재케 한다는 것은 '침묵의 안간힘'과도 같은 "닫힌 문"이 왜 지속적으로 제시되는가에 대한 일종의 힌트를 던져 준다. 즉 벽과 같은 '닫힌 문'인 죽음 같은 세계의 너머에 있을 무언가를 그녀는 '원한다'. 그렇기에 시인은 '시무룩한 얼굴'로 '닫힌 문'을 "쾅쾅"(「감상」) 두드리며 혹은 기다린다. 그 문이 어느 때 잠깐 열리게 될 바로 그 순간을 위해 말이다.

이렇게 본다면 그 '닫힌 문' 뒤편의 세계란 명시적으로 말해질 수 없는 것이자 동시에 "발가벗은 나를 걸어" 둔 채 '한눈을 팔며' "내가 알지 못하는 먼 곳"으로부터 들려오는 소문같은 영역들일 것이다. 오직 그러한 세계를 향해 있는 시인의 시선은 이 태도로서만 '붉을 수' 있다. 예컨대 "오, 이마에 붉은 구멍이 났군요, 아프지 않군요."(「생동」)라고 중얼거리는 것처럼. 따라서 우리 모두가 살아있지 않는 '닫힌 문' 앞의 세계란 단지 죽음만이 가득한 곳이라는 점을 그 목소리로 깨달을 수 있는 것이 아닐까. '닫힌 문' 앞의 우리 모두와 무관해 보였던 그 진실들을. 매우 슬프고 고통스럽기에 말이 없는 그 존재들의 '입술'과 '침묵'을 통해서 말이다.

> 벽돌에게도 밤은 있고
> 또 그 밤을 뜬눈으로 지새우며 아픈
> 기도의 문장을 읊조리기도 할 테지만
> 그것은 단지 벽돌의 일
> 당신과는 무관한 일
>
> —「이 단단한」 중에서

### 3) "우리는 헤어집니다 단 한번도 만난 적도 없이"

> 고맙습니다
> 이것은 처음이자 마지막 여행,
> 더는 떠나지 않을 수 있다 지금

여기는 얼마나 먼 곳인지
—「고맙습니다」 중에서

하여 시인의 말을 빌리면 우리에게 이 세계란 “닫힌 문” 앞에서는 살아있지만 “닫힌 문”의 뒤에서는 살아있지 않고 죽어 있다. 그 속에서 죽음과도 같은 “검정은 나를 입고 잠시 외출”(「검정」)해야 한다는 것. ‘문’을 넘는 행위로서 죽어있어야만 비로소 무엇이 살아있는 것인가를 질문할 수 있게 된다는 것. 즉 ‘건강하게’(「천변 풍경」) 살아있지 않으며 죽어있는 자인 시인은 영매처럼 끊임없이 ‘문’ 뒤의 세계를 위해 ‘발화(發火/發話)’한다. 시인의 세계감 속에서 모든 ‘울지 않는’ 존재들은 ‘울게 될 입술’을 가져야만 하는 것이다.

그러한 ‘닫힌 문’ 뒤의 무언가를 바라보려는 시인의 태도가 바로 끊임없이 시를 써나가려는 원동력 자체이기도 하다. ‘닫힌 문’을 연다는 것. 그 문이 비로소 열리기를 끊임없이 기다린다는 것. 그 문 뒤의 세계를 바라보며 죽은 자들의 목소리를 “어쩐지 눈을 뗄 수 없는” 것이자 “핏발 선 너의 눈처럼 붉은 것”을 인식한다는 것. “그러므로 한없이 아름다운 것”의 고통을 바라보면서 “사랑”(「로드킬」)한다는 것.

누구에게나 개는 있습니다
어떤 개는 별안간 사라집니다 알 수 없는 곳으로

개란 원래 그런 것입니다
개의 세계를 온전히 이해하기란 불가능한 것입니다

(…)

개는 어디 있나요 잃어버린 개를 찾는 사람은
전봇대에 나붙은 전단을 물끄러미 들여다봅니다 칠흑의 혀를 빼문 골목을 서성이다 맥없이 주저앉곤 합니다
다시 네발로 터덜터덜 돌아와 눕곤 합니다

영원을 생각합니다 다른 무엇도 아닌 개로 인해
신은 존재합니다
당신은 왜 개의 얼굴을 하고 있습니까 신이시여
개의 얼굴로 기도합니다

무릎을 꿇고 앉아 고개를 숙인 사람 곁으로 앙상한 뼈다귀를 입에 문 사나이가 다가와 넌지시 속삭입니다
개는 돌아올 것입니다 개를 찾는 사람에게로
어느날 문득 예의 희고 기다란 꼬리를 흔들며, 안녕

보이지 않는 개가 한 사람을 유유히 끌고 갑니다

어떤 사람은 별안간 사라집니다

—「개를 찾는 사람」, 부분

"누구에게나 개는 있"지만 누구도 그것을 알 수 없다. "별안간 사라집니다 알 수 없는 곳으로"으로 가버렸다는 '개'처럼 우리는 '닫힌 문'의 뒤의 세계를 (죽음을 누구에게나 오는 것이지만) 알 수 없거나 혹은 보려 하지 않는다. 그러하기에 '개가 되고 싶어하는 사람'이란 인간성을 버린다는 일반적 의미와 전혀 다른 차원으로 이해되어야 한다. 이는 오히려 닫힌 문 뒤에 있는 죽음과 함께 발화(發火/發話)하며 진정한 인간으로서의 형상을 찾으려 하는 행위일 뿐이다. 즉 시인은 '닫힌 문'을 통해서 그리고 '죽음'을 통해서 "영원을 생각"하려 하는 것이다.

시인은 "영원을 생각합니다 다른 무엇도 아닌 개로 인해/ 신은 존재합니다"라고 단언한다. 신의 얼굴이자 이해될 수 없고 인식될 수 없는 신의 존재가 진실로 "개의 얼굴을 하고 있"다면, 저 죽음의 세계를 이해하기 위해 우리는 인간임을 버리고 '닫힌 문' 너머의 타자들이자 신의 존재를 '불현듯' 깨달아야 할 필요가 있는 것이 아닐까. 시인은 이를 이렇게 말한다. "개는 돌아올 것입니다 개를 찾는 사람에게로/ 어느날 문득 예의 희고 기다란 꼬리를 흔들며, 안녕"이라고 말이다.

이 희미한 말의 울림이 전달될 수 있다면. 그렇다면 이 '닫힌 문' 앞에서 모든 존재들의 죽음을 방관하는 우리에게 '닫힌 문' 너머에 있는 어떤 존재들의 얼굴이자 '개의 얼굴을 한 신'의 발화(發火/發話)를 고통스럽게 듣게 될 수 있게 된다. 이해해야만 하며 "별안간 사라"져 버릴 그 순간의 시간들을 그저 어떻게든 붙들어 봐야 한다는 것. 이것이 시인이 이 시 속에서 유일하게 '개의 얼굴을 한 신'의 목소리로 "안녕"이라는 언어를 선택한 이유이기도 하다. "안녕"이라는 단어 속에 담겨있는 무수한 감정들처럼 우리의 세계는 '안녕'하지 않으며 '닫힌 문' 뒤의 존재들의 '안녕'이란 말을 듣지 못할 것이기에.

요컨대 세계에 대한 절망이자 '닫힌 문'의 세계에 침윤되어 있어 우리의 지금과 분리되어 버린 자. 혹은 그것을 스스로 원하며 행하는 자로서 샤먼인 시인. 박소란의 언어는 그 점에서 끊임없이 '닫힌 문' 뒤의 세계를 향해 있으며 그 영역을 어떻게든 드러내려 한다. 그럴 때에만 시인은 "어디선가 자꾸만 썩는 냄새가 나"는 이 세계에 도저한 죽음을 넘어서 비로소 신의 말을 대행할 수 있게 될 것이다. 즉 "달아나는 저 개를 붙잡"(「오래된 식탁」)아야만 들을 수 있는 타자의 목소리들이자 그들의 진정한 존재를 발화(發火/發話)해야만 한다.

> 불쑥, 이라는 말이 좋아
>
> 불쑥 오는 버스에 불쑥 올라 불쑥 아는 사람을 만나는 일
> 그런 일이 좋아
>
> 나는 그에게 사랑을 고백할 텐데 불쑥 우리는 사랑할 텐데
>
> 고단을 가득 태운 버스가 우리를 창밖으로 내팽개친대도 그리고 모른 체 달려간대도
> 우리는 깔깔 웃을 텐데 별일 아니라는 듯
>
> 이봐, 이걸 보라구, 여기 불쑥이란 게 있다구

아하, 그렇군!
걱정 없을 텐데

이제부터 나는 불쑥이 될게, 실없는 농담을 해도 그는 고개를 끄덕일 텐데
어이 불쑥, 반색하며 불러줄 텐데
그러면 대답할 텐데 응, 하고
불쑥이 대신

불쑥은 내가 될 텐데
나는 불쑥 뒤에 숨어 숨바꼭질처럼 살 텐데

우리는 깔깔 웃을 텐데 별일 아니라는 듯

불쑥 왔다 불쑥 갈 텐데 술래도 모르게 나는, 멀리 저 멀리 갈 수 있을 텐데

—「불쑥」, 전문

시인의 말을 빌려 말해보자면 "불쑥"이라는 단어는 사실 '사랑'이라는 단어와 다르지 않을 것이다. "불쑥" 사랑을 고백한다는 것. 모든 정해진 세계와는 '다른' "불쑥" 출현하는 문 뒤의 존재들의 놀이이자 축제여야 하는 것. 이러한 점에서「불쑥」은『한 사람의 닫힌 문』중에서도 상당히 특이한 분위기를 지닌다는 점이 주목되어야 한다. 즉 이 시는 "술래"처럼 존재하는 '닫힌 문' 앞의 세계가 아닌 '문 뒤'이자 죽음 너머에 존재할 타자들의 영역이 어떻게 "숨바꼭질"처럼 존재하고 있는가에 대한 시인의 대답이기도 하다.

예컨대 "이봐, 이걸 보라고, 여기 불쑥이란 게 있다구/아하, 그렇군!/ 걱정 없을 텐데"라는 말처럼. 우리는 죽음이 가득한 세계를 '죽음'으로 맞서며 그것과는 다른 '문 뒤'의 무언가를 찾아야 한다. "고단을 가득 태운 버스"같은 세계는 "우리를 창밖으로 내팽개"칠 뿐이며 우리를 배제하고 제거할 것이니까. 세계의 이러한 존재 방식에 대해 시인의 대답은 이러하다. 그러나 그렇다면. 세계로부터 거절당한다면. 우리는 그저 '별일 아니라는 듯 깔깔 웃으면' 된다고.

따라서 이 '깔깔거리는 웃음'을 그저 가벼운 유희로 치부할 필요는 없겠다. 그것은 삶의 모든 국면에서 잠재되어 있을 "불쑥"의 행위이자 동시에 세계의 무의미성을 무화시키는 일종의 '죽은 자'만이 행할 수 있는 놀이이기 때문이다. 그렇다. 시인의 말처럼 우리는 '닫힌 문' 앞의 고통스러운 세계와 죽음에 늘 항상 노출되어 있다. 그 어떤 말도 이를 부정할 수 없다. 그러나 그러한 세계의 어떤 잉여와 여백이자 '닫힌 문' 뒤의 세계란 '놀이'를 통해서만이 비로소 인식되고 존재할 수 있게 되는 것이 아닐까. 이 세계에 대해 "깔깔 웃으며 별일 아니라는 듯" 살아가며 이 "징그러운 날들 앞에"(「뱀에 대해」) 그저 '아주 따듯한 커피 한잔'(「컵」)을 내어놓을 수 있는 행위처럼 말이다.

삶과 명랑과 행복과 건강이 아닌 자로서 존재하기. 그 '즐거움'이야 말로 시인이 궁극적으로 꿈꾸는 '닫힌 문' 뒤의 세계가 지닌 진정한 풍경으로부터 오고 있는 것이다. 그녀가 '죽음'과 함께 발화(發火/發話)하는 이유인 것. 이 '닫힌 문' 뒤의 영역들과 '단 한번 만난 적도 없이 헤어져 있다는' 것. 그렇기에 그 진실로부터 이해되어야 하는 것은 이 시인이 우리가 알지 못했던 것들에게 자신의 이름으로서 인사를 건네려 한다는 것이 된다. 진명眞名이자 이름이란 개념 속에 담겨진 존재의 본질처럼. 나의 존재를 걸고 '닫힌 문' 뒤의 세계를 위한 여행을 떠나는 인간. 그러한 자의 형상만이 우리를 '닫힌 문' 앞의 세계가 가진 죽음과 비인간성을 넘어서게 될 가능성을 부여받게 될 것이다. 그 유일하고도 진정한 인간인 '개의 얼굴을 한 신'의 세계로 도달시켜 줄 유일한 방법으로서.

> 우리는 헤어집니다 단 한번 만난 적도 없이
>
> 나는 인사하고 싶습니다
> 내 이름은 소란입니다
>
> —「모르는 사이」 중에서

#### 4) '보이지 않는 것'을 사랑하기

아무도 노크하지 않는 방
이 방을 사랑한나고 신에게, 신이라는 이름의
작고 둥근 세계에 기도를 올렸다
—「점」 중에서

시집의 맨 마지막에 위치한 시인의 말은 이러하다. "스스로도 감지하지 못한 사이 거듭 '문'을 열었고/ 그 사실을 끝내 들키고 싶었다./ 문을 열면, 닫힌 문을 열면/ 거기 누군가 '있다'고." 알지 못하는 우리는 깨닫지 못한 채 언제나 '닫힌 문' 뒤의 세계와 함께 있을 것이다. 죽음을 통해서. 이 세계가 가진 '피 흘리는 불행'(「네가 온다」)을 통해서만이 우리는 '닫힌 문' 뒤의 세계를 인식할 수 있기에. 그 세계의 슬픔을 감각한다는 것. 우리는 '닫힌 문'의 세계가 지닌 고통을 통해서만이 지금의 비인간성을 넘어설 수 있게 된다. 바로 그것을 시인은 행할 뿐이다.

그러하기에 진정한 인간이자 '개의 얼굴을 한 신'의 존재가 되기를 염원하기. 샤먼인 시인이 죽음과 고통을 넘어서서 진정한 '생동'을 찾고자 하는 이유란 다른 것이 되기 어렵다. 그녀가 말했던 "보이지 않는 것을 믿는다./ 보이지 않는 '사람'을 더 깊이 '사랑'한다."는 말은 이러한 점에서 '불현듯' "부른 적 없는 사랑이 쳐들어"(「벽」) 온 것과 다르지 않을 것이다. "불쑥" 나타나며 우리의 예측과 생각을 넘어선 무엇. 진정으로 이 죽음의 세계를 넘어서고자 하는 인간에게 부여된 '운명'인 것. 시인의 언어는 오직 그것만을 붙들며 "숨겨진 사람이 있"(「한사람」)다는 진실에, "신이라는 이름의 작고 둥근 세계에 기도"하고 있을 따름이다.

이 기다림이란 행위의 가치를 이해하는 자로서 시인은 쓰고 있으며 자신을 '죽이면서 살아간다'(「벽재화원」). 그저 단지 그렇게 "결코 당도하지 못할 한 사람"(「소요」)을 그녀는 '사랑'한다. 그 들리지 않은 채 들리는 목소리를 오롯하게 그저 듣고 '보고' 있을 뿐이다.

넘어진 사람은 일어선다

보이지 않는 사람으로 인해
사람은 걷는다
저 바깥 어딘가

그러나 결코 당도하지 못할 한 사람을

나는 본다
눈이 오고 있으므로
눈이 그치지 않고 있으므로

—「소요」 중에서

## 3-3. 다정하여 쓸쓸한 가정의 어려움
### — 박준, 『우리가 함께 장마를 볼 수도 있겠습니다』

(…) 아니 어딘가로 처음 가는 길은 언제나 멀어서 나는 더 먼 걸음을 하고 있을 당신의 눈을 기릴 수 있다 그런 당신의 눈앞에도 맑은 당신의 눈빛 같은 것들이 설핏 내비쳤으면 한다

—「맑은 당신의 눈앞에, 맑은 당신의 눈빛 같은 것들이」 중에서

### 1) 그의 문장이 가진 표정은

문장이라고 이야기되는 것. 아마도 모든 문학하는 자들에게 숙명인 것이겠지만 문장이란 결과적으로 한 인간의 내면 그 자체에 도달해야만 하는 것이라 말해져야 하지 않을까. 문장의 얼굴이 되기. 어떠한 점에서 문장이 가진 표정이라 할 수 있는 것. 그저 눈에 보이고 손에 잡히는 명료한 생김새가 아니라 스쳐 지나가는 희미한 표정들처럼. 그 속에 숨겨져 있고 감춰져 있는 무엇. 그러니까 우리가 문득 텍스트 속에서 엿보게 되는 한 인간의 오롯한 내면의 형상이라 할 만한 것들.

여기 『우리가 함께 장마를 볼 수도 있겠습니다』(문학과지성사, 2017)[1]라는 이름으로 발간된 박준 시인의 두 번째 시집이 있다. 시집의 서두에서도 그러하듯이 그의 문장은 겉으로는 대개 애매모호한 표정을 취한다. 시집의 제목인 '우리가 함께 장마를 볼 수도 있겠습니다'와 서두에 실린 시인의 말인 '어떤 빛은 빛으로 돌아오기도 합니다'라는 문장은 확실하고 명료한 정언 명령적인 형태와 무관하게 그가 가진 세계의 이미지를 희미하게 드러낸다. 즉 그것은 언어의 표면이 아니며 그 이면을 통해서만 드러날

1) 이하 시집에서 인용하는 시들은 인용표기를 생략한다.

알 수 없는 것이자 정해지지 않은 세계의 흔적들인 셈이다.

말하자면 그는 예측 불가능하며 가정적인 문장을 사랑한다. 사소한 것이라면 사소한 것일지도 모를 터이지만 그의 문장이 그러한 태도에 기반해 있다는 것은 결국 시인이 가진 언어에 대한 사유와 무관하지 않다고 해야 할 것 같다. 박준은 언어를 통해 아직 오지 않고 실현되지 않는 미래인 (시간상으로 이후라는 것이라는 점이 중요하지 않은) '어떤 지점'이자 아직 도래하지 않는 무언가를 끊임없이 기다린다. 그리하여 그는 그만큼 쓸쓸하며 고독하지만 그 오래된 기다림 속에서 시인은 음식을 만들고 또한 문장을 쓴다. 말하자면 이는 '마음'이 행하는 일인 것이다.

그의 시집을 들여다보면서 느꼈던 것은 (마치 백석의 시들처럼 음식을 준비하는 것과 그것을 함께 먹을 '너'에 대한 이야기와 함께 하는) 그 다정하여 쓸쓸한 마음이라고 해야 할 것 같다. 아니 마음이라는 말은 너무 범주가 넓을지도 모르겠다. 그러니 이렇게 말해보려 한다. 그의 내면은 여전히 기다리고 그리워한다고. 그래서 이 시인은 괴로운 마음을 품고 쓸쓸히 지속하고 있는 사람이라고 말이다. 마치 그의 첫 번째 시집 『당신의 이름을 지어다가 며칠은 먹었다』(문학동네, 2012)의 맨 마지막 시인 「세상 끝 등대2」처럼.[2] 그렇다. 그는 여전히 그리고 앞으로도 그리워하는 그리하여 고통스러워하는 인간인 셈이다. 그래서 우리는 그의 문장들이 가진 그 기묘한 표정을 사랑할 수밖에 없게 되어 버리는 것이 아닐까.

### 2) 쓸쓸함과 부재의 '어려움'이란

따라서 우리가 그에 대해서 주목해야 하는 것은 그의 사랑이 담겨져 있는 사소한 문장들의 표정과 그 이면이다. 이는 그저 밝고 아름다운 것으로서 이해될 성질의 것이 아니라는 점이 특히 중요하다. 그의 문장들이 가진 표정을 읽을 때 우리는 어떤 부재의 그리고 도달하지 못하는 안타까

2) 이 시에 대한 롤랑 바르트적 분석(푼크툼)과 더불어 그의 첫 번째 시집에 대한 비평은 권희철, 「길들여지지 않는 슬픔을 땅에 묻다—박준론」, 『당신의 얼굴이 되어라』, 문학동네, 2013 참조.

움과 더불어 도달해야만 하는 '너'의 세계에 대한 희미한 잔영들이 비춰진다는 점을 유념해야 한다. 예컨대 "당신은 다만 슬프다고 했습니다 하지만 오늘은 그 숲에 대해 쓸 것이므로 슬픔에 대해서는 쓰지 않을 것"(「숲」)이라는 문장처럼. 그의 언어는 핵심을 그대로 말하지 않으며 언제나 항상 다른 말로 이면을 전하려 한다. 그러니 가장 정확하게 보려면 오히려 눈을 감아야 한다는 오래된 격언을 유념해 보자. 그는 왜 말하지 않음으로써 보다 '정확'해지려는 것일까.

> 연을 시간에 맡겨두고 허름한 날을 보낼 때의 일입니다 그 허름함 사이로 잊어야 할 것과 지워야 할 것들이 비집고 들어올 때의 일입니다 당신은 어렸고 나는 서러워서 우리가 자주 격랑을 보던 때의 일입니다 갑자기 비가 쏟고 걸음이 질척이다 멎고 마른 것들이 다시 젖을 때의 일입니다 배를 타고 나갔던 사내들이 돌아와 침과 욕과 돈을 길바닥으로 내던질 때의 일입니다 와중에도 여전히 돌아오지 못한 이들이 있어 사람을 기다리는 사람이 있던 때의 일입니다 아니 갈 곳 없는 이들만 떠나가고 머물 곳 없는 이들만 돌아오던 때의 일입니다 잠에서 깨어났지만 한동안 눈을 감고 있는 일로 당신으로부터 조금 이르게 멀어져보기도 했던, 더해야 할 말도 덜어낼 기억도 없는 그해 여름의 일입니다.
>
> —「여름의 일 — 묵호」, 전문

시집의 해설에서 적절하게 지적된 대로 그는 '현재로 오는 과거를 기다리기만 할 것이 아니라 미래가 도착할 현재를 정성껏 살아가야' 하는 자이자 '현재가 미래에 도달할 것을 생각하며 곧 다가올 미래를 준비하는 삶'을 사는 자일 것이다. 말하자면 그는 "떠나는 일보다 머무는 일이 어렵"(「능곡 빌라」)다는 것을 누구보다도 정확하게 아는 사람이기도 하다. 그렇다면 덧붙여지는 질문. 그는 왜 여전히 늘 항상 '어려운 것'일까.

이 지점에서 「여름의 일—묵호」는 그가 가진 근본적 세계상을 보여주는 스케치라고 해야 할 것 같다. 즉 그가 바라보는 세계란 항상 '허름'하지만 동시에 "잊어야 할 것과 지워야 할 것들이 비집고 들어올 때의 일"들이 언제나 자신들의 표정을 들이밀고 있는 장소이기에. 하여 그는 이렇게 말한다. 이 허름하고 낡은 세계의 “와중에도 여전히 돌아오지 못한 이들이 있어 사람을 기다리는 사람이 있던 때의 일”이 있다고 말이다.

그의 말처럼 이 허름한 또는 무가치한 세계란 “배를 타고 나갔던 사내들이 돌아와 침과 욕과 돈을 길바닥으로 내던”지는 그러한 곳일 테다. 그저 생존을 위한 악다구니가 넘쳐나는 우리의 세계 속에서 그 이면을 찾으려는 행위. 그러나 “당신은 어렸고 나는 서러워서 우리가 자주 격랑을” 볼 수밖에 없었던 것처럼 우리 모두는 탈출구를 찾기 어렵다. 요컨대 “갈 곳 없는 이들만 떠나가고 머물 곳 없는 이들만 돌아오”는 이 세계 속에서 여전히 그리고 “한동안 눈을 감”는 다는 것. “당신으로부터 조금 이르게 멀어져보기도” 하려는 시의 화자란 “더해야 할 말도 덜어낼 기억도 없는 그해 여름의 일”을 눈을 감음으로써만 정직하게 바라보려는 자가 되려는 자라고 해야 하지 않을까.

이렇게 본다면 “그해 여름의 일”이란 단지 어떤 구체적인 시간을 뜻하지 않음이 보다 명확해질 것이다. 그 시간은 말하자면 우리가 예상치 못한 한 채로 우연히 도달하게 될 어떤 시간과 장소를 가리키고 있는 것이다. 이 관점에서만 우리는 그의 표면적 다정함의 이면에 희미하게 느껴지는 무엇이자 쓸쓸함이란 감각의 근원적 정체가 무엇인지를 사유해 볼 수 있다. 그것은 바로 ‘정확’하기에 쓸쓸하고 고통스러운 자만이 지을 수 있는 표정으로부터 나오는 어떤 태도라고 말해져야 할 성질의 것이기도 하다. 마치 스스로 “서로의 무렵에서 기웃거렸던 우리의 허언들만이 웅성이고 있”(「우리의 허언들만이」)는 것을 ‘보는’ 자인 것처럼. 자신의 말이 아직 ‘그곳’에 온전히 가 닿지 못하고 있음을 절실하게 느끼고 괴로워하는 인간의 표정처럼.

### 3) 이 ‘어려움’을 또 다시

그렇게 본다면 그가 펼쳐놓은 이 가정법의 문장들이란 바로 우리의 세계가 지닌 이면을 정확하게 들여다보는 일을 목표로 하고 있는 셈이다.

그의 말을 빌려 말해보자면 이는 "먼 시간을 헤아리고 생각해 보는 것"(「메밀국수—철원에서 보내는 편지」)이며 동시에 "낮에 궁금해한 일들은/ 깊은 밤이 되어서야/ 답으로 돌아"(「낮과 밤」)온다는 것을 알아야 하는 것과 같다. 단지 그리고 어떤 순간이자 '먼 시간'이라 해야 할 '깊은 밤'으로부터 들려오는 목소리를 들을 수 있는 인간이 된다는 어려움. 이 허름한 세계 속에서 "경을 처음 외우는 동자들처럼/ 떠듬떠듬 앞으로 나아가고 있"(「목욕탕 가는 길」)는 시인의 눈은 과연 어디를 향해 있는 것일까.

그의 첫 번째 시집을 이미 읽어본 사람들이라면 그 '장소'가 (이른바 미인으로서 호칭되었던) '당신'의 세계라는 것을 충분히 미뤄 짐작할 수 있을 것이다. 그러나 우리가 사실 깊게 생각해 보지 않았던 부분은 그곳에 도달하기까지 그가 충분히 겪고 있을 '어려움'에 있다. 왜냐하면 "나의 무릎을/ 걸어 내려가고 있는/ 당신의 걸음은 빠르기만"(「오름」) 하기에. 우리는 늘 항상 어긋나버리게 되기에. 그럼에도 그는 이렇게 말한다. 자신이 서 있는 이곳은 꿈꾸는 듯한 "안개 자욱한 해변"이며 거기서 누군가를 기다리고 있다고. 내가 기다리는 당신은 "몇 번 불러도 돌아보지를 않"는다고. 그러니 "참 나도 나지. 그냥 지나기면 되는데 궁금하기도 하고 오기도 생겨서 몇 걸음 뒤에서 기다리고 섰"다고.

요컨대 시인은 어려움을 견디며 계속 그리고 단지 기다린다. 그리고 혹여 당신이 떠나버리게 된다면. "가. 그냥 가지 말고 잘 가."(「사월의 잠」)라고 '어렵게' 말할 것이다.

사내들은
아침부터 취해 있고

평상과 학교와
공장과 광장에도
빛이 내려

이어진 길마다
검다고도 했습니다

내가 처음 적은 답장에는
갱도에서 죽은 광부들의
이야기가 적혀 있었습니다

그들은 주로
질식사나 아사가 아니라
터져 나온 수맥에 익사를 합니다

하지만 나는 곧
그 종이를 구겨버리고는

이 글이 당신에게 닿을 때쯤이면
우리가 함께 장마를 볼 수도 있겠습니다, 라고
시작하는 편지를 새로 적었습니다

—「장마—태백에서 보내는 편지」, 부분

시집의 표제작이기도 한 「장마—태백에서 보내는 편지」는 그의 근본적 태도라 할 '어긋남'과 '어려움'의 문제를 어떻게 견디어 나갈 수 있는지 그리고 시인이 근본적으로 자신의 꿈을 위해 스스로 무엇을 행하고자 하는지를 적절하게 보여주는 텍스트라 할 수 있겠다.

그가 반복해서 겪고 있는 어려움. 그것은 아마도 "내가 처음 적은 답장"과도 같이 그가 바라보는 세계란 냉혹한 것이며 또한 말없이 인간의 목숨을 거둬가는 곳이라는 점에 있을 것이다. 말하자면 그것은 슬픈 일이며 아름답지 않다. 세계는 개별적인 인간들의 죽음을 아무렇지 않게 집행해 버리는 냉혹한 것이기 때문이다. 갱도에서 죽은 광부들이 "주로/ 질식사나 아사가 아니라/ 터져 나온 수맥에 익사"하듯이. 그러니 당신에게 시인이 하려 했던 말이란 아마도 이와 같은 것이 아니었을까. 끊임없이 죽어나는 사람들이 넘쳐나는 이곳 여기. "평상과 학교와/ 공장과 광장에도/ 빛이 내려// 이어진 길마다 검"은 우리의 현실. 그 어둠의 세계 속에서 어떤 '빛'을 찾고자 하는 것이야말로 박준이 자신의 문장들을 지속하는 근원적

이유라고 말이다.

따라서 우리는 그가 자신의 첫 답장을 "구겨버리고" 다른 답장을 쓰려한다는 점을 가볍게 받아들여서는 안 된다. 그것은 그가 찾고자 하는 것에 도달할 수 없는 어려움을 말하고 있는 것이기 때문이다. 단지 그는 그 어려움을 대신해 이렇게 쓴다. "이 글이 당신에게 닿을 때쯤이면/ 우리가 함께 장마를 볼 수도 있겠습니다, 라고/ 시작하는 편지를 새로 적었습니다". 그가 죽음이란 현실 대신에 꿈꾸고자 하는 것. 아니 어쩌면 죽음이란 현실을 어떻게든 변용하기를 바라는 것. 이 어둠의 세계를 어떻게든 아름다워지게 해야 한다는 욕망. 그것이 바로 당신에게 보내는 '장마를 함께 볼 수도 있겠다'는 편지의 문장들이 지닌 근원적 맥락이라 말해질 수 있을 것이다.

그렇기에 그가 시의 마지막에 '우리가 함께 함께 볼 수도 있겠습니다'란 말을 '새로 적었다'는 행위는 그가 품고 있을 말해지지 않은 희망을 얼핏 드러내어 주는 것일지도 모른다. 이 가정법의 문장은 적어도 우리가 함께 그 '장마'를 볼 수 있을지 없을지는 지금에는 알 수 없지만 언젠가는 아니 언젠가에서 만은 그것을 함께 보아야 한다고 말하는 것과 같다. 시인은 우리는 여전히 이 죽음의 세계 속에서 벗어나 아름다움을 향해 갈 수밖에 없다고 희미하게 일러주고 있을 뿐이다.

> 묵은해의 끝, 지금 내리는 이 눈도
> 머지않아 낡음을 내보이겠지만
>
> 영아가 오면 뜨거운 밥을
> 새로 지어 먹일 것입니다
>
> 언 손이 녹기도 전에
> 문득 서럽거나
> 무서운 마음이 들기도 전에
>
> 우리는 밥에 숨을 불어가며

세상모르고 먹을 것입니다

—「좋은 세상—영아」, 부분

언젠가 그가 도달할 수 있을 곳이자 도달해야만 하는 장소의 풍경이 이러하지 않을까. 시의 제목인 '좋은 세상'과 '영아'라는 이름이 보여주듯 이 시 속에 담겨있는 풍경은 어떠한 점에서 현실적이지 않는 바로 그곳의 세계가 가진 아름다움을 드러내어 준다. 앞서 말했듯 그가 음식을 준비하고 밥을 해 먹이는 행위를 지속하는 것은 단지 일상적 생활의 차원에 속한 것만은 아니다. 이는 오히려 일상적 행위 속의 이면이자 당신과 나라는 인간이 존재해야 하는 장소를 기다리는 행위에 가깝다. 시인은 이렇게 말하지 않는가. "언 손이 녹기도 전에/ 문득 서럽거나/ 무서운 마음이 들기도 전에" 밥을 준비할 것이라고.

즉 시인은 저 칠흑과도 같은 어둠이자 '허름'하고 '어두운' 세계에 맞설 수 있는 '좋은 세상'을 기다린다. 그 기다림을 위해 시인은 식탁에 둘러 앉아 함께 밥을 차리고 '영아'로 호칭된 당신이 오게 되면 함께 "세상 모르고 먹을 것"이다. 나도 아니며 너도 아니고 '우리'로 표상되는 그 밥의 온기란 단지 골목에 "누워있는 어둠들을 하나하나 기억"(「맑은 당신의 눈앞에, 맑은 당신의 눈빛 같은 것들이」)하는 이들만이 느낄 수 있는 것이니. 그러니 우리는 그의 말들을 연약하거나 나약한 것이나 수동적인 것으로 이해할 필요는 없겠다. 그것은 자신이 원하는 '그곳'을 포기하지 않겠다는 의지의 표명에 가까운 것이니까.

요컨대 그는 "무엇을 기다리는 일은/ 시간이 아니라 공간으로 여겨지기도 했"(「호수 민박」)다는 것을 잘 알고 있는 사람이다. 그는 어려움을 온몸으로 겪으며 늘 항상 기다릴 것이다. 자신이 원하는 것이 도래할 때까지. "슬퍼하는 사람들의 몸짓은/ 언제나 느린 것이라 생각"(「남행 열차」)하면서. "비를 맞듯, 달갑거나 반가울 것 하나 없이"(「입춘일기」). 즉 그는 "화음도 없는 노래를 부는 입"으로서 "잠에 든 것도 잊고/ 다시 눈을 감는 선잠"(「선잠」)을 자며 무언가를 꿈꾸듯 기다리고 그리하여 욕망하려 한다. 언젠가 내가 도달해야만 하는 가정법의 세계를. 그 아름다움이 성취되어야만 하는 어려움과 함께 오래도록.

### 4) 그러니까 그의 '그곳'은

그러니 그는 자신의 바램을 담아 이렇게 말할 것이다. "나는 영원이라는 말을 떠올렸지만 연민과 자생과 녘이라는 말을 주로 골랐다"고. 말하자면 그는 영원이라는 단 하나의 단어가 아닌 그 안에 담겨있는 무수한 느낌과 감각을 담을 수 있는 온기의 언어를 찾아내려 할 것이다. 마치 "목을 가다듬어 당신이 내던 기침 소리를 흉내 내보면 곧 돌아올 메아리"(「멸치」)를 '반갑게' 기다리는 것처럼 돌아올 무엇을. 이 춥고 어두운 세계의 이면을. 왜냐하면 그는 여전히 "인연보다는 우연으로 소란했던 당신과의 하늘을 그려보는 일도 그리/ 낯설지 않았다"(「세상 끝 등대3」)고 느낄 수 있는 인간이기에.

그가 기다리고 있는 장소. 이 세계가 아닌 곳. 말하자면 우리가 언젠가 가야만 하고 도달해야만 하는 바로 그곳. 롤랑 바르트가 『카메라 루시다』에서 "내가 살고 싶은 곳은 바로 '그곳'이다"라고 말했을 때의 바로 그곳. 규정되지 않고 이름할 수 없는 그 어떤 장소를 그는 항상 바라보며 문장을 쓰고 음식을 준비할 것이다. 분명 박준은 '그곳'에 도달하기 무척이나 어렵다는 것을 누구보다도 잘 알고 있다. 그럼에도 이 가정법적 세계의 끝에 도달할 때 맞이할 수 있을 '그곳'을 단지 바라보려 한다. 그는 항상 "온몸으로 온몸으로/ 혼자의 시간을 다 견디고 나서야// 겨우 함께 맞을 수 있는 날들이/ 새로 오고 있"(「84p」)다는 진실을 이해할 수 있는 사람이니까.

하여 그의 문장에서 느껴지는 것이자 여전하도록 그리워하며 기다리는 마음인 것에 대해 감각할 수 있다면. 우리는 다정하여 쓸쓸한 시인의 표정이 그저 오롯할 것임을 알게 될 수 있을 것이다. 그가 느끼며 감각하고 사랑하는 언어는 언제나 정확하게 '그곳'을 항상 향해 있으니까. 마치 백석이 꿈꿨던 '나타샤와 흰 당나귀'가 함께 도달할 '마가리'가 그러하듯이.

그가 보여준 가정법의 문장들이 지닌 "반가운 것들"(「가을의 말」)의 눈길로. "눈을 감으면 뒤도 돌아보지 않고 떠나온 이의 얼굴이 성큼 다가와 있고, 그마저도 흐르르 흐르고 흘러서, 다시 제자리로 돌아와 가지런히 발을 모으고 있는 말들."(「겨울의 말」)을 쓸쓸한 표정으로 품어 안으면서.

> 큰비 지나, 물길과 흙길 지나, 자라난 풀과 떨어진 돌우산과 오토바이 지나, 오늘은 노인 셋에 아이 둘 어젯밤에는 웬 젊은 사람 하나 지나, 여름보다 이르게 가는 것들 지나, 저녁보다 늦게 오는 마음 지나, 노래 몇 자락 지나, 과원果園 지나, 넘어짐과 일어섬 그마저도 지나서 한 이틀 후에 오는 반가운 것들
>
> —「가을의 말」 중에서

# 3-4. "무서우니 더 무서운 사람이" 된다는 것
— 김건영 신작시론

## 1)『파이』의 '악惡' 이후에 그는

꿈을 꾸는 동안
너무 오래 걸었다 질병은 꿈속에서 길러진다
마른 침이 철창처럼 말을 가둬 놓았다
밤새 길러진 어둠이 입안 가득 출렁거렸다
—「나만 지는 아침」,『파이』 중에서

첫 시집『파이』[1]이후에도 여전히 그는 싸우고 있다고 말해야 할 것 같다. 시인은 싸운다. 누구와? 무엇에 대해? 아마도 이 싸운다는 말은 어느 정도 오해의 소지가 있을 수밖에 없겠다. 우리가 생각하는 문학이 세계에 대해 투쟁하는 방식이란 대체로 리얼리즘을 떠올리게 되는 것이 일반적이고 당연하기에. 문학과 예술은 현실의 문제라는 명확한 적을 비판하고 직접적인 목소리를 내야 한다는 명제들을 말이다.

그러나 문학에 있어서 무엇을 말하는가 보다 어떻게 말하는가가 더 중요하다는 점을 잊어선 안될 것 같다. 물론 이 말이 참되고 선한 것을 추구하며 그렇지 못한 현실을 비판하는 것이 유의미하지 않다는 것은 아니다. 그럼에도 불구하고 텍스트란 현실을 당연히 재현하는 방식에 기반해 있지 않다는 점이 중요하다. 이 측면에서 문학과 현실의 관계란 비슷해 보

1) 이후 김건영 시인의 시집『파이』(파란, 2019) 및 신작시 인용은 표기를 생략한다. 본고에서 인용하는 시인의 신작시는『창작세계』2020년 하반기호 및 최근 발표된 두 번째 시집인『널』(파란, 2024)에 실려 있다.

이지만 결코 같지 않다. 요컨대 언어에 '의한' 의미전달이 아니라, 언어를 '통해서'만 비로소 드러날 수 있게 되는 것. 그것은 결과적으로 손쉽게 이해될 수 없는 어떤 미지에 가까운 양상으로서만 사유되어야 하지 않을까. 환원되지 않고 인식될 수 없으며 말해지지 않는 무언가들이 웅얼거리는 언어의 심연을 어떻게든 필사적으로 이해하려는 행위로서 말이다. 따라서 핵심은 그의 싸우는 방식 그 자체에 대한 질문에 있을 것이다.

즉 시인으로서 세계와 싸워나간다는 것은 어떻게 성립 가능한가. 「구름의 파수병」에서 김수영이 말했던 '시를 배반한 죄로 산정에 서 있다'고 말할 수 있는 자들의 언어. 혹은 시인됨으로써 이 무가치한 세계에 내던져져 있다는 것은 무엇을 의미하는 것일까. 이를 시인의 직접적 말로 풀어보자. 언젠가 필자가 김건영 시인과 인터뷰를 진행한 자리에서 시인은 스스로에 대해 이렇게 말했다. "뱀의 사도가 되어 사악한 방식으로 평화를 추구하는 모순을 품고 살겠습니다. 선한 방식으로 예쁘게 세상을 위해 사는 사람도 있으니, 저열하고 좀 너저분하더라도 부서진 언어로 평화를 노래하는 사람도 있어야 하지 않을까 합니다."[2]

그의 답변 속에는 그가 생각하는 시인됨의 인식에 녹아들어 있다고 해도 과언은 아니다. '뱀의 사도'가 된다는 것은 선하고 당연한 방식이 아닌 차이를 가진 '악'으로서 세계를 바라보겠다는 의지의 반영임으로. 즉 스스로 존재하려는 (이러한 맥락에서 언어의 진정한 주체란 결코 시인 자신일 수는 없다.) '저열하고 너저분한 부서진 언어'의 형상을 통해서만 성립 가능할 무엇. 그 무엇을 향해 불가능한 방식으로만 도달하려 하는 행위이자 사유이려 하는 것. '시를 쓰는 운명'이라는 거창한 질문에 답해진 그의 위트 있는 대답은 이러했고 그 말을 들었던 필자 역시 고개를 끄덕일 수밖에 없었다.

김건영 시인과의 인터뷰에서도 다룬 바이지만 그의 시는 확실히 2010년대의 포스트-미래와 '멜랑콜리'를 공유하면서도 그 중심적 스타일과 다른 자신만의 관념에 기반한 세계를 보여주고 있다. 이는 확실히 니체적이고 연금술적인 세계관에 기반한 것이기도 하다. 그러나 보다 중요한 것은

2) 김건영·김정현, 「여기 지금 말하는 자가 있다는 것 — 김건영 시인 인터뷰」, 『학산문학』, 2019년 겨울호, 195면.

시인이 스스로 '앓는 자'로서 자신을 인식한다는 점에 있을 것이다. 즉 시인이 세계의 부조리와 모순을 비판하기보다는 오히려 그 인으로 뛰어들어 스스로를 앓는 자로서 형성시켜 나간다는 것이 중요하다. (그의 위트는 모두 이러한 태도로서 가능하다.) 말하자면 이 무가치한 세계를 긍휼히 여기는 자의 속죄로서. 『파이』에서처럼 스스로를 '기형'이자 '질병'으로 인식하려는 그의 내면적 엄격성은 바로 이로부터 비롯되어 있다.

언젠가 이성복 시인이 「그날」에서 말했던 '모두가 아픈데 아무도 아프지 않은' 그러한 세계를 '앓음'으로서 거부하기. 그가 형성하려 한 언어들의 핵심은 여기에 있지 않을까. 시의 표현에서 빌려 이를 질문해 보자. 요컨대 '무서우니 더 무서운 사람이 되려'(「나무랄 데 없는 완벽한 나무들」) 한다는 것은 도대체 무엇인가. '획이 많지 않은 그러나 읽을 수 없는 목질화인 글자'(「맨드래이크」)가 된다는 것은 어떠한 사유로써 가능해지는가. 시인은 왜 앓음이자 '악'으로 존재하는가. 우리들 쓰는 자들은 이 무가치한 세계에서 무엇을 할 수 없으며 또한 무엇을 해야만 하는 것일까.

### 2) "무서워서 더 무서운 사람"이 된다는 것

따라서 언제나 핵심은 언어의 표면이 아닌 사유의 심층을 들여다보는 것에 있다. 유의해야 하는 바는 결국 텍스트를 지탱하고 있는 시인의 세계관이 어떠한 방식으로 그 존재를 형성하고 있는가를 질문해야 한다는 것이다. 다음의 시를 보자.

> 그때 신은 너무 어려서 많은 실수를 했다
> 차마 불태울 수는 없어서 잊어버린 일기장처럼
> 남겨진 사람들은 그때부터 동굴 속으로 들어갔다
> 죄의 이름들이 밤하늘에 가득 떠올랐고
> 금기는 선분처럼 자유로웠다
> 지붕 없이는 잠들 수 없게 되었다

걸어 다니는 나무들과
한없이 우는 물고기들
알에서 태어난 사람들은
다음 생에 수림의 일부가 되기 위해 나뭇가지에 매달렸다

벌레를 죽이면 벌레가 된대요
그러면 신을 죽여야겠구나
사람이 되고 싶으면 사람을 죽이고
나는 이 세상이 무서우니 더 무서운 사람이 될 거야
내가 아프니 세계도 아파야 한다
착한 사람들이 잘하는 건 사라지는 일이다
더 착한 사람들만 남겨두고
우리는 책과 지폐를 맞바꾸고
원인보다 결과를 반대로 말한다
그 사이에 언제나 나무들이 병정처럼 서 있다

—「나무랄 데 없이 완벽한 나무들」, 전문

시인이 바라보는 세계란 어떠할까. 그가 인식하고 있는 세계가 우리가 일반적으로 바라보는 현실과 무관하다는 것에 주목해 보자. 일종의 알레고리라 칭해져야 하는 언어의 존재방식. 확실히 "나무랄 데 없이 완벽한 나무들"이란 시의 제목은 시인이 느끼고 감각하는 세계의 실체감이 제시된 텍스트로 이해해야 할 것 같다. 요컨대 니체처럼 '너는 해야 한다'는 신을 죽인 후에 바라볼 수 있게 되는 세계로서.

그가 세계를 기묘하게 증오하며 웃는 자라고 말해본다면. 그저 '어리고 많은 실수를' 저지르는 신의 세계 속에서 우리가 속해있다는 점이 어떤 필연성을 가지고 있다면. 이 세계가 그저 반복되는 무의미성이란 죄를 지닌 것일 따름이라면. 우리가 택해야 하는 것은 그저 생존해있는 인간이 아닌 차라리 비인간적인 존재로서 자신을 인식하고 형성하려는 태도이지 않을까. 그의 말처럼 "지붕 없이 잠들 수 없게" 된 '동굴안 사람들'이 되지 않기. 마치 "걸어 다니는 나무들과/ 한없이 우는 물고기들/ 알에서 태어난 사람들은/ 다음 생에 수림의 일부가 되기 위해 나뭇가지에 매달"리는 것

처럼.

요는 이것이다. "이 세상이 무서우니 더 무서운 사람이 될" 것이라는 중얼거림. 즉 세계의 근본적 형상인 무의미함이 무섭다는 것. 그것은 세계가 결국 니체가 말한 영원회귀의 한 측면처럼 동일한 것들이 무한히 반복되고 있을 뿐이라는 바로 그 지점을 가리킨다. 따라서 그가 '무서워'하는 것은 다름 아닌 우리이다. 더 정확히 말해 어리석은 신의 이름하에 있는 우리의 현실인 것들을.

그렇기에 "더 착한 사람들만" 남아있을 뿐인 세계이자 우리가 그저 "더 착한 사람들"이자 "책과 지폐를 맞바꾸고/ 원인과 결과를 반대로 말"한다는 것은 시인이 인식하고 있는 플랫하고도 차이 없는 세계의 한 형상으로 이해될 필요가 있다. 이 남겨져 있으며 '차이' 없는 무한한 동일성의 반복인 세계이자 곧 우리. 그러니 마치 이상의 「오감도 시제 1호」의 '무섭다 그리는 무서운 아이'처럼 시인의 시적 자아는 "더 무서운 사람이" 되기를 욕망할 수밖에.

오해하지 말자. 이 '어린 신'의 세계에 속했다는 것이 우리가 어떤 악인으로서 존재한다는 것을 뜻하지는 않으니까. 그의 말처럼 우리는 모두 "더 착한 사람들"일 따름이다. 우리는 아무런 의심과 고통도 느끼지 못한 채로 세계를 그저 '더 착한' 방식으로 살아가고 있을 뿐. 따라서 그런 우리를 증오하는 시인의 방식이란 '신을 죽이고 그저 사라지는 것'일 수밖에 없다. 핵심은 세계와 맞서는 시인의 투쟁이 결코 명시적 방식으로 이루어질 수 있는 것이 아니라는 점이다. 시인의 말을 빌려보자면 '모순되고 사악한 방식'인 '악'으로 존재하기로서 말이다.

이러한 그의 방식은 들뢰즈 식으로 말해 '차이의 생성'을 향해 있다. 이것이 그가 명시적으로 말하지 않고 감춰둔 시적 사유의 핵심이라 할 침묵이자 사라짐이며 동시에 '병정처럼 서있는 나무'가 되려는 자의 근원적 특성일 수 있다. 마치 '너는 해야 한다'고 외치는 세계의 지배자인 용에 맞서며 '나는 원한다'라고 말했던 위버맨쉬의 사유처럼.

동물을 보면 기분이 낫는다 인간을 보면 가라앉기만 한다 인간은 짐승입니다 어깨가 부어오른 것을 날개라고 부릅니까 나쁜 사람과 더 나쁜 사람밖에 없는 밤이다 어두우니까 무섭기만 해서 다행이다 멀리 있는 것은 작아 보이니 다행이다 잘못된 띄어쓰기처럼 골목은 헐렁거린다 새벽에 던지는 대화 속에는 휴지가 있다 나는 일부러 알아들을 수 없는 말을 하는 것이 아닙니다 한걸음 옆으로 간 사람들이 사라진 걸 못 보았습니까 사건은 한낮에 더 많이 일어나잖아요 사람들이 아침에 일어난다 이것은 사건이고 순식간에 갈라지며 영영 다른 단어로 가는 안전한 단어들 선량한 악의 그런 게 없다고는 말 못 하지 지들도 모르면서 아는 척하는 아침 같은 거 차라리 짐승이 동물이 낫다니까요 식탁 위에는 일회용 젓가락 짝을 맞춰 누워있다 말없이 먹는다 안전하다 휴지 좀 줄래 말이 없어지는 사람들 휴지가 필요하다 밤이 나쁜가요 낮이 나쁜가요 달은 기울 때에 더 마음이 가고 밝은 미지는 없습니다 밤의 묘사는 아직도 남아 있어서 어린 시인들이 발생한다 한낮에는 저 하늘 끝에서 정의로운 나의 켐트레일 그어진다 아무것도 아닌 것에 의미를 부여하는 밑줄처럼 날카로운 니들은 아무 것도 아니야 니들은 바늘이야 우리는 무엇을 제대로 말하지 않기 위해 살아야 하는가 모두冒頭를 위한 최후 발언을 준비해야지 모두를 조심해야지

—「달 과육 펜스」, 전문

조금 전에도 언급했듯 그는 세계를 기묘하게 증오하며 웃는 자이다. '달 과육 펜스'라는 제목이 상기시키는 시인의 위트 있는 농담이 가득한 이 시에서도 마찬가지이지만 그의 언어적 유희는 앞서 언급한 그의 세계관을 중심으로 공전한다. 그 목적은 다음과 같다. "무엇을 제대로 말하지 않기 위해서 살아야 하는가" 혹은 "모두를 조심해야지"라는 것.

이 측면에서 '인간보다 차라리 동물을 보면 기분이 낫다'는 말은 주의 깊은 해석을 요한다. 그의 시를 우리가 이해하기 힘든 지점이 있다면 그것은 그의 시가 명쾌한 적과 아군이라는 간편한 이분법으로 세계를 인식하지 않는다는 점 때문이다. 말하자면 그의 적은 '더 착한 우리'일 따름이다. 그러니 그는 이렇게 중얼거릴 수밖에. 이 세계란 "나쁜 사람과 더 나쁜 사람밖에 없는 밤"일 뿐인 곳이라고.

그의 세계 속에서 "어두우니까 무섭기만 해서 다행"하다는 것은 무엇을 의미할까. 약간 딱딱한 분류가 될 수 있지만 「달 과육 펜스」를 '달'이라는

알레고리적 기호와 '펜스'란 돈(화폐)의 대립이라는 점에서 살펴보자. 어깨가 부어오른 것을 어깨가 부어오른 것으로밖에 볼 수 없는 '더 착한 사람'이자 '나쁜 사람'. 그리고 어깨가 부어오른 것을 날개로 볼 수 있는 '착한 사람'이자 '더 나쁜 사람'들의 근원적 차이. 요컨대 시인은 더욱 악한 자의 입장에서 악한 세계를 바라보는 자이다. 그가 인간과 세계를 싫어하고 증오하는 이유가 여기에 있다. 그들은 그 어떤 상상력도 사유도 없이 그저 여기에 생존해 있을 뿐이라는 바로 그 지점을.

핵심은 세계의 무의미성과 그 무의미성에 맞서는 '사건적인 것'이 치열하게 대립해야 한다는 점을 이해하는 것이다. 시인도 이를 이렇게 말한다. "나는 일부러 알아들을 수 없는 말을 하는 것이 아닙니다"라고. "한 걸음 옆으로 간 사람이 사라진 걸 못 보"는 '나쁜 사람들' 사이에서 '더 나쁜 사람'이 되려는 것. "선량한 악의 그런 게 없다고는 말 못하"는 진실일 것. "지들도 모르면서 아는 척하는 아침"이 아닌 것. 즉 "달은 기울 때 더 마음이 가고 밝은 미지는 없"다는 것을 이해할 수 있는 자에게 주어질 무엇을 시인은 인식한다.

그는 그렇게 우리가 보지 못하는 것이자 "아무것도 아닌 것에 의미를 부여하는 밑줄"같은 악으로서 존재하려 한다. '날카로운 니들이자 바늘'이 되고자 하는 악. 시인은 그러한 세계에 서 있으며 우리를 본다. (이것은 어떤 우월함에 속하지 않으며 단지 일종의 '높이'일 따름이다.) 그는 그저 이 세계를 바라보며 앓고 있다. 그렇기에 그는 말할 수 있는 것이다. "우리는 무엇을 제대로 말하지 않기 위해서 살아야 하는가"라고.

우리에게 당연하고도 익숙한 제대로 말하는 방식이 아니어야만 비로소 제대로 말할 수 있다는 모순들의 영역. "켐트레일"(비행운(콘트레일)의 일종으로 항공기가 화학물질들을 살포하여 생긴다고 믿어지는 음모론에 기반해 있다—인용자주)의 저편에 있는 이 세계의 최후이자 "모두(冒頭: 말과 글의 첫머리—인용자주)"인 최초인 것. 시인이 지닌 '악'의 진정성과 윤리는 모두 이로부터 비롯되고 있는 것이 아닌가. 슬프게도 모두가 알아들을 수 없으며 이해할 수 없는 언어의 형상이자 "어린 시인"의 말로서만 들려지게 될 희미한 목소리로 말이다.

### 3) '투명한 공포와 어둠' 그러니까 '노래 같은 비명'

그는 세계의 무의미성을 '무서워'하며 그렇기에 다른 차이를 발생시킬 수 있는 '더 무서운 자'로서 자신을 형성하고 있다. 이에 대한 대가는 아마도 시인이 세계 자체라는 "투명한 공포"(「라이덴병」)를 견뎌내야 한다는 것에 있을 따름이다. 악에 맞서는 더한 악이자 이해되려 하지 않는 "어둠"을 지닌 자만이 느끼게 될 고통을 견뎌 가면서.

> 동물원에 가자고 했지요 갇혀 있는 동물들에게 미안하지만 보러 가지 않는 것도 미안하다 했어요 우리 수족관에도 가고 식물원에도 가요 멀리서 저녁 식사의 메뉴를 묻는다 그게 궁금한 게 아닙니다 뭐라도 묻지 않으면 견딜 수 없어서 진실해질까 무섭다 하늘에는 관찰자의 눈알들이 선명하고
>
> 어떻게 살아야 하죠 따듯해지는 벽이 있었으면 좋겠어요. 어째서 바닥만 따듯해지는지 나는 이 세상을 사랑하지 않는데도 사랑하느라 힘이 들고 진실을 참아야 할 때가 있다 사람들은 화를 내고 밤이 언제나 온다 꿈속에 뿌리를 내리고 말해야지 아무렇게나 말해야지 선량한 사람들이 꿈속까지 좇아올 때가 있다
>
> 시집을 읽으면서 생각한다 남의 슬픔을 이렇게 기쁘게 읽어도 되는가 걸어 다니는 식물처럼 눈을 껌벅인다 타인의 슬픔으로 기꺼이 연명하자 다들 그러더라 괴물도 못된 고물들이 걸어 다닌다 몸속에서 화분과 분노를 기르고 있다
>
> 아버지는 너무 많이 참았죠 아버지의 바깥에서 나는 자랐고 안쪽에는 암이 자라고 있었다 나의 안쪽에서 아버지가 자라고 있다 때로 던질 말이 없어서 화분의 안부를 물었죠 술을 마시고 희망보다는 하몽이 삶에 유익하다고 뜨거운 물과 한 줌의 커피로 어둠을 기른다 물을 줘야지 씻고 마시고 식물은 한밤중을 걸어가고 화분만 남는다 길러야지
>
> —「트리피드의 날」, 전문

시인의 말처럼 '악'으로서 존재한다는 것은 어떤 점에서 "이 세상을 사랑하지 않는데도 사랑하느라 힘이 들고 진실을 참아야 할 때가 있"게 되는 법이다. 니체는 결국 그것을 견디지 못해 비극적 최후을 맞이했지만 그의 후예라고 해야 할 시인은 안다. 이미 일말의 그리고 약간의 기대조차 있지 않다는 것을. 우리는 모두 "타인의 슬픔으로 기꺼이 연명"할 뿐이며 "다들 그러더라 괴물도 못된 고물들"처럼 있을 뿐이라는 점을 그는 모르지 않는다.

따라서 그가 식물이 되고자 하는 사유는 단순히 어떤 서정적인 것으로의 회귀란 측면으로 해석되기는 어렵다. 그의 신작시편에서 두드러지는 알레고리가 인간과 대립되는 '식물'의 세계에 기반해 있다는 점에서도 이는 마찬가지이다. 그가 말하는 식물성의 알레고리는 인간이 아닌 존재이자 악으로서의 자신을 규명하는 일종의 토대로서 기능한다. 즉 그는 분노하기에 "술을 마시고 희망보다는 하몽이 삶에 유익하다고" 믿으며 희망을 거부하려는 자인 셈이다.

요컨대 '희망' 따윈 존재하지 않는 세계에 맞서는 방식은 단순히 선과 희망 혹은 참되고 올바른 것을 부르짖는 것으로 가능하지 않다. 그래서 시인은 도달할 수 없는 선이란 헛된 가상에 기대지 않으며 그저 "뜨거운 물과 한줌의 커피로 어둠을 기른다"는 행위를 지속할 뿐이다. 그것은 결과적으로 "아버지"로서 표상되는 세계의 질서와 시스템을 '암'이자 무가치한 것으로 바라보는 사유로부터 유래하는 것이기도 하다.

벗어날 수 없는 '하늘에 가득한 관찰자의 눈알'에 맞서는 식물적인 '악'이란 차이를 발생시키기. "때론 던질 말이 없"는 이 세계 속에서 '뜨거운 물과 한 줌의 커피로 어둠을 기르는' 행위는 사소해 보일 수 있지만 결코 사소한 것이 아니다. 그것은 "뭐라도 묻지 않으면 견딜 수 없어서 진실해질까 무섭다"는 시인의 사유가 집약된 악으로서의 존재방식이기에 그러하다. 더 정확히 말한다면 그 '어둠'을 통해서만이 우리는 보이지 않는 세계의 이면을 들여다볼 수 있게 되는 것이다.

> 나 약이 될게요 나를 심어 준 사람들을 위해 흙을 덮고 꼭꼭 밟아준 사람들을 위해서요 아픈 건 괜찮냐고 물었어요 그런데 그거 관심 없잖아요 사람이 사는 데에 꼭 필요한 게 바닥이죠 공중에 뿌리내린 사람도 있습니다 날파리처럼 지겨운 천사들 나의 죄와 벌레 언제나 웃으면서 법대로 해요 법대로 나를 온몸으로 껴안아준 공기가 있다 나는 사실 어떤 말을 하고 싶은가요 비명입니다 아닙니다 노래입니다 살고 싶습니다 쉽게 말하고 싶어요 식물은 죽지 않는다 다만 사라질 뿐 죽는 건 화분뿐이죠 그러니까 나 흙 속에서 부어올라 화약이 될게요. 나 목에 밧줄을 감고 태어나서 소리를 좀 지를게요 이제 좀 동물이 될게요 자랄수록 사람은 어렵고 어려진다 다 안다는 것처럼 부드러운 사람들은 부러뜨릴 거야 나 너무 많은 열매를 사랑하여 열매가 되어간다 전생으로 돌아가 몇몇 가지를 꺾고 돌아올게요 획이 많지 않은 글자가 될게요 그러나 읽을 수는 없는 목질화를
>
> —「맨드레이크」, 전문

그가 형성해 내면서 지키려 하는 것의 총체를 '악'이라 불러본다면, 「맨드레이크」는 그가 식물적인 악으로서 자신을 왜 형성하는지 그리고 어떤 점에서 헛되 보이는 세계와의 싸움을 왜 지속하려 하는지를 정확하게 드러내는 텍스트로 이해될 수 있다. 그는 시의 서두부터 분명히 제시한다. "나 약이 될게요". 약이라니? 그는 악이 아니었던가. 여기에서 우리는 그의 언어가 지닌 어떤 근원적 형상을 포착할 수 있다. 요컨대 그는 우리와 세계의 모든 무균질함을 부정하려는 '악'이며 그러한 방식으로서만 '약'인 셈이다.

그의 악이자 약은 어떠한가. 시인은 이렇게 선언한다. "나는 사실 어떤 말을 하고 싶은가요 비명입니다 아닙니다 살고 싶습니다 쉽게 말하고 싶어요 식물은 죽지 않는다 다만 사라질 뿐 (…) 그러니까 나 흙 속에서 부어올라 화약이 될게요". 그가 형성해내려는 것은 단순하고 간단하게 전달될 수 있는 언어의 의미를 향해 있지 않다. 마치 '화약'처럼 곧 터질 것 같은 불길을 담고 있는 언어의 알레고리로서 그는 인간이 아닌 '동물'이 되려 하며 차이를 원하고 세계의 전부를 뒤흔들려 한다. 이 불꽃과도 같은 이미지들의 집약처. 그것이 바로 그의 악惡적인 식물이 탄생시키려 하는 "열매"로서의 글자인 셈이다.

안다는 것을 자처하지 않기. 즉 “다 안다는 것처럼 부드러운 사람들은 부러뜨릴 거야”라고 다짐하며 자신의 사유를 올곧게 지속시키려 하는 자의 사유일 것. 그러한 태도로만이 도달하게 될 ‘약’이자 ‘화약’이며 ‘열매’로서의 언어를 추구하는 자가 부르는 노래. 그렇기에 시인가 추구하는 ‘노래로서의 비명’이 가진 형상이 이와 같지 않을까. “획이 많지 않은 글자” 그 자체일 것. 그러나 그 글자가 우리에게 쉽게 이해되며 명료하게 전달될 수는 없다는 것. 오직 “읽을 수 없는 목질화”가 되려 한다는 행위일 뿐인 것.

사전적 의미에서 목질화의 뜻은 식물의 세포막에 생화학적 변화가 일어나 탄소를 다량으로 함유한 단단한 껍질을 생성하는 현상을 가리킨다. 그러나 우리는 이를 사전적이고 명시적인 의미로 한정지어 읽어낼 필요는 없다. 이는 일종의 알레고리이자 시인이 자신의 존재를 내밀하게 증명하는 방식일 따름이니까. 즉 시인이 생성시키려 하는 “읽을 수 없는 목질화”란 그가 자신의 존재를 엄격하게 다루며 다른 차이를 생성시켜 낼 높이이자 강인함을 가리키고 있는 것이 아닌가. 그러한 정신적인 엄격성을 호명하기는 결코 단순히 자연을 노래한다는 것과 그 층위를 달리한다. 요컨대 스스로 자신의 온 존재를 걸고 지르는 ‘노래같은 비명’의 근본적 정체. 우리가 결코 손쉽게 읽을 수 없는 그의 실존적인 형상이 바로 이 단단하고 결정화된 이미지인 “읽을 수 없는 목질화”의 알레고리에 집약되고 있는 것이다.

이러한 점에서 그의 말들은 피 흘리는 고통의 언어이자 그 피를 대가로 쓰고 있는 실존의 언어로 이해될 수밖에 없다. 우리가 그의 시를 난해하다고 생각한다면 그것은 그가 자신의 사유를 증명하기 위해 도달한 언어의 미로를 그저 겉에서 바라보고 있을 뿐이라는 점을 가리킬 따름이다. 그러니 우리가 해야 할 일은 다른 것이 아니다. 시인이 펼쳐둔 미로에 새겨진 흔적들을 더듬고 또 더듬으며 그 손가락 끝의 감각에 단지 의지하는 것. 선과 밝음과 낮이 아닌 악과 어둠과 밤으로서 존재하기. 시인이 지니고 있는 이러한 형상들을 깊숙이 이해할 때에 비로소 도래하게 될 그의 내면성에 공명하기. 그의 언어와 실존은 오직 이러한 방식으로서만 읽혀질 수 있을 따름이다.

### 4) "잘못이 아닌 사변적인 얼룩"의 난해성으로

그는 알고 있다. 이 무가치하고 무균질한 세계에 대해 자신이 '읽을 수 없는 목질화'로 존재한다는 점을. 그 세계로부터 이탈해 있는 자이자 세계를 기묘하게 증오하면서 웃는 자로서. 그는 스스로 "어디에서 봐도 잘못이 아닌 사변적인 얼룩"을 자처한다. 따라서 이해되지 않음이 그의 잘못은 아닐 것이다. 잘못은 우리와 세계의 평면성에 있다. 요컨대 그는 그만의 '난해성'으로 투쟁한다. 그 누구에게도 이해를 바라지 않으면서. 그저 쓸 뿐이다.

> 우리 얼룩을 만들지 않을래 어디에서 봐도 잘못이 아닌 사변적인 얼룩을 공기 중에 투명한 얼룩을 우유 잔에 우윳빛 얼룩을 몸속에 핏빛 얼룩을 숨만 쉬어도 생기는 것을 누구나 알 수 있게 정교하게 쓰다듬으며 같이 만들지 않을래 외롭지 않아 라고 말하면서 외로운 사람이 된다 유리가 언제 발명됐지 몰라 모른다구 말하는 것은 쉽다 할 수 있는 일을 하는 건 쉽다 할 수 없는 일을 할 수 있게 되면 얼마나 좋을까 이것 봐 책들은 떠들어 봐도 시끄럽지 않다 책은 말하지 않는다 말해진 것이다 우리가 모은 것은 보이지 않는다 사람은 다 똑같은데 모두 다른 일을 한다고 믿는다 우리는 무섭다 상악과 하악이 다른 노래를 부르고 있다 우리는 발음할 수 없는 이름을 부른다 책 속에는 알 수 없는 것들이 많아서 좋다 발명할 수 없는 것을 발명할 수 있도록 말한다 우리는 입술이 비틀거린다 라고 쓴다 실험한다 알았던 것들을 모르는 척 하면서 기록하면서 우리 사이에 새로운 것이 나타난다 우리를 닮았는데 새로운 이름을 붙여야 한다 투명한 공포에 잠기면서
>
> —「라이덴병」, 전문

그가 부르려는 '노래 같은 비명'은 앞으로 더욱 더 난해해질 것 같다. "말하는 것은 쉽다 할 수 있는 일을 하는 건 쉽다 할 수 없는 일을 할 수 있게 되면 얼마나 좋을"지를 시인은 정확히 알고 있는 자이므로. 할 수 있고

말할 수 있지 않은 것이자 '발음할 수 없는 이름을 부르는' 행위로서. 이를 위한 언어의 존재방식이 바로 김건영 시인이 지닌 언어적 원천이라 불리워져야 하지 않을까.

그렇기에 "실험"이라 칭해진 불가능성에 도전하는 행위를 난해함이라 부른다면. 나는 그의 난해성을 긍정할 것이다. 그의 난해함은 바로 이 불가해함을 어떠한 방식으로든 언어로 붙잡으며 현전시키려는 방식에 근거해 있기에. 그는 알 것이다. 사유 자체라 할 '책' 이미지처럼 '떠들어 봐도 시끄럽지 않고' '말하지 않고 말하는 것'의 중요성을. 요컨대 오직 불가능한 방법으로서만 도달하게 될 가능성에 목숨을 건다는 행위와 그 의미를. 그의 "투명한 공포"란 언어에서 우리가 얻을 수 있는 엄격성이 바로 이러하다.

'상악과 하악이 서로 다른 노래를 부르며' "알았던 것들을 모른 척 하면서 기록하면서 우리 사이에 새로운 것이 나타"나기를 기다리는 자. 시인은 자신의 존재방식을 분명히 인식하며 쓴다. 시의 제목이 지닌 뜻인 축전기이자 라이덴병이 니체적 초인이자 번개의 형상을 넌지시 가리킨다는 점을 떠올려 본다면. 그의 식물적인 악의 알레고리가 단순한 이미지나 감각의 층위를 넘어서 있다는 점은 매우 명료해질 것이다. 그는 자신의 세계와 존재 그리고 그것을 뒷받침하는 사유의 '정확성'을 항상 염두에 두는 자에게만 가능한 언어의 실존적 영역을 구축하고 있기에. 시인이 "투명한 공포"라고 명명한 "어둠"의 총체적 형상으로서.

그러니 시인은 여전히 우리가 할 수 있는 명시적인 투쟁이 아닌 우리가 할 수 없는 "뜨거운 물과 한줌의 커피로 어둠을"(「트리피트의 날」) 길러나갈 것이다. 이는 결국 자신의 언어로서만 세계와 부딪쳐가며 '악'으로서 스스로가 형성해 낼 차이를 긍정한다는 것과 다르지 않다. 물론 그 '투쟁'은 언제나 패배하며 패배할 수밖에 없는 싸움이기에 시인은 끈질기게 버텨나가려 한다. 우리의 존재는 오직 그러한 방식으로서 형성될 수 있다. 이 문장에 담겨진 고통과 엄격성을 그는 알 것이다. 분명하게도 이는 그뿐만이 아닌 모든 쓰는 자의 원천적 숙명일 수밖에 없을 테니까.

손을 잡았는데 가시가 만져진다 나의 체액은 이런 곳에서 온다 이를테면 손톱이 계속 자라는 것 그 밑에 낀 먹구름들 내가 나를 흉내 내는 동안, 장미의 줄기에 달라붙어 소리를 빨아먹는 잿빛 거머리에 관한 이야기 나는 혼자 허물을 벗고 떠났는데 거기에 네가 있다 그리고 다시 우체통에서 태어난 우체부처럼 길가에 피를 한 방울씩 흘리고 소실점으로 떠나는 뱀의 뒷모습으로 문장은 끝난다

—「미미크리」, 『파이』 중에서

# 3-5. 한계가 없는 절망과 패배하는 사랑 어디에선가

— 허연 신작시론

1)

개인적 생각일 수도 있겠지만 허연 시인의 근작 시집인 『오십 미터』(문학과지성사, 2016)[1]를 읽었을 때 들었던 느낌은 이 시집이 일종의 허무에 맞서 싸우는 실패에 대한 이야기라는 것이었다. 좀 더 풀어보면 이렇게 말할 수 있을 것 같다. 우리 모두가 흘러가는 시간 앞에서 모두 공평하다는 지점으로부터 출발하는 어떤 슬픔을. 즉 누구라도 결국에는 평등하게 쇠락해 가고 지워져 가며 한때의 빛나던 무언가를 상실해 갈 수밖에 없다면. 그러니까 "연옥"같은 이 세계 속에서 결코 '같은 모양을 가지지 않는 눈송이'(「FILM2」)를 다시 기다리는 것은 어떠한 '고통'의 형상을 지니고 있다고 해야 할까.

시인으로서 도달해야 하는 언어의 심연이라 할 만한 것. 그러나 쓰는 자로서 평생을 매달려도 결국 도달하지 못하는 그 지점에 대해서 그는 항상 생각한다. 이렇게 말한다면 여기까지는 아마 시인이라는 생각에 어느 정도 부합할 것이다. 그러나 문제가 되는 것은 그 도달을 이루기 위해 혹은 치러야 하는 '대가'가 무엇이냐는 물음일 것이다. 언어의 심연을 언어로 규정한다는 것은 사실상 불가능하겠지만 적어도 고통과 슬픔 그리고 회

---

1) 이하 인용하는 허연 시인의 대표시와 신작시 및 『오십미터』(문학과지성사, 2016)에 실린 시는 인용표기를 생략한다. 시인의 대표시와 신작시는 『리토피아』, 2020년 봄호에 게재되어 있다. 이중 신작시인 「이별의 서」와 「중심에 관해」는 시인의 근작 시집인 『당신은 언제 노래가 되지』(문학과지성사, 2020)에 실려 있다.

한과 치열함이라 부를 만한 무엇이 없다면 '그곳'에는 결코 도달할 수 없다는 점만은 확연할 것이다.

말하자면 시인은 언어를 출발시키기 이전에 언어에 대한 실패를 안고 출발해야 하는 불가능성을 품어야 한다. 그렇지 않다면 그는 성공이란 가짜의 영광을 안고서 그저 자족하게 될지도 모른다. 시인은 그것을 이렇게 말한다. "출구를 찾지 못한 치욕들이 제 몸이라도/ 지킬 양으로 가시가 되고 밤은 길다./ 가시가 이력이 된 날도 있었으나 온당치/ 않았고 가시가 수사修辭가 된 적이 있었으나/ 모든 밤을 다 감당하지는 못했다."고. 그리하여 "가시가 지배하는 밤. 가시의 밤"(「가시의 시간1」)이 그저 남았다고 말이다.

시인의 말처럼 '온당한' 말을 찾기는 지극히 어렵다. 온당하지 못한 말은 그저 '수사'로만 남게 되어 그 '모든 밤'을 감당할 수 없게 될 뿐. 그의 시집에서 들려오는 '선을 넘지 못했다'는 언급은 이처럼 실패한 자의 회한이 짙게 묻어나오고 있다. 그러나 이러한 실패에 대한 회한은 또한 욕망의 어떤 다른 이름이기도 할 것이다. 요컨대 '온당한' 언어의 심연이자 불완전한 언어가 도달하기를 욕망하는 어떤 궁극적 지점이 존재해야만 한다. 그러고 그것은 불가능한 방법으로서'만' 가능하다.

이 부분에 대해 그의 표현을 빌려 말해보자. 즉 불가능한 방법으로써만 가능한 언어란 "설명되지 않았으므로 무한할 수 있었고/ 학습되지 않았으므로 소멸하지 않았던 말"로서 존재할 수 있다고. 지금 주어져 있지 않은 그것은 아직 나에게 도달되지 않은 형태이자 가시와 같은 형상으로 그저 나를 찌르고 추동할 뿐이라고. 예컨대 "엎어지면 코 닿을 오십 미터가 중독자에게 호락호락하지 않"(「오십 미터」)은 언어의 세계 속에서 나의 실패와 좌절은 '독'으로서 쓰려는 자를 부르고 있다고 말이다.

그렇다면 시인이 해야 하는 일은 그 독을 먹고 마시며 그 독으로써 나를 호명하고 구성하는 것이 아닐까. 그가 말하는 "구제불능의 음악"이자 '치유하고 반항하는 것' 혹은 '현기증'이자 '모든 비극에 뿌려져 있는 피'를. 그러니까 "고독"(「단풍에 울다」)을 감내하는 행위란 바로 이를 향해 있는 것이기도 하다. 즉 시인이 '끝내 하지 못했던 말'. 모든 시간의 쇠락과 쇠퇴와 몰락 속에서도 이미 "쓴 맛을 다 본 소년"이 되어 버린 자가 웅얼거리고 있는 말. "그래도/ 결국 가시가 나를 지탱하고 있다고……/ 그 말만은 끝내 하지 않았다"(「가시의 시간2」)고 중얼거리는 이 '하지 않은' 말을 우리는 주의 깊게 들어야 할 필요가 있다.

이 구절은 그가 "오지 않는 자멸"을 기다리며 그에 대한 "기억"(「마그마」)으로 왜 자신을 지탱하려 하는가를 보여주는 것일 테다. 하여 그렇다면 그의 말처럼 "시가 나보다 더 다른 사람들이랑 더 친할 것 같다는/ 생각이 드는 오후다. 시 쓸 영혼이 얼마나 남았는지/ 가늠해" 보며 "스스로 수치스러워지는"(「Cold Case2」) 것을 견디려는 궁극적 이유를 물어봐야 할 것 같다. 이미 쇠락하고 소멸해 가는 난파된 자신의 언어를 통해 어떻게든 견디며 찾고자 하려는 것. 세계와 그리고 자신의 몰락을 고통스러워하며 어떻게든 희미한 '불덩이'를 붙잡으려 하는 자가 지닌 허무함의 이면. 그 감각들이 허연 시인이 가진 내면의 풍경일 것이다.

2)

그의 대표작에 읽혀지는 것들은 그러하기에 어떤 희망이나 성공인 완성의 이름을 가진다고 하기 어려울 것 같다. 그는 오히려 실패와 고독을 그리고 도달할 수 없는 말을 통해 현전하는 절망을 사랑한다. 회한에 가득 찬 그러면서도 명징하게 냉정하고도 희미하게 뜨거운 그의 목소리는 그러하다.

> 칠월의 밤은 또 얼마나 많이 흘러가 버렸는지.
> 땅바닥을 구르던 내 눈물은 지옥 같았던 내 눈물은
> 왜 아직도 내 곁에 있는지.
>
> 칠월의 길에 언제나 내 체념이 있고,
> 이름조차 잃어버린 흑백 영화가 있고,
> 빗물에 쓸려 어디론가 가버린 잊은 그대가 있었다.

여름 날 나는 늘 천국이 아니고.
칠월의 나는 체념뿐이어도 좋을 것.
모두 다 절망하듯 쏟아지는 세상의 모든 빗물.

내가 여름을 얼마나 사랑하는지.

—「칠월」, 부분

그의 시에 대해 다루었던 논자들이 지적했던 것처럼 허연 시인의 시에서 느껴지는 어떤 서늘함과 냉철함은 뚜렷해 보인다. 그것은 일종의 엄격성이자 언어에 대한 치밀한 사유로부터 비롯되는 것이기도 하다. 그러니 핵심은 이러한 것이 아닐까. 즉 우리에게는 '언제나 체념이 있'다는 것. 우리의 언어는 결국 불가능성에 의해 실패할 것이라고 말이다.

따라서 그의 시를 읽는 우리는 실패의 지점으로부터 출발하게 될 수밖에 없다. 「칠월」은 이러한 맥락에서 그가 지닌 언어에 대한 사유 혹은 시를 쓰는 자로서의 운명이라 할 만한 것을 스스로 어떻게 생각하는지 드러내 준다. 그는 말한다. 자신의 언어가 사실은 얼마나 형편없으며 실패해 왔는가를 말이다. 나의 언어는 빛나는 천상의 언어가 되지 못하며 사실 "땅바닥을 구르"고 있을 뿐이며 그 언어를 어떻게든 끌어올려야 하는 고통은 "지옥 같았던 내 눈물"이었다고. 그것은 "아직도 내 곁에 있"으며 나의 실패를 철저하게 각인시키고 있었다고 말이다. 그렇다면 물어야 하는 것은 고통의 근원이자 "왜"라는 질문 그 자체에 있을 테다.

시를 행하려는 자로서 자신의 도전과 노력이 철저한 실패로 일관되어 버렸다는 사실을 자각하는 것은 분명 쉬운 일은 아니다. 우리는 무의식적으로라도 자신을 옹호하고 자신을 옳게 여기며 스스로 타당하다고 생각할 것이기에. 시간의 흐름과 망각에 저항하는 것이 시인이 지닌 언어에 대한 한 태도이겠지만 그는 이 싸움에서 손쉽게 승리를 선언하려 하지 않는다. "체념"이라는 말처럼 그는 패배해 왔다. 아니 더 정확히 말한다면 그는 '승리'하지 않으려 한다.

이러한 시인의 태도는 아마도 그가 지닌 언어에 대한 '사랑'이라 말해져야 할 성질의 것이기도 하다. "칠월의 길엔 언제나 내 체념이 있"으며 나의 패배가 끊임없이 상기되고 그 패배 속에서 지워져 버린 "이름조차 잃어버린 흑백 영화가 있고,/ 빗물에 쓸려 어디론가 가버린 잊은 그대가 있"었다는 것. 그가 이를 과거형으로 말하는 이유는 사라짐을 자신의 쇠락과 매개시키고 있다는 점을 드러낸다. 즉 일상의 나이자 시를 쓰는 내가 아닐 수 있는 "칠월의 나는 체념뿐이어도 좋을 것"이다. 요컨대 그는 쇠퇴와 소멸에 '저항'하지 않으며 그저 '다르게' 있고 싶어 한다.

이러한 시인의 태도는 결국 "늘 천국이 아"닐 수밖에 없고, "모두 다 절망하듯 쏟아지는 세상의 모든 빗물"같은 마음을 가지는 것일 테다. 말하자면 그는 찾고 있다. 스스로를 믿지 않으며 냉소하는 것. 그리하여 성공이란 이름으로 인식되지 않으며 자신의 실패가 더더욱 지속되기를 말이다. 그 실패의 지속만이 그를 '다르게' 만들어 줄 것이며 불가능한 언어의 가능성이 가진 좁은 문에 간신히 가 닿을 수 있게 해줄 뿐이므로. 그가 실패를 사랑하는 이유는 바로 그러한 가능성 때문이겠다. 그렇기에 그는 "내가 여름을 얼마나 사랑하는지"를 시 속에서 내밀하게 고백한다. 더 많은 실패와 좌절을 그리고 허무와 고독을 탐하려는 욕망을.

> 푸른색. 때로는 슬프게 때로는 더럽게 나를 치장하던 색. 소년이게 했고 시인이게 했고, 뒷골목을 헤매게 했던 그 색은 이젠 내게 없다. 섭섭하게도
>
> 나는 나를 만들었다. 나를 만드는 건 사과를 베어 무는 것보다 쉬웠다. 그러나 나는 푸른색의 기억으로 살 것이다. 늙어서도 젊을 수 있는 것. 푸른 유리 조각으로 사는 것
>
> 무슨 법처럼, 한 소년이 서 있다.
> 나쁜 소년이 서 있다.
>
> —「나쁜 소년이 서 있다」, 부분

귀족을 의미하는 '푸른 피'의 의미처럼 시인이 정신의 귀족이며 고고한 자여야 한다는 명제는 이제는 거의 찾아보기 어렵게 되었다. 그 까닭은

시인이 시대나 사회와의 싸움에 패했기 때문이 아니다. 이는 오히려 시간과의 싸움에 패배한 자의 조건이자 동시에 우리 모두가 겪어야 하는 풍파에 가깝다. 즉 어떤 한 때에 "때로는 슬프게 때로는 더럽게 나를 치장하던 색"이었으며 '소년'이자 '시인'이었던 나의 필연성. 그것이 시간 앞에서 사라져 버렸다. "섭섭하게도" 말이다.

따라서 「나쁜 소년이 서 있다」의 첫 구절, "세월이 흐르는 걸 잊을 때가 있다. 사는 게 별반 값어치가 없기 때문/이기도 하지만, 파편 같은 삶의 유리 조각들이 처연하게 늘 한자리에/ 있기 때문이다. 무섭게 반짝이며"라는 구절은 의미심장하다. '사는 게 별반 값어치가 없다'는 것은 문학하는 자로서의 기본적 생각이겠지만 더 중요한 것은 그것을 '무서운 것'으로 이해하려는 태도일 것이다. 삶은 '처연하게도 늘 한자리에서 무섭게 반짝인다'. 그것은 나의 쇠락과 망각 속에서도 육신을 지탱하기 위해 사라지지 않으며 늘 항상 그 자리에서 '무섭게 반짝'이며 뚜렷하게 각인될 뿐이다.

이 무서운 삶의 명확하고도 올곧은 형태와 쇠락해 가는 나의 '외로운' 현재 사이에서 시인은 길항한다. "사과를 베어 무는 것보다 쉬"운 삶은 언제나 영속할 것이며 그 안에 우리가 있다는 사실 자체는 결코 변할 수 없다. 그러니 그 안에서 나는 나를 다르게 그리고 또한 다르게 '만들어'갈 수밖에. 요컨대 쇠락과 소멸에 패배했다는 사실에 대해 또한 지지 않기. 나는 나의 '외로운 올곧음'을 버리고 그저 자신의 '기억'을 통해서만 존재하겠다는 것. 이 태도를 그의 냉철함의 이면에 존재할 뜨거운 욕망의 한 측면이라 해야 하지 않을까.

바로 그것'만'을 위해 있겠다는 것. 시인이 시인을 만든다는 행위가 바로 이러하다. 제도나 이름만으로 증명될 수 없는 것. "늙어서도 젊을 수 있는 것"이자 유일하게 그 시간의 쇠락과 소멸이란 삶의 완강함에 패배함으로써 비로소 저항할 수 있는 방식이어야 하는 것. 그것이 이 시인에게 유일한 '법'이며 그의 실체적 본령인 "나쁜 소년"의 존재방식이 될 수 있다. 그는 말하자면 있는 것이 아니라 "서 있"으려 한다.

3)

하여 시인에겐 "소포엔 재난이 가버린 추억이/ 적혀 있었"으며 그 지나가 버린 추억은 "시퍼런 독약"처럼 각인될 것이다. 그 기억들은 아마도 현실의 나보다 더 나여야 하는 무엇에 가까운 것이기도 하다. 존재의 필사적이며 필연적인 호명으로서만 그것이 인식될 수 있기에. 끊임없이 시인을 부르고 있는 무엇. "하얀 눈송이들이 추억처럼 죽어가고 있"(「북회귀선에서 온 소포」)는 이 세계 속에서 언어의 심연을 찾으려는 자로서. 그러니까 쓰는 자에게 주어질 유일해야 하는 것으로서.

따라서 그의 냉소적이고 차가운 언어는 그 안에 어떤 뜨거운 불길이자 존재에 대한 자각을 그리하여 불가능성의 가능성이라는 도달될 수 없는 지점을 향한 시선을 숨겨두고 있다고 해야 한다. 허연 시인의 새로운 작품인 「이별의 서」와 「중심에 관해」는 바로 그에 대한 이야기라고 할 수 있을 것 같다. 그는 욕망한다. 여전한 패배와 실패를 그리고 자신의 출발점이라 할 기억의 존재를.

반은 사랑이고 반은 두려움이었지
내일을 몰랐으니까
곧 부서질 것 같았으니까
아무리 가져도 내 것이 아니었으니까
어떤 단어를 찾아내도 모두 부정확했으니까

생각해보면
너무 많은 바람, 너무 많은 빗물
이런 게 다 우리를 힘들게 했지

우리의 한숨이 너무 깊어서 오히려 누군가를 살게 했을지도 몰라
더 이상 한심해질 수 없다고 느꼈을 때
우리는 우리의 할 일을 다 한 거 같았고
강변에서 일어나기로 했지

기뻐서 했던 말들이
미워하는 이유가 되지 않기를

—「이별의 서」, 부분

시의 제목이 알려주는 것처럼 이 시는 이별에 대한 혹은 일종의 연시라고 보아도 무방할 것이다. 그러나 그의 다른 시들처럼 이 시 역시 어쩌면 시에 대한 시이자 더 정확히 말한다면 언어에 대한 사랑이 어떠한가를 말하고 있는 시로 읽어도 될 것이다. 그가 이 시에 말하고 있는 바는 사랑의 그러한 불가능성으로부터 유래할 무엇이기 때문에.

시의 첫 구절인 "우리가 할 수 있는 일은 없었"다는 그의 말처럼 "서로를 가득 채운다거나/ 아니면 먼지가 되어버린다거나 할 수도 없었"던 무력함은 이 시를 전체적으로 지배하는 감정이라 할 수 있겠다. 즉 우리의 사랑이란 그저 무력하다. "한 시절 파스타를 고르다 웃었고/ 가끔 강변에 앉아 있었"던 우리들처럼 "파산과 횡재와 저주와 찬사 같은 게 왔다" 가버리는 시간의 흐름 속에서 그저 그는 그리고 너(혹은 언어)는 있었다. 무력하게. "우리는 그저 자주 웃었고/ 아주 가끔 절규"했지만 바뀌는 것은 없었을 따름이므로.

이 '무력함'에 대한 그의 고백을 우리는 그저 단순한 층위로만 받아들여서는 안 된다. 그 무력함은 시와 언어가 가진 성공이란 기실 사랑의 이름으로 둘러싼 폭력에 불과하다는 것을 알려주고 있기 때문에. 그렇게 명료하게 드러내지 않는 방식으로서 시인은 이 실패의 지점을 통해서 존재하게 될 불가능한 사랑에 대해서 말하려 한다. 그러한 사랑의 방식은 무언가를 주거나 행하거나 강요하는 것이 아니라 그저 '보는' 행위로부터 비롯되는 것이다.

그저 본다는 것이 어떻게 사랑의 행위가 될 수 있을까. 사랑이란 무언가를 베풀거나 주거나 혹은 너(혹은 언어)와 내가 함께 무엇인가를 창출해 나가는 것이 아니던가. 서로에게 어떤 영향력을 미치거나 받는 것이 사랑이 아닌가. 시인은 그에 대해 그렇지 않다고 말한다. 그의 말처럼 그러한 사랑이란 결국 '부정확해질 수밖에 없을' 따름이다. 시인은 이를 다음처럼 말한다. "반은 사랑이고 반은 두려움이었지/ 내일을 몰랐으니까/ 곧 부서질 것 같았으니까/ 아무리 가져도 내 것이 아니었으니까/ 어떤 단어를 찾아내도 모두 부정확했으니까"라고. 사랑이란 이름으로 무언가를 만들어 내고 소유한다는 것. 그는 그러한 행위의 성공이란 결국 '모두 부정확해질 수밖에 없음'을 그는 잘 알고 있다. 그것은 아무리 가져도 '내 것'이 될 수 없으며 시간의 흐름과 몰락에 따라 "곧 부서질" 따름이기에.

따라서 그저 본다는 것이자 어쩌면 '아무것도 하지 않음'이란 사랑의 이름으로 행하는 것이 아닌, 사랑이란 이름으로 하지 않는 것에 속할 수 있게 된다. 사실 사랑이란 결국 어떠한 점에서 '두려움'일 수밖에 없다는 것. 요컨대 그가 말하는 '힘들었다'는 언급의 이면처럼 알지 못하는 것에 대한 두려움을 '그대로' 받아들이며 나의 사랑으로 덮어씌우지 않기. 그가 암묵적으로 말하려는 너에 대한 혹은 언어에 대한 사랑이란 이 측면에서 이해되어야 한다. 요컨대 언어의 심연에 대한 어떤 절대적인 무능에 가까운 무엇을 말이다.

결국 그가 말하는 사랑이란 '할 일을 다 하고 강변에서 일어난다'는 이 무능한 행위와 말로 귀결된다 할 것이다. 그러나 사실 이 무능한 '종결'은 불가능한 언어이자 불가능한 가능성에 대한 유일한 접근방식이 될 수 있는 것이기도 하다. 우리 모두의 불안전성을 통해 비롯될 수 있을 무엇. 아니 '올바른 사랑의 방식'으로 가득 찬 세계의 올곧은 강요와 시간의 쇠락 속에서 그에 대한 패배를 인정하고 나서야 비로소 보이게 되는 것. 그것이야말로 "다 우리를 힘들게 했"던 그 수다한 소리들이 아닐 때 오게 되는 '무언가'이지 않을까.

그렇기에 시인은 시의 말미에 이렇게 말하고 있는 것이다. "우리의 한숨이 너무 깊어서 오히려 누군가를 살게 했을지도" 모른다고. "더 이상 한심해질 수 없다고 느꼈을 때/ 우리는 할 일을 다한 거 같았"다고 말이다. 이 말은 결국 "기뻐서 했던 말들이/ 미워하는 이유가 되지 않"는 것과 마찬가지로 자신의 무능함과 종결을 받아들이는 행위로서 이해될 필요가 있다. 즉 타자를 소유하고자 하는 것이 사랑이란 현상의 한 측면이라면. 시인은 그 소유를 버리고 자신의 패배를 인정하며 도달될 수 없는 희망과 그에 대한 절망의 극한이라는 지점을 있는 그대로 응시하려 한다. 그 안에서 비롯될 어떤 가능성들의 언어를 말이다.

중심을 잃는다는 것
어디서 나타났는지 모를 회전 목마가
꿈과 꿈이 아닌 것을 모두 싣고
진공으로 사라진다는 것

중심이 날 떠날 수도 있다는 것
살면서
가장 막막한 일이다

어지러운 병에 걸리고서야
중심이 뭔지 알았다

중심이 흔들리니
시도 혼도 다 흔들리고
그리움도 원망도 다 흔들리고
새벽에 일어나
냉장고까지 가는 것도 어렵다

그동안 내게도 중심이 있어서.
시소처럼 살았지만
튕겨 나가지는 않았었구나

중심을 무시했다
귀하지 않았고 거추장스러웠다
중심이 없어야지만 한없이 날아오를 수 있다고 생각했으니까

이제 알겠다
중심이 있어
날아오르고, 흐르고, 떠날 수 있었던 거구나

—「중심에 관해」, 전문

그가 말하고 있는 중심이란 말의 본뜻을 굳이 어떠한 하나의 개념으로 치환하는 일은 별다른 의미가 없겠다. 이 '중심'이란 말이 가지는 함의는 매우 다층적이며 궁극적으로는 어떤 깨달음의 영역에 가까운 것일 테니. 그렇지만 '중심'이라 말의 가장 핵심적 층위는 아마 언어 혹은 더 정확히 말한다면 그의 패배와 실패 그리고 허무가 축적해 온 언어에 심연에 대한 사유라 해야 할 필요는 있다. 말하자면 나를 존재하게 만드는 내가 원했던 가장 궁극적인 언어일 무엇으로서.

쓰는 자들에게 부여된 운명이란 이러한 점에서 무자비하고 가혹한 것이기도 하다. 그 가혹함은 우리에게 언어를 신뢰하지 않으면서 그저 가능성만을 믿을 것을 강제한다. 그러한 믿음에도 불구하고 그것이 나에게 올 것이라는 완벽한 확신은 주어질 수 없다. 그저 희미한 실패와 패배와 허무를 통해서만이 도래할 수 있는 언어의 심연을 시인은 그럼에도 찾으려 한다. 아니 찾아야만 한다. 그가 말하는 '중심'이자 언어의 존재방식이 그러하다.

시인은 그렇기에 다음처럼 말한다. "중심을 잃는다는 것/ 어디서 나타났는지 모를 회전 목마가/ 꿈과 꿈이 아닌 것을 모두 싣고/ 진공으로 사라진다는 것"과 같다고. 그것은 나이자 쓰는 자에게 "가장 막막한 일"이라고. 누구보다도 언어를 믿어야 하는 자들이 누구보다도 언어를 믿지 않아야 한다는 모순과 간극 속에서 그는 "어지러운 병"을 얻고 나서야 "중심이 뭔지 알았다"고 불현듯 말할 수 있게 된다.

이 "어지러운 병"이란 아마도 언어를 다루는 자가 언어를 믿지 못하게 되어버렸다는 극한의 한계지점을 뜻할 것이다. 굳건히 믿어왔던 것이자 너무나 확고하여 단 한 번도 의심의 대상이 되지 않았던 것. 우리가 문학과 시라고 생각해 왔던 것들. 그 자명한 이데올로기. 지젝이 언급했던 이데올로기에 대한 설명들을 떠올려 보자. 이데올로기란 우리가 그것을 믿는 한에서는 강력하고 현실적으로 작동하는 가장 비가시적이며 무의미한 것이라는 그 말. 문학과 시의 언어란 지금까지의 그에게 이렇게 있어 오지 않았을까. 그 틀이 깨어지는 순간을 그는 "어지러운 병"이라 일컬은 것일 테다.

그렇다면 우리는 그 믿음이 깨어지는 순간에 무엇을 행해야 하는 것일까. 예컨대 "중심을 무시했다/ 귀하지 않았고 거추장스러웠다/ 중심이 없어야지만 한없이 날아오를 수 있다고 생각"하면 되는 것일까. 그렇지는 않을 것이다. 우리는 '그럼에도 불구하고' 그리고 '그리하여 다시 한 번 더'(프리드리히 니체) 쓰는 자로서의 숙명과 언어가 가진 심연을 '믿어야만' 한다. 즉 언어의 심연이라 생각되어왔던 것. 중심이라 생각해 왔던 것을 모두 버려야 만이 비로소 중심이 가능해질 것이라는 모순된 진리가 여기에 있는 것이다.

그러니 '중심'에 대해 그가 깨달았던 것은 이러하다. "이제 알겠다/ 중심이 있어/ 날아오르고, 흐르고, 떠날 수 있었던 거"라고. 우리가 오랫동안 올바르다고 믿었으나 사실은 잘못 사랑해 왔던 언어의 심연. 그 중심은 우리의 인식과 무관하게 그저 그렇게 있었다는 것을 말이다. 그리고 우리는 언어에 대한 우리의 패배와 실패에도 불구하고 결코 그것을 떠날 수 없다는 것을 비로소 알게 될 것이다. 우리는 이 숙명으로부터 우리를 부르는 그 희미한 목소리를 언젠가 기필코 들어야만 한다는 것을. 그 운명을 그저 바라보는 무능한 사랑을 깨닫게 될 때 그 순간에야 비로소 쓰는 자로서의 우리가 해야 할 일을 그저 다하게 될 것임을.

4)

그러니 우리는 그럼에도 불구하고 그저 믿어야 한다. 쓰는 자로서 올바른 완성된 길이 아닌 더 많은 헤매임과 좌절과 실패를. 그 도달할 수 없다는 불가능성의 극한으로부터 희미하게 움터올 가능성의 잔재들을. 그가 그러하듯 한계가 없는 절망과 패배하는 사랑 어디에선가 헤매이며 떠돌고 있듯이. 오직 그것만이 우리를 냉철하게 '촉성'(알랭 바디우)하게 될 것임으로. 그러한 기다림만이 쓰는 자가 해야만 하는 유일한 '행위'임을 불현듯이.

# 3-6. 허무와 고통의 경계선 그리고 슬픔의 '빛'
— 신대철 신작시론

## 1)『무인도를 위하여』에 대한 몇 가지 주석

신대철 시인의 신작시를 본격적으로 다루기 전에 조금 재미없는 문단사적 이야기를 해둘 필요가 있겠다. 1968년도에 등단한 이후 1977년에 발간된 첫 시집『무인도를 위하여』(문학과지성사, 1977)를 통해 그가 시인으로서의 위명을 얻었다는 것은 이미 잘 알려진 바와 같다. 첫 시집이 세간의 주목을 받았기에 활발한 활동을 하고 다음 시집을 발간하는 것이 응당 인지상정이겠지만 시인이 선택한 것은 의외로 길고도 오랜 '침묵'이었다. 그의 '두 번째' 시집은『개마고원에서 온 친구에게』(문학과지성사, 2000)였고 첫 시집과 두 번째 시집이 갖는 시간적 격차는 20년이 넘었으니, 이 간극은 독자들에게 상당히 그리고 매우 이례적으로 받아들여질 수밖에 없었을 것이다. 참고로 말해두자면 필자가 보았던 그의 두 번째 시집 책갈피에도 다음과 같이 적혀 있었다. 첫 시집 이후 "오랫동안 침묵함으로써 독자들을 애타게 했다"고.

그렇다면 우리는 이 간극의 내면성을 어떻게 이해해 볼 수 있을까. 물론 그가 한 대학의 국문과에서 오랜 기간 교편을 잡고 있었고 그에 따른 생활과 현실의 문제가 있었으리란 것을 떠올리기는 어렵지 않다. 그러나 약간 시야를 돌려 다르게 생각해 보면 그의 긴 침묵의 시간에는 어떤 문학적이고 내밀한 이유가 있지 않았을까란 질문이 새삼 떠오르게 된다. 세상의 모든 일에 언제나 합리적인 이유와 배경이 필연적이진 않겠지만 20대에『무인도를 위하여』를 읽어나가며 느꼈던 묵직하고 진중한 마음을 기억하고 있는 필자에게는 (그리고 독자들에게도) 그의 길고도 오래된 침묵이 상당히 의아스럽게 느껴질 수밖에 없었다.

그의 첫 시집『무인도를 위하여』에 대한 필자의 인상은 그 시집을 처음 접했던 20대의 시절에도 그리고 지금에서도 여전히 같다. 그것은 이 시집이 '70년대에 등장했지만 70년대적이지 않다는 것'이다. 다소 애매모호한 표현이긴 하지만 이 말을 납득하기 위해 우선 익히 알고 있는 70년대 문단사를 떠올려 보자. 그보다 앞선 시대인 60년대이자 김수영의 시대가 그의 뜻하지 않는 죽음으로 끝난 이후 펼쳐졌던 70년대라는 풍경을 말이다. 거기에는 우선 '문학사'적으로 다루어지는 김지하를 위시한 민중시의 계열이 있다. 물론 80년대까지 이어지는 이 민중시의 영향력과 계보는 상당히 광범위하지만 그 출발점에는 김지하의「풍자냐 자살이냐」(1970)가 위치한다는 것은 부정하기 어렵다.

어찌 보면 문단의 주류가 되어갔던 민중시의 흐름 속에서도 그와 다른 몇몇 일군의 시인들이 자신들만의 영토를 만들어가면서 70년대 시단을 풍성하게 만들어갔다는 점 또한 이제 문학사가 된 사실이기도 하다. 그곳에는 그보다 약간 앞선 연배인 황동규와 정현종 시인이 있으며 그보다 조금 더 뒤 연배로 황지우와 이성복 시인이 위치해 있다. 신대철 시인과 동시대에 활동했던 시인들의 면면을 살펴보면 그의 문학사적 위치를 부여하기가 어떤 점에서는 상당히 까다롭다는 것이 느껴질 수밖에 없다. 아마도 그 모호함은 황동규와 정현종 시인과도 다르며 또한 황지우와 이성복 시인과도 다른 그만의 독특한 시적 스타일 때문이라고 할 수 있을 것이다.

인간의 고독과 실존을 중심적으로 다루었던「즐거운 편지」의 황동규 시인과「섬」의 정현종 시인이 지닌 시적 경향과 격렬한 풍자와 자기반성성의 황지우 시인 그리고 인간의 영혼과 심연을 말했던 이성복 시인의 시적 스타일을 놓고 본다면, 신대철 시인의 시들에서 위와 어느 정도 유사하면서도 또한 다른 지점이 있다는 점이 눈에 띈다. 자연을 주요한 소재로 삼는다는 점에서 그의 시들은 일견 황동규 시인이나 정현종 시인에 가까워 보이겠지만 세부적으로 깊게 들어가면 신대철 시인의 시에는 인간의 실존적 고독과는 그 결이 다른 보다 음울하며 짙고 어두운 감정들이 진득하게 묻어나온다는 점에서 차이를 지닌다. 그 감정들에게 굳이 이름을 붙여 본다면 아마도 그것은 '자연 속 허무와 고통'의 내면적 풍경이라고 부를 수 있을지도 모르겠다.

이 측면에서 신대철 시인이 선배들과 갖는 거리에 비해 황지우와 이성복 시인의 감정적 양상의 측면들에 조금 더 가깝다고도 할 수 있겠지만 또한 동시에 그의 시가 항상 자연에서부터 출발한다는 점을 놓고 본다면 또한 다르다 할 것이다. 「남해금산」의 신성성을 추구해 갔던 이성복 시인의 시세계를 염두에 두면 신대철 시인의 자연이 그와는 다른 지점에 위치해 있다는 것은 분명해 보인다. 게다가 「새들도 세상을 뜨는구나」의 황지우 시인 역시 자연에 대해 이야기할 때가 없지 않았지만 그의 자연은 격렬하고도 냉혹한 철저한 자기반성성의 영역에 속해 있는 경우가 대부분이었다.

결국 신대철 시인을 문학사적으로 하나의 경향이나 시대적 흐름 혹은 동시대성이라고 할 만한 공통성에 위치 짓기 어렵다는 점이 『무인도를 위하여』를 '70년대적이지 않게 만든' 중요한 이유가 되었던 것 같다. 앞서 부득불 모호함이라고 언급하긴 했지만 이는 오히려 시인 자신만의 독자성을 가리킨다고도 할 수 있겠다. 이 모호함의 문제는 『무인도를 위하여』의 시집 해설에도 어느 정도 드러나 있다. 실제로 김현이 쓴 시집의 해설은 신대철 시인의 시적 세계를 '산'이란 공간을 통해 접근하면서 동시에 그것을 자연과의 화해라는 틀로 분석한다. 즉 "산 속에서 자연과 평화롭게 교감한, 자연 속의 나로서, 혹은 내 속의 자연으로서 갈등없이 교감한 시인의 유년 시절이 점차적으로 도시로서 표상될 수 있는 반자연적인 인위적 환경에 의하여 침해되기 시작하여, 마침내는 그것의 대립 극복이 시인의 기본적인 문제가 되는 것이 『무인도를 위하여』의 신대철의 시세계"[1]라는 김현의 평가는 당대에 내려진 시인에 대한 대표적 인식이었을 것이다.

당연한 말이겠지만 텍스트에 대한 접근에 있어서 하나의 정확한 정답만이 있지 않으며 각자 나름대로의 방식대로 지형도를 그려보는 것은 '읽

1) 김현, 「꿈과 현실—신대철의 시(시집해설)」, 신대철, 『무인도를 위하여』, 문학과지성사, 1977, 75면.

는 자'의 당연한 태도이기도 하다. 그러나 필자로선 김현의 해설을 읽어 나가면서 어떤 의문점이 지속적으로 고개를 들 수밖에 없었다. 왜냐하면 이 해설은 신대철 시인의 시가 지닌 스산하고도 어두운 고통의 감정들을 필자가 느꼈던 것과 다른 관점에서 읽고 있었기 때문이었다. 김현의 평가가 당대에 자연을 다루던 많은 시인들에게 적용될 타당성 있는 접근법이겠지만 이 접근법이 과연『무인도를 위하여』를 위한 적확한 해석일까라는 점에서 마음속으로 동의하기는 어려웠다.

그렇다면 문제는 바로 그것이 아니었을까. 당시에 혹은 지금에서까지도 우리들은 어쩌면 그의 시가 깊숙이 품고 있던 짙은 어둠과 고통 혹은 허무의 감정들을 제대로 이해하지 못해왔다는 것. 시인이 오랜 시간 침묵을 지속하게 된 이유에는 그의 현실과 생활의 측면들도 있었겠지만 사실 그 핵심적 이유 중 하나는 그의 세계가 제대로 인식되지 못했던 양상이 가로놓여져 있다고 생각된다. 그렇다면 우리는 이『무인도를 위하여』의 진면목을 사실 느끼지 못해왔으며, 시집 속 기저에 깔려 있는 어둠의 근본적 정체를 앞으로도 여전히 알지 못할 수 있다는 현상에 직면해 있다고 해야 하지 않을까.

시인인 그는 이해받지 못했던 자신의 시들과 함께 침묵해 왔다. 좀 과감히 말해본다면 그 침묵이 지금까지도 이어지고 있다고도 말할 수 있을 것 같다. 그렇게 그는 문단과 거리를 둔 채 자신의 내면 속에 숨 쉬는 고통과도 같은 시의 구절처럼 있어 왔을 것이다. 요컨대 시인은 "아무도 살지 않는 시간, 섬의 별이란 별은 하늘로 전부 올라가 있는 시간, 그는 무인도 한복판으로 바람 부는 대로 걸어나"갔으며 "깎을수록 투명한 하나의 돛이"(「다시 무인도를 위하여」)[2] 되도록 오랫동안 세상과 무관한 채 조용히 자신의 마음속 길 어디에선가 그저 머물러 있었던 것이다.

### 2)『극지의 새』에 대한 한 가지 주석

2) 위의 책, 72-73면.

『무인도를 위하여』 이후 『개마고원에서 온 친구에게』로 문단에 복귀한 시인은 이후 여전히 긴 간극을 가진 채로 몇 권의 시집들을 발간했으며 최근작으로는 『극지의 새』(빗방울화석, 2018)를 출간했다. 이 시집들에 대해서 검토하는 것은 그의 신작시를 다루는 이 글의 목적을 벗어나는 일이기에 자세히 언급하긴 어렵다. 그러나 한 가지만은 말해두어야 하는데 그것은 바로 시인의 시들이 여전히 자신의 고통과 어둠 속 깊숙한 곳에서부터 흘러나오고 있다는 점이다. 필자는 이를 그의 근작 시집 『극지의 새』에서도 읽을 수 있었다. 충분하다고 하긴 어렵겠지만 다음의 시를 통해서 그의 자연에 대해서 말해볼 수 있을 것 같다.

> 무슨 일로 예까지 시집을 끌고 왔는가. 아직도 시가 생을 지탱하고 있는가. 아무리 읽어도 시 한 줄 들어오지 않는다. 휘이잉 어둠을 몰아치는 눈보라 소리만 울려온다.
> 눈폭풍 그치자 마른 눈송이들 빙평선으로 돌아가고 돌연 실상보다 무거운 기억 몇 개 발길에 차인다. 얼음빛이 눈을 찌른다.
>
> 영하 44도, 45도
> 공포가 허공으로 바뀌어 간다.
>
> 체온이 돌지 않는 생각은
> 금시 얼음꽃이 맺힌다.
>
> —「얼음사막1」, 전문[3]

신대철 시인의 시가 많은 부분 자연으로부터 출발한다는 점은 자명하겠지만 그러나 문제는 그의 자연이 우리 주위에서 흔히 보이는 아름답고 평화로운 서정적 자연과 다르다는 것에 있다. 그런 점에서 시의 언어는 단순한 현실의 모방도 아니며 어떤 아름다움의 반영도 될 수 없다. 우리가 시의 언어에 대해서 이야기해야 하는 이유는 그것이 오직 '존재'의 표상이

3) 신대철, 『극지의 새』, 빗방울화석, 2018, 130면.

라는 점에 있을 따름이다. 굳이 하이데거를 빌려 설명하지 않아도 말이다.

그런 점에서 「얼음사막1」은 상당히 인상적으로 다가왔던 작품이었는데 그 이유는 이 시를 단순한 기행시로 읽기 어려웠기 때문이었다. '얼음사막'이란 제목이 넌지시 가리키고 있는 것처럼 이 시는 자신의 어두운 내면과 고통의 존재를 공간화한다. 즉 사막은 사막이 아니다. 그곳은 스스로의 어두운 내면과 고통의 사막이며 동시에 자신의 마음인 어떤 곳일 뿐이다. 그 짙은 밤의 시간 속에 시인은 이렇게 중얼거린다. "무슨 일로 예까지 시집을 끌고 왔는가. 아직도 시가 생을 지탱하고 있는가"라고.

'시가 생을 지탱할 수 있는가'라는 물음을 손쉽게 받아들이기는 어렵다. 시인은 묻는다. 시란 무엇인가. 확실한 것은 시는 단순히 종이 위에 인쇄된 활자가 아니며 또한 생활을 지탱해 줄 밥도 아니며 또한 남들의 인정과 명예 욕구를 충족시키는 삶도 아니다. 그리고 더욱 당연하게도 우리의 주변에 늘 존재할 평화로운 목가적 풍경만이 시일 필요도 없다. 시인은 아마도 자신의 삶과 시를 떠올리며 이 질문을 던질 수밖에 없었을 것이다. 시와 생은 도대체 무엇인가. 그 속에 이름할 수 없는 무언가가 존재한다면 그것을 도대체 그리고 어떻게 말할 수 있단 말인가.

굳이 시가 생을 지탱할 수 있는가란 질문에 답을 해야 한다면 시인의 대답은 "아무리 읽어도 시 한줄 들어오지 않는다"라는 말에 있을 것이다. 시가 글자도 아니며 밥도 아니고 삶도 아니라는 것. 그 이름 없는 '언어'는 언제나 항상 나에게 있지 않다. 즉 읽어도 읽어도 시의 언어가 되지 못하는 시간 속에서 머무를 때 비로소 시인이 듣는 것이 바로 '자연'이었던 셈이다. "휘이잉 어둠을 몰아치는 눈보라 소리만 울려 온다"는 것. 소리가 들리는 것이 아닌 '울리며 내게 온다'는 것처럼.

그 소리들이 폭풍처럼 자신의 내면을 뒤흔든 시간이 지나고 시인은 눈길을 돌린다. '마른 눈송이'들이 녹아가며 다시 낮의 시간이 되었을 테지만 그에게는 '돌연 실상보다 무거운 기억 몇 개가 발길에 차'인다. 그 짙고 어두운 밤의 시간이자 자연이 울리던 감각들은 여전히 나에게 남아 있다. 말해지기 어렵지만 존재하며 끊임없이 나에게 말을 거는 그 언어들. 그것은 나의 내면 속 고통들과 공명하고 울리며 "얼음빛"처럼 나를 찌른다. 나를 고통스럽게 하는 말. 그러나 나를 존재하게 하는 말. 단지 그러한 것들만이 시의 언어라 할 수 있지 않을까.

그렇기에 시인은 "영하 44도, 45도"란 밤의 시간이자 영역에 영원히 머무는 자일 수밖에 없다. 차갑고 어두운 밤. 짙은 고통들이 나를 잠식해 오는 밤에 시인은 "공포가 허공으로 바뀌어 간다"라고 느낀다. 마음속 깊은 곳에 있던 짙은 어둠들이 '허공'에 퍼져가는 것처럼 사실 나의 세계는 근본적으로 고통이었다는 것. 인간적인 낮과 밥과 생의 시간이 아닌 고통일 때. 그리고 비인적이라 할 "체온이 돌지 않는 생각"이 날카로운 결정같은 '얼음꽃으로 맺힐' 때. 우리는 그의 자연이 지닌 '울림'을 온전히 들을 수 있게 되지 않을까.

결과적으로 본다면 그의 자연은 이 공포와 어둠을 깊숙이 품고 있으며 시인 자신의 내면과 고통을 끊임없이 상기시켜왔던 장소이자 시간이기도 하다. 그리하여 그는 차갑게 냉각되고 결정화된 '얼음꽃'과 자신의 존재를 끊임없이 일치시키려 한다. 그것만이 이 평면적이고 인간적이며 또한 고통과 공포로 가득한 세계에 맞서 존재의 목소리를 형성할 수 있는 유일한 방법이었을 것이므로. 이 지점을 이해했을 때. 그의 자연이 지닌 허무와 고통들의 존재론적 목소리를 듣게 되었을 때. 우리는 시인의 자연과 그 형상들을 비로소 받아들일 수 있게 되는 것이다.

### 3) 신작들에 대한 몇 가지 주석

그렇게 본다면 신대철 시인의 자연. 아니 더 나아가 시인의 시에 대해 우리가 인식해야 하는 것은 그 어둡고 짙은 내면적 고통들과 더불어 그것에 맞서고자 하는 존재의 이름하기 어려운 목소리들이 된다. 또한 이는 그가 써왔던 그리 많지 않은 시집들이 지향하고자 했던 것들이 어떤 변화나 발전으로 설명될 수 없다는 점을 가리키기도 한다. 우리는 손쉽게 시인의 시세계를 변화나 발전이라는 도식으로 이해하려 하지만 그러한 도식적인 말들은 단지 존재의 목소리가 지닌 영역으로부터 멀리 벗어나게 될 따름이다. 보다 중요한 것은 있는 그대로를 듣는 것에 있다. 정확하게 듣는 자만이 비로소 쓸 수 있게 된다는 것은 그렇기에 필연적일 수밖에 없지 않을까. 그 이름 할 수 없는 고통들이며 존재의 울림들이자 목소리들로부터 유래할 무언가를.

신대철 시인의 신작시들에서 읽고 싶었던 것이 바로 그러했다. 필자에게 보내진 몇 편의 시들을 일별한 결과 그는 여전하며 또한 무뎌지지 않았다는 느낌이 우선 들었다.[4] 사실 신작들에 대한 몇 가지 주석을 붙여보는 것이 이 글의 본래 목적이지만 보다 꼼꼼하게 접근해보기 위해서 신작들과 무관한 에둘러 이야기를 하게 되었다. 상당히 돌아온 셈이 되었지만 우선 다음의 시를 보도록 하자.

> 새를 부르고 열병과
> 광기를 부르는 꽃과 나무들
>
> 식물 원정 탐사대가
> 사막과 열대 우림에서 납치한 희귀 식물들이
> 거대한 접시형 온실
> 인공 땅속에 뿌리 내린다.
> 나무 지지에 기대어 조화 같은 꽃을 피운다.
>
> 배수펌프 근처까지 걸어야
> 꽃에서 바람 불고
> 햇빛 쓸리고 흙내가 난다.
> 쐐기풀 옆 돌 그림자에는
> 우리에게서 점점 멀어진 풀들도 모여 있다.
> 조뱅이 질경이 개비름 지칭개 엉겅퀴 바랭이
>
> 쨍 머리 속을 울리는
> 얼음 갈라지는 소리도
> 그 여운 같은 우리도
> 돌과 풀 사이에 붙박인다, 들썩인다.

4) 이하 신대철 시인의 신작시들은 별도의 인용표기를 생략한다. 해당 시들의 전문은 『애지』 2022년 여름호에 실려 있다.

—「꽃에서 바람 불고」, 전문

앞서 시인의 자연 속에 허무와 고통이 짙게 배어있다고 말했다. 하지만 사실 그러한 감정들의 근원적 이유에는 인간에 대한 분노와 증오가 짙게 깃들어있다고 해도 과언은 아니다. 그렇기에 그의 분노를 우리는 단순하게 이해해서는 안 된다. 그것은 이 평면적이고 무가치한 세계에 대한 증오에 가깝기 때문에.

그의 시 「꽃에서 바람 불고」는 바로 이를 정확하게 포착하고 있는 시라고 해야 한다. 시의 첫 구절에 그는 분명히 말한다. "새를 부르고 열병과/ 광기를 부르는 꽃과 나무들"이 있다고. 아마도 서정적이고 아름다운 자연에만 익숙해져 있다면 이 말의 함의는 이해되기 어려울지도 모른다. 아름답고 평화로운 자연에 열병과 광기라니. 그러나 우리는 그 열병과 광기가 인간적인 세계에 대한 안티테제이자 평면적이고 플랫하며 무가치한 세계에 대한 저항할 수 있는 폭력의 어떤 가능성임을 파악해야 한다.

그 사실을 알고 있기에 그는 '거대한 접시형 온실과 인공의 땅'을 거부한다. 거기에는 어떤 점에서 진정한 광기와 열병인 폭력적 힘들이 기거할 수 없다. 인간들은 그것을 소유하고자 할지 모르겠지만 이는 무의미한 "납치"일 뿐. 그 결과 우리에게는 슬프게도 '조화 같은 꽃'밖에 주어지지 않을 것이다. 그것은 '광기와 열병으로서의 진정한 자연'과는 머나멀도록 떨어져 있는 것이다. 그래서 시인은 "배수펌프 근처까지 걸어야" 보이는 사소하고 작은 것이자 중심이 아닌 주변의 목소리들을 들으려 한다. "조화"가 아닌 꽃과 자연이자 주변의 가장 모서리진 곳에 이르러야 "꽃에서 바람 불고/ 햇빛 쓸리고 흙내가" 나기 때문이다.

'조화'를 소유한 채 기쁨의 미소를 짓는 인간들은 알지 못한다. 거기에는 "우리에게서 점점 멀어진 풀들"의 공간이 존재한다는 것을. 이름조차 생소한 "조뱅이 질경이 개비름 지칭개 엉겅퀴 바랭이"들의 세계. 우리의 중심이 아니며 인간들의 세상이 아닌 어떤 곳. 그곳에서만 들려올 수 있는 이름 없는 목소리들. 즉 "쨍 머리를 울리는/ 얼음 갈라지는 소리"의 희미한 목소리는 시인에게 어떤 '울림'으로 인식된다. 인간의 세계를 떠나

중심의 세계를 벗어나야 들리게 될 "그 여운 같은" 존재들. 그것은 우리가 보지 못하더라도 끊임없이 우리를 부르며 들리며 또한 '울려댈' 것이다. "돌과 풀 사이에"서. 그리고 끊임없이 "들썩"이고 있을 것이다. 우리가 알지 못한 어떤 몸짓으로.

(…) 우연이었지만 훗날 고등학교에서 그 선생님께 문법을 배웠고 한국문인협회 선거 때 담배 연기 자욱한 대한일보 근처 지하 다방에서 그 선생님을 뵈었다. 선생님은 대전에 올라오신 여러 문인들께 인사를 시키셨고 신춘문예 심사위원을 물으시면서 큰 인연이구나 하셨다. 그 뒤 시와 멀어지면서 오가는 길 흐려졌다.

언제나 마루 끝에 앉아 계셨고
운동장 복판으로 가지 않으시고
가생이로 나무 밑으로 가시던 선생님.

—「나무 밑으로 — 임강빈 선생님」, 부분

시인의 스승에 대한 일들이 언급되어 있긴 하지만 이를 단순한 추모의 뜻으로만 읽을 필요는 없겠다. 그의 스승은 중심이 아닌 '가생이'에 위치해 있기에. "언제나 마루 끝에 앉아 계셨고/ 운동장 복판으로 가지 않으시고/ 가생이로 나무 밑으로 가시던 선생님"의 그림자는 말하자면 중심이 아닌 주변이자 인간이 아닌 비인간이자 마치 자연처럼 머무는 존재일 따름이다. 그러나 시의 내용을 따라가다 보면 시인은 어느 순간에는 그렇지 못했다는 것을 알게 된다. "그 뒤 시와 멀어지면서 오가는 길 흐려졌다"는 씁쓸한 슬픔이 묻어나는 문장을 본다면 그러하다. '시와 멀어진다'는 것. 세상의 풍파와 압력 속에서 어느 순간 시가 나에게서 떠나가 버리고 나는 그저 시 아닌 시들만 붙잡고 있으며 슬퍼하며 있을 뿐이라는 것. 그렇기에 그는 안다. 중심을 그리고 인간을 버려야 한다는 것을. 그의 본래적 '길'이란 이러했을 따름이란 것을.

오늘 지나가면 다시

지나갈 수 없는 길

아리 고개에 오니 정맥길은 흔적도 없다.
멀리서 온 정맥꾼들 쉬지않고 스쳐가고
나는 숨결 고르며
산 아래 깃든 그윽한 싸리울
한번 살고 싶었던 동네를 바라본다.
친구 떠난 뒤
지금 거기 사는 이들도 인바위에서
칼바위도 오르고 채동선의 '고향'도 불러본 이들일까?

지도는 지도대로 가고
나는 나대로 야생의 공터
팽나무에서 내려온
길 없는 길로 가고

뒷모습만 보아도
길만 보아도 아리던 길에서
혼자 한없이 올라와
다시 정맥길로 들어선다.

―「팽나무에서 내려온 길―금북정맥 아리고개」, 부분

사실 신대철 시인의 자연 속에서 평화로운 고향이라는 것은 그다지 눈에 띄지 않는 편이라 할 수 있겠다. '수구초심'이란 옛말처럼 고향에 대한 그리움은 인간의 본연적 감정들 중에 하나겠지만 유년기가 없는 인간들에겐 그저 고향이 없을 따름이기에.[5] 따라서 그는 이렇게 말한다. "한번 살

5) 이 문장에 대해 약간의 설명을 덧붙여야 한다. 예전에 필자가 인천에서 발행되는 『학산문학』의 편집위원 일을 하고 있을 무렵 『학산문학』 2019년 가을호 작가 인터뷰(「컬쳐 대담 ― 두 발이 속삭이는 소실점을 찾아」)를 위해 그해 6월 신대철 시인을 만나 뵙게 된 적이 있었다. 담당 인터뷰어인 전영규 평론가와 당시 잡지 주간이신 이난희 시인과 함께 했던 그 자리에 신대철 선생님께서 정갈한 목소리로 말씀해 주셨던 것이 지금까지도 인상 깊이 남아있다. 당시 선생님께서는 '죽음이 아닌 어떤 아름다움을 찾는 것'에 대해 말씀하시면서 '자신에겐 온전한 소년의 기억이 없다'고 이야기해 주신 적이 있었다. 위 문장은 시인의 그 말로부터 빌려온 것이다. 한참 어린 학생들에

고 싶었던 동네를 바라본다"고. 살았던 고향이 아닌 한 번쯤은 살고 싶었던 동네였다는 것. 그가 고향 근처에서 산행을 하며 시를 통해 바라본 곳은 실제로는 있지 않았던 어떤 유토피아가 아니었을까. 우리는 흔히 산행을 '산을 오른다'라고 말하지만 그의 이 시가 '팽나무에서 내려온 길'로부터 시작된다는 것은 이 측면에서 의미심장하다.

요컨대 인간이 오르는 길이 아닌 나무로부터 내려오는 길. "오늘 지나가면 다시 지나갈 수 없는" 지금 이 순간의 "길"에 서서 수많은 산행객이 "쉬지않고 스쳐가는" 고독한 공간에 있다는 것. 그리고 길을 스쳐가는 많은 이들에게 보이지 않을 고향의 어떤 풍경. 그것은 아마도 시인에게 존재하지 않는 공간에 대한 깊숙하고도 아련한 그리움으로 스며든 마음과도 같을 것이다. 바로 그에 대한 그리움이 '팽나무로부터 내려오는 길'을 가능하게 한다. 그렇기에 그는 인간들이 다니는 '지도의 길'이 아닌 "나는 나대로/ 야생의 공터/ 팽나무에서 내려온/ 길 없는 길"을 찾으려 한다. 그 결과 시인은 "혼자 한없이 올라와" 인간과 세상에 부재하는 '정맥길에 다시 들어설' 것이다. 이 행위는 결국 비인간의 길이며 '가생이'이자 시의 길이며 고독과 슬픔의 존재로서의 나를 인식하는 길을 향해 있기에.

> 울란바토르에서 동쪽으로 50Km, 드넓은 날라이흐시를 지나 마른 초원에 들어선다. 밤새 무슨 일이 일어난 듯 독수리 떼 날아 있는 자리에 털 뭉치들 흩어져 있다. 무심히 흐르는 구름 그림자들. 모래 바람에 밀린 생명들은 어디로 갔을까? 게르 터 흔적 없고 흙가루만 날아든다. 구릉 어디서 길 하나 깃들면서 채소밭과 수영장이 비경처럼 다가온다. 땅속에서 휘휘휘 풍력에, 태양광에 물소리 솟쳐 올라 사막에서 돌아온 눈길을 후려친다. 아우성칠 때마다 무지개 위에 무지개 뜬다.
>
> 녹지
> 흙내나는 풀숲에
> 미리 둥지 튼 초원새
> 물소리 향해 꿈꾸듯이 떠 있다.

게 친절하고 따뜻하게 말씀해 주신 신대철 선생님께 이 자리를 빌려 감사드리고 싶다.

—「초원새」, 전문

자연은 결코 서정적이고 아름다운 공간만이 아니다. 특히 시인이 바라보는 몽골의 사막은 그러하다. "독수리 떼 날아 앉는 자리에 털 뭉치들 흩어져 있"는 것처럼 여기는 생존을 위한 전쟁과 아귀다툼 그리고 강자가 약자를 잡아먹는 곳일 따름이다. 시인은 이 사막의 생존경쟁을 그저 바라본다. 가장자리인 곳이자 목숨을 빼앗겼을 이름 모를 한 생명의 흔적들을. 하여 시인은 "무심히 흐르는 구름 그림자"의 시선처럼 이렇게 중얼거린다. "모래 바람에 밀린 생명들은 어디로 갔을까?"라고. 말할 수 없고 이미 사라져 흔적조차 잘 남지 않은 그 존재에 대해 시인은 되묻고 있는 것이다.

뒤이은 시선에 비춰지는 도시의 풍경 역시 이 측면에서 유의미하다. "게르 터 흔적 없고 흙가루만 날아"드는 사막의 건너편 어디에선가 '비경 같은 채소밭과 수영장'이 눈에 들어온다는 것. "땅속에서 휘휘휘 풍력에, 태양광에 물소리 솟쳐" 오르며 "사막에서 돌아오는 눈길을 후려"치고 있다는 것. 그 공간은 생존과 아귀다툼을 벌이는 자연의 공간처럼 더 많은 권력과 욕망을 채우기 위해 탐욕스럽게 타자를 잡아먹는 인간들의 도시가 있다. 그 인간들의 세계를 더 발전시키기 위한 괴물같은 소음이 들려올 따름일 뿐. 그러니 자연에서도 도시에서도 시인은 머물 곳이 없다. 그러하기에 그의 시선은 '하늘'을 향할 수밖에. 부재하는 어떤 공간이자 자연과 도시에서 들려오는 '아우성'들이 아닌 곳. 즉 "무지개 위에 뜨는 무지개"가 흔적처럼 있는 곳이자 말할 수 없는 어떤 공간을 말이다.

따라서 "초원새"의 이미지는 단순히 자연을 모사한 형상으로 이해될 수는 없다. 이 "초원새"는 "흙내 나는 풀숲"이자 "녹지"라는 어떤 부재하는 유토피아에서 "미리" 머무르는 자이기에. 그 시선의 끝에 있을 유토피아가 지금 나에겐 없다는 갈망의 감각을 통해 시인은 생존을 위한 전쟁과 아귀다툼의 자연 그리고 권력과 욕망을 위한 인간의 도시를 벗어나려 한다. 그런 그가 꿈꾸는 곳이자 어떤 불가능한 공간이며 이름 없는 시간. 들려와야 하지만 지금은 들리지 않는 '물소리'가 있을 곳. 여기가 아닌 곳을 보는 자이자 시인 그 자체의 형상이라 할 '초원새'는 바로 그 시선 속에서만 "꿈꾸듯이 떠 있"을 수 있기에.

그러니 그의 시선이 세상이 아닌 다른 무언가를 끊임없이 바라보며 꿈을 꾸고 있었다는 것은 그의 언어가 왜 존재해 왔는지에 대한 하나의 대답이 될 수 있지 않을까. 그 차가운 정결성의 언어들을 통해 도달할 어떤 장소. 우리에게 영원이 존재하지 않을 꿈과 같은 세계의 풍경들이 지닌 간절함과 기묘한 아름다움을. 그리고 그것이 나에겐 없다는 영원한 고통과 슬픔을. 이런 측면에서 본다면 시인의 언어가 지닌 깊숙한 이면과 어둠의 그림자 뒤에 있던 것들이 사실 그러한 감정과 마음들의 영역들로부터 무심히도 흘러나오고 있었다는 것을 우리는 불현듯 깨닫게 되는 것이다.

### 4) 남은 '잔여'들에 대한 한 가지 주석

> 서서히 발목까지 잠기는 기수역 습지
> 갈대밭에 가만히 서 있어도
> 물은 참지 않고 꿈틀거린다.
> 미래 어디서 쓸려온 생물인지 안다는 듯
> 더 이상 서 있지 말고 물소리라도 어루만지라는 듯
>
> —「기수역 풍경」 중에서

말하자면 그는 '기수역'에 늘 머물고 있었던 셈이다. 강과 바다의 경계인 곳. 자연과 인간의 경계인 곳. 그리하여 현실과 꿈의 경계인 곳. 그 세계로부터 오고 있는 물의 영역은 말 없는 자신을 드러내며 "참지 않고 꿈틀거린다." 그 말 없음을 읽고 느끼며 또한 이해하기. 그 "미래 어디서 쓸려온 생물"처럼 "어루만지"며 감각하는 것을 통해서만 존재하게 될 세계에 대해 인식하기. 아마도 시인은 현실의 풍파와 시인으로서의 명성 혹은 문단의 권력과 상관없이 단지 그렇게 써오는 것만을 추구했으며 또한 앞으로도 그러할 것이다. 헛된 명성과 욕구에 집착하는 아귀다툼의 세상은 그와 무관할 것이다. 그는 자신에 대해서 써왔으며 자신에 대해서 말할 것이며 이 부재하기에 존재해야 하는 무수한 이름 없는 것들을 '어루만지'며 끊임없이 응시할 것이다. 그렇기에 그 허무와 고통은 또한 모든 나'들'이기도 하다.

지금까지 신대철이란 한 시인의 '70년대적이지 않음'으로부터 출발하여 그의 '자연'과 인간에 대한 사유를 부족하나마 살펴본 셈이 되었지만 글을 써나가면서 결국 우리는 왜 쓰는가 그리고 무엇을 말하는가에 대한 질문을 내내 떠올리지 않을 수 없었다. 그 결과 이 글은 문학사란 공인된 역사의 뒤편이거나 동시대적이지 않은 자들의 목소리가 존재하는 곳이 어딘가란 문제에 대해서도 말한 셈이 되었다. 문학을 공부하는 초짜 연구자이자 그저 시덥잖은 문학평론가란 이름하에 글을 쓰고 있는 지금이지만 언제나 우리가 알지 못해왔던 존재들이 있을 가능성을 마음 속 한 구석에서 늘 간직해 왔다. 신대철 시인의 시를 읽어나가면서 아직도 우리가 알지 못할 그 미지의 세계에 대해 이야기하는 행위를. 그리고 그들이 지니고 있는 고통과 허무와 슬픔을. 그리고 그것의 너머에 존재할 한 인간의 차갑게 결정화된 정신을 말할 수 있게 되어 다행이라고 생각한다. 늘 부족하지만 이 글의 그러한 부분들이 조금이라도 읽혀질 수 있기를 바란다.

마지막 마무리를 하면서 필자는 이 글을 어어부 프로젝트 밴드로 유명한 백현진의 「빛」이란 노래를 반복적으로 들으면서 써왔다는 점을 이야기해 두고 싶다. 전위적이고 아방가르드한 음악을 해왔던 백현진의 「빛」은 '너로부터 오는 오묘하고 다정한 빛이 온통 머릿속에 머문다'는 가사를 가지고 있는데 아이러니하게도 백현진의 기괴하고도 구슬픈 목소리는 그 빛이 나에게 있지 않으며 진정으로 부재한다는 절규처럼 들려 왔다. 그의 음악을 듣고 시인의 시를 읽어나가면서 문득 필자는 시의 존재와 언어란 말해지지 않는 것 이상으로서만 겨우 희미하게 전달될 수 있지 않는가란 생각에 한동안 머무르고 있었다. 더불어 다소간 감상적일 말이 될지 모르겠지만 신대철 시인에게도 백현진이란 뮤지션에게도, 이 '유년기 없는 자'들이자 인간과 세계를 불신하는 자들의 마음속에 깊이 스며든 떨쳐내기 어려운 슬픔의 존재에 대해서도 다시금 깊이 체험할 수 있었다.

물론 필자는 그들만큼의 깊은 내공은 가지고 있지 못하지만 그럼에도 불구하고 그 감정과 마음들이 어떤 경우엔 나의 영역이기도 했다는 점은 말해두고 싶다. 그런 점에서 '언어'는 결국 자기 자신이 될 수밖에 없을 따름이다. 그리고 동시에 다시금 깨달았던 점은 여기에 내던져진 수많은 우리'들'에게 세상은 그저 회색에 불과하며 그 어둡고 우울한 자들의 고통의 앞에는 빛이 없는 미래가 있을 뿐이라는 것이기도 했다. 자신의 글에 대해 스스로 나이브하고 긴 주석을 다는 것 같아 부끄럽단 생각이 들게 되지만 그럼에도 불구하고 나는 이 글을 통해 허무와 고독과 슬픔의 감정을 그리고 그 이면을 엿보며 써내려갔다는 사실을 명기해 둔다. 그저 구원은 바라지 않는다는 것을. 단지 스스로 나아갈 뿐이라는 점을. 그리하여 이 모든 고통들의 개별적 표정들을 읽으려 했다는 것을 말이다.

# 4. 에필로그

## 무목적적 예술과 전위, 낯선 그로테스크함의 역능

어렸을 때 경험이다. 그러니까 그 시절은 초등학교가 아닌 국민학교라는 용어가 통용되고 학교 앞 밀가루 핫도그의 가격이 50원이었던 때였는데 (언젠가 100원으로 올라서 비싸졌다고 생각했던 기억이 떠오른다.) 이발소에서 항상 머리를 깎았던 기억이 남아 있다. 지금이야 다양한 미용실들도 많고 혹은 블루클럽처럼 비교적 저렴한 곳도 있지만 그 당시 꼬마 남학생들은 모두 동네 이발소에서 머리를 깎아야 했다. 지금처럼 선택의 여지는 없었으니까. 번쩍이며 돌아가는 표시등을 지나 이발소 의자에 걸쳐진 나무판자에 올라가면 이발사 아저씨가 차분히 머리를 다듬어주던 옛 시절이었다.

그 오래된 기억의 장면 속 어린아이의 눈에 비친 이발소 벽면에는 항상 어떤 계절을 재현하는 (대체로 가을이나 봄 혹은 여름이 배경이며 겨울은 보통 해당사항에 없는) 그림이 위치해 있었다. 이런 종류의 기억은 아마도 상당수 세대들의 동시적 경험일 텐데 왜냐하면 그 당시 다니던 이발소들에는 언제나 항상 비슷한 그림들이 걸려 있었기 때문이다. 자연의 풍경을 아주 잘 그려놓은 그런 그림들을 우리는 익숙하게 보고 자랐다. 지금에서 생각해보면 사실 그런 종류의 그림들은 그림이 걸려 있는 공간이 따뜻하고 편안한 곳임을 보여주는 상징적 기호로 기능했다고 생각된다. 낯선 공간에 들어오는 손님들의 경직된 기분을 풀어주고 편안하게 해주어야 한다는 '목적성'을 그 그림들은 가졌던 셈이다. 그림의 세부적인 실제 내용들과 무관하게 말이다.

지금도 종종 보이는 집 혹은 식당의 벽면 한 구석에 걸린 정물화나 풍경화들처럼 예술이란 힘든 일상 속에서 우리의 기분을 편안하게 위로해 주고 보듬어 주는 역할을 하는 것이 당연하다면 당연하게 생각될지 모르겠다. 오늘날에서도 이와 비슷한 역할을 하는 작품들을 접할 수 있는데 그것은 바로 지하철 스크린 도어에 있는 시들이다. 꽤 오래전부터 아마도 일상 속에서 접하는 예술이란 캐치프레이즈를 통해 지하철 스크린 도어에 시들이 전시되기 시작했던 것으로 기억한다.

근데 여기에는 약간 흥미로운 현상이 있었다. 주관적 기억이겠지만 초창기 스크린 도어 시에는 우리가 문학사를 통해 익히 알 수 있는 시인들의 시 작품이 꽤나 있었다. 그런데 어느 순간 그런 시들은 점차 사라지고 시민 공모전 당선작 혹은 아주 익숙하고도 전형적인 서정시풍의 시들이 그 공간을 가득 채우기 시작했다. 그러한 글들의 주제는 대체로 고향이나 부모 혹은 어머니에 대한 그리움 또는 자식에 대한 사랑 같은 인간적인 것들이었다. 마치 일상에 지친 우리들에게 당연하게 필요한 것처럼 보이는 이야기들로서 말이다.

풍경화나 정물화와 유사하게 지친 우리를 위로한다는 기능적 목적을 지니는 이 목적적인 시를 보면서 들었던 생각은 무엇이었을까. 그것은 이 스크린 도어 시들이 (시를 썼던 개인에게는 충분한 의미가 있겠지만) 이 시를 읽는 사람들에게 어떠한 의미가 있는가라는 것이었다. 아마도 이 서정적인 글을 쓴 시인들은 부모와 가족 혹은 그리운 고향에 대해 나름대로 절실한 마음을 가졌기 때문에 그런 작품을 썼을 것이다. 그것이 한 개인에게 의미가 있다는 것을 부정하고 싶은 생각은 결코 없고 가능하지도 않다. 그러나 이것이 하나의 문학이자 한 편의 시로서 누군가에게 읽히게 된다면 그것은 예술로 인식될 수 있을까. 문제는 바로 여기에 있다.

지하철 스크린 도어를 지나쳐 가는 우리들의 모습을 잘 관찰해보자. 스크린 도어 시를 꼼꼼하게 읽으면서 어떤 생각에 잠겨있는 누군가들을 우리는 발견할 수 있을까. 그렇지는 않을 것 같다. 롤랑 바르트는 "사진은, 두려움을 주거나 찡그리거나 비난할 때가 아니라 생각에 잠길 때, 파괴적이란 특성을 갖는다."라고 『카메라 루시다』에서 말한 바 있다. 바르트는 사진 이미지가 지닌 어떤 고유성에 대해 말한 것이지만 이는 문학이나 예술에 대해서도 마찬가지로 적용될 수 있을 것이다. 요컨대 예술은 우리를 어떤 낯선 '생각'에 잠기게 할 때 파괴적일 수 있게 된다는 것이다.

바르트의 말을 경유해서 지하철 스크린 도어 시들에 대해 다음처럼 질문해 보자. 우리는 그러한 시들을 보면서 '파괴적 생각'에 잠기게 될 수 있을까. (분명히 밝혀두지만 이 말은 서정성 자체에 '파괴적 역능'이 없다는 것이 아니다.) 어떤 하나의 문학과 예술을 접하면서 우리는 그 텍스트들로부터 사유를 얻어내기 위해 노력하게 될 수 있을까. 이러한 서정적인 글들을 보는 우리들에게 그 시는 익숙하고 당연하며 그리고 주의 깊게 읽혀지지 않는다. 이 지하철 스크린 도어의 시들은 어떤 충격이 아닌 그저 내 눈 앞을 당연히 스치고 지나가는 풍경들의 한 부분일 뿐이다. 즉 보이지만 특별하게 읽히지 않는다.

그렇다면 그 글들은 왜 우리에게 읽혀지지 않을까. 간단히 답을 말하자면 당연한 것은 당연한 것이기 때문이다. 그리고 당연한 이 말은 역설적이게도 다음과 같은 질문을 함축하게 된다. 무엇이 예술의 전위가 될 수 있는가. 우리들의 세계에 당연히 존재하는 '목적성'의 층위와 예술은 무엇이 다를 수 있는가. 무엇이 예술로서 인식되고 이해될 수 있는가. 이 목적성 너머에는 어떤 예술의 전위와 새로움이 인식되고 존재해야 하는가. 이 물음들을 정확하게 이해하기 위해 역으로 무엇은 전위가 아닌가란 질문이 요청된다고 할 수 있다. 전위나 아방가르드 혹은 오늘날 난해하고 해체적인 '젊은' 텍스트들을 진정으로 이해하기 위해서는 무엇이 전위가 아닌가 혹은 될 수 없는가란 의문점으로부터 출발해야 한다. 이를 위해 다음의 그림을 살펴볼 필요가 있다.

르네 마그리트, 〈이미지의 반역〉(출처: 인터넷)

이 그림은 초현실주의 화가인 르네 마그리트의 〈이미지의 반역〉(1929)이다. 마치 손에 잡힐 것처럼 파이프가 정밀하게 잘 그려진 이미지를 그려두고 마그리트는 그림 밑에 불어로 '이것은 파이프가 아니다'라고 써두었다. 파이프를 정밀하게 재현한 이미지를 두고 파이프가 아니라고 말하는 것은 분명 논리적 모순일 것이다. 미셸 푸코는 『이것은 파이프가 아니다』에서 해당 작품을 분석하면서 언어의 기호적 작용에 대해서 다룬 바 있는데 푸코의 논의를 여기에서 세부적으로 다루기에는 허락된 지면이 길지는 않다. 요점만을 말해본다면 이 작품은 '파이프는 왜 파이프가 아닌가' 또는 '이것은 왜 파이프가 아닌가'라는 기호들 사이의 간극에 대한 질문을 담고 있다고 할 것이다. 즉 우리에게 '파이프란 무엇인가'가 진정으로 문제가 되는 것이다.

이 글을 읽게 될 독자들은 아마도 위 질문이 의아하게 느껴질 수 있을 것 같다. 파이프는 파이프인 게 당연하지 않은가. 혹은 파이프가 담배 피는 도구라는 것은 당연한 것이 아닌가. 사전적인 혹은 언어의 재현적 영역에서 파이프는 파이프로써 기능하는 목적성을 지닌다. 이에 대해 필자는 종종 '그것이 그것인 이유는 그것이기 때문이다'라는 말을 사용해 왔다. 즉 우리에게 주어진 당연한 언어의 개념인 파이프(그것)는 사전적 의미에서 '담배 피는 도구'(그것)로써만 기능한다. 이것이 그것이 그것인 이유인 셈이다. 그런데 이 사실 자체는 우리에게 별다른 의심이나 관심의 대상이 되지 않는다. 왜냐면 그것은 언어에 의해 당연하게 주어져 있는 사실이기 때문이다. 요컨대 언어의 자명성과 합리성 혹은 도구성은 바로 그 당연함 속에서 우리의 인식 그 자체를 결정하고 지배한다는 것이 문제의 핵심이다.

이 추상적 문제를 좀 더 확장해서 생각해 보자. 만약에 담배 피는 도구로서만 파이프를 인식하는 우리들이 단지 파이프 하나만 들고 무인도에 떨어져 있다고 말이다. 일종의 사고 실험처럼. 그렇다면 우리는 이 무인도에서 무엇을 할 수 있을까. 우선 무인도에서 생존해야 하니 파이프를 들고 이러저러한 행위들을 하게 되는 것이 수순이다. 즉 땅을 팔 수도 있을 것이고 물을 받아먹을 수도 있을 것이다. 혹은 생존을 위해 어떻게든 불씨를 만들어서 담아둘 수도 있을 것이고 탈출하기 위해 해변에 SOS를 쓸 수도 있을 것이다. 혹은 로빈슨 크루소처럼 벽면에 날짜를 기록하면서 활용할 수도 있다. 또는 어떤 위협적인 동물들이 나타나면 (사실상 큰 위력은 없겠지만) 나를 보호할 무기처럼 사용할 수도 있을 것이다.

요는 이것이다. 이 파이프(라고 불리던 존재)는 규정할 수 없는 어떤 것이라는 점과 동시에 사람을 살리는 최상의 것이자 사람을 죽이는 최악의 것으로도 변화할 수 있다는 것. 저 이미지 속에는 어떤 알 수 없는 무수한 가능성이 우글거리고 있다는 것. 우리는 거의 카오스에 가까운 파이프(라고 불리던 존재)의 잠재적 영역들을 결코 전부 인식할 수 없다. 그럼에도 우리는 왜 파이프(라고 불리던 존재)를 담배를 피는 도구인 파이프라고 당연히 생각하게 되어 버릴까. 이에 대한 정신분석학의 조언을 빌려보자. 자크 라캉이나 슬라보예 지젝의 견해에 따르면 언어의 진정한 소유주는 말하는 개인인 내가 아니다. 우리는 모국어인 언어를 마치 공짜인 공기처럼 받아들이고 사용하지만 그 실질적 주체는 결코 내가 될 수 없다. 언어는 우리를 무의식적으로 식민화한다고 판단하는 정신분석학적 언어의 주체란 그렇다면 과연 누구일까. 그것은 바로 대타자이자 이데올로기이다.

예컨대 우리가 주변 사람들에게 자주 사용하는 인사인 '언제 한번 밥 한번 먹자'라는 말을 떠올려 볼 수 있다. 여기에는 언어의 표면과 실질적 의미의 차이가 존재한다. 언어의 표층적 층위에 따른다면 그것은 상대방과 실제로 만나서 밥을 먹기 위한 약속을 잡자는 뜻이 된다. 물론 그런 의미로 사용되는 경우도 있다. 하지만 대부분 우리는 이 말이 빈말임을 모르지 않는다. 그래서 만약 실제로 연락하게 된다면 진짜 연락할 줄 몰랐다는 떨떠름한 상대방의 반응을 접할 뿐이다. 언어의 표면과 심층적 의미가 어긋나는 기이한 이 현상은 무엇을 가리킬까. 이는 '밥 한번 먹자'라는 언어가 실질적으로는 상징적 요소라 할 친밀한 (혹은 적당한 거리가 있는) 관계에 있다는 것 자체를 의미하며 진심으로는 우리가 그로부터 벗어날 생각이 전혀 없다는 점을 의미화한다.

이 측면에서 언어는 결코 나의 것이 될 수 없으며 언어의 진정한 주체는 대타자이자 이데올로기일 수밖에 없다. '언제 밥 한번 먹자'는 발화는 그 실질적인 내용과 무관하게 우리의 관계가 적당히 친밀한 관계라는 상황 그 자체를 '상징화'한다. 이 측면에서 내가 말한다는 것은 단순히 내가 말한다는 현상만을 의미하지 않는다. 대타자의 당연한 의미론적 지배하에서 우리는 '상징적'인 행동들을 단순히 교환할 뿐이니까. 즉 암묵적으로 알고 있지만 결코 말해지지 않는 그 내용들이 사실상 언어의 본질인 셈이다. 이 본질을 가려버리는 대타자의 목적적 언어는 우리가 일상적 언어 현상의 거의 대부분을 차지한다는 사실을 주의 깊게 생각해볼 필요가 있다. 이 말은 결과적으로 우리가 실질적으로 의미의 교환을 통한 변화를 원하지 않고 그저 상징화된 행위를 반복하려 한다는 점을 동시적으로 가리키기 때문이다.

다시 지하철 스크린 도어의 시로 되돌아오자. 우리는 그러한 시를 쓰고 있는 우리 자신의 당연함을 한 번이라도 의심한 적이 있을까. 누군가에게 가족은 의심 없이 따듯하고 행복한 유토피아적 장소이겠지만 누군가에 가족이란 지옥보다 더 지옥일 수 있다. 가족이 지옥인 자들에게 이 스크린 도어의 시들은 의미가 있을까. 그렇지는 않을 것이다. 이 사실은 이데올로기이자 대타자가 소유한 언어의 법칙을 그저 재현하고 반복하는 것이 저 서정적 말들의 실체적 결과에 해당한다는 점을 의미한다. 이 당연한 이야기들 속에서 언어의 이면에 우글거리는 이질성들과 특이성들은 보이지 않는다. 그러나 프란츠 카프카의 〈밤에〉 속 한 구절처럼 '누군가 깨어있는 다른 한 사람'이 있게 된다면. 문득 어떤 '사건적'인 특이한 순간에 이르러 지금까지 보지 않았던 진실이 있다는 사실을 깨닫게 된다면. 어떤 보이지 않았던 무언가들이 존재한다는 사실을 인식하고 말할 수 있게 되지 않을까. 문학과 예술의 전위성이란 바로 여기에서부터 출발할 수 있다. 무엇이 전위가 아니며 될 수 없는가란 물음을 통해서 말이다.

문학과 예술의 전위성이란 개념적 측면에서 당연하고도 당연한 목적성으로부터 무한히 벗어나는 것(요컨대 차이의 생산)을 근본적으로 의미한다. 우리가 당연한 문학과 예술을 당연하게 반복할수록 문학과 예술은 그저 죽어 있는 무엇에 불과해질 뿐이다. 초현실주의 예술가에 속하는 마르셀 뒤샹이 주변 어디서나 판매되던 소변기에 'R. 머트'란 서명을 남겨 발표했던 〈샘〉(1917)이나 악보에 '침묵'만을 적어두었던 전위 음악가 존 케이지의 〈4분 33초〉(1952)를 떠올려 보자. 작가라면 당연히 피와 땀을 들여서 작품을 완성하고 심혈을 기울여 제작한 자신의 작품을 통해 스스로의 실존(이라 생각된 것)을 증명하는 것이 당연하다는 그러한 예술적(이라 생각되는) 사고에 비춰볼 때. 단순히 만들어진 변기에 서명하기나 혹은 연주되는 음이 아닌 침묵만이 존재하는 악보는 과연 예술인가 혹은 예술이 아닌가.

이 작품들이 발표된 당시에 엄청난 비난을 받았다는 사실은 잘 알려져 있다. 그렇다면 당대의 많은 사람들은 왜 마르셀 뒤샹과 존 케이지를 비난했던 것일까. 그 이유는 무엇일까. 그 비난은 결과적으로 뒤샹과 케이지의 작품이 우리들이 생각해 왔던 당연한 예술이란 범주를 벗어나 불가해한 괴물적인 것으로 우리의 눈앞에 현전했다는 불편한 트라우마적 징후를 드러낸다. (나의 예술에 대한 당연한 사고는 틀렸다.) 우리는 일반적으로 낯선 타자 혹은 이해되지 않는 불가해한 존재들을 틀렸다고 비난하며 받아들이려 하지 않는다. (저 진실들을 비난하고 거부함으로써 나는 틀리지 않았고 여전히 올바르다.) 그러나 오늘날 이해되는 바와 같이 뒤샹과 케이지가 보여준 전위적 행위들의 근본적 목적은 우리가 당연히 인식해 왔던 그러한 예술 따윈 존재하지 않는다란 폭탄 같은 지성적 사유를 향해 있었다.

결국 우리들은 보티첼리의 〈비너스의 탄생〉같은 소위 아름다워 보이는 작품만을 예술이라고 당연히 생각해 왔을 뿐이다. 그렇기에 반대로 우리가 생각해 왔던 그 당연한 예술에 대한 인식의 토대가 사실상 없다는 것을 깨달아야 한다. (이 측면에서 이데올로기이자 대타자는 우리가 그것이 있다고 믿고 있는 한에서는 가장 강력하지만 동시에 그것은 가장 비가시적이고 허상적인 것에 불과하다.) 그 당연한 것을 예술이라고 생각해 왔던 평범한 사고가 사실은 나의 것이 아닌 부여된 것일 따름이라는 것. 즉 사실상 의심되지도 않고 생각지도 않았던 대타자에 의해 지배되는 예술이란 당연한 개념들이 철저히 파괴되고 붕괴되어야만 한다는 진실은 중요하다. 왜냐하면 문학과 예술을 그 어떤 제한도 존재하지 않으며 오직 사유의 자유만을 증명한다는 대명제가 바로 예술의 전위적이며 근본적인 가치가 될 수 있기 때문이다.

그렇게 보았을 때 발터 벤야민이 「기술복제 시대의 예술작품」에서 말했던 '정신분산적 오락'의 개념이 전위적 예술의 가능성을 이해하는 데 있어서 특히 중요해진다. 벤야민이 비판했던 '종교적 가치' 혹은 '정신 집중으로서의 예술'이란 개념을 고려해 보자. 이 말의 본의는 예술이란 당연한 명제들을 의심하지 않고 동어적으로 반복한다면 그것은 결코 예술이 될 수 없다는 것이기도 하다. 해당 글에서 벤야민은 '퇴폐기에 생겨나는 예술의 괴상하고 조야한 형식들은 실제로는 그 시기의 가장 풍부한 역사적 에너지의 중심부로부터 오는 것'이라고 규정한 바 있다. '주류'인 예술의 역사가 가진 당연함을 그 자체로 의심하고 그로부터 조야하고 그로테스크한 낯선 세계들에 접근해 가기. 이를 통해 조금은 더 자유롭고 다르게 사고하고 결과적으로 내가 생각해 왔던 당연한 예술이 진실로 허위에 불과했다는 진실을 깨닫는 것. 이 지성적 사유의 존재론적 운동을 이해하고 인식할 수 없다면 르네 마그리트도 마르셀 뒤샹도 존 케이지도 그저 무의미하고 무가치한 (해석될 수 없는) 또라이로만 비춰질 것이다.

요컨대 예술의 전위란 바로 이러한 언어와 사고의 합목적성과 당연함의 층위로부터 벗어날 때 가능해 진다는 것을 기억해야 한다. 나 자신의 생각과 사고는 결코 자유롭지 않으며 가장 가시적이면서도 동시가 가장 비가시적인 대타자와 이데올로기의 지배에 종속되어 있다는 불편한 진실도 함께 말이다. 그렇기에 르네 마그리트가 '이것은 파이프가 아니다'라고 적어두면서 그림의 제목을 '이미지의 반역'이라고 정한 것이 아닐까. '이미지의 반역'이란 표현의 진정한 의미가 이데올로기의 소유물인 언어가 아닌 무언가 다르며 새로운 언어의 알 수 없는 자율적이고 심층적인 어떤 운동을 향해 있다는 것은 자명하지 않을까. 끊임없이 지속되고 끝나지 않으며 끝날 수도 없는 영원한 '반역'의 무한한 생산으로서 말이다.

우리가 문학을 진정으로 예술이라 부를 수 있다면 바로 그러한 '무목적적'이며 독자적이고 독특한 언어의 개념적 운동만이 그에 걸맞는 진정한 이름을 부여받을 수 있기 때문이라고 해야 한다. 그러면 다시 물어보자. 문학평론가로서 몇 년간 글을 써오면서 가끔은 2010년대에 포스트-미래파로 호명된 20-30대 젊은 시인들의 해체적 경향이 이해되지 않고 난해하며 납득되지 않는다는 말을 듣게 될 때가 종종 있었다. (젊은 세대들이 난해하거나 추상적이란 평가를 받는 일은 단지 문학에만 한정되지는 않을 것이다.) 아마도 비서정적이고 비사실적인 젊은 시인들의 시텍스트는 난해하게 비춰질 수밖에 없다고 생각한다. 재현의 대상과 목적을 알 수 없는 이 난해함은 어떤 유토피아적인 것을 상정하고 그에 대한 그리움에 기반한 서정시적 논리나 혹은 현실을 재현한다는 사실주의적 논리와 그들이 분명히 다르기 때문에 생겨나는 의문이기도 하다.

문제는 그들의 전위성이 우리의 일반적인 시에 대한 사고와 분명히 다르다는 사실과 그들의 시가 분명히 존재한다는 진실에 있다. 그렇다면 문학과 예술 또는 시란 당연하고도 고정된 것일까. 그렇지는 않다. 우리가 대타자의 지배하에서 우리에게 주어져 있는 당연하고 자명한 시란 개념 자체를 버린다면. 그 모든 것은 시가 될 수 가능성을 지니게 될 수 있는 것이 아닐까. 이에 대해 황인찬 시인은 「멍하면 멍」(『희지의 세계』)이란 시에서 "새가 시라는 은유"와 "새가 개라는 은유"를 모르며, "누군가 시를 쓴다면 그건 그냥 시에요"라고 말했던 적이 있다. 이때 '그건 그냥 시'라는 것은 그냥 아무렇게나 마구잡이로 쓴다는 말이 결코 아니다. 그것은 고정된 이데올로기를 벗어나 그들 자신이 고유하게 생성하는 언어의 자율적 운동만이 시가 될 가능성을 지닌다는 지성적 엄격함으로 이해되어야 한다. 젊은 세대들의 전위성과 난해성은 바로 이 고유성의 측면을 통해서만 납득될 수 있을 것이다.

문학평론가로서 개인적이고 주관적인 판단일 수 있겠지만 황인찬과 문보영 그리고 이소호 시인을 위시한 지금 시대의 시는 자신의 언어를 고유하게 소유하고 즐기는 행위에서 비롯되고 있다고 보인다. 그들의 시는 분명 전위적이고 난해하지만 그 가치가 보이지 않는다 해도 그것이 없는 것은 아니다. 이 젊은 시인들은 언어에 '의해서'가 아닌 언어를 '통해서' 자신들의 존재를 행한다. 그러니 그 난해함과 추상성을 걱정할 필요는 없다. 그들은 그저 자신들의 자율적인 언어와 당연하지 않은 의미 그리고 그 독자적인 가치를 즐겁게 실천하고 있으니까. 언어의 조탁이 아닌 그저 즐기기란 비균질한 존재들로서. 그렇다면 비서정적이며 비사실적인 이 낯선 언어들이자 그로테스크한 우울과 웃음의 광기로 가득한 '헤테로토피아'

적(미셸 푸코) 이미지들은 결국 우리의 굳은 사고를 찌르며 파괴하는 날카로운 칼날이라 부를 수 있지 않을까. 정상적이고 목적적인 우리의 언어에 비해 이들의 언어가 무능해 보이는 만큼 그들은 무목적적인 자신만의 운동을 성실하게 지속하고 있을 뿐이다.

그 무능해 보이는 행위의 본질적 영역에는 니체의 말처럼 비인간적이기에 오히려 인간적일 그들만의 고유한 자유가 존재할 것이다. 우리가 보고 듣고 인식해야 하는 것은 바로 그 지점일 따름이다. 자신들만의 온전한 언어이자 동시에 우리가 알아들을 수 없는 기괴한 목소리의 마법적인 언어들. 이미 우리 곁에 머물러 있으나 슬프게도 들리지 않는 작고 희미한 메시아의 목적 없는 노래처럼.